Education for the Elderly in China:
Research and Practice

# 中国老年教育

## 探索与实践

孙建国 等◎编

科学出版社

北 京

**图书在版编目（CIP）数据**

中国老年教育探索与实践/孙建国等编 . —北京：科学出版社，2011.4
ISBN 978-7-03-030689-0

Ⅰ. ①中…　Ⅱ. ①孙…　Ⅲ. ①老年教育-中国-学术会议-文集　Ⅳ. ①G777-53

中国版本图书馆 CIP 数据核字（2011）第 053071 号

责任编辑：付　艳　石　卉　王昌凤/责任校对：张　林
责任印制：赵德静 / 封面设计：无极书装
编辑部电话：010-64035883
E-mail：houjunlin@mail. sciencep. com

**科 学 出 版 社**出版
北京东黄城根北街 16 号
邮政编码：100717
http://www.sciencep.com

**新 蕾 印 刷 厂** 印刷
科学出版社发行　各地新华书店经销
*

2011 年 4 月第　一　版　开本：B5（720×1000）
2011 年 4 月第一次印刷　印张：17 4/3
印数：1—3 500　　　字数：338 000

**定价：52. 00 元**
（如有印装质量问题，我社负责调换）

# 《中国老年教育探索与实践》编委会

# 序　言

　　2010 年 9 月 28 日，由中央国家机关工作委员会老龄工作办公室主办、中国科学院离退休干部工作局承办的"老年教育与文化交流学术研讨会"在北京召开。中央国家机关及部分直属单位的 38 所老年大学和特邀的北京、天津、上海、吉林、山东以及香港、澳门、台湾地区的 8 个单位的近百名专家学者和老龄教育工作者参加了研讨交流。会后中国科学院离退休干部工作局负责对参会论文进行统稿，并特邀清华大学老年学研究中心、中国人民大学老年学研究所及中国老年大学协会的专家、学者撰稿，编纂了《中国老年教育探索与实践》一书，共收录论文 48 篇。对此，我表示热烈的祝贺，并向长期支持、重视、关怀我国老年教育事业发展的各位领导、各位学者、同志们表示衷心的感谢！

　　20 多年来，中央和地方各省市诸单位的老年大学在各级领导和社会各界的关怀、支持下，坚持全面贯彻科学发展观，坚持坚定正确的办学方向和办学宗旨，在老年教育中创新教学理念，坚持"教学第一、质量至上"、"学、教、乐、为"相结合的办学原则，坚持学校教育规范化、人性化、个性化，在校园建设和整合社会资源、实行联合办学等方面进行了理论性研究和实践探索，总结了不少经验和做法，取得了令人瞩目的成绩。该书收录文章的内容既有对老年教育的发展历程的回顾，也有对老年教育发展趋势的前瞻性探讨，既有对老年大学的办学理念、教学方法、课程设置、管理模式，以及校园文化建设、制度建设、环境建设等方面的经验介绍，也有针对老年人的精神文化生活需求所进行的调研分析。这对总结老年大学办学经验、推动新形势下我国老年教育工作的可持续发展，具有一定的积极意义。

　　发展老年教育，作为适应老龄社会，顺应积极老龄化，实施健康老龄化，促进家庭稳定、社会和谐与进步的重要举措，日益受到党和政府的高度重视与支持。2010 年 7 月 8 日，中共中央、国务院印发的《国家中长期教育改革和发展规划纲要（2010—2020 年）》（简称《纲要》）把老年教育纳入其中，要求各级党委、政府要"重视老年教育"。这是我国老年教育发展史上一个新的里程碑，充分体现了党和国家对发展老年教育事业的重视。从此，中国老年教育从战略高度、国家教育制度层面，进入了新的发展阶段。在2010年全国教育工作会议上温家宝总理强调"强国必强教，强国先强教"。他指出，教育的发展极大地提高了全民族的素质，推进了科技创新、文化繁荣，为经济发展、社会进步和民生改善做出了不可替代的贡献。《纲要》的制定和实施只是一个新的起点，办好令人民满意的老年教育任重而道远。我相信，我国老年教育的发展，在新的历史起点上，一定会得到大重视、大发展、大繁荣！

让我们以王之涣"欲穷千里目，更上一层楼"这一名句来共勉，激励老年教育工作者勇往直前，再攀高峰，不断开创全国老年教育的新境界！

中国老年大学协会会长

2011年2月

# 目 录

## 教学与课程

## 耕耘与收获

## 特邀篇

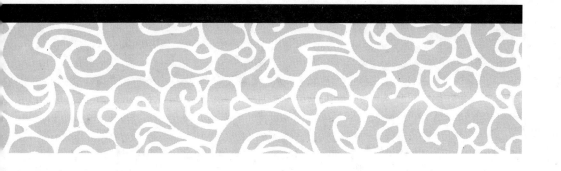

# 理论与思考

# 关于发展老年教育事业的几个问题

中国老年大学协会　袁新立

　　发展老年教育事业，丰富老年人精神文化生活，是我国改革开放和经济社会发展的一大创举，是我们党和政府积极应对人口老龄化的一项重要举措。从 20 世纪 80 年代初到 2009 年年底，经过 20 多年的蓬勃发展，全国各级、各类老年大学和老年学校已达 4 万多所，在校学员 430 余万人。老年教育的发展取得了举世瞩目的成就，越来越受到党和政府的高度重视，越来越得到广大老年人的欢迎和肯定。在新的历史时期，如何认识老年教育对构建和谐社会的积极意义，如何加快老年教育事业的发展，不断满足更多老年人在精神文化生活上的需求，是摆在我们面前的一个重大理论和实践课题。

## 一、老年教育的本质及特征

　　老年教育究竟是什么性质的教育？这是终身教育体系中一个根本性的问题，也是老年教育工作者应该首先明确的问题。针对这一问题，老年教育工作者和有关理论工作者进行了多年的积极探索，老龄科研人员也进行了多年的研究，逐步形成了一些有代表性的论点。例如，许多学者认为，老年教育首先是教育，这是得到普遍认同的说法；有的学者把老年教育定性为"自主教育"或"休闲教育"，似乎也不无道理；还有的学者把老年教育界定为"完善教育"或"全纳教育"，也产生了广泛影响。这些论点的科学性虽然还有待于进一步论证，但均从不同侧面反映了我国老年教育的一些特点，体现了各地创办老年大学和老年学校的宗旨，对于进一步推进老年教育的发展、发挥老年教育在构建和谐社会中的作用，具有十分重要的意义。

　　我国的老年教育是随着干部退休制度的改革并受国际终身教育思想的影响而逐步发展起来的。从老年教育的内涵、外延及实践来看，它应是以老年人为主体，以学校、传媒为平台，以满足老年人精神文化生活需求为目的的综合性社会教育。老年教育的这一属性决定了它与普通教育既有相同之处，也有很大的区别。相同之处在于二者都是有目的、有计划、有组织地传授知识技能、培养思想品德、发展智力和强健体魄的社会活动，是一种促进人的发展、提高人的素质的有效手段。这是所有教育的一般社会特性，本文不作赘述。

本文所要讨论的主要是老年教育与普通教育的显著区别。区别之一在于教育制度不同。国家为保障从幼儿到成年人受教育的权力，制定了一整套较为完善的教育制度，在初级教育阶段，还制定了带有强制性的《中华人民共和国义务教育法》，形成了庞大的普通教育体系。而老年教育在国家层面尚未进行制度性安排，更没有专门立法，这在一定程度上制约着老年教育事业的发展，影响着老年教育的普及。区别之二在于教育目的不同。普通教育是为国家经济社会发展培养大批合格人才，使受教育者成为有觉悟、有文化的社会主义现代化建设的劳动者，这种教育主要表现为学历教育。而老年教育主要是为适应人口老龄化发展趋势，以满足老年人精神文化生活需求为主要目的而开展的非学历教育。在一般情况下，老年教育的教学方式表现出很大的灵活性和多样性，不论"教"还是"学"均具有很大的开放度和自由度。区别之三在于教育对象及其价值取向不同。普通教育的对象一般为青少年，他们接受教育的主要价值取向是在谋生的同时实现个人价值和社会价值的统一，是为个人、社会、国家创造财富作准备。而老年教育的主要对象是老年人，他们接受教育的主要目的一般不是求职或谋生，而是充实晚年生活，提高生活质量，更好地享受经济社会发展成果。从以上分析不难看出，老年教育虽然具有普通教育的某些社会功能，但属于非学历教育的特定属性决定了老年教育是人生最后阶段的补充性教育或带有培训性的一种社会活动。

从 20 多年发展的实践看，老年教育具有以下基本特征。

（1）政治性。首先，老年教育是特定时代的政治产物。1982 年我国废除干部终身制实施国家工作人员退休制度后，一批退出工作岗位的老同志怀着一颗对党的事业负责、对老同志晚年生活负责的赤诚之心，积极探索实现"老有所学、老有所为"的有效途径，老年大学由此创办，并成为我们党联系老干部的桥梁和纽带。其次，老年教育是老年群体的稳定器。稳定是压倒一切的政治任务，没有稳定就没有发展，更谈不上社会和谐，老年教育是稳定老年群体的有效载体，不论是在同"法轮功"的斗争中还是在维持社会秩序方面，老年教育都发挥了积极作用。再次，老年教育具有明确的政治目的。它服务于党的中心任务，服务于广大老年群众，始终围绕完成党的政治任务而展开，老年教育的这种政治属性和政治功效在其发展的实践中都得到了充分彰显。

（2）社会性。社会性是指社会成员参与、适应个人或群体之间的关系，并受社会因素影响、制约的属性。老年教育工作既是党和政府教育工作的重要内容，也是党和政府社会工作的重要组成部分，它具有社会性的基本特征。从老年教育工作实施的主体看，既包括党委、政府、军队、民营企业、国有企业、事业、社会团体等组织，又包括这些组织中的所有成员，具有多层次、多元化的特点。从老年教育实施的领域看，涉及政治、经济、文化、科技等各个系统，领域广阔、范围宽泛。从老年教育的实践看，"老有所学、求知上进"的理念越来越深入人心，已经成为广大老年人参与社会发展的自觉行动，是社会和谐、经济发展的体现。

（3）群众性。群众性主要指接受老年教育的主体是退出工作岗位的人民大众。进入老年大学的人不论地位、不分职级、不讲阶层，一律称为学员，而且在学校办学条件许可的情况下，这些老年学员均能根据自己的兴趣和爱好，选择自己喜欢的专业进行学习，这一特点充分体现了"以人为本"的宗旨，是党的群众路线的生动体现，也是党关于经济和社会发展靠人民群众推动、发展成果由人民群众共享的原则的具体体现。

## 二、老年教育的社会地位及功能

所谓社会地位，是指客观事物在特定的社会系统中所处的位置。老年教育工作事关社会发展、政治稳定、社会和谐及人民福祉，是党和国家政治、经济、文化、社会发展的重要组成部分。它在新的历史条件下，特别是在我国人口老龄化日益严峻的历史时期，对于保障党和政府完成神圣使命、维护人民群众的根本利益，发挥着越来越重要的作用，主要体现在以下几个方面。

（1）促进社会和谐发展。社会和谐事关最广大人民群众的根本利益，是党和政府长期的奋斗目标。老年人是社会的重要组成部分，是构建和谐社会的重要力量。到老年大学学习的老年人一般思想政治素质和文化素质较高，他们的政治优势和经验优势都不同程度地影响着社会，通过老年教育这个平台充分发挥老年人的优势，对于密切代际关系、保持社会稳定、促进社会和谐，具有十分重要的意义。老年教育的实践已经证明，发展老年学校教育是利国、利民、利发展、利和谐的有效举措。

（2）积极应对人口老龄化。人口老龄化是21世纪国际社会普遍面临的重大社会问题，我国也不例外。2008年年底，我国60岁以上老年人口已达

1.67亿，占全国总人口的 12.5%，预计到 2020 年，我国老年人口将超过 2.4亿，占全国总人口的 17%，面对如此严峻的人口老龄化发展趋势，党和政府高度重视，采取一系列重大措施，还适时启动了应对人口老龄化的战略研究。国务院在部署这一研究任务时，把发展老年教育作为满足老年人精神文化生活的一项重要举措列入其中。这表明，发展老年教育已经被作为应对人口老龄化的战略措施纳入国家研究范畴。

（3）引领老年人价值取向主流。在不同社会的不同时期、不同阶段，人们的价值取向与目标追求是不同的，其主流是人们和社会所倡导、推崇的根本方向。老年教育作为党和国家加强社会建设的重要内容，其本身就代表了广大老年人的意愿，体现了党和国家的根本利益，是广大老年人的价值取向主流。做好这项工作，有利于凝聚民心民意，团结引领老年人健康向上、积极进取，为了共同的目标而努力。

（4）调节社会群体利益趋同。一个国家、一个社会是由不同的社会群体构成的，一般情况下，这些群体的利益从根本上来说是一致的。但是，由于受各种社会因素的影响，在特定时期或特定历史条件下，各社会群体之间也会出现利益不一致的情况，严重时，容易引发社会矛盾，导致社会不稳定。此时，国家就要采取有效措施，调节各群体之间的利益，使社会协调、健康发展。老年群体是一个庞大的社会群体，其利益主要体现在物质利益和精神文化利益两个方面，老年教育属于精神文化范畴，发展老年教育是维护老年人精神文化利益的重要方面，是党和政府联系老年群体的重要载体。可以说，老年教育扮演着调节老年群体与其他群体之间关系的独特角色，已成为各级党委和政府联系群众的有效通道。

（5）推进终身教育制度建设，促进学习型社会的形成。终身教育思想的提出及终身教育体系的实践是现代文明社会的一大进步，是实现学习型社会的重要前提。老年教育是终身教育的最后阶段，是构建学习型社会的重要组成部分，这已经成为全社会的共识。许多地方还将其纳入党委和政府的日程安排，投入巨额资金，进行基础性建设。有的地区还制定了法规性的《老年教育条例》。这一切都为老年教育的制度建设奠定了良好的社会基础，也为学习型社会的构建营造了有利环境。

## 三、老年教育工作的基本规律

规律是指事物发展过程中的本质联系和必然趋势，具有普遍性、重复性等特点。规律是客观的，是事物本身所固有的，它既不能被创造，也不能被改变，更不能被消灭，只能被认识和把握，用于指导人们的实践活动。回顾老年教育20多年的实践，其基本规律可归结为以下几个方面。

（1）党的根本宗旨决定老年教育工作的方向。全心全意为人民服务是党的根本宗旨。发展老年教育是党的根本宗旨的具体体现，是党和政府工作的重要组成部分，这一特性决定了老年教育工作必须以党的政治理念为指导。实践证明，在任何时候、任何情况下，党的旗帜就是老年教育工作的灵魂，党的理论就是老年教育工作的指南，党的宗旨就是老年教育工作的原则，党的纲领就是老年教育工作的目标。

（2）党政主导、社会参与、全民关怀构成老年教育自主办学的多元化体制。我国老年大学（学校）从创办到发展始终是在党和政府的直接领导下进行的，而且绝大多数学校得到了党和政府的资金投入。与此同时，党和政府还倡导、支持、鼓励社会力量办学，形成党委、政府、社会多元化的办学体制。各级、各类老年大学（学校）一般都从自身的条件出发，面向社会，自主办学，并根据老年人的特点和需求，开展多层次、多形式、多领域的教学活动，形成自上而下和自下而上相结合的生动活泼、教学相长的局面。

（3）传承和弘扬中华民族的先进文化，满足老年人精神文化需求，规定老年教育的教学内容。当今社会，老年人在物质生活得到基本满足后，更需要精神文化生活的满足。这是时代的进步，也是文明发展的结果。老年大学正是老年人精神文化生活需求的有效载体。他们通过这个载体学习文化知识和生产、生活技能，了解时代信息，融入社会发展，保持了健康向上的心态，提高了生活、生命质量，有的人还为经济社会发展做出了力所能及的贡献。

（4）坚持改革开放，创新教学理念，顺应老年人求知好学的时代特点。当今时代是改革开放的时代，人们的思想与观念已经发生了深刻的变化，老年教育的教学也已经超越了普通教育的教学方式，表现出很大的灵活性和自由性。由于教学理念新、办学方式新，又抛弃了功利性和被动性，因而老年学员几乎是在没有任何压力的情况下积极主动地要求学习，以求达到学以致用、愉悦身心的目的。这一教学理念还会随着改革开放的深入和国家经济社会的发展而不断创新。

（5）健全组织网络，支撑老年教育工作的运行。组织网络是联结老年学员的有机的组织系统。老年教育工作涉及党、政、军、民及各个阶层，涵盖政治、经济、文化等各个领域，惠及庞大的老年群体，事关政治稳定、社会和谐，更加需要健全、规范、富有活力的组织网络作支撑。一句话，就是要建立健全"党政主导、社会参与、全民关怀"的完善的组织体系。

## 四、老年教育事业的发展方向

新形势、新任务对老年教育工作提出了新的要求，特别是人口老龄化加速发展的态势，对老年教育的承受能力将是一个严峻考验。当前和今后一段时期，老年教育工作的发展应着重抓住以下几个方面。

（1）牢固确立全局观念，坚持走可持续发展的道路。从宏观上看，要牢固树立用科学发展观统领老年教育工作的观念，社会事业与老年教育事业协调发展的观念，改革开放越深入、市场经济越发展、老年教育工作越要加强的观念，政府行为与社会行为、行政支持与群众参与、以情办学与以法办学相结合的观念，用发展和改革的办法解决老年教育工作前进中的问题的观念，注重办学质量、提高办学效率的观念。从微观上看，要从零散低效型向规模高效型转变，由自发自管型向制度规范型转变，由主要面向离退休干部向面向广大老年群众转变，努力提高入学率，扩大老年教育覆盖面，向基层、社区、农村延伸，形成多渠道、多层次、多形式、多样化的办学局面。

（2）完善与老年教育本质要求相适应的政策法规体系。依法治国是我国的基本方略，依法行政是建设现代化政府的基本要求。作为党政主导下的老年教育工作必须走法制化的道路。当前，在国家还没有为老年教育专门立法的情况下，应当用足已有的、完善不足的、填补空缺的，要上下结合、部门配合，把实践中形成的好经验、好做法升华为理性认识，通过一定程序上升为政策、法规。如果形成法规有困难的，可先制定区域性行政规章或暂行办法。当前的首要任务是研究、制定老年教育工作条例、老年大学（学校）管理办法以及老年教育发展规划，逐步构建与人口老龄化相适应、与社会发展相协调、与终身教育体系相衔接的政策法规体系，加快依法发展老年教育事业的进程。

（3）坚持以人为本的原则，始终把学习放在第一位。老年教育的中心任务是学习，组织老年人学习文化知识、学习科学技术、学会科学生活。通过学习，达到愉悦身心、健康向上的目的，从而跟上时代发展的步伐，为此，老年教育必须始终把学习放在第一位。此外，要充分考虑新中国成立前后出生人口进入老年后的求知变化，这是我国人口老龄化进入第一个高峰期的显著标志。这一时期的老龄人口中,有相当一部分人素质较高、求知欲望强烈,他们一般不会满足于普通知识的学习,而是有更高层次、更多元化的文化需求。老年教育要适应这一时代特点,适时调整教学计划,满足这一时期老年人的需求。

(4)加强领导,理顺管理体制。老年教育工作是党委和政府领导下的一项重要工作,老年教育事业是一项重要的公益事业。多年来,这项工作的隶属不太统一,党委、政府、军队、民营企业、国有企业、事业、社会团体等单位均可举办老年大学,这虽是好事,但作为一项应对人口老龄化问题的战略举措,国家还是要从长计议,明确由党委或政府某个部门统一管理,以便统一领导、统筹规划、协调发展。

(5)坚持边发展、边规范的原则,把发展放在第一位。老年教育虽然有了较快发展,但相对于庞大的老年群体来说,仍处于初级阶段。目前,老年人的入学率不足老年人总人口的3%,这说明老年教育的发展空间还是很大的。这里的关键问题是要解放思想、更新观念、增强开拓意识,站在战略的高度,用发展的眼光看待老年教育。与此同时,也要注重规范化问题,只有规范的老年大学(学校)才有生命力,才有发展前途。

(6)坚持老年教育公益性方向,绝不能走市场化道路。国家举办老年大学,其根本目的是让老年人同其他社会成员一起共享经济社会发展成果,满足老年人精神文化需求,团结老年人为实现党的目标而共同奋斗。因此,必须坚持公益性方向,坚持党政主导的方针,坚持公益性和政治性的统一,通过老年大学这个载体,保持老年群体的政治思想稳定。

(7)坚持三个"面向",即面向基层、面向社区、面向农村。这是老年教育的社会基础,也是老年教育的发展前途。要坚决改变上大下小、上强下弱、上多下少的局面,在师资配备、设施建设、资金投入等各方面都要向基层倾斜。其办法是大力发展远程教育和社区文化教育,编写适应基层老年人特点的教材,有条件的还可创办基层分校,想方设法吸引更多老年人到学校学习。在农村,要兴办适合农村老人的老年学校,把普及性和实用性结合起来,让农村老人同城市老人一样享受现代老年教育带来的好处。

(8)争取立法,保障老年教育长久发展。目前,重点是把老年教育纳入《老年法》的修订范围。据悉,有关部门已将其列入修订日程,这就为国家对老年教育进行制度安排创造了条件。各地要加大工作力度,在争取地方立法上有所作为,为实现老年教育的法制化而努力。

# 中国老年大学（学校）的基本情况[①]

中国老年大学协会　刘平生

人口老龄化是世界性的发展趋势，老龄问题随之日益突出，引起世界各国的普遍关注。1982 年，在维也纳召开的联合国第一届世界老龄大会呼吁各国政府采取有效措施解决人口老龄化带来的问题。大会通过的《维也纳老龄问题国际行动计划》，提出了发展老年教育问题，认为教育政策应当通过核拨适当资金和制定适当教育方案来体现老年人受教育权利的原则。

终身教育（lifelong education）的核心思想是，学习应该贯穿人的一生，从幼儿教育到老年教育，都被纳入终身教育，终身教育思想已成为当今世界各国教育改革的指导原则。在人口老龄化成为世界趋向的大背景和终身教育这个教育改革总目标的影响下，20 世纪 70 年代，欧洲、美洲、大洋洲的一些国家相继创办了老年大学，实现了终身教育。如今，老年教育正在世界范围内蓬勃发展。

老年教育在中国是 20 世纪 80 年代兴起的新兴事业。进入 21 世纪，我国社会主义现代化建设步入实施第三步战略部署的新阶段，党的十六大提出了全面建设小康社会的奋斗目标，把建设学习型社会作为全面建设小康社会奋斗目标的重要内容。党的十七大报告中明确要求要建设全民学习、终身学习的学习型社会。学习型社会具有两个特征：一是"全民性"，即包括老年人在内的每个社会成员，都有公平的学习机会和权利；二是"终身性"，即将人们接受教育的时间扩展到人的一生，一个人只有不断地学习，才能跟上社会发展的步伐。老年教育是人生中最后阶段的教育，没有老年教育引导老年人学习，终身教育就不完整，学习型社会就难以构建。因此，在十七大精神的指引下，在构建学习型社会进程中，我国的老年教育事业必将得到进一步发展。

---

[①]　本文摘自：中国老年大学协会.2010.中国城市老年教育研究.北京：高等教育出版社.

## 一、老年教育的属性

老年教育，是以老年人为教育对象，通过科学的教育方式及老年人的自主学习，以全面提高老年人的整体素质、提升老年人的生活质量和生命质量为目标的一种教育活动。

老年教育具有接受教育的自愿性、教育机构的开创性与制度的灵活性、教育内容的多样性和趣味性、教育事业的福利性等特点，可以说，是一种颐养康乐与进取有为相结合的教育，也正是老年教育的这一特殊性决定了老年教育的多重属性。

### （一）老年教育属于教育范畴，是教育事业的有机组成部分，是终身教育体系不可缺少的最后阶段

教育属于社会现象，是人类社会特有的一种实践活动。终身教育是始于20世纪20年代、流行于60年代的一种国际教育思潮，并在70年代开始在各国教育改革与发展中付诸实践。

随着科学技术的发展，人类社会生活日益复杂、瞬息万变，过去那种在人的一生中只接受一次性教育的传统教育模式已经不能满足人们的需要。教育不是人的某一个阶段的学习任务，而应该贯穿人的一生；同时，不能把学校看成是接受教育的唯一场所，不能认为在学校的学习生活结束，学习也就结束了。教育应该随时随地以最好的方式给人们提供必要的知识和技能，以适应社会的发展。

终身教育体系的特点，一是教育体系的开放性，即尽可能有效地向社会开放；二是通过教育体系结构的有机联系和终身学习的教育网络，最终实现各级、各类教育之间的沟通与衔接；三是教育体系内部不同教育形式和教育类型之间具有包容性，人文教育与科学教育、普通教育与职业教育相互渗透、相互融合。特别需要指出的是，终身教育的核心是以人一生主动自愿学习为动力；以个性化、多样化、非职业化学习为特征；以个体发展多样性、个性享受丰富性为方向。它的实质是以人为本、品质为优、能力为先，它的本质是不断促进人的自由、全面发展。

1995年，我国颁布的《中华人民共和国教育法》规定，要建立完善的"终身教育体系"，而老年教育是"终身教育体系"的最后阶段，如果没有老年教育，终身教育体系就不完整。从这个意义上看，老年教育是大教育系统中的一个子系统，是教育事业的有机组成部分，是终身教育体系重要的、不

可缺少的最后阶段。

**（二）老年教育是老龄工作、老干部工作的重要组成部分，是一项利国利民的社会公益性事业**

1982 年，在维也纳召开的联合国第一届世界老龄大会指出"老年人应当和其他年龄组的人一样，能够得到基本文化教育，并能利用社会中所具备的一切教育设施"，"作为一项基本人权，提供教育必须避免对年长者的歧视"，"按照联合国教育、科学及文化组织提出的终身教育的概念，应当促进制定各种非正式的、以社区为基础的老年人修养教育方案，以便帮助他们树立自力更生的思想和对社会的责任感"。这次会议既把老年教育纳入老龄问题的范畴，同时又将其纳入人道主义的范畴，既明确了老年教育对于解决老龄问题的重要性，也明确了老年教育的社会公益性质。

2000 年 9 月第五届全球老龄大会又提出新千年老龄战略思维，"提倡科学、文明、健康的生活方式"。

我国 1996 年 10 月 1 日公布实施的《中华人民共和国老年人权益保障法》中明确规定："老年人有继续受教育的权利。"老年人受教育作为公民的权利受到国家法律保护。该法同时规定："国家发展老年教育，鼓励社会办好各类老年学校"，"各级人民政府对老年教育应当加强领导，统一规划"。这就表明，发展老年教育事业的主体是国家。

江泽民同志曾指出，对离退休的老同志仅仅从生活上关心好是不够的，老有所养、老有所乐是不够的，还要老有所教、老有所学。这表明老年教育工作是各级党委组织部门开展老同志思想政治工作的途径，是与老同志沟通、联系的桥梁，有利于实现老有所教，提高老同志的思想道德素质、科学文化素质和健康素质，使老年人融入全民学习的学习型社会，并实现老有所为。这充分反映了老年教育在老龄工作中的地位和作用，表明老年教育具有老龄工作的属性。

**（三）老年教育是提高老年人生活质量、生命质量的有效途径，是老年文化活动的重要载体，符合中国先进文化的前进方向**

1991 年 12 月第 46 届联合国大会通过的《联合国老年人原则》规定："老年人应能享用社会的教育、文化、精神和文娱资源。"随着社会、经济的发展，老年人在得到基本的或较好的物质生活保障的同时，有了提高生活质量的新需要。生活质量包括经济保障、健康状况、精神文化生活和生活环境四大要素。其中，精神文化生活所包括的文化教育、情趣爱好、感性需求等新需要，与老年教育有着密切的关系。

按世界卫生组织的界定，生命质量是指个体根据其所处的文化背景、价值体系对自身生活的主观感受。它包括自然生命质量、精神生命质量、价值生命质量和智慧生命质量。老年教育在提升老年人生命质量方面起着不可替代的重要作用。老年人离退休后，接触社会的机会少了，往往会出现精神、心理和情感上的失落，为了保持心理、精神上的平衡，需要寻找新的生活方式来满足情感和精神上的需要，有所寄托。在这种情况下，将广大老年人组织起来，让他们在新的群体中接受各类课程的教育和参加各种形式的文化活动，使他们增加新知识，增长新技能，改善心理、生理素质，提高思想认识，可以丰富晚年文化生活，从而实现"老有所教"、"老有所学"与"老有所乐"的有机结合，促进社会的稳定。反之，如果老年人在精神、心理上无法找到新的平衡，在政治文化素质偏低的情况下，则容易受社会上封建迷信以致"邪说"的影响，迷失方向。

因此，老年教育作为一种社会文化，作为开展老年文化活动的重要形式，可以提高老年人的生活质量，丰富老年人的精神文化生活，符合中国先进文化的前进方向。

总之，老年教育的范畴和属性是多重的，这种多重性之间又是相互联系、相互促进的。老年教育是社会性很强的工作，是一项社会系统工程，既需要通过政府行为加强领导、统一规划、宏观管理，又需要调动社会各方面的积极性，主动积极地给予关心支持和配合。

## 二、老年教育概况

### （一）各个时期的老年教育

终身教育在我国有着深远的思想基础。具有五千年文明史的中华民族自古就有"老有所学"和终身教育的思想。据《礼记》记载，大舜时期就有"设庠养老"之说，将"老有所学"和"老有所养"结合在一起。西汉和北朝时亦有"老而好学如秉烛之明"和"老而学者如秉烛夜行"的论述。这些都清楚地表述了"老有所学"这一观点。大教育家孔子在叙述自己"学而不厌"的一生时说："吾十有五而志于学，三十而立，四十而不惑，五十而知天命，六十而耳顺，七十而从心所欲，不逾矩。"可见，他认为人的一生是认识能力不断提高的过程，体现了终身学习的思想。周恩来同志有一句"活到老、学到老"的名言，明确地告诉我们学无止境，必须终身学习。

新中国成立后，随着社会的发展，老年人在不同时期，以不同的形式参加了不同内容的学习。

新中国成立之初，老年人的学习是随着城市的居民教育和农村的村民教育进行的，内容有时事、政策、法规以及文化等，如破除迷信、爱国卫生、抗美援朝、新婚姻法、识字扫盲均为学习的内容。但这些学习并非为老年人专设的。

20世纪50年代初，企业工会中相继成立了退休职工管理服务组织，组织退休老职工定期或不定期地参加读报组、报告会，接受时事政策教育，退休老职工的学习教育开始有人管理。70年代后期，《中共中央组织部关于加强老干部工作的几点意见的通知》下达后，各级党委相继成立了老干部管理服务部门，离退休老干部的学习得到专管机构的关心。老干部除了可以参加以时事政策为内容的报告会、接受以政治思想修养为内容的教育外，还可以参加各种专业知识讲座，如卫生保健、体育锻炼、书法绘画、摄影、花卉等以保健养生和休闲娱乐为主要内容的学习。但是这种学习一般随意性较大。

进入20世纪80年代，我国社会经济、文化、教育事业有了较大发展，人口老龄化进程加快。随着改革开放政策的实施，为适应社会的需要和离退休老同志的要求，经有志于老年教育工作的老同志们倡议并得到各地党政领导的支持，各地相继创办了老年大学和老年学校。我国老年教育出现以课堂授课为主的老年非学历学校教育模式。这种老年人的学校，因需施教、因地制宜，本着颐养康乐与进取有为相结合的办学宗旨和学为结合的教育方针，多渠道办学、多层次教学，开设的课程门类广泛，深受老年人欢迎。

20世纪90年代，老年教育事业的发展进入法制化轨道。1995年颁布实施的《中华人民共和国教育法》要求建立和完善终身教育体系；1996年颁布实施的《中华人民共和国老年人权益保障法》，明确规定将老年人受教育作为一种公民的权利。这两部法律使老年教育有了法律保证。

2000年8月，中共中央、国务院下发了《关于加强老龄工作的决定》，对发展老年教育事业提出了明确的要求。2001年10月国务院下发的《中国老龄事业发展"十五"计划纲要（2001—2005年)》对发展老年教育提出明确要求。老年教育的发展由群众行为转变为政府行为。21世纪的老年大学、老年学校将在规范化和制度化的道路上繁荣发展。

**（二）老年教育的两种形式**

教育是一项巨大的社会系统工程，既包括正规教育也包括非正规教育，既包括学校教育也包括社会教育。老年教育从大教育的观念出发，同样也应该包括老年学校教育和老年社会教育两个方面。

### 1. 老年社会教育

随着老年人口的增多，老年事业不断发展、壮大，老年社会教育的形式也逐渐增多，大体有以下几种形式。

（1）通过老年社会团体，对老年人进行教育。近些年来，各地区、各系统按行业和专业组织起来的老年社会团体发展很快，如各种协会、学会、研究会、促进会、联谊会等。它们的活动内容和组织形式虽然各有不同，但都具有老年教育的性质。这些老年社团通过工作成就展示会以及举办展览、开展竞赛、进行评比等活动进行示范和交流，使老年人从不同的侧面扩大视野、提高认识，从而更新知识、增长才干，得到收益。特别是在农村和社区基层单位建立起来的老年人协会，不仅在解决农村基层一系列涉老问题方面发挥了重大作用，而且还将老年人的学习问题列入协会的工作日程，使之形成制度，老年人协会成为老年教育的重要阵地之一。

（2）报纸、杂志发挥教育职能。随着老龄化问题日益引起社会关注，老年杂志、报纸、出版物逐渐增多，不仅有全国性的老年报纸、杂志，各省、市、县也出版了老年刊物，甚至大型企事业单位也在内部出版老年刊物。这些刊物无疑成为老年人学习知识、接受教育的良师益友。由中国老年大学协会和山东老年大学合办、公开发行的《老年教育》杂志，至 2009 年年底已经出刊近 200 期，它是直接为老年教育服务的期刊。

（3）通过社会文化机构和老年福利设施开展教育。各地的群众艺术馆、文化馆、图书馆、博物馆发挥组织、引导各类社会文化活动的功能，使老年人在活动中接受科学、文化、法律、生活等各方面知识。老干部活动中心、老年活动室和俱乐部以及养老院、休养所、疗养院等老年福利设施，把自身工作与老年教育工作结合起来，通过组织专题讲座、报告会、座谈会等方式发挥教育功能。

（4）开放性远程老年教育。随着科学技术的发展，声像设备、电化教育的普及，各地积极发展远程教育，通过电视和广播，举办各类专业知识讲座，并发售录像带、光盘。老年远程教育就是这种新的教育形式的代表。因此，它一经诞生，就充满了活力，焕发出勃勃生机，受到广大老年朋友的欢迎。随着网络技术的不断发展、网络普及率的提高，有些网站已开始关注老年人网上学习的问题。老年教育网络可以传递供教学用的视觉、听觉信息，它能以多媒体方式存取、操纵和显示信息，还能记录应答、控制内容显示，使信息传输到每个老年人的计算机中，从而促进网络教育朝着人脑与电脑互动、个性化自主与合作协调统一的方向发展。老年网络教育充分满足了老年人充实精神、求知和心理健康的需求，利用网络应该成为老年教育发展的一种趋势。相关资料显示，1999 年 10 月上海老年大学、上海市老龄工作委员会、上海电视大学联合创办了"上海网上老年大学"；2001 年 5 月，金陵老年大学、江苏大众多媒体管理局、江苏大森林科技教育网络发展有限公司合作建立了"金陵老年大学大森林网络学校"等。这些为全国老年人的学习又增添了新的园地。

## 2. 老年学校教育

老年人走进课堂在学校中接受教育、参加学习，是当前我国老年教育的主体形式。在老年学校中，老年人通过系统的、有计划的，以改善老年人生理、心理素质，提高老年人生活质量为目的的学习，振奋精神、强健身体、陶冶情操、更新知识、增长才干，让自身融入社会并参与社会的发展，成为继续社会化的老年人。根据学校规模、办学条件以及教育对象存在的差别，老年学校可分为以下两类。

### 1）老年大学

我国的老年大学大多数是由中央部委，地（市）、县党委政府和部门，大型企、事业单位以及部队建立的。其办学体制是：政府主导，统筹安排，宏观管理；社会参与，办学模式多元化；学校独立设置，面向社会，自主办学。

国外的老年大学，一般是在各种大学开设课程，供老年人选学，可以单独开班，也可以和青年人在同一教室听课，可以获得学历证书。而我国则不然。我国的老年大学一开始是独立设置，自下而上推动发展起来的。延续一段时间以后，由政府下发具有行政效力的文件，明确规定有关办学事项，把从上而下的引导与自下而上的努力结合起来，形成多元化、蓬勃发展的局面。政府主要进行统筹规划，宏观管理。也有一些政府部门自办老年大学（学校），成为老年学校教育的骨干校。同时，政府还倡导、发动、鼓励社会力量办学，形成公办学校、公办民助、民办和联合办学等模式。现已初步形成省、市、县、乡（镇）、村办学体系。

我国的老年大学既是独立设置，又是非学历教育。学校在国家法律规定下，根据老年教育的性质、宗旨，从自身的条件出发，面向社会，自主办学。学校面向社会招生，根据老年人"生存性"、"享受性"、"发展性"等不同层次的需要，开展多层次、多形式、多领域的教学活动。除课堂教学外，学校还组织老年人社团参与社会活动，开展社会服务、社会调查、参观访问等。

学校间相互交流、互相学习，不搞统一模式，各校发挥创造性，形成自己的特色，形成能够调动各种积极因素、适应客观需求变化，实现办学宗旨的良性运行机制。

老年大学一般都有可靠的经济来源；配有健全的领导班子和专、兼职办学人员，有相对稳定和具有较高水平的教师队伍；有必要的硬件设施，如有稳定的适合教学和办公的用房，有适用的教学器材和教具，条件较好的学校配置声像、电化教学设备。学校有相应的行政管理和教学业务管理制度，根据各校的实际情况编制教学大纲、制订教学计划，本着适应社会需要和满足老年学校需求相结合的原则开设多门类的课程，根据不同水平学员的要求分设不同层次的教学班，根据学科的教学规律安排长短结合的学制。有一定基础的学校除课堂教学外，还相应地组织各类社团和各种课外活动，并鼓励学员参与社会实践。

2）老年学校

除人口集中的城市开办具有一定规模的老年大学外，为适应不同层次老年人的需要，方便老年人就近参加学习，在城市街道、社区和农村乡镇也建有老年学校。

为了方便老年人的学习和生活，老年教育必须以社区老年学校或者老年人活动中心为主要组织形式。老年教育不仅是社区教育的重要组成部分，同时也是以社区基层组织为单位的普及性教育。

社区老年教育的主要形式是社区老年学校教育。社区老年学校教育总体水平处在初级阶段，教学形式、教学内容、组织机构、基本设施都需要在发展中进一步加强和完善。分区域分析发现，东部城市的社区老年学校教育在教学活动、基本设施方面明显好于中西部城市，在地方性的政策法规的颁布、实施等方面好于中西部城市。城市老年学校是社区老年教育的主要阵地，多由街道办事处或社区主办。大中城市街道老年人口集中，为扩大教育面，街道办事处辖区内居委会、企事业单位等，根据各自特点建立了分校。街道和社区的老年学校资金有限，因此一般都是利用现有条件，勤俭办校。如利用街道和社区会议室做教室，每周上一两次课；必要的开支列入街道财政预算；学校办学人员由街道、社区干部和老龄协会的积极分子担任；街道居民中人才济济，由街道办事处、居委会聘请居民中各行各业的专门人才，如退休的教师、医生、律师、厨师和画家、书法爱好者等担任教师；教学形式和方法上尽量贴近时代、贴近老年人生活需要，首先吸收居委会干部、积极分子入学，并通过他们带动当地老年人参加学习，从而培养出一支老年教育工作的骨干队伍。

农村老年学校以乡镇兴办为主，村设分校或教学班，一般是乡镇领导挂帅，成立校务委员会，请乡镇有关部门参加办学。日常工作由基层老年组织负责，业务由县老年学校指导，经费开支一部分来源于财政拨款，另外还要多方筹集，例如，组织学员学为结合创收一部分；学员中原为县、乡离退休干部的要求其原所在单位补贴一部分；发动企、事业单位捐赠一部分等。校舍采取因陋就简、一室多用的办法解决，如利用乡镇党校、文化技校、老年活动室等，再挂一块老年学校的牌子，定期上课。教师就地聘请，县、乡干部，卫生院医生、兽医站、农业机械服务站、农业科学研究所技师以及具有一定专长的人员均可担任教师，体现能者为师的精神。

学员大多数为回乡的离退休干部、职工以及有一定农业生产技术并愿意多学一点知识的老年农民。乡镇老人居住分散，文化水平较低，学习内容要求实用性强，不能一个模式，必须因地制宜，围绕脱贫致富奔小康、建设新农村这个中心，与当地实际情况和科技兴农相结合来安排课程。目前主要开设的课程多为养殖、种植、农业畜牧业新技术以及时事政策、卫生保健等。当然，随着农村经济的发展，农民生活水平不断提高，农村老年学校的教学内容会日渐丰富。

总之，进入 21 世纪，不仅城市有老年大学，农村也有老年学校。老年学校教育已成为我国老年人参加有计划的系统学习的主体形式。

此外，随着我国教育制度的日渐完善和成熟，21 世纪老年人接受学校教育又有了新的渠道，即 2001 年普通高校招生取消了对考生的年龄和婚姻状况的限制，教育改革的这一举措，在更大程度上保证了人们接受教育权利的实现，老年群体也因此获得了接受高等学历教育的机会。虽然 2001 年 60 岁以上报考高等院校的考生人数不多，但它标志着我国教育体系和教育制度日趋完善，对我国教育制度改革和在全社会倡导并实现终身教育具有重要意义。只要今后高考仍延续这一政策，相信会有更多的老年人接受学历教育这种学习方式。

至于老年人是否适宜接受学历教育，应该因人而异。老年人在几十年的成长过程中会出现很多差异，这种差异决定了老年群体中有一部分老年人不仅具有强烈的学习愿望，而且具有较强的学习能力，他们愿意和年轻人一起接受系统的学校教育并盼望获得学历。对这部分老年人，应给他们机会，让他们圆"大学梦"。而对更多的老年人来说，则应根据自己的生理、心理、家庭条件，到更适合自身特点的老年学校去接受非学历教育。在老年学校中学习，虽然不能取得学历，但同样可以实现自我完善。

## 三、老年教育的产生与发展

### （一）老年学校教育产生的时代背景

教育是人类社会的一种实践活动，是一定社会生产力、生产关系和政治的反映，随着社会的进步、经济的发展而发展。老年学校教育的产生和发展也有其特定的历史条件和时代背景，有其成熟的社会环境和广泛的群众基础。

新中国成立后，随着经济的发展，人民生活水平普遍提高，医疗卫生条件显著改善，人口平均预期寿命延长，老年人口增多。20 世纪 80 年代初，第三次人口普查的数据显示，我国 60 岁以上的老年人已达到 9697 万人，占总人口的 7.63％。当时我国虽尚未进入老龄化国家行列，但老年人口绝对数字大，而且来势猛、发展快，老年人口的平均年增长率为 3.36％。2008 年我国 60 岁以上人口已达 1.5989 亿，占总人口的 12％。如何解决如此庞大的老年群体所带来的一系列问题，关系着社会、经济的发展，关系着国家的安定团结，必须给予重视。同时，我国正处在社会主义初级阶段，在经济尚不够发达的情况下，人口老龄化提前到来，也给解决这一问题增添了不少困难。党和政府对此问题极为关心和重视，提出需要采取相应对策，综合治理，走出一条有中国特色的老龄工作道路。

各级政府和社会各界，针对人口老龄化问题在"五个老有"，即老有所养、老有所医、老有所为、老有所学、老有所乐方面做了不少工作，其中兴办老年人学校是实现老有所学的一种较好形式。这便是产生我国老年大学的成熟的社会环境。

1982 年，我国进行干部制度改革，一大批老干部、老同志退出了一线工作岗位。社会角色、生活环境的改变，使一些人失去心理平衡，因而感到寂寞、空虚，甚至产生失落感和悲观情绪。为了适应新的生活需要，寻找精神寄托并跟上时代步伐，老有所学便成为老同志们的强烈愿望。一些老同志深有感触地说，小时候家庭贫困没条件学，参加革命后南征北战没机会学，新中国成立后忙于工作没时间学，现在一切条件都具备了，正是参加学习的最好时机。

随着人口老龄化在一些发达国家日趋严重，较早进入老年型国家行列的国家试图解决老年人口迅速增长给国家带来的经济、社会发展各个方面的问题，采取了一系列对策，创造条件，使老年人参加社会政治、经济、文化、教育、体育、娱乐等各种有益于老年人身心健康的活动，包括为了满足老年人的学习要求，在终身教育理论指导下，兴办了各种类型的老年教育事业。1973 年，皮埃尔·维拉斯（Pierre Vellas）教授在图卢兹大学（Université de Toulouse）创办了世界上第一所第三年龄大学（Universities of Third Age）。这一消息立即引起欧洲、美洲各国教师和社会工作者的关注。随后第三年龄大学在经济发达、人口老龄化出现较早的瑞士等欧洲国家发展起来，并逐步扩展到美洲、亚洲国家。

从 1974 年开始，欧洲各国老年大学代表每年聚会一次，交流办学情况。1975 年在法国的倡议下，国际第三年龄大学协会（International Association of the Universities of Third Age）成立了，对世界各地老年教育事业的发展起到了促进作用。国际上创办第三年龄大学的经验，对我国老年大学的建立起到了借鉴作用。

由此可见，我国老年教育事业的兴起和老年大学的产生，是在我国改革开放的历史大潮推动下，为适应我国社会老龄问题综合治理的需要，并受到国际终身教育思想和第三年龄大学实践的影响，在一些有志于开拓老年教育事业的老同志们的倡导下应运而生的。中国老年教育的诞生，推动了我国教育制度的进一步完善和发展。给教育制度、老龄工作和老年群体赋予新的生机和活力，是中国特色社会主义的一大亮点。

### （二）老年学校教育发展历程

自 1983 年山东省创办第一所老年大学至今，已经历了 28 个年头。20 多年来，在各级党委和政府的关心、支持及领导下，经过办学与教学人员艰苦创业、积极工作和老年学员奋发图强、努力学习，我国的老年人学校教育从无到有、从小到大、从少到多，随着我国经济社会的迅速发展而发展。回顾过去 20 多年，这一过程大体经历了以下几个阶段。

1. 起步初创阶段（1983～1985 年）

1982 年废除干部终身制，一大批老干部退出了一线工作岗位。为了使他们适应退休后的生活，找到新的精神寄托，并与社会同步前进，一些省市的涉老部门开始组织离退休老干部参加以健身、书法、国画为主要内容的多种形式的活动和讲座。1982 年 4 月，山东省红十字会一些具有远见卓识、勇于开拓的同志提出通过老年教育的途径，寻求解决老龄工作某些方面问题的方法，决定创办老年大学。经山东省红十字会副会长李衡等同志的积极筹备，并得到山东省委领导的大力支持，1983 年 9 月 17 日，山东省红十字会老年人大学（后更名为山东老年大学）开学典礼在济南东郊饭店礼堂举行，学员936 人。中国第一所老年大学由此诞生。继山东省红十字会老年人大学成立之后，在不长的一段时间里，广州、长沙、哈尔滨等市也相继成立了老年大学。至 1985 年年底，全国已有老年大学 61 所，在校学员 4 万余人。

这些老年大学当时的突出特点是基本上都是在一无经费、二无编制、三无校舍的情况下，白手起家的，当时被人们称为"三无"老年大学。难能可贵的是，有一大批热心老年教育事业的老同志勇于开拓、艰苦创业，一方面积极向各地党政领导和有关部门宣传办学意义，另一方面从实际出发研究、明确办学宗旨，利用多种形式介绍办学成果，逐步得到各级党委和政府的重视、支持和社会的认可，为老年大学这一新生事物迅速普及和发展奠定了基础。这些老同志在中国大地上点燃了老年大学事业的"星星之火"，被时任中国老龄问题全国委员会主任的于光汉同志誉为"燃烧的火种"，受到社会广泛赞誉。

1985 年由哈尔滨老年大学发起，济南老年大学组织，与办学较早的山东老年大学、辽宁老年人大学、北京市海淀老龄大学、金陵老年大学等 6 所老年大学，在济南市召开了协作会议，建议中央有关部门召开全国性会议，及时总结经验，逐步完善老年大学，使老年教育健康发展。这个建议，立即得到中国老龄问题全国委员会领导的支持。

2. 探索开拓阶段（1985～1988 年）

中国老龄问题全国委员会应各地老年大学的要求，于 1985 年 12 月在北京召开了"全国老年大学经验交流会"。这次会议受到中央领导同志的重视。李鹏、薄一波、宋任穷、严济慈等党和国家领导人亲切接见了会议代表并做重要讲话，对我国刚刚兴起的老年大学这一新生事物给予充分肯定。李鹏同志在讲话中明确指出："老同志退下来以后，确实有这样的问题，除了极少数人身体不大好，绝大多数的同志还是有相当大的精力，能够为社会主义事业，为教育后代做工作。""把老人组织起来，让他们学他们愿意学的东西，我认为这是一种很好的形式。所以，我们党和国家应该给予支持，应该不断总结经验，使它能够完善起来。"

这次会议是我国老年大学发展史上具有极其重要意义的会议。中央领导同志对老年大学这一新生事物的肯定，极大地鼓舞了老年人学习的积极性，增强了教学人员的工作热情，坚定了办学人员发展老年教育事业的决心。会议结束后，各地党和政府加强了对老年大学工作的领导，老年大学像雨后春笋般涌现出来。老年教育事业开始进入发展阶段。

老年大学这一新生事物的出现填补了我国终身教育体系中的一段空白。同时，也正因为这是一项新的工作，我们还未能掌握其内在规律，不仅缺乏理论指导，在办学、教学中也存在很多问题，亟待研究解决。为了寻求正确的办学方向，明确办学宗旨，找到适合老年人需要的教学方法，办学较早、规模较大的老年大学领导倡议成立一个全国群众性老年大学校际间的协作组织，以便一起磋商探讨、交流经验并进行合作。1988年9月，国家教育委员会领导批准"中国老年大学协会"可作为"中国成人教育协会"的二级会成立。协会成立后，在校际间和学校与政府间发挥了桥梁、导向和凝聚作用。协会的成立作为我国老年教育事业发展的一个重要里程碑，标志着我国的老年大学进入了一个新的阶段。

这个阶段老年学校教育的特点是发展快，开始分层次、多渠道办学。据1988年12月统计，1986～1988年的三年时间老年学校已由61所发展到916所，增长了14倍；老年学员由4万人增长到13万人，增长了2.25倍。遵照李鹏同志提出的多设分校、让老同志就近入学和面向全社会老年人招收学员的指示，在各级党和政府支持下，老年教育逐步广泛发展，各地不仅县以上城市创办了老年大学，基层街道、乡镇也开始创办老年学校；不仅政府办，工矿企业、军队、大专院校、科研单位以及社会团体都兴办了老年大学、老年学校，老年学校教育在中华大地上蓬勃发展。

3. 推进发展阶段（1988～1996年）

中国老年大学协会成立后，各地的理事积极工作，广泛宣传兴办老年学校的意义，争取上级领导重视，动员社会力量支持，推动了我国老年教育事业的快速发展。从1993年开始，老年学校教育逐步向县（市）、乡（镇）扩展。1993年10月，中国老年大学协会企业校代表大会在山东莱芜钢铁总厂召开，选举产生了企业校委员会。据1993年年底统计，全国老年大学（学校）发展到5331所，在校学员47万人。1996年，上海老年大学开办了"空中老年大学"，吸引了30多万老年人。现代教学手段的运用，促进了老年教育的更快发展。据1996年年底统计，全国老年大学（学校）发展到8000所，在校学员69万人。协会组织各地会员校共同协作，总结交流经验，进行理论研究，探讨教学、办学规律，对老年学校教育办学宗旨、教学方针、教学方法等诸方面的认识达成共识，虽然各地学校在具体表述上有所不同，但在宏观上形成了一些基本特色。

（1）颐养康乐与进取有为相结合的办学宗旨。老年教育的性质决定了老年学校教育必须贯彻教育方针和老龄工作宗旨，就是要提高老年人的全面素质，包括体能、智能、心理、政治各方面的素质和审美情趣、品格情操等，并要为应对人口老龄化的需要而实现"五个老有"的目标。老年人因身体逐渐衰老，有颐养天年、健康长寿的愿望，同时又有对国家的强烈的责任感，愿意为社会继续作贡献。因此，各校的办学宗旨虽然表述得不尽相同，但都包括了颐养康乐与进取有为两个方面，一般概括为"增长知识，丰富生活，陶冶情操，促进健康，服务社会"五个方面。

（2）多元化、网络化的办学形式。各校办学虽然都得到当地政府支持，但并非完全依赖政府，而是公办、民办、民办公助、军民共建、企校共建等多渠道办学。在学校类型上，由于各地条件不同，学员要求各异，因此有多学科综合性老年大学，如专攻书法、国画的艺术型老年学校，以传授养殖、种植技术为主的老年学校等。根据课程内容不同，老年大学分为一年、二年、三年和短训班多种学制；同时，按照学员个人条件，设置基础班、提高班和研究班，分班教学。

（3）因需施教、寓教于乐的教学原则。老年人入校学习，对课程的选择性极强，只有按照老年人的需求设置课程，学校才有吸引力；在教学过程中实施休闲教育，使学员从学习中获得满足和快乐。开设的课程不仅要按需施教，还要与时俱进、调整更新，办学之初多为卫生保健、文学、历史、书法、国画、舞蹈、音乐、养殖、种植等课程，随着社会的发展，逐步开设了法律、金融、外语及计算机等课程。

（4）灵活多样的教学方法。根据老年人的生理、心理特点，教学中采取了课堂讲授、小组讨论、参观实习相结合的教学方法以及利用录像、图片、实物等多种多样、生动活泼的直观教学方法。

中国老年大学协会组织各地会员校相互协作，通过教学实践不断总结经验，进行理论研究，探索老年教育规律，改进教学方法，提高教学质量，增强了学校的凝聚力，使老年教育得到长足发展。

4. 普及提高阶段（1996 年至今）

随着我国法治建设的加强和老龄事业的发展，1996 年 10 月 1 日《中华人民共和国老年人权益保障法》公布实施，为老年教育事业发展带来了新的机遇。《中华人民共和国老年人权益保障法》规定"老年人有继续受教育的权利"，老年人受教育作为公民的权利受到了国家法律保护；同条第二款规定"国家发展老年教育，鼓励社会办好各类老年学校"，表明发展老年教育事业的主体是国家，是国家意志的体现。

1999 年全国老龄工作委员会办公室《关于印发全国老龄工作委员会成员

单位职责的通知》规定，今后文化部将全面负责全国老年非学历教育工作，指导各级各类老年大学的工作，明确了老年教育的政府管理、指导部门为文化部。这时，全国老年大学（学校）已经发展到 17 000 所，在校学员达 130 万人。

2001 年 6 月 22 日，中共中央组织部、文化部、教育部、民政部、全国老龄工作委员会办公室下发了《关于做好老年教育工作的通知》，在肯定多年来各有关部门积极兴办各类老年大学、取得显著成绩的同时，要求各级党委、政府和有关部门今后要进一步采取措施巩固老年教育事业取得的成果，文化行政部门要会同有关部门认真学习和借鉴各单位发展老年教育事业的成功经验，尽快制定老年教育事业发展规划和远景目标，进一步加强领导、科学指导，逐步规范老年教育的发展。这一通知不仅说明各级政府对老年教育有加强领导的责任，同时规定政府有关部门对老年教育有统一规划的任务。通知下达后，各地各级政府贯彻通知精神，认真研究，根据当地实际情况，分别制定出老年教育发展规划，有的地区还明确提出学员入学率的具体指标，有力地推动了老年教育事业的发展。

2003 年，全国老年大学（学校）发展到 26 000 余所，在校学员超过 230 万人。许多老年大学已发展成为多学科、多层次、多学制的综合性老年教育基地。

2005 年 5 月 13 日，西藏老年大学挂牌成立。至此，我国所有地区均已建立了老年大学。

2007 年以来，全国各地用科学发展观统领老年教育事业，把老年教育纳入了全面发展、协调发展和可持续发展的轨道，老年大学迎来了第二次发展和创新的高潮。许多地区教学环境有了新的改观，建起了高标准的教学楼，引进了现代化的教学设备，展现了老年大学的勃勃生机。据不完全统计，截至 2007 年，我国老年大学和老年学校已发展到 32 697 所，在校学员已达 330 余万人。其中，具有一定规模、拥有较为完善的教学设施，教学管理较为规范、办学质量较高的有 3000 所左右。中国老年教育已经形成一个全方位、多层次、多学科、多功能、开放式的教育与教学管理体系。

2008 年，北京东方妇女老年大学成立。至此，全国老年大学（学校）共有 36 205 所，在校学员达 408.9 万人。

这 36 000 多所老年大学和老年学校，团结着 400 多万朝气蓬勃的老年人。在这个老年群体中，倡导讲政治、讲文明、讲科学，更新知识，增长技能，培养高尚的情操和健康的生活方式，在不断提高自身生活质量的同时，为社会主义精神文明和物质文明建设再作贡献，不仅受到老年人的欢迎，也得到党和国家领导人的赞许和社会的好评，同时在国际上赢得了良好声誉。

## 四、老年大学的功能

老年群体是在社会历史发展过程中形成的，在当代社会关系体系中占有重要的地位。人口老龄化是社会进步的表现，也是世界各国所面临的一个严重的社会问题。

发展老年大学，可以推动"老有所学"、"老有所教"，促进实现健康老龄化，变消极养老为积极养老，非常有利于人口老龄化所带来的社会问题的综合解决，为构建和谐社会作贡献。中国老年大学创建和发展 20 多年的实践证明，老年大学的社会功能是卓有成效的。

### （一）老年大学的个体发展功能

如果说，20 世纪我国的老龄问题主要是解决老年人物质贫困的问题，那么从 21 世纪开始，首先在大、中城市，就逐渐转化为主要解决老年人的精神贫困问题。解决老龄问题主要是满足老年人精神文化生活需要已成为国际社会的共识。老年大学为建立新型老年社会群体、实现老年人人生价值发挥了重要的载体作用。

面对庞大而结构复杂的老年群体，老年大学为广大老年人提供了一个"老有所教、老有所学、老有所乐、老有所为"的理想场所，他们通过学习，一扫过去的失落感、孤独感、自卑感，获得了充实感、愉悦感、成就感。老年大学被办成了政治教育的课堂、充实知识的殿堂、交流情感的乐园和文明建设的阵地，老年人学到了知识、增进了健康、找到了乐趣、结交了朋友，提高了生活、生命质量，形成了健康向上的精神风貌。

老年大学作为老年人接受教育的重要场所，是满足老年人精神文化生活需要的重要途径，也最能体现老年人的人生价值。

1. 政治信念更加坚定，思想认识不断提高

老年大学通过报告会、理论讲座和各科教学的渗透，加深了广大老年人对党的基本路线、理论、方针、政策的理解，提高了紧跟形势、与党中央保持一致的自觉性。

通过政治思想教育，广大老年人受到了信仰、信念、信任、信心的"四信"教育和科学知识、科学思想、科学方法、科学精神的"四科"教育，树

立了正确的精神追求、价值观念、审美情趣和思维方式，增强了抵制各种封建迷信和伪科学的能力。

贯彻"老有所教"，保证了老年人政治坚定、思想常新、理想永存。不少老年人深有体会地说，老年大学使我们焕发精神、更新观念、永葆革命青春，使我们的思想与时俱进，更显光彩。

2. 原有知识得到更新，新的技能被掌握

在老年大学，多种课程设置能够使老年人获得各种专业知识，掌握一技之长甚至是多技之长，满足老年人的多种知识需求。

老年学员来到老年大学就是为了进一步掌握基础知识、学好专业知识和提高认识能力。有些老年人原来是从事理工专业工作的，文学、诗词方面的知识很少，通过在老年大学的学习，不但对我国诗词的基本知识有了了解，提高了阅读和欣赏文学作品、诗词的能力，还能自己动笔，撰写文章、赋诗，表达思想和情感，许多优秀的作品还公开发表。

老年人学习新知识，跟上社会发展不落伍。这些老年人已经深深感受到在科技飞速发展、知识日新月异的今天，自己的知识陈旧而贫乏，只有积极"充电"，才能赶上时代的步伐。例如，随着信息技术的发展，计算机正逐渐走入平民百姓家，不少老年学员希望学习到计算机方面的基本知识和操作技术，跟上时代步伐，享受现代文明。其实，老年人学计算机、学上网对提高生活质量有很大帮助，会把自己带进一个更广阔的世界，电子邮件、网上教育、网上新闻、网上聊天、网上娱乐、网上旅游等并不是年轻人的专利，它同样可以使老年人融入多姿多彩的社会生活中。还有的老年人为适应改革开放的形势，立志学外语，以便与外国朋友沟通。

老年人掌握的技能越多，生活就越丰富，越有乐趣。少数老年人掌握了一技之长，还扩大了就业机会，经济条件差的老年人通过再就业得到一定的报酬来改善生活，再创人生价值。老年人利用获得的新知识，继续参与社会活动、服务社会，提高了生活质量，延缓了社会老龄化和生理老龄化的进程，增强了自理自立的能力。

3. 兴趣爱好更加广泛，个人风采充分展现

退休后的时光是人生的"第二青春期"，有更多属于自己的时间，可以在自己感兴趣的领域遨游，以弥补年轻时留下的遗憾。许多老年学员认为参加老年大学的学习，就是为了满足自己的兴趣爱好。有的老年学员通过在文史专业的学习，既增长了历史知识，享受到优美的文学精粹，又为文豪们那崇高的爱国之情、为民之意乃至刚直不阿、勇于献身的精神所感动，从而使自

己的思想得到净化与升华。有的老年学员进入写作学习班后，萌发了写作热情，他们边学边写散文、诗歌、小说，抒发感情、鞭策自己、激励后人。还有的老年人年轻时就爱好书法、绘画艺术，但没有时间和机会学习，上老年大学后实现了多年的夙愿，其中有的老年人不仅能将创作的字画悬挂在自己的卧室，自我欣赏，还将其作品作为礼物，赠予亲友。一些老年学员的书画作品，不仅在国内广为流传，有的还被国家收藏，甚至走出国门，充分展现了个人的风采。有的老年大学组织艺术队，出国访问，加强对外文化交流，增强了中华文化的国际影响力。

在老年大学里，有的老年人刻苦学习书画，成绩斐然，是一种价值的体现；有的老年人载歌载舞、琴瑟争鸣，给人以精神上的享受，是一种价值的体现；有的老年人利用所学所会，教育后代、帮助别人，是一种价值的体现；有的老年人锻炼身体、增进健康，为社会和家庭减轻了负担，也是一种价值的体现。

4. 保健意识不断增强，生命质量得以提高

1999 年，世界卫生组织为配合"国际老人年"的活动，将当年的世界卫生日的主题确定为"积极健康的老年社会"，其意义在于推动改善老年人的生活质量、提高生命质量、实现健康老龄化。

过去，人们对"健康"一词的理解比较片面，认为只要身体没毛病就是健康，陷入了健康的误区，忽略了在人的生活、生命质量中占重要位置的心理健康。

老年人大多数饱经沧桑，在退休后卸下了几十年的工作压力和家庭生活的负担，有的出现孤独、寂寞的情绪，还有少数老年人长期患慢性病，承受着沉重的经济和心理的压力。要避免这一情况的出现和蔓延，上老年大学是很好的办法。通过在老年大学的学习，他们更加重视心理健康和心理的调适。老年大学的集体活动让他们的心理得到调整，情绪得到宣泄和优化，因而上老年大学的老年人，精神面貌普遍健康向上、充满活力，同时，也使他们生理上的疾患得到了缓解。老年大学的课程也从不同方面起到调适心理的作用：书画增知怡性，歌舞振奋精神，音乐寄托情思，拳剑健身益智，文学美化心灵。这些课程的开设，对于老年人培养兴趣和爱好、陶冶情操、填补由于角色转换造成的心理"真空"，起到了积极作用。卫生保健课有专门的心理保健教育，通过心理专家、心理医生的课堂引导、课下咨询，使老年人学会自我调适，克服不良情绪，保持积极情绪。老年大学开展的一些活动，如书画展、文艺联欢、棋类比赛等，能极大地调动老年人的积极情绪，使他们情趣盎然，

乐而忘忧，对促进心理健康大有好处。

老年大学通过开设中西医学、药学、饮食保健、拳剑等课程，以及举办健康讲座、经验交流会等形式，增强老年人自我保健意识，有针对性地教会老年人什么是科学的生活方式，如何培养科学的生活方式，使老年人学会科学安排膳食，注意营养均衡，养成良好的生活习惯。学会多种科学的健身方法，克服个人健身的盲目性、随意性，可以把老年人引上真正的科学健身之路。

人老脑先衰，人的脑力和体力是一个有机统一体，科学用脑，大脑受到的信息刺激越多，脑力就越强。老年人在老年大学学习各种知识和技能时，积极动脑思考，是激活脑细胞、促进脑运动、锻炼大脑的直接途径。老年人之间的语言交流、思想沟通，以及参加学校组织的一些活动，也都需要用脑。老年人不断接受外界信息的刺激，让脑细胞时刻处于活跃状态，自觉不自觉地使大脑得到锻炼，从而延缓大脑和身体功能衰退的过程。

### （二）老年大学的社会发展功能

1. 为维护社会政治稳定、推进和谐社会建设发挥了积极的促进作用

老年大学是传播先进文化的重要窗口、精神文明建设的重要阵地，对促进社会政治稳定发挥了重要作用。

1）促进了社会主义精神文明建设

作为解决老龄问题的一个重要途径，老年大学在推进先进文化建设方面可以起到积极作用。众多的老年大学课程，以继承、吸收优秀文化遗产和体现新的科学知识和时代精神为原则进行设置：文学、诗词、历史等人文学科课程，在弘扬我国优秀传统文化的同时，渗透了社会发展和国家兴亡之理；书法、国画、摄影等课程寄情于源远流长、千变万化的形象艺术中；京剧、舞蹈、声乐、器乐等文艺课程，充分展现老年人风采，陶冶了情操；卫生保健、健身体育、老年心理等课程，增强了学员的自我保健意识；国内外政治经济形势、民主法制建设、知识经济新潮、当代科技态势等专题讲座，开拓了老年人的知识领域，而且寓思想政治教育于其中，使广大老同志开阔了视野，精神也有了寄托。

老年大学充分发挥了老同志在精神文明建设中的宣传教育作用。老年大学在教学过程中，及时系统地介绍新时期党的方针政策、改革开放的形势，从而使老同志的观念不断地更新，正确认识并自觉支持、拥护党的各项政策。他们宣传文明新风，反对封建迷信，移风易俗，婚事新办，丧事简办；宣传

乡规民约，协助做好民调工作，化解矛盾，维护稳定；关心下一代健康成长，做好青少年的思想教育工作。老年学员利用他们的"政治、经验、威望、时空"四大优势，常被聘为中小学的辅导员、家教员、时政要闻的报告（宣传、宣讲）员，有的还担当社区普法的宣传员、民事纠纷的调解员、明辨是非的仲裁员、违法违纪的举报员、社会治安综合治理的监督员、失足青少年的帮教员等。例如，江苏省盐城市老年大学组织老年学员对青少年进行爱国主义、革命传统和民主法制等方面的教育，做报告 50 多场，举办各种培训辅导班 30 多个，开展老少联谊同乐活动 20 余次，受教育的青年学生、职工达 15 000 多人次。

广大老年学员积极弘扬中华民族传统美德，热心公益事业、关爱弱势群体、积极扶贫济困。例如，不少老年人长年资助特困学生，经常给残疾人送温暖；2008 年四川汶川发生地震时，大家慷慨解囊，带头捐款，仅盐城市老年大学全校师生就捐出了 34 000 元。

家庭是社会的细胞，老年人在老年大学学习后，与家人的关系更加融洽了。通过学习，他们丰富了精神文化生活，结交了朋友，心胸开阔了，情绪也乐观了。在学校，老人们相互交流家教方法和经验，对于家庭经常发生的琐事看得开了，家庭矛盾得到了缓解。老年人一边用自己学的知识教育辅导第三代，同时，他们老来好学的精神对下一代来说也是无声的榜样。促使老少各有所学，促进家庭成员整体素质的提高，树立起和睦向上的家风，好的家风又影响了左邻右舍，密切了邻里关系。

老龄化社会的老年群体是日益凸现的庞大群体。它维系的社会面涉及不同年龄层次的几代人，老年人的现状如何，将直接影响几代人对社会的态度。在老年大学，老年人通过学习，产生了健康积极的精神追求，不仅提高了自身的素质和健康水平，还带动影响四邻和为子孙起到示范作用。直接或间接地维护了社会安定的老年群体，是社会前进的助推器和社会安定团结的稳定器。

2）推进了社会主义民主法制建设

通过学习，老年学员的公民意识、民主意识、法制意识不断增强，在社会主义民主与法制建设中起到了宣传、教育、服务作用。老年大学的学员来自社会的各个阶层，他们的思想状况、希望与要求，基本反映了广大人民群众的意愿。因此，老年大学为政府联系广大人民群众起到了桥梁作用。通过老年大学，可以收集并反映社情民意，向政府建言献策，供政府科学决策、民主决策，为建设亲民、爱民的政府出力。例如，盐城市老年大学学员，每年向市政府提合理化、建设性的意见 20 多条，提高了政府的办事效率，密切了党群关系，在 2008 年的一次调查问卷中，学员所提意见经过梳理达 50 多条，不少意见被市委、市政府和有关部门采纳。老年大学加强对老年学员的法制教育，使他们获得了现代文明老人所需的法律知识，增强了用法律这个武器维护自身权益的自觉性。同时，老年大学搭建平台，组织老年学员走向社会，宣传法律常识、代理诉讼、提供法律援助和法律服务。不少老同志成了普法工作的义务宣传员，还有少数老同志被社区聘为法律顾问。

3）提供了老年人服务社会的平台

老年大学拓展了教育的社会功能，为老年人服务社会提供了重要的平台和载体，使老年人将自己的智慧和才华融入社会，在实现自我价值的同时，也实现了社会价值。老年人服务社会，其渠道、形式和内容是多方面的。从全国各地老年大学的情况看，发挥老年人的智力优势，参与社会发展，促进经济建设，天地十分广阔。第一，社会调查、献计献策。老同志在老年大学学习的过程中，积极开展调查研究和理论探索，为改革开放出谋划策，提供咨询服务，为经济建设发展作贡献。第二，发挥余热、服务社会。许多老年大学开辟了一条面向社会、服务社会的多渠道、多专业、多层次的职业技术培训的新路子。开展社会服务活动，扩大了老年大学的社会影响，收到了很好的社会效益和经济效益。第三，参与经营、发展经济。老年大学可以根据社会的需要和老同志的能力，使老同志直接参与经营活动。第四，推荐人才，再作贡献。老年学员中人才济济，他们都想施展自己的才能，同时经济社会发展也需要他们，他们是发展社会生产力的一支不可低估的力量。老年学员充分发挥自己的特长，创作了许多高质量、高品位的诗词、散文、书画、摄影等作品，为社会增添了宝贵的精神财富，给广大人民群众带来了丰富的精神食粮和高雅的艺术享受。

经调查，老年人上老年大学后对家庭产生的最大影响是"改善了家庭氛围"，能把知识技能用于家庭生活中，给全家人带来了各种生活便利。通过学习，老年学员的健康状况得到不同程度的改善，减轻了家庭的负担，给家庭和个人带来幸福；有的老年人在学习了中医保健知识后，掌握了常见病的基本症状及按摩、推拿、自然疗法等技术，成为家庭保健医生；有的老年人学会服装裁剪后，成了服装裁剪师，为家人设计、制作服装，既美观又便宜，受到全家的欢迎；还有的老年人学了烹饪、面点制作和饮食保健后，每逢节假日合家团聚时，亲自设计制作菜肴，给全家带来了欢乐。

4）拓展了社区学习文化生活的内容

社区工作和社区活动中，老年人占很大比重，不少老同志成了社区活动的骨干和积极分子。在建设学习型社区的进程中，各级老年大学作用很大。老年大学对丰富社区老年人的文化活动可以起到推动和辐射作用。许多老年学员通过在老年大学学习，活跃在社区的老年政治理论、诗词、书画、歌唱、舞蹈、戏曲、拳剑等团队中，不少人还成为社区老年学校或市民学校的教师或辅导员。还有一些老年学员通过对老年大学书画、文艺、摄影、美工、花卉栽培等学科的学习，能够胜任社区宣传等工作，帮助街道、学校、企业布置文化室、文化宣传长廊；规划环境、美化庭院，建设生态社区；到社区办书画、摄影作品展；春节送春联（现场写春联），年画下街道、下厂；参与广场文化、重大节日的演出活动，爱国卫生、社区治安等公益活动。在与学校和其他单位共建精神文明过程中，老年学员与青少年广结朋友，开展做报告、讲故事、开诗词吟诵会、同台表演等活动。

老年大学通过直接帮助或间接指导，带动社区把敬老、养老提升到一个新的境界，让广大干部和民众知道，养老、敬老除了在生活上对老年人关怀、照顾外，还应注重给老人带来丰富的精神生活。

2. 为构建学习型社会、完善我国终身教育体系发挥了积极的推动作用

老年大学作为成人教育的一种形式，是终身学习的最后阶段，老年教育的快速发展，为正在构建和完善的我国终身教育体系起到了积极的推动作用。

1）创建了新的教育类型

新中国成立以来，我国的教育事业获得了全面的发展，学校教育达到了空前的规模，并日趋完善。20世纪80年代出现了老年大学，产生了一种新的教育类型——老年教育，形成了完整的大教育体系。

在我国现代教育体系中，长期以来老年人教育没有提上议事日程。老年大学的出现，填补了学校教育系列在老年阶段的空白，标志着法律赋予老年人的受教育权利得到维护。老年大学不但为老年人提供了一个汲取知识、加强修养的场所，还为老年人提供了比较规范的老年教育的环境，它具有教育的开放性和制度的灵活性、教学内容的多样性和趣味性等特点，根据"一切从老年人特点出发，一切为老年人服务"的精神实施教学，创造了一种全新的学校模式。可以说，老年大学的创办与发展，是我国现代国民教育体系的完善和发展，老年教育是我国终身教育体系中不可缺少的最后阶段，它不但反映出人类社会历史的发展进步和时代需要，反映了学校教育事业发展的新进程，也是一个国家的综合国力和文明程度提高的标志。

2）促进了学习型社会建设

人的一生应该是一个不断学习的过程，在知识经济条件下，人类的知识

以前所未有的速度进行更新。尤其是在 21 世纪的今天，人类文明已发展到一个新的转折点，教育从来没有像今天这样成为关乎人类生存、命运的重要前提，学习也从来没有像现在这样成为一个人最基本的生存能力。在我国，建立学习型社会的薄弱环节和最大困难是对中老年人的教育。从这个角度讲，老年大学的创办和发展是建立学习型社会的一项非常重要的措施，是实现终身教育和促进人的全面发展的一个重要途径。老年人到老年大学学习，将会焕发青春活力、形成优良的学习风气，这对影响和带动全民学习将会起积极的促进作用。

3）推动了教育结构改革

新中国成立 60 多年来，我国教育基本形成了多样化的格局，包括幼儿教育、初等教育、中等教育、高等教育、职业教育、成人教育（包括老年教育）等多种教育类型；有全日制、电大、夜大、函大、职大、自学考试、资格考试等多种办学模式；有课堂教学、函授教学、广播电视教育和新兴的多媒体网络教育等多种教学形式。老年教育推动了新时期教育结构的改革，成为我国教育体系中的重要组成部分。

总之，老年大学可以在稳定社会、传承文明、发展经济、社区服务、文化建设、对外交往、教育下一代和综合治理人口老龄化等方面发挥作用。

# 老年教育是应对人口老龄化的重要事业

## ——兼论我国老科技知识分子参与终身学习的深远意义

中国人民大学　杨庆芳

　　我国是伴随着 21 世纪的到来进入老龄化社会的，从 2011 年起，新中国成立后出生高峰期的人口开始进入老龄期，我国人口的持续老龄化、高龄化已是一个不争的事实，亟待政府和社会采取综合性的人口老龄化战略及时解决相关的问题。积极发展老年教育就是其中的一项重要战略措施，也是时代发展的需要。

## 一、平均寿命延长、科技发展、社会进步是老年教育兴起的关键因素

　　人口老龄化是指老年人口在全部人口中所占比例不断提高的动态过程。人口老龄化是人类发展的必然趋势，是社会经济发展的成就。各国在人口老龄化上的差异只是老年人数多少、人口老龄化出现的早晚、程度的高低和持续时间长短的不同。人类科学的认识到人口老龄化问题至今不过半个多世纪。首先出现人口老龄化的是西欧发达国家，如法国、比利时等；其后，遍及所有发达国家，如德国、日本等；随后也出现在一些发展中国家和新兴经济体，如韩国、新加坡及中国香港。中国内地在世纪之交也进入老年型国家。如果将联合国 1956 年发表的《人口老龄化及其经济社会含义》中提出的 65 岁及以上人口占全部人口 7％及以上（后来有人折算为 60 岁以上人口占全部人口的 10％）视为老年型人口的标准（老年型人口的国家和地区，称为老年型国家和地区），进入 21 世纪后，全球人口平均年龄已经开始老龄化了。预计世界最不发达的国家在 21 世纪中都会进入老年型国家。2010 年我国 60 岁以上人口已超过 1.7 亿，占总人口的 13％。如此庞大的老年群体，如何进一步参与社会发展，关系社会、经济的发展，关系国家的安定团结，必须给予重视。

从 1900 年到 1990 年，美国人的平均寿命从 47 岁延长至 75.5 岁，增加了 28 岁多。我国人口平均寿命从 1935 年的 35 岁延长到 1957 年的 56 岁，再延长到 1963 年的 61 岁，再延长到 1975 年的 66 岁，而后长势明显减缓，1981 年为 68 岁，1987 年为 69 岁，2002 年为 71.2 岁（杨建伯，2003），所以高龄人口的增加是世界性的趋势，而且随着社会的进步与发展，其增长速度正急剧加快。随着人类的平均寿命不断提高，如果以 60 岁为老年人的标准，今后发达地区和我国居民的老年期平均占人一生 1/3 的时间也不稀奇。个体自退休后的生活期间加长，约达 20 多年。即使至 80 岁，老年人心智依然在成长。他们在退休后仍然健康，有活力，在面对环境改变时，他们需要调适，因此需要加入学习的行列，参与到老年教育中。对那些有丰富的科技知识积累和研究经验的科技人员来说，终身教育是老有所为、继续创新的助力。

## 二、精神需求是老年人的主要需求

1982 年，在维也纳召开的联合国第一届世界老龄大会呼吁各国政府采取有效措施，解决人口老龄化带来的各种问题。大会通过的《维也纳老龄问题国际行动计划》，提出了发展老年教育问题，认为"教育政策应当通过核拨适当资金和制定适当教育方案来体现老年人受教育权利的原则"。

我国老年教育是在 20 世纪 80 年代兴起的新兴事业。我国于 1982 年废除了干部终身制，实施国家工作人员退休制度。因为不得不退出工作领域，或者工作退居次要地位，原来的生产活动时间大量让渡给非生产活动，老龄群体的非生产活动时间大量增加。用什么活动替代生产活动，或者说，如何利用这些大量增加的非生产活动时间，是老龄群体日常生活面临的新选择。

根据国家统计局《2008 年居民日常生活时间利用调查》的数据可以看出，在所调查的 60～64 岁、65～69 岁、70～74 岁的全部三个 5 岁组年龄段中，分配给文化活动的时间占老龄群体一天日常生活时间的比重显示，除睡眠等个人活动外，老年群体用于文化活动的时间占比最高，而且表现出随着年龄的增加而增加的趋势。由此可见，精神需要显然已超越物质需要而成为老龄群体的主要需要。虽然说老龄群体物质需要的满足仍然是个大问题，但是，这个问题应主要依赖于其在老龄阶段前的生产活动的储蓄，以及设计和运行良好的社会保障体系，而不应该主要依赖于他在老龄阶段从事的生产活动，从这个意义上说，精神需要才是老龄群体的主要需要。发达国家也是如此。有研究指出，加拿大老龄群体闲暇活动花在接触电视等媒介上的时间占主导，65 岁以上的老年人每天至少花 3 个小时收看电视，并且明显超过其他年龄群体花在接触电视等媒体上的时间。英国独立电视委员会在公众意见调查中获得的数据说明，英国老年人每天接触电视与读报纸的人数比例要高于其他年龄群体。老年人的个人发展和精神生活需要可以也应该通过老年教育来满足。在国际上，"第三年龄教育"已经兴起，终身教育的理念已得到有识之士的一致认同。

## 三、多元化的老年教育是应对人口老龄化的重要事业

相关研究发现，参与教育活动能帮助老年人保持健康、应对生活挑战、接触和帮助他人。研究发现，参与教育活动的老年人能给自己的生活带来更大的改变。Ardelt 也认为教育还可以提供跟上科技发展的机会，跟上时代发展的步伐，从而帮助老年人提高自己的社会政治权利意识。司荫贞认为，教育在促进老年人再就业及实现老年人再社会化过程中具有重要作用。正是基于对老年教育活动的诸多积极有效的肯定，联合国等国际组织机构将其视为迎接人口老龄化的一种积极有效的策略，倡导和鼓励各国发展老年教育。

我国老年教育事业近几年有了较大发展，截至 2008 年年底，我国老年大学共计 40 161 所，学员 430 万，但入学率只有 2.59%（中国老年大学协会，2010）。与老年人入学率已达 10% 以上的发达国家相比，我国老年人入学率仍然偏低。虽然福建、上海两地的入学率已在 10% 以上，但还有 10 个省（自治区、直辖市）的老年人入学率尚在 1% 以下，最低的仅为 0.45%。这样的入学率还主要集中在城市，占老年人口总数 70% 的农村，老年学校和老年文化活动场所既少又差，有的还处于空白状态。即便在城市，如此低的入学率也满足不了日益增长的老年人口的需要。老年教育相对滞后于社会经济发展和人口老龄化速度。上海老年大学 2010 年招收学员 1.2 万名，但依然有数千名银发求学者被挡在门外。教育资源不足、教育资源不均衡等问题是老年教育眼下亟待破解的难题。为此，本文提出加强发展以下两种类型的老年教育模式，试图解决老年教育目前的瓶颈问题。

### （一）发展社区老年教育

在所有的老年教育形式中，最普遍的应该是社区式的老年学校。老年人

由于往往缺乏交通工具，所以通常是以居家附近的学习场所作为优先的选择。在我国，上海老年教育起步较早，目前已形成市、区、街道、居委会四级教育体系，一些高校也开设了老年大学分校，学校总数超过 260 所。市级老年大学，除了上海老年大学，还有上海市退休职工大学、上海老龄大学和上海老干部大学 3 所。北京市到 2006 年共有 2921 所老年学校，平均每 697 名 60 岁以上的老年人就拥有一所老年学校；在城八区共有 1800 个居委会（或社区），老年学校共有 1410 所，老年学校的社区覆盖率已经达到 78％。以此来看，很多老人在居住地附近就能找到学校，可以就近入学。近几年，政府在社区教育上也有较大的投入，老年人因此获得了不少教育培训资源。例如，北京市为迎接 2008 年奥运会的召开，在社区层面开展全民学英语活动，主要针对的是老年人。上海市为迎接 2010 年世界博览会的召开，开展提高上海市民文明素质的各种培训和教育活动，而老年人是这些社区教育活动的积极参与者。社区老年学校和社区教育活动组织机构每年还邀请一些专家开展老年人感兴趣的知识讲座和培训活动，这些在老年人身边开展的教育活动极大地丰富了老年教育的内容。

可是，一些上海老年大学的学员说，他们不愿意去家门口的老年学校，因为感觉"不正规"，课程也太少。多数学校就只有教"唱唱跳跳"的声乐班和舞蹈班，更像是托老所和老年活动室。虽然社区式的老年教育提供了方便老人学习的场所，也增加了老人参与社区活动的机会，但是也有若干问题值得深思。比如，在美国有若干社区老人中心，大多数的社区老人中心强调应用性的学习和休闲课程。学者艾森认为这样的社区老人中心只是提供老年人聚会的空间而非学习的空间。曼海默等人也认为，在社区的老人中心所提供的课程中找不到具有知识挑战性的课程。这些问题也是我国社区老年教育的不足之处。

### （二）大众传媒式的远程教育是老年教育的重要载体

随着广播电视在中国的迅速发展，基于广播电视基础上的远程教育在中国落地生根、茁壮成长，而老年教育是其中重要的组成部分。老年远程教育主要是指利用现代信息和传媒技术，通过远距离的课堂教学，促使老年人身心得到全面发展，它是不断提高老年人生活质量的一种教育形式，是老年学校教育系统中不可缺少的重要组成部分。老年远程教育包括老年电视教育、老年广播教育、老年网络教育和老年函授教育等。老年远程教育只是指正规的有组织、有系统的远程教学，而没有包括普通的广播电台、电视和网络中的老年节目。事实上，大众传媒在老年人的生活中也起到了举足轻重的作用，是进行老年教育的一个非常好的平台，所以广义的远程教育也应该包括这类非正规的大众传媒式的老年教育。

老年人退休离岗、生活封闭和远离交际决定了他们对媒体具有较强的依赖性，接触和使用大众传媒成为老年人获取信息和打发闲暇时间的主要渠道。近年来，国内学者也陆续对老年人的闲暇活动展开了研究，如王琪延、罗栋对北京市老年人的休闲生活进行了研究，发现北京市老年人最多的休闲活动分别是看电视、游园散步、阅读报纸和书刊、体育锻炼等。

根据 2006 年中国城乡老年人口状况追踪调查数据分析，从总体情况来看，我国老年人的闲暇时间普遍选择参加一些较少受场地和条件影响的活动，如听广播、看电视、散步、看电影、听戏等。其中，参与程度最高的是听广播/看电视（81.6％）；读书/看报的比例也比较高（20.4％）。可见，大众传媒在老年人日常生活中的重要位置。电视、报刊、广播成为我国老年人与社会间接互动的主要媒介，也是他们获得信息、获取知识、愉悦性情、表达自我的重要渠道。从未来发展趋势看，电视将是老年人持续保持最频繁接触的媒体，因为电视媒体所固有的直观性、丰富性和娱乐性与老年人的身体条件、受教育水平及消遣性需要是相符合的（陈勃，2008）。事实上，教育功能是大众传播的重要功能之一。它的开放性特点决定了大众传播媒介在推进老年教育中具有独特的作用，借助于大众传播媒介则可以有效解决"老有所学"的问题。有些媒介在服务特定人群方面甚至还有其优势。比如，广播中收音机很廉价、接收的信号多，很方便，这样的"没有围墙的大学"才真正实现了教育的广泛性、平等性和共享性。

如果专门为正规的老年远程教育进行资源建设，那么资金投入必将是一大瓶颈。因此，利用大众传媒走资源共享的道路、走与大众传媒协作的道路是老年远程教育快速发展的捷径。例如，在现有的电视节目、广播节目中加入对老年人有帮助的生活常识、医疗保健、政策问答、法律文化和心理咨询等内容，也是对老年教育的扩展。

## 四、社会要为老科技知识分子创造参与终身学习的机会

不同的老年人所属的社会阶层不同，健康水平不同，文化教育水平不同，特别是经验、阅历和知识技能积累不同，所以，老年教育不能只是采用一种模式。我国目前老年教育主要是采取老年大学形式，参加对象绝大多数是离

退休的老干部、老知识分子。这是由我国历史上"一穷二白"的国情决定的。在旧中国，老年人平均受教育年限不到两年，大多数是文盲。新中国成立后，中老年人经过扫盲和许多中青年一样得到入学机会，老年人受教育年限有所提高，但中国老年人文化教育水平低的状况没有很大改观，我国老年人教育任重道远。但对我国占老年人口比例不多的科技知识分子的终身教育、终身健康，以及他们的终身参与问题要特别关注。

旧中国培养的科技人才可以说是凤毛麟角，屈指可数，其中，许多人对国家建设做出了重大贡献。新中国培养了一批科技人才，但由于对教育、培养人才等的认识的局限和国力不足，数量也很少。20 世纪五六十年代，能接受高等教育的人平均只有 2% 左右；"文化大革命"期间教育和知识受到摧残，我国经济濒临崩溃边缘，新中国早期培养的知识分子大多"报国有心"，但难以充分发挥作用。改革开放后，恢复高考培养出一批科技人才，至今他们已届或临近退休年龄，而在年轻人就业面临压力的情况下他们不得不在科技事业仍可能大有作为的年龄退休。对国家来说，这是人才、人力资源的重大损失，是国家培养人才成本的低回报；对老科技知识分子而言，则是壮志未酬，未能人尽其才、人尽其用。很多研究证实，中国知识分子退休后再就业的愿望高于发达国家。有人认为这是因为中国退休金低，这也不尽然。一方面，中国知识分子成长在多灾多难的旧中国，都有一种爱国主义情怀，都愿意为国家社会作点贡献。另一方面，我国关于退休年龄的规定对科技知识分子来说过早，知识经验积累和释放时间相比，后者相对较短。特别是当前人类进入长寿时代、知识经济时代，调动他们的积极性参与社会建设（不一定就业），通过各种渠道使他们在政府、社会、社区、家庭中发挥作用，百利而无一害。

让广大老科技知识分子参与社会，必须使其在学习上跟上时代步伐并保持身心健康。其中最有效的手段就是进行老年教育，实现终身教育，这也正是我国提出建设学习型政党、学习型社会的客观要求。遗憾的是老年人的终身学习问题还未提到重要的议事日程上来，笔者认为，老科技知识分子参与终身教育有深远的意义。

（1）老科技知识分子是平均寿命较高的一个群体，最需要终身学习。国内外人口普查和抽样调查以及大量资料证实，平均来说，受教育年限较长的人群平均寿命高于文盲和受教育年限短的人群。我国老科技知识分子一般都是受教育年限较长的，他们能健康长寿的原因不难理解，因为知识文化水平高的老年人，接受科学保健知识比较普遍和容易，社会地位、经济收入和生活也普遍优于常人，而且经常用脑有助于预防老年痴呆。当代老年科技人才在退休后，一般有漫长的老年期。他们知识广、威信高，如果让他们与时俱进，跟随时代发展继续贡献力量，其社会价值是无法估量的。他们将是家庭团结、社会和谐的稳定力量。

（2）老科技知识分子与时俱进继续参与社会和继续学习，在本专业上仍有可能创新，也有助于避免和减少科技上和政策上的重大失误。在当代社会，科学技术突飞猛进，科研成果层出不穷，中青年人才的敏锐性有助于创新，但许多创新也是在原有科学技术发展的基础上做出的。老科技知识分子可能在记忆力等所谓"液体智力"方面不如年轻人，但由于多年知识阅历的积累，晶体智力（如判断、概括能力）仍有优势，所谓见多识广，如果与时俱进、不断学习、跟上时代，也能提出真知灼见，作为咨询、顾问能够发挥重要作用。当然，不是所有老科技人员都能做到这些，但"智者千虑，必有一失，愚者千虑，必有一得"，给老年科技人员参与和学习机会总是有利无害的，我国老科技人才在各领域必能起到一定的作用。

（3）老科技知识分子有机会终身学习和继续参与社会，可以促进个体的全面发展，也有利于促进社会发展。老年科技知识分子在工作期间兢兢业业，钻研本领域的业务无暇他顾，但任何一个知识分子除了对本专业工作专心致志外，也必然接触其他专业。一些相关或个人喜好的专业问题也会引发其各种思考。老年科技知识分子由于阅历、知识和经验积淀深厚，从本专业角度看另一专业的问题常常非常敏锐，能有创见。最好的例子就是我国著名科学家钱学森。他是我国导弹、航天领域巨匠，晚年对导弹航天事业仍有卓越的贡献。由于勤奋好学，涉猎广泛，他在专业上潜心研究创造的工程控制论、系统工程论，除了被应用于军事，也被广泛应用于农、林、社会经济各个领域的实践活动。特别值得提倡的是他还重视哲学研究，和哲学专家广泛讨论哲学问题和社会科学问题。他大力提倡文理渗透，自然科学和社会科学意义融合研究社会问题，例如，他在阅读《中国人民大学学报》上一篇关于老年学的文章后，亲笔写信给该文作者——我国老年学学科带头人邬沧萍，同他讨论我国的老龄问题，提出要乐观应对人口老龄化，讨论社会主义制度下我国老年人的生活质量问题十分有见地，对老年学研究很有启发。特别值得一提的是他晚年关心我国教育和人才问题，他所提出的大成智慧教育、培养创新人才的想法受到国家领导人和教育界的重视，对国家和民族都是巨大的贡献。他的高瞻远瞩的思考，体现了一个老科技知识分子多年知识、经验的积淀在学术中产生的新思想。老科技知识分子，由于阅历、经验、知识积累在自己感兴趣的另一专业做出贡献的不乏其人。这就是马克思所说的人的全面发展。

（4）组织好老科技知识分子终身学习是对他们精神生活最大的关怀。老科技知识分子在学校学习的时间比一般人长，参加工作后，在工作中学习。他们退休后需要的首先是有生活的保障和有健康的身体，同时，绝大多数仍希望继续参与社会，不愿自我封闭。这时，就需要继续教育、终身教育这个载体，把他们凝聚起来，紧跟时代，实现终身学习，通过终身教育、终身参与达到终身幸福。因此，老年大学老年终身教育绝不是可有可无的。它是投入最少、效益最大的为老事业，是长寿时代、知识经济时代的必然趋势。

**参考文献**

陈勃.2008.老年人与传媒——互动关系的现状分析及前景预测.南昌：江西人民出版社

欧阳珊.2006.从老年人电视接触分析看电视媒体在老龄社会的应对策略.南昌：南昌大学硕士论文

杨建伯.2003.中国人口平均寿命及流行病学意义.中国地方病学杂志，(2)：43～46

中国老年大学协会.2010.中国城市老年教育研究.北京：高等教育出版社

# 待开发的老年资源

清华大学老年学中心 　裴晓梅

今天的中国是个快速发展的社会，发展主要表现在经济和人口两个方面。经济快速增长是有目共睹的：多年来 GDP 以百分比呈双位数的速度增长，13亿人口的国家经历了人均 GDP 从几百美元到 3000 多美元的增长，中国人的收入和消费总量在过去 30 年间也经历了数倍的增长。伴随着经济增长的是中国人口数量的快速增长。除了总人口的持续增长外，老年人口占人口总数的比例更是以前所未有的速度增长。仅在过去的 10 年间，60 岁以上的人口就从总人口的 10%增长到了 14%。如此的增长速度，除了日本，目前还没有哪个国家超过中国。关于老年人口的增长对经济增长的负面影响，已经有太多的讨论。劳动力的老化不仅会改变劳动市场的规模和结构，而且影响着社会资源的积累以及其在代际之间的分配。如何满足日益增长的老年人需求，同时又能够公平地对待其他年龄群体的需求，是一个并不容易解决的政策问题。老年人口消费的增长，特别是在卫生保健方面需求的增长和对高科技产品的追求，对社会环境和生态环境的影响是毋庸置疑的。这些讨论使我们充分意识到了人口老龄化对经济进一步发展的挑战性，为可预见的未来作了必要的思想准备。然而，任何事物都是多方面的，我们今天的经济增长，是多代人不断努力的结果，与一代又一代的老年人年轻时的付出和创造分不开。不仅如此，可预见未来的发展，也需要老年人的参与和贡献。中国的人口红利正在减少，从劳动密集型制造产业向创新和科技型产业的结构性转变，需要的不是更年轻的劳动者，而是具有更丰富的工作经验和更高的劳动技能水平的劳动者，而老年人中有相当一部分这样的人才。他们的许多经验作为一种资源，如果能得到充分开发和利用，无疑将有力促进我国的产业转型，促使经济进一步增长。

老人年丰富的阅历和经验还是推动社会发展的宝贵资源。经济增长仅是社会发展的一个方面。今天的发展概念包括社会发展和人类发展两层含义。社会发展指的是经济增长在内的人民生活、社会秩序、科技教育、医疗保健、社会保障、生存环境等各个方面的改善。人类发展则指的是人口寿命、健康、受教育、社会参与、生活自由程度的总体提高。在所有上述这些领域的发展中，中国的老年人一直是持续的贡献者和推动者。

老年人的社会参与符合国家发展趋势。促进老年健康、创造老年人参与的社会条件已经成为现在国际上普遍接受的观点，成为各国政府老龄政策的重要部分。自 1982 年以来，联合国召开了两次世界大会和多次地区性的会议来推动各国政府制定有效政策，来提高老年人的物质和精神生活水平，促进老年人健康，推动老年人参与社会发展。世界卫生组织在 20 世纪 90 年代提出了积极老龄化的倡议，这个倡议在 2002 年 4 月马德里召开的联合国第二届世界老龄大会得到确认，并成为各国人口老龄化政策所追求的目标。

国际社会普遍认为，老年人积极参与社会应该包括至少三个方面的内容。首先是终生学习。现代化社会发展是快速的新旧技术和文化观念的变更，老年人应该和其他年龄层次的人们一样不断学习和熟悉新事物，所谓老有所学，目的既是为了与时俱进，又是为了扩大就业的机会。其次是"老有所为"，老年人在健康条件允许和自愿的情况下能够继续在正式劳动部门工作，为经济发展尽自己的力量。最后，老年人应该在物质生活得到保证的基础上，积极参与各种义务活动，在为社区和国家作贡献同时实现老年人的自我价值。

# 一、中国老年人社会参与现状

## （一）老年人在劳动力市场的分布

在我国，对劳动者退休年龄的限定一般为女性 50 岁、男性 60 岁。2000 年全国第五次人口普查数据显示（国家统计局，2003），在 60 岁以上的老年人口中，在业人口占了 33%。这些仍在工作岗位上的老年人口中，男性为 63.1%，女性为 36.9%；产业分布数据显示，60 岁以上的老年劳动者中 91.2% 的人在第一产业从事农林牧渔业方面的工作，2.91% 的人在生产和运输等第二产业部门就业，另有 5.91% 的人在第三产业就业，主要从事零售、餐饮和仓储等工作。

从职业分布变化来看，老年劳动者主要从事以生产型、体力劳动型为主的职业。从事农业生产的老年劳动者人数变化不大，但是从事工业生产的老年人比例则从 1982 年的 5.2% 下降到 2000 年的 2.9%。另外，在第三产业部门工作的老年劳动者的比例从 1982 年的 3.24% 上升到 2000 年的 5.91%。虽然女性老年就业者在整个老年就业人口中的比例只有 36.9%，但是女性老年人却占了农业生产老年人口的 95.2%。老年劳动者中重体力劳动者比例过大基本反映了现阶段我国的经济发展水平（国家统计局，2003；田雪原和胡伟略，1991）。

### （二）老年人在经济领域之外的社会参与

中国老年人的社会参与不仅限于经济领域，政治领域、公共事业领域、非政府和非营利的公民社会领域都有大量的老年人参与。在目前国家层面的党政领导人中，60 岁以上的人占了相当高的比例。大量的公务员从政府机构退休后积极参与非政府组织的活动，可以毫不夸张地说，当前中国社会非政府组织建设的风起云涌，在某种意义上正是这些退休者努力的结果。北京2008 年奥运会期间，大量的日常社区安全维护工作是由老年志愿者们承担的，他们为奥运会的完美举办贡献了不可忽视的力量。总之，在几乎所有社会领域中，中国的老年人已经并且一直在积极付出。

## 二、影响老年人社会参与的因素

影响中国老年人社会参与的因素来自社会制度和个体身心状况两个层面。社会制度层面的影响因素更多的是指现代劳动市场。过去的 30 年，中国的经济体制发生了巨大变化，伴随着这一转变的是退休制度从企业退休金模式向社会养老保险模式的转变。发生在经济领域的制度变化深刻地影响着老年人的经济生活，也限制着老年人的社会参与。

### （一）劳动市场供求关系的影响

劳动市场中劳动力的供需状况是影响中老年劳动者就业的另一股社会力量。第一，国民经济增长速度限制着社会劳动力需求总量增长的规模。当劳动力供求呈现供大于求的态势时，对老年劳动力的需求就会受到抑制。在一个劳动力富余的社会里，老年劳动力总是遭遇劳动市场的排斥。此外，不同产业、行业、职业结构的变化速度直接影响老年劳动力需求的变化。第二，在经济技术结构的选择过程中，技术更新的速度越快、先进技术所占的比例越大，对老年劳动力的需求就越低，因为多数老年劳动力所掌握的技能属于中间或传统技术。先进技术的发展和普及限制了对中老年劳动力的需求。第三，当其他条件不变时，老年劳动力的平均工资水平越高，则劳动市场对他们的需求越低。在国有企业转型过程中，让许多中老年工人下岗，理由就是企业人力成本太高，缺乏市场竞争力。第四，经济体制中个体经济实体数量越大，对老年劳动力的需求就会越大。因此，鼓励个体经济的发展有助于吸纳老年劳动力。20 世纪 80 年代的市场开放初期，个体经济的发展受到政策的鼓励，曾经有一批从国有企业退休的技术工人受雇于刚刚起步的私营企业。在这些企业中，他们发挥了技术咨询和指导的作用，为民营企业的发展做出了贡献，同时，也为个人在劳动市场的参与找到了恰当的位置。

老年人在劳动市场中遇到的问题还包括这个市场对家务劳动的排斥和对家庭内部生产劳动的忽视（Grint，1991）。在城市，退出社会生产岗位的老年人中有许多人从事某些家务劳动，如照顾孙子等；在农村，绝大多数的家庭属于生产消费型家庭，这类家庭中的中老年人中有相当一部分从事的是家务劳动和家内辅助性生产劳动。无论是家务劳动还是家内辅助性生产劳动，由于其价值难以用货币来衡量，因此难以得到劳动市场的承认。结果这类劳动不是没有报酬就是报酬很低，与付出极不相称。

### （二）退休问题

退休作为现代工业社会的一项制度，始于 1883 年德国社会保险立法。了解退休历史背景的人不难看到，退休制度的实质是现代劳动力市场对老年人的制度性排斥。退休年龄的确定不具有科学性，而是社会保险政策风险评估的结果。当年德国人之所以立法把退休年龄定在 65 岁，是因为当时德国人的平均预期寿命不足 65 岁。立法者们希望的结果是保险费缴纳者人数众多，而保险受益人的数量尽可能减少（Davis，1955）。中国的退休制度始于 20 世纪 50 年代。当时的中国人均预期寿命仅 50 岁左右，因此就有了一些行业 50 岁退休的规定，并延续至今。

退休是从为取得报酬而承担的工作角色向带有报酬的休闲角色转变的过程，这个过程的完成意味着与就业岗位的脱离。对于退休人员的界定必须满足两个条件：一是他终年的工作必须是非全职性的；二是他的收入中至少有一部分来自于退休金，而这笔退休金是他在此之前通过就业挣得的。现代社会把人们和就业紧密相连。首先，对于大多数人来说，就业是唯一可以接受的挣钱方式。人们通常把某个工作和某种生活方式相连，而以这种方式估计一个人的情形通常是不会出错的，因为工作通常决定收入，而收入又制约着生活方式。其次，对于许多人来说，为了获得工作的满足感，职业本身就是一个可追求的目标，也就是说职业可以给予人们最大的创造机会，在这个意义上，职业可以成为他们的全部生活。而退休则标志着人们和工作之间关系的结束，因此，它直接影响着人们的物质和精神生活。

从老年劳动者决定退休的考虑中，我们可以看到他们因为退休而面临的压力是多方面的。首先是找不到工作的压力。由于歧视性的就业政策，可供中老年失业者选择的工作几乎都是那些薪水很低或常年劳动力短缺的工作，即使是这样的工作，用人单位也常以老年人不符合体力和技术要求为由对他们加以拒绝。其次是企业提前退休政策的作用。提前退休即允许工人在达到退休法定年龄之前离开工作岗位，并享受一定水平的退休金和相应的待遇。对一些工人来说，提前退休是一个经济可行的计划，它既可保证退休金收入，又不影响再就业劳动收入。对企业来说，这是应付技术变化、兼并、倒闭和减产的一个常用的办法。最后是按年龄标准的强制性退休规定。我国实行强制性退休政策，凡达到规定的年龄，不论身体和其他状况如何，劳动者都要离开工作岗位。企业利用这个规定保证了劳动力的新陈代谢。劳动者个人在这个问题上基本没有选择的余地。

### （三）老年劳动者再就业问题

老年劳动者再就业主要指的是已退休者的再就业，即老年人在脱离人生主要工作岗位、享受退休金以及相应养老保障的同时，在劳动市场中重新找到可以利用自己的劳动技术和经验的有酬工作。老年人的再就业对社会经济发展和个人生活均具有重要影响。对社会经济发展而言，老年劳动力的资源的利用是我们迈入老龄化社会必须面对的问题。随着老年人口在总人口比例中的迅速增长，延长老年劳动者的工作年龄，不但能提高老年人的经济独立能力，而且还可以因此减轻国家和家庭老年供养负担，同时也为劳动力市场增添了人力资源。对老年个人而言，再就业使他们能够通过保持和工作的联系，提高收入、改善自我感觉、肯定自身价值。

在人口老龄化的社会中，越来越多的老年人是在体能和智能较强的情况下步入退休状态的，这也意味着越来越多的老年人正在成为实际或潜在的再就业劳动者。老年人再就业的实现受到个人、家庭和社会条件的制约。身体状况好是能否再就业的一个先决条件。由于传统家庭性别角色的分工差异，男性老年人再就业的可能性大于女性老年人。而劳动力市场中就业机会的多寡则是决定中老年人能否再就业的关键。在劳动力缺乏的情况下，老年人再就业不失为补充社会劳动力的一个办法。然而，在劳动力资源供大于求的情况下，老年人的再就业就被认为是在与年轻人竞争就业机会。事实上这种看法并不正确。已经有足够的研究表明劳动力市场现实远比人们想象得复杂，老年人从劳动力市场退出并不意味一定会留下给年轻人腾出工作岗位。例如，年轻的失业求职者很可能不具备必要的专业训练和技能来替代老年劳动者。为了确保维持一定的生产力和稳定的劳动力，企业总是需要有专业经验和技能的劳动者，无论他们的年龄有多大。

中国老年人在社会劳动参与中遇到的上述问题带有十分普遍的意义。只要劳动力市场不停止对效率的盲目追求和对资源的无计划开采和滥用，劳动领域中对老年人的歧视、忽视和排斥就会继续下去。这种情况的纠正不能只依靠市场本身的调解，而需要社会政策的干预。

## 三、老年人社会参与的条件

### （一）经济条件

收入、工作和社会保障是经济环境的三个方面，这三个方面对老年人的社会参与具有特别重要的影响。首先是收入问题。研究显示，低收入的老年人群的身体功能残缺率比高收入者高出 30％（Guralnik and Kaplan，1989）。其次是社会保护问题，社会保障项目越完善，老年人社会参与的条件越充分。在工作方面，一个世界范围的共识正在形成，即如果越来越多的人在生命的早期阶段就能够获得有尊严的工作机会，就会有更多的人到了老年也能够继续参与劳动市场的工作，整个社会将因此而受益。因此，社会支持老年人在正式工作或非正式工作领域、有酬或无酬活动中做出积极和生产性的贡献是十分重要的。只重视正式劳动市场的参与，往往忽略了老年人在非正式部门和家庭无酬劳动中所作贡献的价值。

### （二）社会环境条件

老年人实现社会参与，需要有来自社会各方面的支持。这些支持包括继续受教育和终生学习的机会，以及和平的环境，远离危险、暴力和虐待。事实已经充分证明，孤独、文盲和缺少教育、受虐待或被置于冲突的环境会极大地增加老年人残疾和死亡的风险，在这样的情况下，社会参与也就无从谈起。

### （三）生态环境条件

生态环境条件包括安全的饮食、居住、交通条件和清洁的饮水、空气。

例如，如果老年人居住在一个有许多障碍物的环境中，他极有可能足不出户，变得孤独、抑郁，身体健康水平降低、患病机会增加。如果存在安全隐患，老年人极容易受到伤害，而老年人受伤后的恢复比年轻人要慢得多。安全的生活环境是老年人实现社会参与的基本前提条件。

### （四）健康和社会服务因素

健康和社会服务因素包括健康促进与疾病预防、医疗服务、长期照顾和心理卫生服务。老年人患慢性病的比率要高于其他年龄的人群，因此对老年人的健康服务不仅是医疗救治，更多的情况需要预防、康复和心理咨询。这就需要把医疗服务与社会服务有机地结合起来。促进积极老龄化，卫生系统需要从一个生命过程的视角来看待老年人群，要把重点放在健康促进、疾病预防和使所有人都能公平地获得高质量的基本卫生保健和长期照顾的服务上。

### （五）健康生活行为条件

采取健康的生活方式并积极参与个人自我保健，对于生命的各个阶段都十分重要。有人认为老年人开始健康的生活方式为时已晚，然而研究表明，老年时期参与适当的身体活动，健康饮食、不吸烟酗酒和滥用药物，仍然可以防止疾病和身体功能下降，延长寿命，促进生活质量的提高。

### （六）个人身心健康状况

个人身心健康状况主要指生物和基因的影响。老龄化是一组生物过程，这组生物过程是由基因决定的。老年人之所以比年轻人更容易患病是因为多年基因、环境、生活方式、营养和机会相互作用的结果。个人因素还包括心理作用。缺乏动力、期望和信心往往是影响老年人积极参与社会活动的个人心理障碍。

## 四、推动老年人社会参与的建议

为了促使更多的老年人参与到社会发展中来，需要对现有的社会政策进行一些修改和补充。首先，在劳动政策方面，我们需要实施更为灵活的退休政策。现在关于退休年龄的争论仅限于是 60 岁还是 65 岁退休的问题。其实，这并不是问题的关键，问题的关键是建立一种制度，让希望 55 岁或 60 岁，或 65 岁退休的人可以按照自己希望的年龄退休。这不是一件难以办到的事，许多国家的退休政策就是这样做的。其次，出台政策支持企业事业单位设立创造就业和留职实施方案，帮助中老年劳动者不断更新知识和技能，有效延长他们的就业时间。最后，还应该探讨如何为老年个体经营者们提供咨询和援助服务。

政策还需要引导老年人参与社会发展活动，特别是与个人权利相关的活动，而非单纯的经济发展活动。社会政策要涉及老年人在社会、物质和身体保障方面的需求和权利。在他们不能照顾和保护自己的时候，社会应该确保他们能够得到保护、尊严和照顾。对于那些努力照顾老年成员的家庭和社区，应该从政策方面给予支持。要在社区建设中有意为老年人提供参与机会，对老年人参与社区建设要及时给予鼓励，同时，还要对老年人的建议及时进行反馈。政府需要采取措施唤起社会各方面对老年人社会参与的关注。只有当劳动力市场、就业、教育、卫生部门和各种社会政策及项目都支持老年人对社会经济、文化和精神领域的全面参与时，他们才会根据自己的基本权利、能力、需求和意愿，继续以有酬和无酬的方式为社会做出生产贡献。

除了政策改进外，还需要每一个老年人自身的努力。保持良好的生活方式使自己的身体健康是老年人参与社会的基本条件。保持平和的心理状态，对所参与的工作和活动充满兴趣是老年人成功参与社会的关键。另外，老年人还要对个人的能力有客观的估计，做力所能及的事情，不可勉强，要尽量熟悉所参与工作或活动的环境，避免在参与中受到任何伤害。总之，老年人自己也应该意识到饱经沧桑的我们仍然有能力贡献，有能力让我们的晚年人生旅程更加有意义。我们不忌讳夕阳西下，夕阳仍然绚丽辉煌，西下则意在点亮满天的繁星。[①]

## 参考文献

国家统计局 . 2003. 中国劳动统计年鉴 . 北京：中国统计出版社

田雪原，胡伟略 . 1991. 中国老年人口经济 . 北京：中国经济出版社

Atchley R C. 1988. Social Forces and Aging. Belmont，CA：Wasworth Publishing Company

Davis K. 1955. The origin and growth of urbanization in the world. American Journal of Sociology，60（5）：429～437

Deoring M，Rhodes S R，Schuster M. 1983. The Aging Worker：Re-

---

[①] 电影演员田华在 2010 年第十九届金鸡百花电影节获百花奖终生成就奖时的感言。

search and Recommendations. Beverly Hills，CA：Sage

　　Grint K. 1991. The Sociology of Work. Cambridge，UK：Polity Press

　　Guralnik J M，Kaplan G A. 1989. Predictors of healthy aging：prospective evidence from the Alameda County study. American Journal of Public Health，79（6）：703~708

# 论老年大学教学与求学目的的关系及协调措施

农业部老年大学　谢青耘

　　教学工作是老年大学永恒的生命线。老年大学的教学目的对教学工作的开展具有指导作用，而作为老年大学服务对象的老年群体，其参与老年大学的学习行为本身也是在求学目的的指引下进行的。二者对立统一，又相互作用。因此，理顺老年大学的教学目的与老年学员求学目的之间的关系，实现二者的一致性，对于开展好老年大学的教学工作、实现老年大学的可持续发展具有十分重要的意义。

## 一、老年大学的教学目的

　　老年大学的教学目的既有普通教学的共性，也有基于其服务对象而产生的特性。从共性角度上看，老年大学属于终身教育的重要组成部分，与普通教学一样，属于有目的、有计划、有组织地传授知识技能的社会活动，其教学目的在于培养学员的思想道德，发展智力和强健体魄。但是从特性角度上看，老年大学主要针对老年群体，其教学目的在于通过传授老年群体知识技能，做到"老有所学"，实现"老有所为"，享受"老有所乐"。其不以培养高级专业人才为目的，亦不以帮助就业为目的。因此，老年教学由于其教学目的的特殊性，决定了其教学内容不是理论性学科，更不是某项可营利性技能，而是具有可操作性的、获取某些情趣价值的专业知识，如书法、绘画、舞蹈等；其教学效果既非获取学历学位，亦非就业求职谋生，而是通过老年大学教学，充实老年人的晚年生活，提高生活质量，实现"老有所为"与"老有所乐"。

## 二、老年学员的求学目的

### （一）求学目的的类型

　　老年学员最根本的求学目的，是通过"老有所学"，实现"老有所为"与

"老有所乐"。但就具体而言，可以划分为以下六种类型。

（1）"圆梦"。这部分老年学员主要是基于某种原因曾经对某类专业产生了兴趣，有学习的意愿，只是由于各种主客观原因而未能如愿。因此，这部分老年学员参加老年学习，主要是基于"圆梦"，实现先前的求学梦想。

（2）"爱好的延伸"。这部分学员已经对某类专业产生了兴趣，形成了自己的爱好，并且打下一定的基础，具有一定的技术水平，在离职之后，希望通过参加老年大学学习，继续自己的爱好。

（3）"追求卓越"。这部分老年人属于学员中的"出类拔萃"型，他们大多数已经通过自学或培训，在某项领域达到了较为专业的水平。在离职后，他们希望通过学习，在原有基础上追求技术上的突破，实现更上一层楼的境界。

（4）"适应时代需求"。这种类型的学习目的常见于具有较强时代性特征的专业，如计算机、电子类专业等。怀有类似目的的学员之所以选择学习，并不完全是基于对该类专业的特别好感或偏爱，更多是为了适应当代社会的需求，通过学习掌握某种现代技能，继续参与到社会活动中来，发挥自身的社会价值。

（5）"享乐"。这类老年人本身并没有对某种专业形成专门的兴趣或爱好。他们之所以来老年大学参加学习，更多是为了摆脱"空巢"圈子所带来的寂寞和空虚感，或者生活等原因所引发的不愉快感。对于他们而言，老年大学不仅仅是他们的学习园地，更多的是他们释放情感、倾诉心声、寻求快乐的精神家园。

（6）"随大流"。这部分学员并没有形成明确的求学目的，因此也谈不上追求爱好。他们之所以来，更多是基于一种"随大流"的心态，在周围人的影响下来到老年大学参加学习，至于学什么、为什么而学，他们自身并没有明晰的概念。

### （二）求学目的之间的相互关系

上述六点是老年学员求学目的的类型概括。事实上，这六点相互之间既是对立关系，也存在着相互转化的可能。由于目的类型的不同，所追求的教学效果不同，彼此对教学内容与方式的要求也不同。但同时，从发展的角度看，这些类型本身仅仅是针对老年学员某一阶段的内心状态而言，随着教学内容的不断深入和学员水平的不断进步，求学目的也会发生转化。例如，"随大流"型有可能会转化为"享乐"型或"爱好的延伸"型，"圆梦"型、"爱好的延伸"型或"适应时代需求"型有可能转化为"追求卓越"型，等等。因此，求学目的的转化是必然趋势，在老年大学持续学习的学员，其求学目的会逐渐趋于同一化，即到最后，"追求卓越"型与"享乐"型比例居多，且"追求卓越"型应当会占据主要地位。

## 三、老年大学教学目的与老年学员求学目的的关系

老年大学教学目的与老年学员求学目的之间是一种相互统一、相互对立、相互作用的关系。二者相互统一，在本质上都是通过"老有所学"，实现"老有所为"与"老有所乐"。二者相互对立，教学目的具有原则性、整体性与抽象性，求学目的具有个体性、差异性与具体性。二者相互作用，求学目的决定教学目的，教学目的基于求学目的而存在，同时教学目的对求学目的具有反作用。教学目的既要做到规范协调好自身与求学目的的关系，真实反映求学目的，也要统筹协调好不同类型求学目的的对立关系，通过教学实现不同类型的求学目的。只有正确协调二者的关系，才能发挥教学目的的正面协调作用，通过实现学员的求学目的，进而实现二者的相统一，最终促进老年教学的可持续发展。

## 四、老年大学教学目的与老年学员求学目的的协调措施

第一，适时开展求学目的调研。开展对学习需求的调研工作是实现教学目的的前提条件。只有了解求学目的，才能确定教学目的，从而实现教学目的与求学目的的统一。此外，对求学目的的调研还要适时进行、持续进行，以及时了解求学目的的转化动态，进而调整好教学思路，满足学员不断变化的求学需求，通过实现学员的求学目的来实现教学目的。

第二，层次性专业分类。老年学员的求学目的决定了其对教学要求的差异性。因此，为了满足不同层次的学员需求，可以尝试对专业进行层次性划分。例如，同一专业可以划分为普及类和提高类，并且对每个层次的入学要求做出相应的定性，甚至定量的说明，学员可以根据个人水平与求学目的，选择适合自己的专业层次；同时，基于求学目的的转化性，不同层次间的专业教学应具有内容与进度上的衔接性。例如，学员在完成了普及类专业学习后，其求学目的极有可能会发生转化，因此，普及类与提高类之间应当衔接起来，确保学员能够循序参与学习。

第三，制订并公开教学计划。进行求学目的的调研与制订并公开教学计划，都是为了解决教学双方的信息对称性问题。如果说调研是为了让学校了解学员的求学目的，那么教学计划就是为了让学员了解学校的教学目的。公开教学计划等同于告知教学目的，让学员了解通过专业学习其所能达到的教学效果，根据求学目的选择适合自己需求的专业层次，实现教学目的与求学目的的统一。

第四，设立"学制"。学习是一个过程性的社会活动，兴趣的培养、发展、卓越的追求、快乐的享受都是在学习过程中逐步实现的。在教学条件允许的前提下，可以适当推行"学制"制度，一方面，可以使教学进度循序渐进，学员的知识水平稳步提高，实现求学目的的平稳转化；另一方面，"学制"的设立，可以保持教学目的整体性，便于其发挥统领协调的作用，并根据求学目的的转化而做出适当的调整，保持教学工作的稳定性与可持续性。

第五，设置"超市"型教学。"超市"型教学主要是针对"适应时代需求"型求学目的而设立的。所谓"超市"，俗称"速成班"，相对于"学制"而言，具有"短、平、快"的特点，其教学目的就是为了让学员在最短时间内掌握最简单、最基础的专业知识，学成之后即可致用；其教学时间一般仅持续几个月，甚至1个月。"超市"型教学，一方面可以帮助学员在最短的时间内达到目的，使他们尽快地融入现代社会；另一方面也通过设立"学制"与"超市"型教学方式，将不同的求同目的区分开来并予以满足。

第六，成立松散型学员组织。松散型学员组织主要是针对一定数量的"追求卓越"型求学目的而设立的。按照老年大学教学发展趋势，求学目的通过转化会最终趋向于同一，"追求卓越"型所占比例将会越来越多，当达到一定比例和人数的时候，可以成立以专题班、特长班、协会等形式的松散型学员组织。该类组织不设学制，不设结业，属于永久性的学习班级，通过学员交流、专题讲座、专家点评等方式开展教学活动，形成学员自我学习、自我服务、自我管理的教学模式。其目的，就是通过提供学习交流的平台，使处于饱和状态的"追求卓越"型学员群体在相互交流中继续学习，实现知识水平的不断提高，从而促进教学工作的可持续发展。

# 五、结语

老年大学的可持续发展，取决于很多主客观因素，而且受到学员人数、专业数量、专业种类、硬件设施等因素的综合影响，上述的协调措施并非是放之四海而皆准的真理。但是，明晰并协调好老年教学目的与老年学员求学目的之间的关系，对于促进老年大学可持续发展具有重要作用是不争的事实。协调二者关系的工作是长期的、持续的，通过老年大学实现"老有所为"与"老有所乐"，其发展依然任重而道远。

# 中央部委老年大学在构建和谐社会中的历史责任

商务部老年大学　杨小桂

　　我国的老年教育事业在党和政府的关怀领导下，取得了令人瞩目的成绩，受到人民群众特别是广大老年人的欢迎与肯定。在欢庆新中国成立 60 华诞之际，2009 年 10 月 28 日，全国老年教育战线的代表们从祖国四面八方走进庄严的人民大会堂，接受表彰和奖励，接受党和人民对老年教育工作的检阅。

　　创办老年大学、发展老年教育是我国人民在改革开放进程中的一大创举，它顺应了社会发展的潮流，反映了我国老年人追求进步，积极向上的时代心声，是坚持以人为本、实现人的全面发展的具体体现。目前，我国 60 岁以上老年人已达到 1.7 亿，接近全国人口的 13％。人口老龄化已经成为我国当今社会的一个重大问题，引起党中央、国务院的高度重视，并采取了一系列重要举措，以应对人口快速老龄化的发展趋势，其中，发展老年教育就是重要举措之一。在党和政府的关怀支持和社会各界的大力帮助下，我国老年大学从无到有、从小到大，一步步发展壮大，到 2009 年年底已发展到 4 万多所，在校学员 430 多万人。

　　党的十六届六中全会明确指出要建立社会主义和谐社会。构建社会主义和谐社会，一是要强调人与自然的和谐，坚持可持续发展；二是强调人际之间的和谐，坚持公平、平等、民主、友爱；三是强调人自身的心理、生活平衡，倡导科学、文明、健康的生活方式和行为方式。就人际关系来讲，要形成和谐的人际关系就必须在学习型社会中加强和谐社会的主题教育。中国老年教育就是要通过人的社会化机制，体现和维护老年人的根本利益，在与时俱进的主题教育中以人为本、不断提高老年人的生命和生活质量，实现老年教育由"必然王国"和"自由王国"理性发展的又一次新飞跃。党的十六届六中全会通过的《中共中央关于构建社会主义和谐社会若干重大问题的决定》

提出，把构建社会主义和谐社会提到确保党的事业兴旺发达和国家长治久安的战略高度来思考，放到中国特色社会主义事业总体布局中来谋划，作为全面建设小康社会的重大现实课题来部署，适应了我国发展进入新世纪、新阶段的要求。党中央一再强调，老年群体是社会群体的重要组成部分，是社会的宝贵财富，老年群体的稳定是社会和谐的重要因素。每个老年人都关联着一个甚至几个家庭，关联着周围的人群，老年人的精神状态和生存状况对社会特别是对下一代的影响是相当大的。因此，我们的责任就是要通过相应的教育活动，培养、造就一代身心健康、与时俱进的老年人，不断提高他们的思想素质，努力做到"政治坚定、思想常新、理想永存"，使他们保持一个良好的精神状态，自觉地、乐观地为构建社会主义和谐社会而努力。《中华人民共和国老年人权益保障法》规定，老年人有继续受教育的权利，国家发展老年教育，鼓励社会办各类老年学校，各届人民政府对老年教育应当加强领导，统一规划。因此，发展老年教育事业、抓好抓出成效，是党和各级政府的一项重要工作。

党中央十分重视老干部工作和老年教育工作，胡锦涛总书记曾指出，要更好地从政治上关心老干部，不仅要保证他们老有所养，而且要为他们老有所教、老有所学、老有所乐、老有所为创造条件。要做好思想政治工作，组织老同志参加健康有益的健身活动，把党的温暖带到每一位老同志的心坎上。曾庆红同志曾在 2006 年 10 月全国老干部工作先进集体和先进工作者表彰大会上指出，要把弘扬老干部工作先进典型同总结老干部工作成功经验结合起来，面对新形势、立足新起点，努力开创老干部工作新局面。我们要切实贯彻落实以胡锦涛同志为总书记的党中央关于"政治上尊重老干部、思想上关心老干部、生活上照顾老干部，进一步把中央关于老干部工作的各项政策措施落实到实处"的指示精神。贺国强同志也曾对老年大学工作做出了具体指示，要求把这件为老干部服务的工作（指老年大学工作）办得更好。2008 年 1 月，中共中央政治局常委、中央书记处书记习近平，在出席中共中央组织部、解放军总政治部、北京市委举行的在京老同志迎春座谈会上强调，要高度重视和切实改善老干部的精神文化生活，办好老干部活动中心和老年大学。

2006 年，在全国老干部活动中心老年大学工作座谈会上，中共中央组织部领导再次强调，老干部活动中心、老年大学是加强老干部思想政治建设、面对老干部精神文化生活需求的重要载体，是党和政府联系老干部、凝聚老干部工作的重要基地，也是党在思想文化领域的一个重要阵地。

中央领导同志的一系列重要指示，为做好新形势下老干部和老年教育工作指明了方向。做好老干部工作既是党的干部工作的一项重要任务，也是和谐社会建设的一个重要方面。面对这样的新形势，我们中央国家机关部委老年大学的工作也将面临新的机遇与挑战。

中央国家机关各部委老年大学兴起于 20 世纪 80 年代初期，是随着干部离退休制度的实施逐步发展起来的。在广大老干部陆续退出工作岗位的大背景下，如何为他们安度晚年提供全方位服务的问题日益突显，开办老年大学为解决这一问题填补了空白。在没有任何经验借鉴的情况下，热衷于老年教育事业的同志们，在各级领导的支持下，倾其所有的热情和爱心，充分发挥自己的聪明才智，耕耘出了这片学习、生活的园地。从最初开办的几所老年大学到 2009 年年底的 33 所，还有不少部委正在筹办，可以说在部委开办老年大学已成为一个必然的趋势。20 几年的办学实践证明，开办老年大学有利于促进老干部工作的开展，既丰富了老干部的精神文化生活，增进了身心健康，又促进了家庭和睦与社会和谐。

中央部委老年大学工作与地方老年大学相比有着得天独厚的优势，具体表现在以下四个方面。第一，中央部委老年大学直接受到党中央、国务院的领导与关怀，并在各级党政领导高度重视与具体指导下开展工作。2007 年年底，中央国家机关工作委员会老龄工作办公室召开了中央部委老年大学工作座谈会，为推动中央国家机关老年大学工作的开展、进一步丰富中央国家机关离退休老同志的精神文化生活起到了指导作用。第二，中央部委老年大学作为各部委离退休干部局的一个职能部门，有一定的人员编制，有专门人员进行管理；第三，中央部委老年大学有专门的经费保证，并能做到每年适度增加。第四，中央部委老年大学绝大部分设立在首都北京这一全国的政治和文化中心，信息量大、视野开阔，人员素质相对较高。

我们要充分发挥中央部委老年大学工作的优势，把握时代脉搏，一方面认真总结经验，另一方面认真分析和研究当前面临的新情况、新问题，在工作中切实做到"以人为本"。这既是落实科学发展观的体现，也是老年教育不断发展的内在要求。人的发展是最根本的发展，"以人为本"是对人性的呼唤和尊重，"以人为本"的教育是以人为中心，实现人的自我价值和社会价值。它完全超越了功利，完全是为了老年人的健康、快乐、幸福而办学，体现社会、家庭、群体的人文关怀和人文融合，体现健康文明的生活方式和道德情感，因此，"以人为本"原则对老年教育有广泛的适用性和指导性。只有坚持"以人为本"，才能不断把老年大学工作提高到一个新水平。

首先，我们要清醒地认识到目前老干部的需求正在由物质保障型向精神愉悦型转变，由一般知识性需求向提高综合素质转变。近年来，退休干部的文化水平、思想水平、素质修养、身体状况都较前10年有了很大提高，这种状况对我们的工作提出了更高的要求。因此，要坚持适其所需、授其所宜，还要不断丰富活动、学习的内容，改进活动、学习的方式，拓展活动、学习的领域。为老干部增长知识、丰富生活、陶冶情操、增进健康提供高质量的服务。

其次，要在工作中强调人性化管理。人性化管理是不断提高老年大学管理水平的内在要求。因此，提高这方面认识就是坚持一切工作要"以人为本"，一切从老干部的实际需求出发，把老年大学建设看成是民心工程、敬老工程、德政工程。

最后，在工作中要始终贯彻"四个和谐"。一是学员与学校的和谐。要做到课程设计、教学内容、教学管理与学员的愿望相一致，学校的学习活动与学员的兴趣爱好相一致，努力为他们创造一个学无止境、全面发展的平台。二是学员与教师之间的和谐。要选派品德高尚、专业精通、具有奉献精神的教师，这也是办好老年大学的关键，师生之间的配合是创造和谐学习环境的重要一环。三是学员之间的和谐。老同志不管职务高低，来到老年大学都是平等的，都是同志加同学，要经常性的组织班会、联欢会、座谈会、外出考察参观、旅游等活动，增进学员之间的了解与沟通，使老年大学的学习充满活力，成为他们联络感情的纽带。四是学员与家庭的和谐。通过学习科学文化知识，参加社会活动，培养他们适应社会的能力，使他们跟上时代发展的步伐、成为开明的现代老人。变物质养老为积极养老、精神赡养和健康养老，变"家庭负担"为家庭财富，参加学习使他们的知识更丰富，身体充满活力，生活得到充实，配偶、子女满意，受到家属们的欢迎与支持。四是整合资源，使老干部服务工作社区化，这是实现"四就近"的重要途径，与社区共同创办老年课堂，活跃社区文化生活，共同创建和谐社区，达到了双赢的目的，也是当前和今后一个时期老干部工作的努力方向。

我们还要充分利用中国老年大学协会与中央部委老年大学协作组这个平台，加强横向联系，为提升中央部委老年教育的整体水平和综合教育的质量，努力进行社会实践；要积极参与其组织的活动，开阔工作视野，拓展工作思路；要加强校际间联系，在师资力量、教材上互通有无、密切合作，资源共享；要积极与国际第三年龄大学协会开展合作，加强国际间交流，适时组团走出国门，学习国际老年教育的先进理念与办学模式，树立我国老年大学的国际形象。

要搞好中央部委老年大学工作，最重要的是要有一支政治上靠得住、工作上有本事、作风上过硬的干部队伍。要培养一批对老同志有感情、明事非、知荣辱、讲责任、尊老爱老、任劳任怨、爱岗敬业、真抓实干的工作人员。目前从事这项工作的人员必须树立三种意识：一是树立学习意识。要通过学习，不断获取新知识、研究新情况、阐释新问题、做出新决策、讲出新东西，这样才能做到与时俱进，老同志才乐于接受。二是树立创新意识。在新的形势下，要解放思想、实事求是，克服故步自封、原地踏步、不求进取的懒惰思想，要善于找工作中的突破口，把党的方针政策同本部门的实际工作相结合。三是树立反思总结意识。为提高学员的思想素质与精神境界，必须坚持以人为本，及时了解当前老干部的思想动态、学习愿望和需求，及时看到问题并找出应对之策。

建设社会主义和谐社会是我们党从全面建设小康社会、开创中国特色社会主义新局面的全局出发提出的重大战略任务。加强和谐社会建设，需要加快发展各项社会事业，需要营造安定团结的社会环境，需要激发全社会的生机与活力。广大老干部是党和国家的宝贵财富，他们在创立和建设新中国的光辉历程中、在为建设中国特色社会主义事业共同奋斗中做出了巨大贡献，建立了不朽的功勋。中央部委老年大学工作是回报老干部历史贡献的重要载体，是实现老干部社会参与的重要途径，如此重大的责任，也是我们义不容辞的神圣使命。我们只有不断加强思想政治修养，发扬真抓实干的务实精神、开拓创新的进取精神、勤奋爱岗的敬业精神、任劳任怨的奉献精神，全心全意为老干部服务，才能完成党和历史赋予我们的神圣责任。

# 老年大学管理的科学特质与人文特质

文化部老年大学

文化部老年大学始于 1992 年各类兴趣学习班，2006 年 11 月正式挂牌，2007 年 5 月加入中国老年大学协会，成为中国老年大学协会正式会员，2009 年当选为中国老年大学协会理事单位。同年，由中央国家机关老年大学协作片推选，文化部老年大学被评为"全国先进老年大学"。

文化部老年大学的办学方针：增长知识，陶冶情操，倾注丹青，颐养天年，融入科学文化的发展信息，成为老同志满意的学习乐园。

文化部老年大学的办学宗旨：增长科学知识，丰富老年文化，提升健康水平。

文化部老年大学的校风：发展志趣，涵富学养、情系乐龄。

老年大学是一个集老年教育、身心愉悦、涵富学养于一体的园地。怎样在教学中针对学员的特点做好管理工作，需要科学统筹。本文从管理的科学特质与人文特质方面谈一点粗浅认识。

老年大学的管理既是祥和稳定的基础性建设工作，也是老年大学建设的经常性工作，尤其应该坚持以科学发展观为指导，以科学的思路和方法实施管理，才能实现规范的管理效果。管理学作为既具有科学特质又具人文特质的社会学科，有着独特的二重属性。老年大学管理工作除具有自身的特殊性外，也必然具有这些基本属性的特质。

## 一、老年大学管理的科学特质

科学特质决定必须构建科学体系，从理论和实践两个层面看，都需要努力构建科学的老年大学管理工作体系。科学的管理体系需要科学的管理理念，确立科学的老年大学管理工作的理念，主要涵盖以下五个方面：①统筹管理的理念。教学大纲作为老年大学管理工作的主线，是老年大学教学活动的依据。必须强化正规意识，由随意性向规范化转变，使老年大学管理紧紧围绕教学大纲，步入制度化的科学轨道。②系统管理的理念。必须按照系统工程的原理，把老年大学管理工作渗透于学科选择、教案准备、课堂讲座、班级调配、器材保障等之中，贯穿于老年大学建设的全过程，把不同层次、不同要素的力量整合起来，把各职工作人员的积极性充分调动起来，获取全系统的整体效益。③精确管理的理念。信息化需要精确管理支撑，必须摒弃粗疏、粗放、粗漏等大而化之的管理行为，运用先进老年大学管理理论和信息系统，对管理对象实施精细、准确、快捷的规范与管理，以精细促落实、以精确求高效。④风险管理的理念。必须具有强烈的忧患意识、危机意识和防范意识，建立各种情况的应急处置预案，加强预测预报和风险评估，将风险因素降到最低限度。⑤科技管理的理念。将先进的科技器材与手段特别是信息技术运用到老年大学管理中，充分发挥电教器材的作用，增强老年大学教学管理实效，带动老年大学管理工作向前发展。

第一，建立科学的老年大学管理的模式。科学的老年大学管理模式，是建立在制度化基础上的严格有序、持久、经常的管理。当前，构建科学的老年大学管理的模式，需要着力克服三种有害的做法：一是克服"作秀"行为。不搞急功近利，不搞短期行为，不做表面文章，不打造"形象工程"，培养老老实实、扎扎实实、踏踏实实的作风；二是克服随意性。严格按规章制度管理和教学规律教学，坚持一级对一级负责的层次管理，既求深入，又防越俎代庖；三是克服凭习惯行事。坚决纠正靠经验、凭习惯进行教学管理等陋习，注重加强制度建设，防止囿于陈规和经验主义的错误。

第二，建立规范科学的老年大学管理机制。机制的创立最难，也最有价值，必须不断研究探索，科学规范。一是决策机制。严格依法决策、按程序决策、民主决策、科学决策，力争达到决策事项的最优化，保持决策的正确性、科学性。二是责任机制。按照按职负责、对口负责、主管负责的原则，全面建立管理岗位责任制，实现责、权、利的有机统一，避免任务不明、责任不清、都管都不管，工作"挂空挡"。三是调控机制。调控机制是随机的，作用在于对工作中的偏差及时修正，解决实施过程中出现的矛盾和问题，使其保持正确的方向。四是评估机制。综合运用听、看、查、考获取的信息，进行客观公正的评估，做出科学准确的判断，避免凭印象、靠感觉打分。五是监督机制。把学校与课堂、教师与学员、管理与制度、事先与过程的监督有机结合，构建全时段、全方位、全要素，横向到边、纵向到底的监督网络，避免"空白地带"。六是激励机制。通过奖优评先的激励机制，激发每个学员的主观能动性，形成浓厚的科学管理氛围和导向。

第三，锻造科学的老年大学的管理能力。除具备把握方向、科学决策、组织协调、监督控制的能力外，还必须具有全面的人文素质、良好的心理素质、临机处置的素质、开拓创新的素质。提高科学的老年大学的综合管理能力素质，一靠学习，必须把勤于学习作为终身课题，尤其要加强系统管理、目标管理、信息管理、精确管理、矩阵管理等现代管理理论的学习，优化管理者知识结构。二靠实践。科学管理需要先进的管理理论作为支撑，更需要将这些理论运用到具体的教学与管理工作中去。三靠总结。只有在教学与管理实践中善于将经验教训进行理性地分析研究，使其上升为对事物特点规律的认识，才能不断提高老年大学的科学管理能力。

## 二、老年大学管理的人文特质

老年大学的管理工作在依靠制度规定实行全面规范管理的同时，必须坚持以人为本、以学员为本，注入人文关怀和人性化的因素。

第一，实行人格化的柔性管理。人格化管理是指管理者凭借良好自身形象和优良的个人素质，通过自身约束、关心暖心、鼓动激励等非权力因素实施的"领导-追随"式管理方法。一是自身约束，品格影响。人格力量能使被管理者心悦诚服，产生敬佩、信赖和亲切感，从而增强凝聚力、向心力。二是尊重人格，用其所长。尊重学员的人格和学习追求，用人所长，注重开发学员的潜能，充分调动积极性，使之主动参与管理，自觉地服从管理。三是关心暖心，真情关爱。关心暖心是我们做老干部工作的传统优势，要发扬光大并赋予其时代内涵，通过坦诚相见的关心暖心，化解矛盾，增强教学与管理工作的针对性、主动性。四是倾心老年教育，多为学员办实事。主动在校园中营造温馨、和谐、快乐教学的氛围，积极创造留心留人的环境。

第二，实施个性化的心理管理。必须针对学员千差万别的心理状态加强个性化心理管理，通过参加老年大学的学习，淡化和减少学员在生活中无法解决的心理问题。运用心理学知识，及时进行教育引导和心理疏导，调节情绪，缓解压力。普及心理咨询，我们尝试依托卫生机构建立心理咨询课堂和校园咨询热线，一对一地解难释惑，面对面地进行疏导调理，最大限度地改善有心理问题者的心态，鼓励将身心投入到老年教育的学习中，摆脱心理阴影的影响。

第三，开展多样化的教学管理。充分发挥文化部老年大学的资源优势，开展活跃的教学，对老年大学管理工作有相得益彰之效。一是注重文化养老特色，学习内容注入文化内涵，使学员受到潜移默化的影响。二是注重学员参与，校园建设和教学活动要全员参与，增强老年大学的吸引力。三是抓住各类契机，主动开展各类展示、展览、表演活动，实现学员的成就感和表现欲望，增加老年大学教学与管理工作生机与活力。

## 三、必须坚持二重属性的有机结合

第一，管理与学员相结合。管理是老年大学保持正规秩序的重要措施，学员是老年大学的培育对象，提高学员的技能与素质，目的都是提高老年大学的品质和威望。端正对学员的根本态度，真诚地关心、热情地帮助、全心地爱护，老年大学才能够有良好的教学环境和教育基础，通过正规规范的学习教育，真正实现学员的老有所学，老有所为。在管理与学员中要寻求统一点，善于找准切入点，使之和谐统一。

第二，管理与教学相结合。教学与管理是一个有机的整体，离开教学抓管理，管理就失去了目标、方向，离开管理抓教学，教学就不规范、不正规。只有把教学与管理结合起来，把管理融入教学中，才能在规范的教学中提高管理水平，在和谐的管理中推动老年教育发展。

第三，管理与服务相结合。管理的根本目的是为全体老年大学学员服务，不断拓展老年大学的服务保障功能。强化为教学服务、为老年大学全面建设发展服务、为广大学员服务的意识，就要不断增强服务的自觉性、主动性。从广大学员的根本利益出发，尽可能满足他们学习方面的合理需求，主动为他们排忧解难，使老年大学管理工作不断完善发展。

认真研讨老年大学管理的科学特质与人文特质，非常有利于老年大学的建设与发展，我们要从发展老年教育的美好前景出发，用智慧之光，点亮老年教育发展之路，用科学发展，指导老年大学教学，使老年大学的工作更具有时代特征和文化特色。

# 在全面建设小康社会进程中推进老年教育发展

天津市老年人大学　王鸿江

中国特色老年教育经过 20 世纪开创起步、探索拓展和 21 世纪的迅速发展，已经成为一项世人瞩目的"夕阳工程"、"朝阳事业"。如何对老年教育进行定位、如何评估其当前的发展状况、如何梳理其今后的发展思路、如何形成有中国特色老年教育体系等，目前可以说是众说纷纭。笔者以为，就中长期发展来讲，只有站在全面建设小康社会的宏观全局看我国老年教育的发展，才能给出正确答案。就是说，不但从老年人个体发展视角、从老年教育本身发展视角出发，更要从社会发展视角来考量我国老年教育的地位和价值，展望其发展目标。本文从以下三个方面加以阐述。

## 一、目标定位

如何瞻望我国老年教育科学发展的目标呢？简单来说，就是根据我国经济社会发展的趋势和目标确定我国老年教育的发展目标，就中长期发展来讲，就是要在我国按照科学发展观的要求正在进行的全面建设小康社会的目标中找到老年教育的目标位置。

我们知道，党的十六大、十七大在阐述全面小康目标时，就将全民学习、终身学习的学习型社会建设，人的全面发展和终身教育体系的基本形成确定为全面小康的目标之一。党的十六大明确提出，到 2020 年形成全民学习、终身学习的学习型社会，促进人的全面发展；加强职业教育和培训，发展继续教育，构建终身教育体系。十七大以更明确、更高的要求提出，发展远程教育和继续教育，建设全民学习、终身学习的学习型社会；现代国民教育体系更加完善，终身教育体系基本形成。老年教育作为终身教育体系的一个重要组成部分，也自然包含在其中；而人的全面发展目标的实现，也绝不能忽略占我国人口总数百分之十几且在不断扩大的老年人群的全面发展。

我国老年教育的诞生和发展的历史脚步，也充分证明了它今后的发展目标与经济社会发展目标的一致性。我国的老年教育为什么会诞生于 20 世纪 80 年代中期而不是更早？为什么较早诞生于较发达、开放的沿海地区特别是一些大城市？过去一些同志在谈到这个问题时，一般都认为因为那时干部体制改革了，一批老同志退出了领导岗位，有了需求。实际上有需求是一个方面，更重要的一个方面是当时经过改革开放特别是农村改革的成功和城市改革的起步，我国经济社会的发展、温饱问题的解决，为它的诞生奠定了一定的客观基础，具备了主观需要与客观可能的统一。我国的老年教育所以能发展于世纪之交，全国老年大学能从 1989 年的 900 多所迅速发展到 2001 年的 17 000 多所，又迅速发展到 2007 年的 40 000 多所[①]，其主要原因在于我国低水平小康的实现，提供了为其迅速发展厚实的主客观基础。从 1980 年到 2000 年，我国实现了现代化建设第二步战略目标，GDP翻两番，人均约 850 美元，超过 800 美元的预期目标，"人民生活总体上达到了小康水平"。我国的老年教育就是在这样的客观社会背景下应运而生，不断发展的。

我国老年教育发展史足可预示，其今后的发展，也必然是在全面建设小康社会的进程中随之发展，必然是随着全面小康社会目标的实现而跃上一个新的台阶。

首先，我国全面建设小康社会的目标、任务、要求、进程等，是老年教育发展的大背景和条件。正如党的十六大报告所指出的："我们要在本世纪头 20 年，集中力量，全面建设惠及十几亿人口的更高水平的小康社会，使经济更加发展、民主更加健全、科教更加进步、文化更加繁荣、社会更加和谐、人民生活更加殷实。"以上全面小康社会的目标，是以经济建设为中心的全面发展的目标。这个目标的内涵很丰富，既包括实现经济总量的增长，也包括经济体制的完善、人民生活水平和生活质量的提高、人的素质和全面发展的促进、社会的和谐与全面进步等。对老年教育的发展以及如何推进等问题的回答，都不可能离开这个大背景和条件。

其次，老年教育与全面建设小康社会的相互关系必然是局部和全局的关系。也就是说，全面建设小康社会对老年教育的发展有着必然的要求。因为全面小康社会，不单单是一个经济发展的社会，只要完成一定的经济指标即可，而是要实现经济社会全面科学发展的目标，才称得上是全面小康社会。例如，要真正实现学有所教、劳有所得、病有所医、老有所养、住有所居，

---

① 见中国老年大学协会历次会议统计数据。

推进和谐社会建设，其中就包含了对老年教育的要求，而老年教育对全面建设小康社会的意义，也正在于它对构建终身教育体系，建设全民学习、终身学习的学习型社会，实现人的全面发展，乃至实现全面小康社会目标的必要性。

有些地方，之所以不能将兴办老年教育提上日程，之所以总是说起来重要但不能真正行动起来，就在于对终身教育体系的构建与老年教育发展极端重要性的关系认识还不到位，在头脑中还不那么清晰，更没有把它置于应当一体追求并全力实现的全面小康社会目标之中。因此，当前要做的，一是认可其定位，二是将其明确纳入经济社会发展的长远和中长期目标，三是将"终身教育体系基本形成"包括老年教育的发展目标尽量具体化和量化，分解到具体实施措施中，尤其是落实到各级政府行为和全社会的责任中。这是我国老年教育当前科学发展的最重要的环节。

以上所讲，是说我们在谈老年教育发展的时候，一定不要背离社会发展的客观规律，即既不能忘却对老年教育社会价值的认识，这是老年教育发展的重要理论前提；也不要脱离全面小康目标的实现，这是老年教育发展的现实根基。

## 二、格局定位

全面小康，重在全面，这与我国已经实现的总体小康是不同的。也就是说，要实现全面小康，我国的经济建设、政治建设、文化建设、社会建设和生态文明建设必须全面科学发展。这就决定了从格局定位上讲，必须站在国家发展战略的高度上，把老年教育的发展放在经济社会发展的大局中，统筹兼顾，协调发展，既要考虑老年教育自身的发展，更要考虑老年教育与其他社会事业的协调发展，把发展老年教育作为社会建设的一项重要任务予以安排。这样才能准确把握老年教育的定位，才能确保老年教育的发展走向。

具体来说，就是要把老年教育置于以下四种关系之中。

一是包括老年教育在内的终身教育体系建设，不可能是孤立的，是与全面小康建设其他方方面面不相干的，而是有机结合起来的。也就是说，包括老年教育在内的终身教育体系建设，必须与推进经济建设、政治建设、文化建设、社会建设和生态文明建设有机地结合起来。比如，十七大报告提出的要注重培养创新人才、提高劳动者素质、培育新型农民、加强公民意识教育、加强中华优秀文化传统教育等，是十七大提出的"五个建设"的重要内容。

所有这些方面,既需要国民教育、终身教育的支撑,也是对国民教育体系更加完善和终身教育体系基本形成的一种推动。总之,无论是从哪一个方面来说,都不能忽视老年教育,更不能没有老年教育。

二是社会建设包括方方面面,必须协调发展。因为社会发展有自身的规律,需要社会的方方面面相互协调、相互促进。以党的十七大提出的全面建设小康社会的新要求为例,就包括了"六个基本":终身教育体系基本形成,全民受教育程度和创新人才培养水平明显提高;覆盖城乡居民的社会保障体系基本建立;人人享有基本生活保障;合理有序的收入分配格局基本形成,中等收入者占多数,绝对贫困现象基本消除;人人享有基本医疗卫生服务。每一项新要求,到2020年圆满实现都可以说是很艰巨的任务,都有赖于经济的发展。比如,基本消除绝对贫困,覆盖城乡居民的社会保障体系基本建立,人人享有基本生活保障。显然,老年教育的发展不能不与上述几个方面的发展相协调,甚至于要以之为前提和基础。因此,我们必须把老年教育放在社会建设的格局中推动它的发展,推动它与其他目标同步发展。胡锦涛同志在十七大报告中在讲到社会建设时,就是把学有所教和劳有所得、病有所医、老有所养、住有所居等关乎人民幸福安康的一系列民生问题一起提出的,强调了它们在经济发展的基础上的和谐发展和合理位置。

三是老年教育是老龄服务事业的一环。老龄工作的方针是讲六个方面,包括老有所养、老有所医、老有所教、老有所学、老有所为、老有所乐,这里,六个方面的每一个方面与整个体系,都是部分与整体的关系,各方面共存于一个老年服务体系之中,所以,不可能偏向某一个或几个方面而不顾其他方面。试想,在老有所养、老有所医尚未解决的情况下,能够老有所教、老有所学吗?当然,也不能等到老有所养、老有所医彻底解决了之后再谈老有所教、老有所学,那也是片面的。因为无数事实证明,特别是进入老年大学学习的老年人差不多都有切身感受,即老有所教、老有所学也有助于老有所养、老有所医、老有所为、老有所乐。当然,在某些时候,先与后也是存在的,因为有些是不分先后、全体必保的,如老有所养和老有所医,而有些是可以先局部、后全部的,如老有所学和老有所教,在现阶段只能满足部分有条件、有需求者,再逐步走上由少而多、由部分覆盖到全覆盖。当然,也有无数事实证明,"六个老有"完全可以相互结合,比如,有的老干部大学与老干部活动中心一体发展,有的老年大学办到养老院中,二者相辅相成,相互推动。在这里还要特别指出,老年人的教育不是老龄工作部门一家的事,也不是教育部门一家的事,而是全社会的共同责任,需要全社会共同完成,这方面的成功事例也很多，如军民地共建老年大学，机关、企业、事业单位办老年大学，社区办老年大学，等等。作为首批全国社区教育实验区的天津市河西区，就是将社区学院、老年大学、市民学校、国民教育机构、社会教育机构有效链接到社区，形成全覆盖、全天候、无缝隙的终身教育体系载体网络的，在这个网络中，承担老年教育的不仅仅是老年大学，还有三级市民学校网络；老年教育也共享包括国民教育资源在内的一切社会教育资源。

四是老年教育的发展、终身教育体系的构建、全面小康目标的实现，是在我国老龄化不断加剧发展的严峻形势下进行的。以天津市为例。一方面是老龄化的严峻形势。据统计，截至 2007 年年底，天津市户籍总人口为959.10 万人，其中 60 岁及以上的老年人口有 156.29 万人，占全市总人口的16.30％，大约相当于每 6 个天津人中就有 1 个老年人。而且从 2007 年到2050 年，天津市人口老龄化程度将进一步加重。根据预测，到 2020 年老年人口将达到 273 万，占全市总人口的 26.40％。另一方面是老年人受教育程度不高以及接受终身教育不够的严峻形势。对天津市市区 60 岁以上老年人的文化水平状况调查显示，文盲、半文盲占 26.1％，小学学历的占 30.8％，初中学历的占 21.7％，高中学历的占 13.1％，大专及以上学历的占 8.3％。而进入老年大学学习的比例，根据对市老年大学 2008 年学员的统计，初中以下学历的占 10％左右，高中学历的占 33％，大专及其以上学历的占 57％，说明占老年人总数 78.6％的初中以下学历的却只有 10％参与老年大学学习。这两个形势，一方面说明老年教育的发展还有很大空间，另一方面说明发展的难度还是很大的，既有机遇又面临挑战，抓住了、抓好了会变成发展老年教育的内外动因，否则将直接影响学习型社会的构建和全民素质的提高，直接影响终身教育体系的基本形成和全面小康建设的进程。

总之，我国终身教育体系的基本形成，包括老年教育的发展，就是处于这样一个大格局中，老年教育在全面小康社会建设中的格局定位如上所述。我们强调老年教育的发展、老年教育目标的实现，不能离开这个大格局。

这里需要强调指出，谈老年教育的发展，不要脱离国情、省情、市情，不要总以国外的做法为本，殊不知脱离了我国当前全面建设小康社会的国情，它就失去了基础。再则，我们强调老年教育的重要性是理所当然的，但必须从经济社会发展的实际出发去争取政府和社会的支持，方能收到实实在在的效果。

## 三、思路定位

以上所说，概括起来就是，我们在开展老年教育工作时，要从全面建设小康社会的战略全局，按照全局性、宏观性、长远性和战略性原则，把它摆在全面建设小康社会的大背景下，充分考虑国情、省情、市情，科学分析和准确把握其发展的阶段性特征，在千差万别中寻求其发展的最大共识，以科学发展观为指导理出其发展的最佳途径。所谓思路定位就是要回答这些。

当前，最主要的就是坚持好"三个统一"，推动"六个积极性"到位。

第一，坚持政府主导和社会参与的统一，推动政府主管部门行使职权和全社会关心支持两个积极性的到位。当前，应该特别强调政府的主导是在落实全面建设小康社会进程中推动老年教育发展、推动终身教育体系构建中担负的不可推卸的责任。比如，政府如何把全面协调可持续的科学发展观、积极老年教育观落到实处并对其大力推动；是否真正确立了老年教育在终身教育体系这个新的一体化教育体系中的地位，特别是是否建立了法律的约束和行政执法机制；如何把构建终身教育体系包括发展老年教育提到优先发展教育的重要议事日程；如何将包括老年教育在内的终身教育各种教育形式建立横向贯通、纵向衔接的新格局，推进全社会教育资源的整合与共享；如何在终身教育内部各类教育包括老年教育中建立起合理和有效的相互沟通与衔接的关系等。更具体地来说，各级政府应该检查老年教育"十一五"发展计划是不是落实了。比如，老龄事业发展规划规定"十一五"期间新增 1 万所老年大学和老年学校的任务目标工作，纳入重要议事日程了吗？因为从老年大学和老年学校以往的发展看，这一目标任务的完成应该说还是有一定难度的。各级政府应该对"十一五"期间新增老年大学和学校的任务目标进行分解，根据实际情况提出年度发展公办、公办民助、民办、民办公助老年大学和学校建设的计划，以保证目标的完成。这里还有一个发展老年大学与发展老年学校以及老年教育活动的关系问题，一个发展城镇老年教育与发展农村老年教育的关系问题，应该统筹兼顾，协调发展。又如，全国各个省市都规定了"十一五"期间发展老年教育的具体指标，如天津市提出到 2007 年老年大学和老年学校在学的老年人占全市老年人口的比例达到 7％以上，参加有组织的群众性教育活动的老年人占全市老年人口的比例达到 30％以上；到 2010 年末，建成覆盖全市城乡的四级老年教育网络，老年教育入学率力争达到 10％以上，老年教育参与率达到 40％以上，这是提高老年教育覆盖率的一个很艰巨的发展目标。① 几年过去了，要检查完成情况。这都是政府的责任。总之，两个积极性不可或缺，但当前强调前一个积极性更为重要，因为当前

---

① 见《天津市老年教育"十一五"发展规划》。

政府办老年教育一般不害怕欲为无力，最怕的是有力不为。

第二，坚持多主体办学和多层次多形式办学形式的统一，推动各级政府办重点、重点办和全社会办老年教育两个积极性的到位。具体到老年教育本身，实现全面小康目标中的老年教育发展目标，最重要的还是扩大覆盖面，实现老年教育的职能化、均衡化和全覆盖。实现全面小康目标，真正使终身教育体系基本形成，需要全社会都来办老年教育，特别是要将其变成各级政府的职能。老年教育20多年的发展实践证明，各级政府重点办好一两所老年大学，对于通过排头兵作用的发挥带动全社会包括机关、企事业单位、社区办学很有意义。但要基本形成体系，仅仅办几所、几十所老年大学又是不够的。要解决发展不均衡问题，如城市发展好于农村发展；解决覆盖面小的问题，如老年大学学员人群多为学历层次比较高的那一少部分老年人的问题。老年大学不能一枝或几枝独秀，而要遍地开花；不能只发展老年大学，还要发展电视、广播、网络等远程老年大学，以满足老年人的普遍需求；不能只发展老年学校教育，要发展多种形式的老年教育，等等。总之，要使老年教育发展成为一种综合性的社会教育，成为一种体系，否则终身教育体系基本形成就是不完善的，也必将直接影响全面小康目标的实现。总之，职能化、均衡化和覆盖面不够是当前老年教育发展的三个最薄弱的方面，需要全面推动。

在这里需要特别指出的是，我国老年大学的诞生，离不开20世纪80年代一批离退休老干部的努力，是他们以创新的精神首先办起来的，之后又以甘于奉献、身心倾注的精神致力于它的发展壮大，包括不遗余力地争取各级政府和社会的大力支持。他们是老年教育的志愿者，以发展老年教育为神圣使命而被载入我国老年教育发展史册。这也是我国发展老年教育的一大特点。以天津市老年人大学为例，从1985年创办至今25年，先后有140多人参与学校的行政管理工作，他们全部是离退休人员，服务时间最长的达到了16年。先后聘请的教师达数百人之多，也全部是兼职的。其他老年大学情况虽然不尽相同，但也都有一批离退休人员。他们的作用不容忽视，他们的积极性需要大力褒奖、继续发扬光大。

第三，坚持老有所教和老有所学的统一，推动办学者办学和老年人受教乐学两个积极性的到位。像天津市老年人大学有些专业学科班报名热、入学难的现象，应该说是个别老年大学或者是个别专业的现象，更多的老年大学和学校并不是没有资源或资源短缺，而是如何动员更多的老年人来学习，如何适应老年人学习的需求来开拓适宜的教学途径、形式和内容的问题。在我国，虽然有"活到老，学到老"的民族文化传统，但社会上包括老年人群中对于全民族科学文化素质的普遍提高的认识和当前社会对个体的文化素质的要求的差距不可小视，很有必要一方面更加广泛地进行社会宣传，增强老年人老有所学的意识，另一方面应对老年人参加学习进行必要的动员和推动。截至 2008 年年底我国共有 60 岁以上的老年人口 1.5989 亿人，占总人口的 12％以上，且呈现出以下特点：一是从今年起新中国成立以后出生的人口开始退休进入老年人行列；二是全国老年人口增速加快，60 岁以上的老年人口由年均增加 311 万人发展到年均增 800 万人；三是空巢现象越来越严重，全国城市空巢家庭已达到 49.7％；四是新进入老龄社会的人口文化层次越来越高，要求越来越广泛，等等。① 但据有关专家调查测算，有各种学习愿望的老年人目前只占老年人总数的 30％。② 实际上即使这部分人群，在现有老年教育条件下也还没有得到完全满足，更何况随着社会的发展、经济条件的改善，必将有更多的老年人愿意参加学习，进一步满足这种愿望的难度可想而知。所以，这两个方面的工作都需要下力气去做。

我国老年教育一路走来，虽充满了艰辛但也铸造了辉煌，它的未来虽任重道远，但可期可待，我们对此充满信心。

---

① 见 2009 年 3 月 31 日全国老龄统计和信息工作座谈会资料。
② 见全国 18 城市老年大学第 9 次工作研讨会交流材料汇编。

# 关于老年大学校园文化建设的思考与探索

吉林省老干部大学　程晓利

## 一、老年大学校园文化的内涵及基本范畴

　　文化是人类在生活实践中创造、总结出来的一种智慧。这种智慧从生活实践中来，又指导和创造生活实践。毛泽东同志在《新民主主义论》中对文化有一段著名的界说："一定的文化（当作观念形态的文化）是一定社会的政治和经济的反映，又给予伟大影响和作用于一定社会的政治和经济。"显然，文化是人类社会所创造的精神成果，主要表现为观念形态，也包括人们的行为模式、象征符号和体现在物质生活上的精神印记，以及人的思维和创造。

　　美国教育家伯尔凯说过，一所办得成功的学校，应该以它的文化而著称。校园文化是社会文化的重要组成部分，是特指在学校范围内，长期积淀形成的、可以深层次彰显学校特点的上层建筑和意识形态。老年大学的校园文化，是以学校全体成员为主体，在教育教学、管理实践中共同传承和创造的物质、精神成果的总和；是以校园为主要空间，以社会文化为背景，以先进文化为主导，以民族文化为底蕴，以校园精神为特征的一种群体文化；是学校赖以生存的重要根基、健康发展的核心潜能、办学理念的集中体现。

　　老年大学校园文化的范畴是一个动态发展和与时俱进的过程。从精神层面说，它主要应该包括办学宗旨、办学理念、校训校风、学校标识、校旗校歌、制度创新、发展规划、品牌战略、行为规范等。从物质层面说，它主要应该包括校报校刊、网站画廊、广播电视、楼宇文化、墙壁文化、环境美化等。

## 二、老年大学校园文化的功能及构建原则

　　老年大学是广大离退休老同志"老有所学"的重要阵地，晚年生活的精

神家园。老年大学的校园文化是校园中潜在的课程、无形的制度、共同的语言、一致的方式，也是每个人都能够感受到的一种好的氛围、一套好的规范、一些好的习惯、一系列好的观念、一切好的举止行为，有助于构建学校不同层面、不同群体间共同的道德准则、价值取向和情感诉求，有助于为全体师生员工营造充分的发展空间。优秀的校园文化有以下五项主要功能：

（1）导向功能。通过校园文化建设培养学员知、情、意、行的进程，可以导引师生员工在学校确定的总体目标下从事教学、活动、服务和管理。

（2）凝聚功能。通过凝练文化精神，凸显文化品位，激发师生员工对学校文化建设目标的认同，可以增强自豪感、使命感、归属感，形成向心力、内聚力和群体意识。

（3）规范功能。校园文化尽管不是法律法规、不是管理制度、不是行政命令，但是在办学实践过程中，所有教学、活动、服务、管理均应在校园文化的规范下进行。

（4）融合功能。通过加强校园文化建设，可以使来自不同领域、不同层次、有着不同兴趣爱好、不同脾气性格、不同经历阅历的社会成员融于学校浓郁的文化氛围之中，接受先进文化的熏陶和文明风尚的感染。

（5）辐射功能。老年大学校园文化是一种微观文化，既受社会先进文化的影响，也向社会渗透自己积极的思想理念。老年大学可以做到培养一名学员，带动一个家庭，辐射一片社区，影响整个社会。

构建起老年大学优秀的校园文化，是办好老年大学的必要条件和重要环节，应该遵循以下基本原则：

（1）目标性原则。任何文化建设都要确立自己的核心目标，无论是近期目标还是远期目标、总目标还是分目标。老年大学校园文化建设的核心目标应该是，在社会主义核心价值体系引领下，让广大师生员工特别是广大离退休老同志进一步树立中国特色社会主义信念，使他们与时俱进，紧随时代步伐，始终做到政治坚定，思想常新，理想永存。

（2）个性化原则。要根据学校自身发展历程、区位文化氛围、体制机制差异等实际情况，按照离退休老同志日益增长的精神文化需求和"老有所教、老有所学、老有所为"的要求，打造具有自身鲜明特色的校园文化体系，为学校和广大师生员工提供个性化发展和成长的平台。

（3）恒久性原则。应当把握老年大学校园文化建设的长期积淀、传承创新、不断完善、逐步认同的特征，将校园文化建设作为一项长期工程，做出规划、分步实施、常抓不懈，确保校园文化建设的制度化、长效化，扎实推进、恒久发展。

（4）主体性原则。广大师生员工不仅是校园文化建设的受益主体，也是建设主体。要增强广大师生员工的主体意识，激发他们全员参与、全程参与的积极性，发挥他们的能动性、创造性，不断为校园文化建设注入生机和活力。

（5）教育性原则。校园文化建设必须体现在日常教学管理、教学过程中。通过师德师风的养成，促进教师队伍作风建设，不断提升自身素质和道德修养，在传授知识的同时传递校园文化理念，做到完整意义的"爱以心、导以德、授以道、诲以恒"，使师生员工无时无刻不感受到校园文化的精神力量。

## 三、老年大学校园文化建设的途径及实践探索

老年大学校园文化对于广大师生员工的规范和影响是潜移默化、润物无声的，因而，校园文化建设必定是一个循序渐进、长期积淀的过程，需要我们持之以恒地做好提炼、提升、融合和弘扬工作，不断实现教学、活动、服务、管理的高境界。根据多年办学实践，笔者认为，构建老年大学优秀的校园文化，应当从以下五个方面进行实践和探索。

（1）要建设完善的文化基础设施。较为完善的基础设施是老年大学校园文化建设前提条件，有着巨大的显性教育功能。老年大学特别是省级老年大学，要注重建设好自己的标志性建筑、具有文化特色的校容校貌；建设好学校的永久性画廊、宣传栏等文化宣传设施，办好学校网站、校报校刊，设计、推出学校标识，等等，使这些基础设施和文化媒介时刻发挥育人的作用。

（2）要践行校训、校风。校训是一所学校的核心文化所在，传递着学校所秉承的文化精神。校风是一所学校整体风貌的外在表现，是学校长期形成的精神财富，是校园精神的具体体现。组织开展践行校训、校风活动是加强校园文化建设的重要载体。要通过主题班会、演讲会、座谈会、诗歌朗诵、有奖征文等形式，让全校上下共同阐述和发掘校训、校风的丰富内涵，达成共识，深入人心，把践行校训、校风变成自觉行动。

（3）要打造浓郁文化氛围的校园、教室环境。具有先进文化气息的校园环境和教室环境对师生员工的教育最直接、最直观，属于校园文化的微观延伸。要精心创造清新、向上、和谐的校园、教室环境，尽可能色彩多样，美观大方，活泼新颖，体现时代特点，彰显文化内涵。可以精选领袖和古今中外的名人名言、格言、警句，让墙壁说话，使校园楼宇及教室具有浓郁的学

术格调和文化氛围。

（4）要精心组织丰富多彩的校园文化活动。校园文化的内涵总是凭借一定的载体，以最鲜活、最生动的形式展现出来。必须大力加强载体建设，按照全校活动届次化、精品化，主题活动系列化、特色化，小型活动社团化、经常化的思路，充分发挥"第二课堂"教学成果展示作用，精心组织好校庆、毕业典礼、校园文化艺术节等活动；发挥书画研究会、摄影研究会、京剧协会、军乐团、交响乐团、民乐团、合唱团等学员社团的优势，开展各种笔会、展览、演唱等艺术活动；利用重大节日、纪念日开展主题活动，组织学员进工厂、进农村、进军营、进社区、进学校，弘扬先进文化、传播精神文明；组织学员党支部书记、班长、社团负责人参观考察、开阔视野、丰富精神世界、提升自身素养；组织开展艺术欣赏讲座、师生才艺展示、学术交流活动、岗位知识培训等，提升广大师生员工的艺术鉴赏力、文化品位和综合素质。

（5）发挥校长的角色核心作用。首先，老年大学校长应该是校园文化建设的传承者。校园文化是一个相对恒定的体系，优秀的校园文化具有长期的稳定性，可能经过十几年、几十年的积淀。校长作为一所学校的领导者，在校园文化传承中有着举足轻重的作用，理应成为优秀校园文化持续创新发展的领军人物。其次，老年大学校长应该是校园文化建设的践行者。寓力量于无形，施教化于无声。校长行为代表着一种示范和榜样。"其身正，不令而行，其身不正，虽令不从。"校长的人格、品性、价值取向本身就是校园文化的象征，需要自身具有优秀的素质和能力，包括先进的办学理念和价值观、高尚的道德情操、崇高的思想境界、出色的管理才能、科学的决策水平、必要的协调能力和独特的创新精神等。最后，老年大学校长应该成为校园文化建设的设计者。用先进的校园文化把全校上下紧紧凝聚在一起，是一项纷繁、复杂的系统工程。校长的角色核心作用决定了他必须当好设计者，组织管理团队规划出宏伟目标，绘就美好蓝图，分解阶段性任务，细化为具体措施，使之成为全体师生员工的自觉行动、情感愿景和共同责任。一般来说，校长的知识、学识、胆识和办学理念往往决定校园文化建设的品位；校长的精神状态、人格魅力和工作作风往往决定校园文化建设的根基。校长应该不断学习，大胆实践，勇于创新，将自己的根深植于校园文化建设的土壤中，成为领导、规划和建设校园文化的核心。

老年大学校园文化重在建设、贵在坚持。加强校园文化建设是老年大学可持续发展的重要课题，同时也是一个全新课题。虽然我们在这方面做了一些实践和探索，但还有不少理论和实践的问题需要研究和破解。我们要按照时代进步和社会发展的要求，立足老年教育事业的长远发展，着眼于师生员工精神文化生活需求的多元性和多样化，以科学发展观为统领，进一步解放思想，深入探索，大胆实践，把老年大学校园文化建设提高到一个新水平。

## 参考文献

崔永刚，赵宇，尹传海 . 2005. 社区文化工作实用手册 . 长春：吉林人民出版社

毛泽东 . 1960. 毛泽东选集 . 第四卷 . 北京：人民出版社

孙璟琦 . 2007. 和谐校园构建过程中文化管理的作用机制 . 现代校长，(9)：12~13

张文范 . 2009. 张文范论老年教育 . 天津：天津老年人大学研究室

周琳 . 2007. 浅谈校长在学校文化建设中的角色 . 现代校长，(10)：18

# 甘肃省、天津市老年教育问题的现状调查

北京东方妇女老年大学　回春茹

天津师范大学老年心理研究所　李秀敏

　　人口老龄化是当代越来越多的国家和地区人口发展的重要趋势,我国已于 1999 年 10 月进入老龄化国家的行列。到 2050 年,60 岁以上的人口总数将达到 4 亿左右,占总人口的比重将超过 25%,一支庞大的老龄化人口大军正浩浩荡荡进入我们的社会视野。中国将成为高度老龄化的国家。老年教育事业的发展则是社会老龄化的必然要求,也是一个国家、一个地区物质文明和精神文明程度的重要标志。发达国家对老年教育事业重视得最早,发展也较迅速,目前发达国家的老年教育已经形成了较为稳定的模式和类型。与国际社会相比,我国的老年教育事业起步较迟,由于历史的原因,我国老年人口文化基础很低,这使得老年教育在我国显得尤为必要。1994 年,我国 60 岁以上的老年人口中接受老年教育的仅有 50 万人,占全国老年人口的 0.43%,这就是说,全国 99% 以上的老年人,难以获得“老有所学”的正常权利和稳定机会,这不仅影响他们的“老有所为”,也影响他们的“老有所乐”,甚至会引发一些社会问题。随着我国人口老龄化的迅速逼近,老年教育问题将更加突出,应当引起教育界及整个社会的足够的关注。

## 一、我国老年教育的现状分析

　　虽然人口老龄化是社会经济发展、人民生活水平普遍提高、医疗卫生条件改善和科学技术进步的结果,但人口老龄化程度的不断加深,特别是老年人口的高龄化,也会给社会经济发展和人民生活等各个领域带来广泛而深远的影响。如何应对人口老龄化的挑战,作为老年教育的理论和实践工作者,有责任肩负起这样的重任。为此,我们设计了老龄社会和老年教育情况调查问卷,对甘肃、天津两地的老年大学进行了问卷调查,共发放问卷 1600 份,收回有效问卷 1382 份。对调查的数据用计算机 SPSS10.0 统计软件进行了分

析，结果如下。

### （一）学员基本情况

从表1可以看到，参加老年大学学习的成员中，女性学员所占的比例多于男性学员；从年龄分布来看，将近50％的学员是60岁以下，60～70岁所占的比例也比较大，70岁以上的学员就比较少了，不到12％。从文化程度的分布情况看，大专及以上文化程度的学员所占的比例最大，小学文化程度所占比例最小，说明就读老年大学的老年人多数属于知识型老年人，这与我国老年大学不够普及、参与学习的人数少有关系。特别是文化程度较低的老年人更应该进入老年大学学习，利用有生之年填补知识的空白，也有助于使老年人的生活更加充实和愉悦。

**表1  1382名离退休人员社会人口学特征**

| 项目 | 人数/人 | 所占比例/% |
|---|---|---|
| 性别 | | |
| 男性 | 587 | 42.5 |
| 女性 | 795 | 57.5 |
| 年龄 | | |
| 60岁以下 | 628 | 45.4 |
| 60～70岁 | 591 | 42.8 |
| 70～80岁 | 152 | 11.0 |
| 80岁以上 | 11 | 0.8 |
| 文化程度 | | |
| 小学 | 101 | 7.3 |
| 初中 | 198 | 14.3 |
| 高中及中专 | 472 | 34.2 |
| 大专及以上 | 611 | 44.2 |

### （二）学员学习目的

表2说明老年人上老年大学的主要目的就是休闲娱乐，占38.0％，其次是打发时间和学知识适应社会变化，占19.2％和15.4％，这也和大多数老年人的心理特点相吻合，说明老年人学习的动机不再是为了拿文凭或者找工作，而完全是为了身心的放松，通过学习陶冶情操。然而，老年大学究竟是休闲娱乐活动站还是真正意义上的学校教育，这是世界上所有开展老年教育的国家共同感到困惑的问题。从调查的结果看，休闲娱乐、健康长寿是现阶段老年群体的主要需求。当然，这些现象只能代表我国老年大学发展初期的水平，

随着社会的进步和老年群体知识结构层次的提高，老年教育的内涵定会发生质的变化。

**表 2　老年人参加学习的目的**

| 目的 | 人数/人 | 所占比例/% |
|---|---|---|
| 打发时间 | 265 | 19.2 |
| 学知识适应社会变化 | 213 | 15.4 |
| 为了身心健康陶冶情操 | 197 | 14.2 |
| 交朋友 | 158 | 11.4 |
| 休闲娱乐 | 524 | 38.0 |
| 其他 | 25 | 1.8 |

### （三）老年大学学员的心理健康状况

表 3 说明上老年大学的老年人的心理健康水平比不上老年大学的老年人的心理健康水平要高，且差异显著。其中，焦虑和抑郁两项均达到非常显著的水平。专家分析指出，老年人的心理问题主要集中在四个方面：一是由于独生子女一代的成家立业，传统的大家庭正被新型的"核心家庭"所取代，老年人独居、空巢的现象越来越多。子女不在身边，长期的孤独寂寞，使得很多老人患上了抑郁症、焦虑症、失智症等。二是退休以后，老年人一时难以适应社会角色和社会交往的变化，常常会睹物思旧、留恋过去、多愁善感，产生忧郁心态。三是与子女关系不融洽或是缺少与他人的沟通交流，感情疏远，产生自卑感、孤独感，遇事急躁，易动肝火。四是敏感、多疑，对人有敌视态度，不轻易相信别人，从而影响了老年人人际关系的融洽。社会和家庭也应创造条件让老年人有更多丰富的活动可以参加，如社区和老年组织应多举办一些体育、文化活动，丰富老年人的生活。有关老年协会等也应多组织一些活动，为老年人多创造调整心态的机会，并充分发挥他们的余热。子女们更应多回家看看聊聊家常，也可将老人接到自己家中，适当请老人帮忙料理家庭事务等，别让老人无事可做。这些对改善老年人精神状态都有好处。

**表 3　老年大学学员与非老年大学学员心理健康状况比较**

| 因子 | 老年大学学员 | 非老年大学学员 | $t$ 值 | $p$ 值 |
|---|---|---|---|---|
| 躯体化 | 1.56±0.37 | 1.98±0.74 | 2.67 | <0.01 |
| 强迫 | 1.68±0.52 | 1.82±0.56 | 3.25 | <0.01 |
| 人际敏感 | 1.58±0.82 | 1.96±0.58 | 2.23 | <0.01 |

续表

| 因子 | 老年大学学员 | 非老年大学学员 | $t$ 值 | $p$ 值 |
|---|---|---|---|---|
| 抑郁 | $1.85\pm0.13$ | $2.65\pm0.45$ | 2.03 | $<0.05$ |
| 焦虑 | $1.45\pm0.51$ | $2.36\pm0.54$ | 1.94 | $<0.05$ |
| 敌对 | $1.63\pm0.53$ | $1.92\pm0.64$ | 2.30 | $<0.01$ |
| 恐怖 | $1.41\pm0.49$ | $1.68\pm0.36$ | 3.31 | $<0.01$ |
| 偏执 | $1.65\pm0.50$ | $1.80\pm0.51$ | 2.65 | $<0.01$ |
| 神经病性疾病 | $1.54\pm0.46$ | $1.78\pm0.57$ | 3.14 | $<0.01$ |

## 二、研究的结论与思考

### (一) 现代社会老年教育的价值

第一，开展老年教育可以让老年人走出封闭的内心世界，丰富他们的精神生活。如前所述，步入老龄化社会的老年人，大多有失落感，他们脱离了职业社会，回到狭小的家庭生活圈中，孤独和空虚常与之相伴，如果长此下去，他们必将自己封闭起来，隔断与外界的联系。相反，老年人如果能力所能及地参加一些社会活动，接受各种各样的社会教育，他们与社会的联系就能保持下来，各种新信息、新观念就会自觉或不自觉地被他们所接受。与社会不间断地联系，又会使老年人与社会和他人的关系保持和谐发展，失落、孤独和空虚就会离他们而去。

第二，开展老年教育，有利于开发和利用老年人身上蕴藏的巨大财富，促进经济发展和社会进步。老年人一般都愿意发挥余热，为社会多做一点工作，他们虽有丰富的工作经验，但知识却相对陈旧。当今社会，科学技术迅猛发展，高新技术层出不穷，知识的"创造周期"、"物化周期"和"更新周期"都大大缩短。老年人只有加强学习，不断接受新知识、新观念和新技术的教育，才能把握时代脉搏，始终拥有创新能力，为社会做出新的贡献。事实上，这样的老年人不仅不是社会和家庭的负担，反而是创造财富、推动经济和社会发展的宝贵人才。

第三，不断接受新知识、新观念的老年人继续参与劳动，有利于劳动者素质的整体提高。老年人原本就有丰富的工作经验和知识积累，他们坚持学习，不断追求新知，既为中青年树立了榜样，又影响和带动知识的进步，促进社会的全面发展。在我国，一大批老年科学家和工程技术人员始终站在科技发展的前列，是我国先进生产力的杰出代表。

对老龄人口开展教育完全符合现代教育理念，是终身教育思想的具体体现。按照终身教育观念，人的生活是一个无止境的完善过程和学习过程。人和其他生物的不同点主要就由于他的未完成性。事实上他必须从他的环境中不断地学习那些自然和本能没有赋予他的生存技术。为了求生存和求发展，他不得不继续学习。1985 年联合国教科文组织于巴黎召开的第四次世界成人教育大会上，更提出学习权是基本人权的一部分，也是人类生存不可缺少的手段，还提出，学习机会均等不仅仅针对同一年龄层次，这就是说，老龄人口的学习权也应得到保障。

### （二）老年教育存在的问题

第一，老年教育在师资配备上还要进一步加强。调查显示，教师的增长速度远远低于学员的增长速度，影响教学质量。从教师自身的素质而言，拥有高等学历的教师仅仅占教师总比例的 38.1%。从担任老年教育教师的职业构成来看，绝大部分教师（82.3%）是普通高校的在职教师，兼职教师的身份决定了他们不可能将全部精力投入老年大学的工作中。

第二，从经济管理方面分析，老年教育也有需要改进的地方。首先，老年大学的经费来源比较单一，大部分靠政府拨款，这使老年大学的自我造血功能比较差，影响老年大学的发展壮大。产权虚置问题也将随着老年大学走向市场化，而越来越成为阻碍其发展的桎梏。其次，从老年教育经费支出配额情况来看，现阶段学校的管理费用占到了总经费的 40.1%，而教学设备仅仅占了 1.2%，在将近一半的资金用于日常管理工作的前提下，与教学质量密切相关的教学设备经费被大量削减，造成学校的教学质量不尽如人意。

第三，从学员的职业构成来看，老年大学的学员以企业职工为最多（35.4%），其次为国家干部和教师（22.3%，17.4%），职业分布比较集中，表明老年大学在社会上的影响力和普及程度还不够。

第四，老年大学开设的课程偏重娱乐方面，整个老年大学的功能也主要偏重娱乐，没能承载老年大学所应该承载的责任，目前的老年大学很大程度上还只是一个老年活动中心。

第五，老年大学的课程设置不够贴近老年人的生活。从课程开设情况来看，与老年人有密切关系的老年健康教育、老年心理教育（防退休综合征）、老年生活方式教育和亚健康状态教育、自理自立能力教育甚至老年创业方面的教育等课程很少涉及。

### 三、根据老年教育的特点，积极推进老年教育事业的发展

人口老龄化的加速给我国老年教育发展带来的影响是多方面的，对此，我们必须多加分析，消除那些非积极因素，抓住老年教育发展的时机，积极探索有效的对策，使我国老年教育事业得到健康、快速和规范的发展。

第一，要提高对老年教育的认识。先要明确普及老年教育在改革开放、全面建设小康社会、实现健康老龄化中的地位和作用，特别是要提醒各级领导重视老年教育，充分认识到老年教育是大教育系统中的一部分，是终身教育的最后环节，是提高老年人生活质量的重要途径。积极发展老年教育，不仅是提升公民素质和构建良好基础教育环境的必要条件，而且对社会经济、文化发展尤其是加强代际合作、巩固家庭关系具有重要作用。

第二，要加大对老年教育事业的经费投入。各地应该按照老年人口基数，以成人教育经费定额、足额拨给老年教育使用，同时发动社会各界热心赞助，并根据实际情况向老年学员收取少量学费，以解决普及老年教育所必需的经费问题。

第三，要顺应老龄化趋势，多渠道办老年教育。一要多加宣传老年教育的重要意义，特别是国家应逐渐重视发展老年教育，在国家办学的同时，调动社会、个人办学的积极性，促进老年大学办学主体的多样化；二要运用市场力量，多渠道筹集教育资金，形成多元的投资格局；三要改变老年大学一味依靠老干部局、老龄化工作委员会的状况，推行老年大学办学自主，增强老年大学的自我发展能力，当然，需要更多关心老年教育的各方有识之士参与到这样的教育实践中来，提倡大学办老年教育，开设老年学院。

第四，加强老年大学的法规法制建设。要结合我国老年教育的现实情况，根据 20 多年来积累的办老年教育的经验，并借鉴办其他类型教育（如基础教育、高等教育等）的法律、法规，逐步建立和完善一套有利于我国老年教育良好发展的、符合中国国情的老年教育体系，更加有利于与各国老年教育的合作交流。

第五，促进老年教育结构的建设。老年教育与社区教育、终身教育紧密相关，要用社区教育、终身教育的相关理论来指导老年教育的发展；还要根据现在发展态势，通过联合、重点建设等途径，建设一批上规模、上层次的示范性老年大学，以及一批有特色的老年学校，提高老年教育的声誉，改变人们把老年大学当做"老年游乐园"的想法。更重要的是，要尽快建立起专

门的老年教育教师队伍，使老年大学形成专、兼职教师并存的特色；要鼓励更多学科的人投于到研究老年教育理论的队伍中来，老年学是一门学问，办老年教育也是一门学问。

第六，激发老年学员理论创新，推动我国文化建设。我们必须正视目前市场化、经济全球化、网络化的社会现实，老年学员应该积极发挥自身优势，根据几十年的工作、生活经验以及积累起来的深厚文化底蕴，发挥他们的洞悉力，用不同的学科背景共同致力于对哲学、人文社会科学的研究，加强对马克思主义理论与中国实践相结合的研究，加强对优秀传统文化和人文精神的研究，促进我国的文化建设和发展。同时，这也可以使自己不落伍于时代，帮助儿孙辈们树立正确的世界观、人生观、价值观和远大的理想。

总之，抓好老年教育、办好老年大学，是新时期党和政府赋予我们的历史使命。只要我们不断深化认识，更新观念，从理论上探索，在实践中创新，老年教育事业一定会朝着更新、更高、更活的方向迈进，也一定能够在构建社会主义和谐社会中发挥重要的作用。

## 参考文献

沈红梅.1999.老年教育：世界性共同课题.教育科学研究，(4)：40～46

魏梅霜.2005.老年教育的意义和途径探讨.沈阳工程学院学报，(1)：46～48

项曼君，吴晓光，刘向红.1995.北京市老年人的生活满意度及其影响因素.心理学报，(4)：395～399

岳瑛.2001.外国老年教育发展现状及趋势.外国教育研究，(4)：61～64

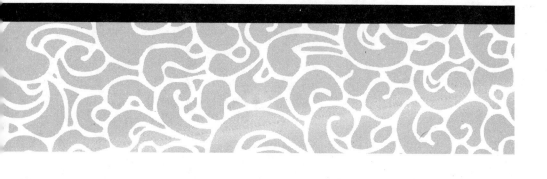

# 探索与实践

# 走规范办学之路
# 为构建和谐社会发挥积极作用

国家广播电影电视总局老年大学

　　国家广播电影电视总局（简称广电总局）老年大学创办于 2001 年 9 月。学校是在广电总局党组领导下，由离退休干部工作局具体管理，主要面向广电总局离退休人员，兼顾社区老年人招生的公益性非学历教育的综合老年教育场所。学校实行管委会领导下的校长负责制，广电总局局长任名誉校长，离退休干部工作局局长兼任校长，校管委会主任由总局分管离退休干部工作的领导担任，成员由总局有关司局和直属单位负责人组成。离退休干部工作局设老年大学教务处，负责学校教学管理和后勤保障工作。老年大学教务处有正式工作人员 5 名，聘用教务人员 2 名、场所工作人员 3 名。9 年来，学校从无到有，规模由小到大，学员人数由少到多，目前，开设了计算机、书法、绘画、摄影、音乐、舞蹈和手工 7 个专业，共 30 个教学班，聘用教师20 名，在校学员 900 人次左右。截至 2010 年 3 月，学校共招收学员 18 期，总计 15 250 人次。

　　学校按照"宣传科学理论，传播先进文化，丰富离退生活，促进健康长寿，保持光荣晚节，构建和谐广电"的办学宗旨和"健康、科学、积极、进取"的校训，坚持"以广电总局离退休人员为主体，以公益性为宗旨，以常办常新、与时俱进为方针，以齐抓共管为途径"的办学原则，在办学过程中注重调研老年人精神文化需求，逐步实现教学管理科学化，服务工作规范化，努力把老年大学建设成为老有所教、老有所学、老有所乐、老有所为的课堂，为发展继续教育、构建终身教育体系和学习型社会、促进社会和谐发挥积极作用。我们的主要做法和体会如下。

## 一、提高认识，加强领导，确立以人文为本的教育理念

　　多年来，广电总局党组对总局的离退休工作非常重视，对老年文化和老

年大学的工作非常关注和支持，始终坚持在组织上加强领导，在物质上给予投入。历任广电总局局长、副局长不仅亲自担任名誉校长和管委会主任，而且在百忙中多次过问老年大学的教学情况，亲自参加有关会议、听取汇报，解决办学过程中的矛盾和问题。在办学中，我们始终坚持以广电总局特点和离退休人员的需求、喜好为出发点，坚持以学员为本的原则，合理设置教学内容、教学方法、教学形式，不断满足离退休人员日益增长的精神文化生活需求。

我们认为，"以人为本"既是教育的出发点，也是教育的落脚点，更是老年教育事业发展的基本依据。因此，"以人为本"是我们长期坚持的办学原则。

## 二、明确目标，坚持宗旨，构建满足学员需要的教学机制

老年大学既姓"教"也姓"老"，在教学机制上既要遵循一般教育的规律，也要适应老年人的现状和需求，作为部委老年大学，还要兼顾本单位离退休人员的特点。经过几年的探索，广电总局老年大学初步形成了以老年大学管委会为领导，以离退休干部工作局为依托，以老年大学教务处为主体，以班主任、教师和班长为补充的教学领导体制和工作机制。

一是建立制度，规范管理。与中国老年教育的发展相比，广电总局老年大学起步较晚，为此，在学校创建之初广电总局领导就提出了要高起点、规范办学的要求。几年来我们坚持规范办学的思路，通过加强制度建设，坚持规范管理，不断提高教学质量和办学水平。首先，在充分调查研究的基础上，结合工作实践和广电实际，不断完善具有自身特点的一套管理制度，包括学员守则、教师职责、班主任职责、教务处工作职责、教学管理流程、学籍管理规定和教师评估制度，以及场所管理、财务管理、固定资产管理、临时人员管理等一系列内容。为了老年大学能够健康有序发展，根据课程设置制定并完善了《广电总局老年大学教学大纲》，出台了《广电总局老年大学管委会章程》等。其次，坚持学年招生、学期放假、设置学制、铃声上下课、评选优秀学员、结业发证书，以及每学期按教学计划、课程表、校历组织教学的正规办学程序。最后，加强学员队伍建设，发挥学员班长的管理作用。总之，通过规范的管理、严格的制度、标准化的运行，老年大学逐步步入了规范化、标准化和制度化的发展轨道。

二是科学设置课程和教学内容，改进创新教学方法。老年大学这个年轻而独特的课堂，是满足老年人精神文化生活的重要场所和途径。老年教育是

自主性、完善性教育，老年人是为了适应社会角色的转变、继续社会化而学习的，从某种意义上说，教学的过程重于结果。老年大学教育的目的就其个性化教育而言，主要不是帮助老年人获得学历或求职，而是以提高老年人全部生活和生命质量、愉悦身心，促进健康为终极目的的。因此，首先，在课程设置和教学内容上，我们不断探索适合老年人特点，满足其求知、求乐、求健、求为等需求的有效方式和方法，根据老年人的需求、层次、兴趣、爱好开办专业，如书法、绘画、摄影、计算机、舞蹈、音乐等。其次，不断探索改进教学方法。其一，注意适应老年人特点，采取多表扬、多鼓励、少批评的教学手段，按需施教。例如，计算机教学，针对老同志理解力强、悟性高、记忆力差、操作动作迟缓的特点，坚持循序渐进、重点内容反复讲、螺旋式提高的方法，收效良好。其二，注意普及与提高、颐养与有为相结合，既满足初学者的兴趣，又照顾到提高者的愿望，因此，在班级设置上采取分层次设班教学，满足各个层次的老年学员的需求。其三，注意课堂教学与课外实践相结合。在进行课堂讲授的同时，还十分注意开展课外教学实践活动，比如，书画笔会、摄影展览和采风活动，舞蹈、合唱汇报演出活动，手工制作的展示活动，还组织春秋季写生和夏令营活动，参加中国老年大学协会的有关活动等，切实提高了教学效果和质量。其四，注意走出去与请进来相互促进。我们一方面到有办学经验的省份的老年大学学习、调研，另一方面注意与北京市和在京部委的老年大学协会进行交流和沟通，通过这些活动，我们开阔了视野，积累了经验，完善了管理，规范了教学，提高了办学质量。其五，创办《校园生活》校刊，开辟师生交流平台，展示教学成果，提高教学质量。

三是构建适应学员发展的教师队伍。老年大学和普通学校一样，学员是主体，教师是主导，师资力量是学校生命力的重要体现。实践告诉我们，教师队伍的建设直接关系到办学水平的高低和教学质量的优劣。在选聘教师时，我们始终遵循坚持条件、不断磨合、适当调整的原则，本着对学员负责的态度，把政治素质好、专业造诣深、教学水平高、热爱老年教育事业、有奉献精神作为选聘的首选条件，确保了师资来源具有较高起点。同时，学校注重在教学实践中不断提高教学水平，建立了教学评估制度，每学年通过学员以不记名方式填写教师评测问卷的方法，对教师的教学内容、教学方法及教学效果等方面进行评估，并将评估结果及时向教师反馈，以不断提高教学效果，同时也作为辞退不合格教师的重要依据。学校还不定期召开教师班长座谈会，一方面，通过相互交流和沟通，达到提高教学水平、营造浓厚宽松的学习氛围的目的；另一方面，组织教师针对老年教育特点及教育规律进行教学方式、方法的研讨。几年来，教师们在工作中不断总结和积累了一定的教学经验，形成了比较系统的具有自身特色和适合老年人特点的教材、教法。

## 三、加强调研，指导实践，不断扩大教学成果，促进社会和谐建设

老年大学的工作应以教学为中心，坚持教学至上、学术至尊，遵循教育的基本规律，坚持老年教育的特殊规律，是办好老年教育的根本和灵魂。为此，在学校的发展进程中，调查研究是保障学校与时俱进、健康有序发展的重要手段。一是我们坚持对校内学员的基本情况进行分析调研，指导合理设置课程和专业。二是对学员的学习效果进行分析调研，以了解学员在单位、社区及家庭中发挥作用的情况。几年来，学校为广电总局机关和直属单位培养了一批学有所成的老年文化活动骨干，他们以科学的生活方式影响和带动了身边许多老年人，在老年文体组织中发挥了重要作用。三是积极参与老年大学协会及有关方面的课题调研，提高对老年教育重要性的认识。2007年，我们对在校学员进行了一次问卷调查，通过对回收问卷结果的分析，使我们对当前老龄化社会条件下老年大学教育的意义有了更深刻的认识。从老年人个体的角度来看，老年大学帮助老同志调整了社会角色，满足了老同志的个体精神需求，使老同志获取了成就感，实现了夙愿，得到了社会和家庭的认可，是实现丰富多彩的老年人生的有效途径。从社会角度来看，老年大学承担着实现社会稳定、改变社会老年群体的生活方式、促进单位与社会和谐建设、传承文化与价值的职能，具有一定的社会效益。老年大学适应了当前老龄化社会的需要，丰富了广大老年人的精神文化生活，呵护了老年人的心理和生理健康，提升了老年人的品位和价值，满足了老年人人生的夙愿，为构建社会主义和谐社会发挥了积极作用。

总结几年来的办学经验，我们有以下体会：一是领导重视和支持是老年大学发展的关键；二是以人为本是老年大学发展的核心；三是科学管理是老年大学发展的保证；四是队伍建设是老年大学发展的基础；五是广大老同志的积极支持、广泛参与是办好老年大学的条件。

# 创新发展中的中国科学院老年大学

中国科学院老年大学　孙建国

中国科学院老年大学自 1985 年创办以来，认真贯彻党和国家关于发展老年教育事业的指示精神，坚持"老有所学、老有所教、老有所乐、老有所为"的教育方针，秉承"增长知识、丰富生活，陶冶情操，促进健康，服务社会"的办学宗旨，本着"巩固、创新、发展、提高"的工作思路，以及多学制、多学科、多层次、长短结合、灵活多样的办学原则，健康发展，逐渐壮大。中国科学院老年大学坚持规范化管理、人性化服务，合理设置课程，精心组织教学，寓教于学、寓学于乐、寓乐于为，目前已经发展成为一所具有一定规模、设备比较完善的综合性老年大学，并逐渐走出了一条具有中国科学院特色的、有助于促进健康老龄化的办学之路，开创了中国科学院老年教育事业的新局面，为促进中国科学院和谐稳定发展以及知识创新工程做出了应有的贡献。

实践证明，老年大学是对老年人进行思想教育、知识传授、文化熏陶、潜能开发的好地方。老年朋友们走进了这个大家庭接受教育，增长了知识，陶冶了情操，改善了健康，在精神上有了新的寄托，思想上有了新的追求，生活上有了新的目标。老年大学的办学成果，不仅受到广大老同志的赞许，也得到了社会的公认和广泛的赞誉。2009 年中国科学院老年大学被中国老年大学协会评选为"全国先进老年大学"。

## 一、创新发展是学校办学的不竭动力

创新是老年教育发展的灵魂，有创新才有活力，有发展才有前途。要在创新中求发展，在发展中上档次。老年教育既要遵循教育的一般规律，更要适应老年人的个性特点，在办学理念、发展模式、课程设置、教学方法、教学管理等方面都要有自己的特色。

### （一）创新办学理念

根据老年大学办学宗旨和教育方针的要求，我们坚持把培养健康、快乐、有为的现代老人作为办学目标，并由此确定"学无止境、其乐无穷"作为我们的校训，为全校师生提出了明确的工作目标和奋斗目标。世界卫生组织曾提出："健康是指身体健康、心理健康和良好的社会适应能力。"这三者是紧密联系的，身体健康和心理健康是具备良好的社会适应能力的基础。老年大学所培养的现代老人，要有对现代社会的适应能力：一是其思想、言行必须要与现实社会合拍，能融入社会、融入时代，适应社会的发展，跟上时代的进步。因此，我们通过多种形式、多种途径，寓教于乐，加强思想政治工作的有效性；二是科技在发展，社会在进步，在信息化飞速发展的今天，老年人已不再满足于物质上的小康，他们更加渴望精神上的愉悦与慰藉，希望享受信息时代数字生活的便捷和乐趣。因此，我们不断地把适合时代需要的、反映时代特征的现代科技和现代文化引入老年教育之中，并体现在专业（学科）设置和教学内容上，使老年人学有所得、学而有为、学中有乐，帮助他们积极融入现代社会，共享经济社会发展和科技进步成果。

### （二）创新发展模式

20多年来，老年大学在历届中国科学院院领导的关心和中国科学院院属各单位以及社会各界的大力支持下、在广大老年教育工作者的积极努力与学员们的积极参与和支持下得到了较快发展。教学设施不断更新，教学环境不断改善，办学水平在开拓创新中不断提高，办学规模在探索实践中日益扩大。

随着离退休老同志学习兴趣的提高和需求的增长，专业课不断增加，教学规模逐年扩大，原有的教学场地已经满足不了他们日益增长的需求。为了更好地满足离退休老同志的需求，我们提出了"整合资源，联合办学"的思路。所谓联合办学，一是把部分课程开设到有办学条件的研究所，建立老年大学分课堂；二是以老年大学为基础，整合社会其他办学资源（如社区资源），在组织形式、管理架构、资源共享等方面形成优势互补，使老年大学发挥出更大、更广泛、更持久的作用。

经过多年的有益尝试，中国科学院老年大学目前已形成了京区本部3个教学区、京外10所分校、院所诸多老年教育分课堂的网络体系，逐步探索出老年大学办在社区、就地就近为老同志服务的具有中国科学院特色的办学模式，从而形成了本部老年大学与各分课堂、分校互动发展的局面，从整体上推进了中国科学院老年教育事业的发展水平。

学校已从 1985 年开办时的 3 个班，学员 212 人次，发展到 2009 年的 14 个专业，70 余门课程，140 余个教学班，在校学员 3500 余人次，历年累计结业学员 23 000 余人次。

### （三）创新教学管理

加强内部管理，是学校内涵建设的重要内容。进一步深化内涵建设，全面提升办学质量和水平，是老年教育发展的必然趋势，是贯彻落实科学发展观、实现学校又好又快发展的必然要求，是办好老年人满意的老年大学的必然选择。为此，我们着重抓好以下几个方面的工作：

（1）编印《教学大纲汇编》。现在试用的"教学大纲"是学校规范教学的重要依据，对规范教学内容和提升教学质量起到了积极的作用。

（2）加强教材建设。在总结多年办学经验和实践的基础上，老年大学从中国科学院老同志的实际需求和特点出发，结合学校的办学特色及所开设的专业课程编辑出版了书法、摄影、文学欣赏、山水拾零、声乐、电子琴、计算机、布艺堆绣等部分专业课程的教材及辅助教材，基本实现了教材自有化，使老年大学在规范化教学上又向前迈进了一步。

（3）开展教学质量评估活动。本着"教学第一、质量至上"的标准，通过召开座谈会，问卷调查等形式，广泛征求学员对学校教学管理、教学质量的意见；督导教师认真备课，并按教学进度要求保质保量完成授课内容。

（4）发挥班委会的核心作用。广泛听取学员的意见和建议，选用原则性强、作风好、愿意为学员服务的学员骨干组建班委会。班委会起了团结全班同学的核心作用，还起了沟通学校、教师和学员的桥梁作用和课外活动的组织作用。班委会已经成为老年大学学员实行自我管理不可缺少的组织形式。

（5）认真抓好"品牌"专业课程（班）的创建。为进一步提高教学质量，体现办学特色和教学水平，学校还着眼于"品牌"专业课程（班）的建设，并且已经确立了布艺、计算机、声乐等"品牌"专业课程（班），并通过"品牌"专业（班）的示范效应，以点带面，从整体上提高学校的教学水平。

（6）逐步开展校园信息化系统工程建设。信息化校园是学校适应当今社会信息化发展的必然产物，它对未来学校的教育理念、教学模式和管理方式都将产生深远的影响。中国科学院老年大学长春光学精密机械与物理研究所分校在调研的基础上，率先设计制作了"老年大学信息管理平台系统"。软件系统中包括教务管理、办公管理和财务管理等子系统，投入使用后成为面向教学管理和服务的重要工具和手段，进一步提高了工作效率、工作质量和管理水平，今后我们将逐步在各分校中推广使用。

## 二、协调发展是办好老年大学的重要途径

协调发展是科学发展观的重要内容，也是开门办学必须坚持的一条重要原则。我们在办学实践中着重抓好了以下几个方面的工作。

### （一）教师队伍建设与管理队伍建设的协调发展

高素质的教师队伍和工作人员队伍是老年大学协调发展的重要基础和有力支撑。为此，我们十分重视这两支队伍的建设。教师在教学中起着主导的、关键性作用。加强教师队伍建设，对于提高教学水平极为重要。我们注重把握好以下几个环节。

（1）切实把好选聘关。力争选聘思想素质较好、教学经验丰实、教学水平较高、健康状况良好的专门人才作为学校教师，逐步建立专职、兼职、聘用相结合的教师队伍。选聘教师不唯职称、不唯学历，以学员在课堂上接受知识与技能的程度和对其讲课的满意度，作为衡量教师执教水平的重要依据。同时，我们还以部分高校、医院、师资培训机构为依托，建立后备师资库。建校以来，先后有百余名教师在校任教，他们广博的知识、丰富的教学经验、严谨的治学态度和甘于奉献的精神，赢得了学员们的信任、尊重和欢迎。目前，学校已拥有一支"思想觉悟高、敬业精神强、业务能力好"的老中青相结合的高素质教师队伍，为教学质量的提高打下了坚实的基础。

（2）积极开展教研活动。为提高教学管理水平，我们定期组织召开老年大学教学工作研讨会，通报学校教学工作情况，提出新的教学要求，并认真听取任课教师对改进学校教学工作的意见。

（3）定期召开校委会，总结老年大学各分校办学经验，统筹老年大学发展规划。校委会围绕各分校办学中存在的不足与需要解决的问题进行探讨，既有教学理论研讨，也有教学经验交流，对各分校之间相互交流、探索教学与管理经验、切实提高老年大学办学质量与水平等起到了积极的推动作用。

工作人员既是教学工作的组织管理者，又是广大师生的服务者，他们综合素质的高低直接影响办学水平的提高。要办好老年大学，必须建立一支热心老年教育事业、无私奉献、忠于职守，有较强的独立工作能力、组织能力和协调能力的管理人员队伍。为此，我们定期对工作人员进行培训，采取请

进来和走出去的方式学习兄弟部委、省市老年大学的办学经验。目前，我们已经形成了一支较为优秀的管理工作队伍，他们综合素质较好、经验丰富、淡泊名利、办事认真、工作勤奋、乐于奉献、亲和力强、倾力服务于老年教育事业，并能与时俱进做好本职工作，使老年大学以较低的办学成本，获得了丰硕办学成果，实现了较好的社会效益。

### （二）普及与提高协调发展

普及与提高协调发展主要体现在专业（学科）的设置及实行分层次教学方面。在我们开设的 14 个专业（学科）中，既包括中国优秀的民族文化知识，又有与时俱进的现代科学文化知识；既有养生保健、实用技艺类的专业（学科），又有智能开发、陶冶情操类的专业（学科）。

在专业（学科）设置上，不仅仅考虑到学员"健"与"乐"的需要，更要注重学员"学"与"为"的要求，创建有特色的"品牌"专业班，以提高教学档次。为此，学校每学年都要推出一些有较高品位的新专业（如山水画研究、牡丹画专修、声乐合唱等专业课程）。同时，在大部分专业（学科）中，实行分层次教学，即开设初级、中级、高级班，有的还开设专修班、研究班，从而使普及与提高有机结合起来，满足了不同层次学员和具有不同学习目的学员的需求。

## 三、和谐发展是办好老年大学的内在要求

坚持以人为本，构建和谐校园，既是老年大学自身和谐发展的需要，也是构建社会主义和谐社会的重任赋予老年教育工作的新的历史使命。我们在办学实践中，努力做到"四个坚持"。

### （一）坚持老年大学的办学宗旨和教育方针

我们始终把"增长知识、丰富生活、陶冶情操、促进健康、服务社会"作为办学宗旨；把"老有所学、老有所教、老有所乐、老有所为"作为教育方针；把培养健康、快乐的现代老人作为教育目标，科学合理的专业设置，为老年人学、乐、为创造了条件。许多老年人通过相关专业的学习，初步掌握了信息网络知识，融入了现代社会；学会了科学养生，提高了生命质量；受到了祖国优秀文化的教育，提高了文明素质；用所学技艺为家庭和社会服务，实现了自身价值。他们在老年大学里学中得乐，乐而促学，学了能为，

为而更学，充分享受和体验了老年大学这所求知的学园、健康的乐园、温馨的家园所带给他们的幸福时光。

### （二）坚持寓教于学乐

坚持"老有所教"是老年大学办学方向的重要体现。学校根据国内外形势发展的需要和老同志关心的热点问题，以定期播放光盘、请党政领导作政治经济形势报告等形式，使老同志能及时了解国内外政治经济形势、党和国家的大政方针和相关政策；同时，还定期举办不同形式的讲座，内容涉及科技文化、养生保健、投资理财、热点关注等方面，深受学员欢迎。

我们把思想政治教育渗透、融入教学活动中，使课堂教学的知识性、趣味性与思想性融为一体。特别是学校开设的古典文学、诗词欣赏、书画、保健、拳剑、民族舞蹈、民族乐器（葫芦丝）等专业课程，蕴涵着丰富的中华民族优秀的传统文化、爱国主义情怀和儒家的伦理道德，通过这些专业课程的学习，教育广大学员把继承中华民族优秀传统思想文化同弘扬改革开放的时代精神有机结合起来，进而实现老有所学、老有所乐的教育目标。

### （三）坚持和谐校园文化建设，营造一流的校园软环境

校园文化是学校发展的灵魂，是凝聚人心、展示学校形象、提高学校文明程度的重要体现。我们从提高学员的素养与构建文明、和谐、快乐、温馨的校园出发，把校园文化建设同思想教育活动有机结合起来；同贯彻办学宗旨、进行教学创新有机结合起来；同开展丰富多彩、喜闻乐见的各项活动有机结合起来，开展了一系列的校园文化活动。

#### 1. 建立和谐的人际关系

就学校而言，和谐的人际关系体现在师生之间彼此尊重，亦师亦友，教学相长；学员之间平等互助，共同进步；教师与学校工作人员之间互相支持配合，做好教书育人的工作；学员与学校工作人员之间平等融洽，共同做好相关工作。唯有如此，才能同心同德，齐心协力做好构建和谐校园的各项工作。

#### 2. 创造和谐的校园环境

校园环境既包括教学设施设备等"硬环境"，也包括办学理念、办学宗旨、校风校训、管理制度、校园文化活动等校园文化建设方面的"软环境"。和谐的校园环境，有利于创造浓郁的和谐氛围，有利于提高办学水平、办学质量和办学效果，有利于提高学校的凝聚力。为此，我们着眼于做好以下几

个方面的工作。

（1）确立了具有中国科学院特色的老年大学校训、校徽和校歌，充分体现中国科学院老年大学校园文化建设的办学理念和价值导向。

（2）创办《中国科学院老年大学》校刊，以推动各分校间的经验交流、信息沟通、教研活动的开展，加强对外交流与合作，进一步探索老年大学的办学规律，促进中国科学院老年大学的发展。

（3）科学、完善的管理是实现质量效益的良好途径，也是老年大学寻求发展的必由之路。为提高学校的规范化管理水平，学校先后制定并在实践中补充完善了《中国科学院老年大学章程》、《校长办公会议制度》、《教学管理制度》、《学校财务资产管理》、《教学档案管理制度》、《教师职责》、《学籍管理制度》、《学员守则》、《工作人员职责》等10余项规章制度；建立了校委会、校长办公会、教学研讨会、招生工作会、班长座谈会等五项会议制度，初步形成了老年大学管理的长效机制，老年大学的各项管理工作逐步走上了规范化、制度化、科学化的轨道。

（4）每学年末举办内容丰富、形式多样、兼具学科特点的教学成果展示活动，生动地展示了学员们的学习成果和老有所学、老有所乐、老有所为、健康向上的精神面貌，既为学员搭建了展示夕阳风采的舞台，也丰富了校园文化建设的内涵，更显示了老年大学对提升老年学员的人生价值所发挥的积极作用。为了营造浓厚的校园文化氛围，树立老年大学形象，我们还在各校区教室、楼道走廊悬挂师生的书画、摄影、布艺等作品，展示学校教学成果，在教室的醒目位置张贴校训、教师职责、班长职责、学员守则等宣传学校的办学理念。

（5）结合党和国家的重大事件，如"改革开放30周年"、"建国60周年"、"建院60年"等各项纪念活动，举办书法、绘画、布艺、摄影作品展览和文艺演出。近年来，中国科学院老年大学积极参加国家及部委举办的各类文化艺术活动和社会公益演出，并成功举办了多次书法、绘画、摄影、布艺等文化艺术展览。老年大学培养的众多学员，有的已成为中国科学院老年群众组织的骨干力量、公益活动的积极分子，活跃在院所、园区、社区；有的在国家和省市书画、摄影展览与比赛中屡次获奖；学员个人书画集、诗集等出版物以及精品佳作不断涌现，有的还被作为礼品赠送外宾，声名远播，充分展示了中国科学院老一辈知识分子的才华，进一步扩大了中国科学院老年大学的社会影响力。

（6）随着中国科学院老年教育事业的蓬勃发展，老年大学与国内外老年教育组织和社会团体的交流日益频繁，交流了经验，沟通了信息，加强了合作，增进了友谊，促进了发展。近年来，学校先后接待了以马盖瑞主席为首的国际老龄学会代表团和以吉恩·路易斯主席为首的国际第三年龄大学协会代表团、美国南加州大学社会工作学系代表团，并与美国、加拿大、日本、韩国、俄罗斯等国建立了交流互访制度。同时，学校还加强了与国内各省市老年大学的友好往来，特别是与中央国家机关老年大学协作片建立了协作关系，定期交流经验，共同探讨老年教育的发展规律。

## 四、几点思考

历经 20 余年的发展，中国科学院老年大学的综合实力和社会声誉已提升到一个新的高度。我们将立足新起点，再上新台阶。

（1）注重加强老年教育理论研究工作。定期开展经验交流、理论研讨，制订学校老年教育发展计划。加强对教学规律、学科设置、老年心理等方面和老年大学建设发展规律的研究。适时举办老年大学工作人员培训班或专题讲座；组织工作人员到院内外老年大学学习考察。

（2）进一步加强教材和学科建设。根据学校教学工作实际和未来发展的需要，在充分搞好调查研究的基础上，编写适用教材，在各分校推广使用。同时，为满足老年学员的多方面学习要求，要注重推出一些新的专业课程，丰富和完善学科体系建设。

（3）办好校刊，抓好校园文化建设。充分利用中国科学院离退休干部工作局的网络资源，开通网上招生宣传、学科介绍、教师简介、教学成果和教学图片展示等栏目，进一步抓好校刊建设，丰富校园文化生活，提升学校的影响力和办学水平。办好一年一度的学习成果展示及汇报演出，进一步激发学员的学习兴趣，调动学员参加学习的积极性，不断扩大学校的社会影响力。

（4）注重整合利用教育资源。加强校际间的交流合作，吸取兄弟部委、省市老年大学的先进教学经验，共享办学资源和成果，不断提升学校的教学质量与办学水平。

历史是文化与精神的永恒依托，是薪火传承、继往开来的不竭动力。建校 20 多年来，我们所取得的这些成绩，是历届中国科学院领导亲切关怀的结果，是全校师生团结一致、奋力拼搏的结果。在未来的工作中，我们将以老年大学 20 余个春秋的厚积为基点，承前启后，与时俱进，朝着建设具有中国科学院鲜明特色的老年大学的目标阔步前进！

# 突出特点　形成特色　办好老年大学

交通运输部机关老年大学

交通运输部机关老年大学试办于 2001 年 12 月，2005 年 3 月经交通运输部党组批准正式成立，2006 年 6 月被中国老年大学协会批准为会员单位。

## 一、领导和各部门重视支持是办好老年大学的基础

交通运输部党组历来重视老年教育工作。2004 年交通运输部党组提出"要逐步让老同志愉快起来、锻炼起来、学习起来、充实起来"的工作要求，并制定了《贯彻"四个起来"促进健康长寿——2005—2008 年交通部机关离退休干部工作目标》，对交通运输部机关老年大学办学及发展提出了明确的要求。2006 年部党组又制定了《关于进一步做好新形势下交通部机关离退休干部工作的决定》，提出要继续办好老年大学，根据离退休干部的实际和特点设置教学课程，提高师资质量，增强教学内容和教学方法的针对性和实用性，把老年大学办成部机关离退休干部老有所学的重要园地和展示才华的场所，对新形势下进一步办好部机关老年大学提出了新的要求。根据党组的要求，2005 年 3 月交通运输部机关老年大学正式成立，并明确了学校管理体制，主管部领导为名誉校长，离退休干部局为主管部门，局长为校长，老年大学校址设在老干部活动中心，学校日常管理工作由老干部活动中心负责。

交通运输部老年大学在党组的关怀和各部门的支持下，教学条件不断改善，学校在活动中心设有专门的教学场地，建有计算机教室、绘画教室和综合教室，配备了现代化的教学设备，教学环境越来越好。老年大学的办学经费，来源于学员交纳的学费，不足部分从局的经费中列支，经费渠道的畅通，保证了老年大学的正常运转。

## 二、突出老年教育的特点，为老有所学提供服务

老年教育是指通过一定形式向老年人传授文化、知识与技能，不断提高

老年人的思想道德素质和科学文化素质，促进老年人全面发展，使其成为现代型老人，为提高全民素质、构建和谐社会服务。老年教育是一种积极的休闲教育，有其自身的特点，学习对象以健康身心和享受生活为出发点，以自主、自愿、自由、自律的积极心态，按照自己所喜欢的方式去参加学习和活动，所以办好老年大学一定要突出老年教育的特点。在办学过程中，学校坚持以"增长知识、丰富生活、陶冶情操、促进健康、服务社会"为办学宗旨，积极创造条件，吸引部机关离退休人员和周边社区的老年人来校参加学习；坚持传播科学知识、科学思想、科学精神的教育方向，引导老同志树立正确的世界观、生活观和价值观，倡导积极健康的生活方式；坚持为老同志服务的原则，努力探索灵活多样的办学方式，针对老同志的特点设置课程，做到寓教于乐，使老同志通过学习不仅获取知识，发挥创造力和想象力，同时在学习中找到快乐和幸福。

针对老同志的特点和需求，在课程设置上，学校将课程分为艺术、文艺、计算机、体育、讲座五大门类，除了书法、绘画、手工制作、计算机、声乐、舞蹈这种常规班外，还开设了时装表演、器乐、数码摄影、奥运英语、图片处理、幻灯片制作、台球、中国象棋等特色班。根据学员情况，在学制上，学校开设长、中、短期班，学习时间，长期班一般为 3 年以上，中期班为1～2年，短期班为 1 年以内，按照长期班、中期班为主，短期班、讲座为辅的原则，来设计课程、聘请教师、安排教学计划、组织校园活动。每年学校还根据老同志最关注的社会热点问题举办系列讲座，发挥老年大学在老有所教方面的作用。

## 三、创新教学工作，办成具有自身特色的老年大学

几年来，在交通运输部领导和各部门的关爱支持下，在中国老年大学协会的指导帮助下，在兄弟学校办学经验的启示影响下，结合交通运输部离退休干部的工作实际，学校不断创新管理工作，经过不懈的努力，走出了一条具有自身特色的办学之路，在老年教育、教学、管理、校园文化建设等方面都取得了可喜成绩，受到了广大离退休干部和周边社区老年人的欢迎，为交通运输部机关文化建设和社区精神文明建设做出了积极的贡献。

（1）制定完善规章制度，逐步实现规范办学。学校先后发布了《老年大学学员守则》、《老年大学教师工作守则》《老年大学管理规定》等管理制度文件，每学期制订教学计划、招生简章、课程简介、教师简介等，做好基础资

料的统计、存档工作，建立了教师教学档案和学员学习情况档案；建立了老年大学计算机管理系统，对各类信息进行统计存储；在离退休干部局网站上设立了老年大学栏目，建立了网上学习交流平台。

（2）每年采取在老同志中开展问卷调查、召开学员和教师座谈会等方式征求课程设置意见，合理安排课程、改进教学方式。为配合北京奥运会的召开，2005 年学校开办了奥运英语班，由于报名人数多，很多老同志又因交通不便不能到学校听课，我们改进教学方式，在学校开设了一个主课堂由教师面授，同时在 3 个老干部活动站开设分课堂，通过定期观看录制的教学光盘和教师定期巡回辅导的方式进行教学。奥运英语班开始拟设为一个学期的短期班，由于老同志学习英语的热情很高，改为两个学期，后又改为两年共四个学期的长期班。奥运英语班结业后，学员们还将所学的英语知识编排成节目，参加了交通运输部迎奥运文化艺术节的演出。

（3）招收学员和招聘教师，采取试听试讲的双向选择方式。通过试听试讲，让学员选择自己感兴趣的课程学习，生源达到规定标准的就开课，达不到的就不开课，这种方式对课程安排、教师教学也是一种检验。每年年末学校通过召开座谈会、问卷调查等方式对教师教学效果进行评估，确定下一学期的课程，同时将学员意见、建议转达给教师。

（4）学校结合离退休干部局每年指定的文体活动计划，有针对性地举办文体活动项目培训班，为离退休干部开展文体活动服务。例如，为配合离退休干部局举办文化艺术节和运动会等大型活动，先后开办了台球培训班、中国象棋培训班、卡拉 OK 演唱辅导班、主持人培训班、化妆班等，通过较系统的培训，以点带面，逐步提高离退休干部文体活动的质量。

（5）坚持采取走出去、请进来的方式，积极参与老年大学协会和中央单位组织的交流活动。学校先后参加了"铭记历史"大型歌会、"红飘带"文艺会演、中国国际福祉博览会老年大学作品展等活动。通过参加不同形式的交流活动，学员们开阔了眼界，学到了经验，增长了知识，对学校不断提高办学质量起到了促进作用。

（6）通过举办展览、汇报演出会、组织参加比赛等，为学员学习成果提供展示平台。例如，举办艺术作品展、学习成果展，开办校园学习园地，组织学员外出采风、参观交流等，丰富学员的校园生活，为学员取得的学习成果提供展示的平台。学校还组织学员参加作品捐助活动，使学员有机会将学习成果回馈社会。

几年来，交通运输部机关老年大学发展迅速，取得了一定的成绩，逐步得到了相关人士的认知、理解、关心、支持。但学校自身建设还存在一些问题，需要进一步加强，比如，教学管理的问题、办学经费的问题、硬件设施的问题，以及教师和生源的问题等，还有待于进一步探讨、研究和解决。

# 健康长寿的平台  永葆青春的支点

水利部黄河水利委员会黄河老年大学  杜景涛

　　水利部黄河水利委员会黄河老年大学（以下简称黄河老年大学），于2008年6月在黄河老人的期盼中诞生。两年多来，它为推动黄河水利委员会的老年工作做出了许多有益的贡献。作为学员的我，欣喜地发现黄河老年大学已成为黄河老人老有所学、老有所乐、信息交流、健康长寿的理想平台，成为促进黄河老人永葆青春的重要支点。

　　黄河老年大学在办学过程中始终坚持与贯彻党和国家的一系列方针、政策，以为水利事业服务、为丰富黄河老人的精神文化生活服务、为黄河老人的健康长寿服务为指导思想。黄河老年大学确立了一个非常好的办学宗旨："老有所学，陶冶情操，老有所乐，健康长寿。"严格按照办学宗旨开展工作，办学方向明确，办学内容全面，办学形式多样，办学质量不断提高，受益群体不断扩大，现已成为老年人学习知识的课堂、锻炼身体的场所、相互沟通的桥梁、展示风采的舞台、精神寄托的载体、身心健康的乐园。千秋大业，人才为本。全国人才工作会议的召开，对全面提高我国人才水平、加快建设人才强国、推进社会主义现代化、实现中华民族伟大复兴具有重大而深远的意义。黄河老年大学的开办，为黄河水利委员会离退休队伍的人才再造和淬火积累了经验。放眼当下，民生水利、可持续发展水利奏响了前进的号角，维持黄河健康生命已踏上新的征程。让母亲河焕发生机活力，将黄河流域建成和谐、美丽、健康幸福的大乐园，已成为黄河人的责任。我们虽已退休，但也必须紧跟时代步伐，不断学习和研究，不断提高自身的能力和素质，去面对和迎接挑战。黄河老年大学给我们提供了一个良好的学习、研究和交流的平台。我是一个财务工作者，职业习惯使我养成了一丝不苟的习惯，平时很少与人交流，只知勤恳工作。老年大学让我领略了世界的精彩、祖国河山的壮丽、水利事业的辉煌、治黄大业的成就，深刻感受到了黄河老人们生活的意义。在这个环境中，我们学习新的知识，交流学习心得、生活体会，探讨长寿秘诀，变得年轻、活跃、充满朝气。

黄河老年大学创办以来，与时俱进，开拓创新，对老同志需求的关注程度不断加强。学校按需施教，不断更新教学内容，改革教学手段和方法，办得红红火火，亮点纷呈。老同志退休以后不甘落伍，不愿当新文盲（"电脑盲"），以极高的热情追赶时代的步伐，要学计算机，要学摄影、书法、绘画，还要学声乐以歌唱祖国的大好河山，更要健身。黄河老年大学课程设置广泛，目前设有计算机、摄影、书画、花卉、声乐、舞蹈、太极拳等专业，基本满足了老同志的不同需求。黄河老年大学办学形式新颖多样，有课堂教学、知识讲座、参观调研、举办展览、座谈交流等，深受广大老同志的欢迎。参加学习的人数不断增加，而且覆盖面广，包括原各级领导、一般干部、技术人员、工人和教师等。学员们在老年大学学习非常认真，热情很高。例如，计算机班的学员上课时，课间休息很少有学员离开座位，下课了仍然恋恋不舍，还要再操作一会儿才离开。现在计算机专业的老年学员都拥有自己的邮箱、博客和QQ。他们可以上网，从网上下载文章、图片，还可以通过视频，相互交流、聊天，个个心情愉快、喜形于色。学习书法、绘画、摄影的学员坚持练习书画、钻研摄影技术，使技艺得到进一步提高。他们看到自己满意的作品参展、获奖非常高兴。声乐、太极拳剑专业的学员外出参赛获奖载誉归来，人人都乐得合不拢嘴！黄河老年大学教室窗明几净，教学设备基本健全，教师、工作人员认真负责。学员们认为，在黄河老年大学学习是一种快乐、享受。黄河老年大学提出能者为长、会者为师的理念，有些老同志既是老年大学的学员又是教师，非常开朗和活跃，可以说黄河老年大学已成为黄河老人老有所为的有力支点。我本人是声乐、摄影、计算机专业的学员，同时也是这几个专业的辅导员和计算机专业副主任。有了这几个支点，生活得很惬意、很充实。外单位的老同志都羡慕我们有老年大学这个平台，我们也为有老年大学感到骄傲、自豪。虽说我们已到古稀之年，但精神上仍像阳光小伙一样，在为一个信念奔忙。我们不是落暮的夕阳，而是火红的朝阳！

接受老年教育的几年来我受益匪浅，感受颇多。感受最为深刻的有以下四点。

第一，老年大学是知识之泉。老年大学使我领悟到学习的乐趣，吸取了诸多智慧的营养，学到在职期间未曾接触到的知识，知识的宝库得到了极大的丰富。在老年大学获取的智慧之灵水的浇灌下我们的生活富有生机。年龄可以衰老，而智慧永远是朝霞灿烂，就如生命的常青藤沿着知识的悬崖，不断攀援向上。

第二，老年大学是激励之本。老年大学的墨香始终是一股勤勉的动力，使退休后的我有一种涅槃后的超脱和放松。通过学习方能把无形的知识化为有形的力量，是一种大彻大悟的智慧。我为自己感动，把学习当做工作，常学常新，其乐无穷。老年大学是我前进的动力，努力之目标。

第三，老年大学是心灵之窗。亦师亦友的老年大学，在我获取更多更新的知识和信息后，拓宽了我的视野和思维，"跳出黄河看黄河，跨出行业看行业"，点化了我对黄河的自然属性和人文属性的心灵开启，点化了我对中华文化瑰宝的探求，诱导我在教育文化传承与创新的时代感应中悟出玄机。

第四，老年大学是长寿之路。年龄的增加没有让我的精神衰退，老年大学教师的渊博学识、同仁的真知灼见鼓励着我追求学问的信念，这种信念让我身心愉悦。这种相生相伴的力量的支撑，让我忘记烦恼，淡泊名利。老年大学真可谓延年益寿的加油站。

黄河老年大学使我们晚年幸福，身心健康，精神愉快，延年益寿。感谢党关怀我们老同志！感谢黄河老年大学，感谢创办黄河老年大学的领导和同志们！

祝愿祖国各地的老年大学在新的起点上，在科学发展观的指引下迎来更加灿烂、辉煌的明天！

# 创办老年大学的进展情况和主要措施

国家质量监督检验检疫总局

创办老年大学是"对老同志政治上尊重、思想上关心、生活上照顾"的具体体现。在国家质量监督检验检疫总局（简称国家质检总局）党组和有关部门的大力支持下，国家质检总局机关及直属系统近年来先后创办了 5 所老年大学，取得了一定的成效。

## 一、工作进展和主要措施

国家质检总局现有总局机关、辽宁局、福建局、江苏局和湖南局共 5 所老年大学。几年来，为切实把老年大学办好，探索出一条适合老同志实际需要的办学思路，我们坚持"面向老同志、服务老同志、造福老同志、稳定老同志"的办学宗旨和"从实际出发，寓教于乐，注重实效"的原则办学。我们积极围绕离退休干部工作面临的新形势、新任务，突出"科学、文明、健康、快乐"这一主题，把"老有所教、老有所学、老有所乐、老有所为"，以及党和国家对老干部在政治上、生活上进行照顾的指示精神，渗透到办学的各个环节，激发了广大老同志的学习热情，有力地推进了离退休干部工作的开展。

### （一）初步探索出一条与老干部工作实际相适应的办学思路

在 5 所老年大学中，办学时间最早的至今已有 10 个年头。5 所学校已由最初设置的合唱、舞蹈两门课程发展到目前包括文艺、体育、书画、保健、烹饪、科普 6 个专业，合唱、舞蹈、书法、绘画、太极拳（剑、扇）、计算机、摄影和健康讲座等十几门课程。自 2000 年年初提出创办老年大学的设想，到 5 所老年大学相继建成，主要经历了三个阶段。

（1）准备阶段。一是成立领导机构，设校长、副校长和教务处主任、副主任，负责教学计划、教学实施及教学保障工作。二是通过组织老同志座谈、向老同志下发学习意向调查表等形式，广泛征求老同志意见，根据老同志的学习需求确定课程。三是建章立制，制定管理规定、教师及班长职责、学员守则，建立了教师备课、教案审查、民主评教评学及教学成果展评四项制度。四是选聘教师，采取两条腿走路，即内请外聘的办法，凡是老同志能够胜任教课工作的就内部解决，内部不能解决的从社会上招聘。五是组织编写教学大纲、计划、教案等，选购或自编教材，准备教学场地、器材等。

（2）摸索教学阶段。老年大学创办初期，对我们来讲这是一项全新的工作，没有现成的路可走，只能在实践中摸索前进。为此，各校以与时俱进的精神和做好老年教育工作的责任感、使命感，坚持在干中学、学中干，在实践中不断摸索和积累经验。一是加强自身学习，提高组织教学能力。老年教育有其特殊性，为尽快适应教学工作需要，我们结合实际，注重对老年教育工作的学习研究。重点学习教育学、老年心理学及老年生活科学知识，在工作中不断摸索和掌握老年教育工作的特点及规律，提高组织教学工作能力。二是根据老年人的特点，抓好基础教育。针对老同志头脑反映较慢、记忆力较差和初学入门的情况，我们在教学计划安排、教学内容设置及教学进度上不急于求成，坚持因人施教，从基础教起，做到由浅入深，由易到难，循序渐进，稳步提高，在潜移默化中培养大家的学习兴趣。三是坚持寓教于乐，营造轻松、愉快的教学氛围。注意把专业教学同开展丰富多彩的文体活动结合起来，在增强教学效果的同时进一步增强老同志的学习热情。

（3）巩固提高阶段。一是不断总结教学经验，从实际出发，坚持以学促教，不断改进和完善教学方法。二是从老同志需要出发，适时调整和更新课程设置，丰富教学内容。三是加强管理，抓好教学规章制度的落实，保持良好的教学秩序，保证取得实效。

### （二）坚持树立为老同志服务的办学观

党的十六大报告提出要"形成全民学习、终身学习的学习型社会，促进人类全面发展"。"全民学习"即包括老同志在内的全体人民都要参与到学习中来；"终身学习"即指一个人要活到老、学到老，不断了解新情况、学习新知识，更新观念、与时俱进。这无疑是新时期党中央向广大老同志传来的福音，也是对老干部部门提出的新的更高要求。如何营造一个宽松、和谐、愉快的教学环境，使广大老同志从家中"走出来、学起来、乐起来"，满足老同志日益增长的文化生活需要，成为办学的重要课题。

（1）坚持把为老同志服务的思想贯穿于教学工作中。创办老年大学不仅顺应了时代发展要求，更得到了广大老同志的欢迎，只有树立全心全意为老同志服务的办学理念，把党和国家在政治上、生活上对老同志的关心和照顾落到实处，最终实现"老有所教、老有所学、老有所乐、老有所为"，老年大学才有生命力，取得实效。一是总局党组高度重视，把创办老年大学当做落实老同志政治、生活待遇的大事来抓。在办学过程中，总局领导统筹兼顾，加强对办学工作的领导，在人力、物力、财力上给予大力支持，经常关心、过问办学情况，解决办学中遇到的问题，为办好老年大学奠定了坚实的思想基础和物质保障。二是坚持以人为本，即以老同志为本的办学理念，从实际出发，不流于形式，虚心听取并满足老同志的合理建议，通过合理安排教学课程和提供优质服务，积极引导和鼓励老同志投入到学习中来。三是充分发挥老年大学政治工作中心、文体活动场所、老有所为阵地、传播知识课堂、服务老同志窗口的多重功能，使其最大限度地发挥作用，通过营造良好的教学环境，把满足老同志学习需求，提高老同志生活、生命质量作为办学的出发点和落脚点。

（2）以老同志的满意度作为衡量办学质量的标准。广大老同志参加学习主要是为了充实生活、增强活力、更新观念、促进健康。他们最关心的是如何保持健康的身体和幸福地度过晚年。因此，在办学中，要根据老同志实际需要和不同年龄段的具体情况，紧紧围绕健康这个主题，把开设动手、动脑、有益健康的课程作为主要学习内容，时时处处把关心老同志健康、促进老同志健康摆在第一位，在实现老有所学的同时，注重学有所值。通过求实、求真、求新不断完善办学体系，提高办学质量，以老同志欢迎不欢迎、满意不满意作为衡量办学质量的标准尺度，努力把老年大学办成深受老同志欢迎的、晚年生活不可或缺的精神家园。

（3）坚持突出娱乐性教学。老年人是社会的特殊群体，怕孤独寂寞、怕受冷落是其普遍心理特征。他们渴望有一定时间走出家门，与人交往，融入集体生活中。因此，在课程的安排上针对老年人的心理特点，我们重点突出娱乐性教学，通过学习、参加集体活动，使他们重新找回年轻时的自信，树立生活信心，成为生活中的强者。一是开办深受广大老同志喜爱的合唱、舞蹈、书法绘画班，搭建老同志学习的平台，通过学习陶冶他们的情操，充实他们的精神世界，激发他们对美好生活的向往和热爱；进而增设摄影、电脑、乐器等活动班，进一步拓展老同志原有的狭窄生活空间和传统的生活方式，以崭新的精神风貌和积极乐观的生活态度投入到新的生活中。二是积极组织老同志参加社会活动，为他们提供展示风采的舞台，满足他们参与社会活动的心理愿望和向社会展示才艺的成就感。辽宁局"夕阳红"老年大学，近年来先后在大连市委组织的全市离退休职工庆"七一"歌咏大会比赛中荣获优秀表演奖；在辽宁省（中）直单位老年首届"太极"系列展示大会上表演的"太极功夫扇"获最佳表演奖；两位年过七十的老同志，在大连市"通信杯"老年歌手大赛中分获十佳歌手和十优歌手奖。福建局老年大学，近年来先后在省直单位老干部纪念中国共产党成立 80 周年歌咏比赛中获银奖；在中央驻闽单位文艺汇演、省直机关老干部"庆祝建军八十周年暨香港回归十周年"文艺汇演、省直机关老干部"庆十七大召开"歌唱会、省直机关老干部"迎奥运、庆国庆"体育比赛等文体活动中，分别荣获优秀组织奖、优秀演出奖等 6 项奖状和奖牌；在省直机关"迎奥运和纪念改革开放三十周年"歌咏比赛、庆祝新中国成立 60 周年文艺汇演中荣获优秀组织奖、优秀演出奖。江苏局老年大学，近年来先后在全国"首届环球翰墨杯"书画艺术大赛中获一等奖；在海峡两岸美术交流大展赛中获一等奖；在庆祝新中国成立 60 周年全国老龄书画北京邀请展中获金奖。总局机关老年大学合唱团，2002 年为参加系统文艺汇演，克服诸多困难，精心排练。在演出时，他们以积极向上的精神风貌，唱出了对美好生活的热爱，受到广泛称赞。近年来，合唱团还参加了全国质检系统先进集体和先进工作者表彰大会、国家质检总局京区系统老同志庆祝新中国成立 60 周年大会的演唱；参加了中央国家机关工作委员会在人民大会堂举办的"铭记历史"大型歌会及和平里地区举办的"和谐杯"歌咏比赛。老同志们感慨地说：在五彩缤纷的灯光下，我们放声歌唱，烦恼忧愁全被抛到了九霄云外。我们感到身心愉悦，对生活更加充满信心，这样的氛围使我们永远不会老。

## 二、未来设想

根据办学宗旨和老干部工作面临的形势、任务，国家质检总局老年大学将在巩固提高的基础上继续抓好规范化、制度化建设，不断提高办学质量，促进新时期老干部工作开展。今后将主要抓好以下几方面工作：

一是改进工作方法，拓宽办学思路。重点是广泛听取老同志对办学工作的意见和建议，研究改进教学方法，提高授课艺术。根据需要调整和补充新的教学课程，在内容和形式上更加贴近老同志，力争把老年大学办成层次多样、覆盖面广、形式新颖、内容广泛、方法灵活的更加贴近老同志生活实际的群体性课堂，吸引更多老同志参加学习。

二是加强管理，提高质量。主要是进一步规范教学管理，强化办学思想体系、教育体系和管理体系。根据办学原则，精心组织教学计划、合理安排教学课程，狠抓教学工作落实，注重教学实效，使老年大学不断朝着制度化、规范化方向发展。

三是以点带面，扩大成果。通过现场座谈会和内部刊物等形式在系统内进行办学经验交流，不断扩大系统内办学数量；同时，采取"走出去、请进来"的办法，向办学时间较长、经验丰富、质量较高的兄弟单位请教学习，以先进的教学经验、规范的管理方法、灵活的教学方式带动系统各单位老年大学工作的全面开展，使老干部工作不断迈上新台阶。

四是学习新精神，探索新途径。根据中共中央组织部组通字〔2010〕24号文件《关于利用社区资源做好离退休干部服务工作的意见》精神，加强调查研究，广泛听取意见，积极探索新形势下老年大学课堂的多样性、广泛性、实用性和有效性，不断提高老年大学办学质量，改进老年大学的办学形式、内容和方向，最大化地发挥其应有的作用。做好新形势下离退休干部工作，老年大学任重道远，大有可为。

# 依据老年教育特点　推进老年教育的发展

中国石油化工集团公司离退休工作部　王胜民

按 60 岁以上人口占 10％以上为老龄化社会的国际标准，我国一些大城市如北京、上海、天津等早在 20 世纪 80 年代就已进入老龄化城市的行列。到 2009 年年底，我国 60 岁以上老年人达到 1.67 亿，占全国总人口的 12.5％，是世界上唯一一个老年人口超过 1 亿的国家。老龄人口的增加直接导致了老年教育事业的产生，我国老年教育事业也获得了长足的发展。几年来，在老年工作的实践中，通过调查研究，积极探索和较深入的理论学习，我认为老年教育有三个特点，根据老年教育特点如何积极促进老年教育的发展，是我们做好老年教育工作需要研究的课题。

## 一、老年教育的特点

### （一）老年受教育者的非功利性

与其他类型的教育不同，在老年教育中，功利的实用价值退居其次，非功利的理想价值升至首要位置。老年人接受教育不是为了学一技之长以求职谋生，而是为了使自己在人生最后阶段的生活更加积极、充实，不是消极地等待生命的结束，而是打开生命结束前新的一页。青年人学习在很大程度上是迫于毕业求职谋生的压力，不学习就难以获得文凭、找到理想的工作。在职的成年人学习，或是因为自己的知识过于陈旧，不能适应当前工作的需要，或是要掌握一种新的技能，以获取更高的薪金。在职人员学习看重的往往是学习的结果而不是学习的过程，讲求学以致用，有更为强烈的功利性。老年人学习，不为名次，不为文凭，不为晋升，只为满足自己学习的需要。当然，这里并不否认有些老年人会利用学到的知识、技能为社会发挥余热。但他们这样做往往不是想获得物质报酬，更多的是想体现自我价值，以此来证明自己。老年人接受教育的需要属于超越了求职谋生需要的高级需要。正如美国著名人文主义心理学家马斯洛所说，高级需要的满足，能引起更合意的主观效果，即更深刻的幸福感、宁静感。有人认为老年期是人生的"第二青春期"，是人生的黄金时期。因为老年人已完成了为社会作贡献的人生职责，从工作岗位上退了下来，在家庭中也大多完成了赡养老人、抚养教育子女的人生义务。他们有更多属于自己的时间，他们有权选择自己最想学的内容，可以在自己曾经渴望涉猎而因种种原因未能如愿的领域里，弥补年轻时留下的人生遗憾。这体现了老年受教育者的一个十分重要的特点——非功利性。在这种没有外界压力、没有思想负担的情况下，老年人自觉自愿地去学习，使学习成为一件快乐的事情。因为学习过程本身就能使学习者身心愉悦。

老年教育的非功利性还体现在受教育者需求内容的选择上。从实践来看，老年教育的内容主要包括下列几方面：一是丰富生活情趣，与延年益寿相关，如摄影、书法绘画、文艺、健身、营养保健等；二是满足夙愿，弥补以前想做而未能实现的某些缺憾；三是满足好奇心，开拓一个新的领域，如计算机、英语；四是为总结自己的人生或教育后代而学习，如学习哲学、文学写作、心理学等，旨在使个体的生命意义、生活经验、人生阅历等得到升华，在学习与总结过去中获得自我实现——内心的充实与安宁。

此外，老年教育的非功利性还表现在办学者的办学目的上。目前我国老年教育有别于普通教育，没有被列入政府规划，主要由社会、单位力量办学。教学者多为退休人员或热心于老年教育工作的人员，他们不以营利为目的，而以满足广大老年人学习、交往的需要，愉悦老年人的身心为办学宗旨，使老年人"老有所学"并以此丰富"老有所养"的内涵，增进"老有所医"的效果，提升"老有所乐"的品位。他们以自己的辛勤努力在健康老龄化中发挥着余热。如果说他们有所得的话，就是他们还能为别人、为社会做些事情的成就感，及由此而得到的满足感、幸福感。正如中国石油化工集团公司总部机关老同志合唱团的老师所言，"送人玫瑰，手有余香"。他们从事的老年教育事业是崇高的、令人尊敬的。

### （二）老年教育的多样性

老年教育既是我国整个教育事业的组成部分，又是终身教育体系的最后环节，也是我国老龄工作的重要组成部分。通俗地说，老年教育既姓"教"，也姓"老"。老年教育是为帮助老年人开创健康、上进、有为的晚年生活而进行的颐养康乐与进取有为相结合的教育，满足老年人求知、理解、审美等需要的教育。

（1）老年教育在教育内容上的多样性。当个人完成了为社会奉献的必要劳动、离开工作岗位之后，在老年阶段拥有足够的闲暇时间、足够的选择自由，个人的兴趣才得以自由展现，完全有条件依据自己的兴趣和意愿选择学习内容。例如，有喜欢书法的，有喜欢绘画的，有喜欢摄影的，这些千差万别的兴趣爱好，决定了老年教育内容类别的多样性。同时，老年教育对象原有文化水平的差别，也决定了老年人教育内容层次的多样性。从内容上讲，老年教育需求实际包括了从基础到提高的不同层面的学习。

（2）老年教育在办学形式上的多样性。从多年老年教育的办学实践看，社会、单位办学居多，有资出资，有力出力，有场地出场地，做到了优势互补、资源共享。从老年学校的格局看，既有办学规模大、专业门类多、师资水平高、为老年人提供高层次教育的；又有为基层单位办学提供指导、示范性帮助的。从办学模式看，综合型老年学校与专业型、特色型老年学校并存。在学制安排上，根据老年学员的需求和办学条件，开办不同时期的培训班和专题讲座。在教学组织形式上，既有课堂讲授，又有参观、写生、采风等，而且老年人将所学的内容用于参加各项活动，展示自己的所学成果。这满足了他们愿意展现自己的特点，极大地激发了广大老年人的学习积极性。

### （三）老年教育管理缺乏整体规范性

虽然我国政府提倡、鼓励发展老年教育，并对此做出了法律规定：1996年颁布的《中华人民共和国老年人权益保障法》规定，"老年人有继续受教育的权利"，"国家发展老年教育，鼓励社会办好各类老年学校"。但从实际来看，对老年教育的管理还不像对普通教育那样明确具体，如没有统一的教材、没有统一的教学大纲等，致使老年教育的办学规范性程度不高，对办学经费从哪里来、设什么专业、什么样的人有资格授课、如何收费、学员达到何种程度才能毕业等都无统一规定，老年大学各有自己的规定。这种总体管理上的不到位，虽然为老年学校因需施教提供了很大的空间，但从长远上来看，这种办学的无序性，却不利于老年教育的发展，缺乏统一的标准。

## 二、依据老年教育特点，积极推进老年教育的发展

### （一）由于受教育者的非功利性，要按照受教育者的需要来开设课程

老年教育的重要意义已被社会所认识，老年教育是终身教育的一部分，也被大多数人所认同。那么，老年大学在教育职能上，也是在落实党和国家交给的"老有所教"的任务。1998年江泽民同志在全国教育工作会议上强调

说，终身学习是当今社会发展的必然趋势，要逐步建立和完善有利于终身学习的教育制度。我国早就有终身学习的基础，"活到老、学到老"是中华民族的传统美德。

老年教育的教学是根据社会的发展、老年人的需求，有计划地、系统地向老年人开展辩证唯物主义、社会主义、自然科学、社会科学、应用技术、文化艺术等教学，从而多方面提高老年人的素质。根据老年教育的对象是老年人的特点，在教学内容、教学方法、管理方式上老年大学与正规学校有所区别，但其本质还是教育的范畴。老年大学为了丰富老年人的晚年生活、增强老年人的体质，也组织老年人开展一些文娱、体育活动，与文化馆、老年活动中心有相似之处，但不应忽视老年学校的中心任务是通过课堂教学形式对老年人进行教育，因而不能把老年学校与文化馆、老年活动中心混同起来，老年教育就是特定的学校教育，国际上称为"第三年龄教育"。老年大学根据老年人的要求，先后开设了书画、摄影、计算机、英语等专业班，深受老同志的欢迎，期期爆满。中国石油化工集团公司下属企业老年大学累计毕业学员近 8 万人次，总部机关办学 10 年来开办 59 个班，已有 937 人次结业，目前还有 320 名老同志参加学习。老年大学的开办极大地丰富了老年人的文化生活，他们在学习中克服困难，回家做作业，忘记了烦恼，找到了精神寄托，陶冶了情操，丰富了生活。为什么有这么多的老同志爱好学习呢？他们说：一人上学，全家受益，和睦家庭，其乐无穷。老年大学在 20 多年的办学实践中积累了一些办学经验，取得了很大成绩，但由于没有统一的法规来规范、指导，各地、各校差别很大。例如，中国石油化工集团公司所属企业有老年大学上百所，在专业设置上有的开设了近 40 个专业，有的只开设了几个专业；在校生有的多达上千人，有的只有几十人。

因为办学条件的约束和退休人员的增加，出现了教室不够用、不能满足学员需求等问题。例如，总部机关离退休人员现近千人，报名学员多，教室严重不够用，需要做很多解劝工作；拟招生 30 人学习英语 300 句，报名者多达 60 多人，老同志学习热情非常高。随着退休人员的增加和老年人渴望学习新知识的要求的不断提高，学习已成为他们退休生活中不可缺少的一部分内容。可见，教育需求很大，工作任重而道远。

**（二）由于老年教育的多样性，要不断探索教学模式和教学方法**

遵循《中国老龄工作七年发展纲要（1994－2000 年）》提出的"要因地制宜，多渠道、多层次、多形式地开展颐养康乐和进取有为相结合的老年教育"方针，我们确定的办学宗旨为"增长知识，丰富生活，增进健康，老有所为"。如何实行以教学为主、"学、乐、为"相结合的办学原则呢？一是通过学习、探索其他单位老年大学示范的途径。二是建立健全一整套教学制度，如按课程表上课、要求老师上好每一堂课、学员认真做好老师布置的课外作业等。三是除开设一些常规课程外，适当增加一些形势教育、科普知识和技能教育、法制和道德伦理教育。

在现有教学环境、师资配备方面，要与老年人的特点相结合，开展多种教学模式。一是区别于普通教育的学期制，依据老年人解力强的特点，可开办2个月、3个月普及培训班，学制不宜过长。二是针对老年人的特点，在课程安排上采取动静结合。在教学方法上，学书本知识与动手制作相结合，寓学于乐，学中有为。课堂教学与课外活动结合，经常开展个人、集体书画展，摄影展舞蹈表演等，鼓励学员向报纸杂志等专栏投稿。现在越来越多的老年人迷上了老年大学，有的已学习了几年，学习了多个专业；有的从普通班到提高班，已学有所成，进入了市组织的有关协会，成为会员；有的学员的书法已被列入名人画册。原来社会上流传的老人生活方式是以健康为中心，糊涂一点、潇洒一点，即"一个中心，两个基本点"，正在改为"以增进身心健康为中心，多学一点新知识，多发挥一点余热"。老年大学使老年人学有所用，学以致用，体现自身价值，有益社会。

**（三）由于老年教育管理缺乏整体规范性，要形成全社会都来关心老年教育事业的氛围**

党的十七大明确要求，要全面做好离退休工作。发展老年教育，办好老年大学，是做好离退休干部工作的一个重要内容。对老年大学要成为老同志终身学习的课堂，健康有序发展，笔者有以下四方面的认识。

一是各级领导要关心老年教育的发展，特别是从事老年工作的人要充分认识到老年教育的特点。要认识到老年文化娱乐、老年大学，是社会主义精神文明建设的重要组成部分，是加强老年人思想政治工作、丰富老年人精神文化生活、提高老年人生活质量的有效方式，是建设和谐社会、推进老龄事业全面发展的重要内容。

二是按照"老有所乐、老有所学、老有所教、老有所为"的方针，让更多的老同志走出来、动起来、乐起来，在"动"中接受新事物，在"动"中增进友谊，在"动"中陶冶情操，在"动"中锻炼身体。要把老年大学办成"政治工作的中心、文体活动的场所、老有所为的阵地、传播知识的课堂、服务老同志的窗口"，同时，也是取得"政治效益、社会效益"的阵地，让老年大学得到大家的关心、全社会的支持。

三是通过对老年大学的办学状况的调研可以看到，老年教育也要与时俱进。对办学较早的老年大学的调查表明，他们办学长久不衰，越办越好，一条重要的经验就是"常办常新"、"与时俱进"。在这样一个学习型社会中，综合国力的竞争就是人才的竞争、创新的竞争。老年大学不仅担负着扫除科盲、普及科学文化知识的任务，也应当被建设成知识创新的基地，成为培养创新人才的基地。老年教育重在倡导科学、文明、健康的生活方式，对提高老年人生活、生命质量发挥着重大的作用。这就要求老年教育的专业设置、课程设计、教学内容在创新中有所变化，进行必要的调整和创新。

四是在办学中提高老年人的综合素质。老年人有一个能否保持晚节和跟上时代步伐的问题。不继续提高老年人的综合素质，不继续提高其思想政治素质和科学文化素质，老年人也难以抵制和清除那些负面影响，有少数老人甚至会成为极端个人主义和封建迷信的吹鼓手。为了有效地帮助老年人提高生活质量，保持晚节，做社会安定、团结、发展、进步的促进派，老年教育必须强化对老年人的素质教育。在中央关于各类学校都要抓好素质教育方针的指导下，老年教育在 21 世纪会进一步统一认识，成为我国教育不可缺少的重要内容。

依据老年教育的特点，促进老年教育的发展，笔者认为还应有以下四点作为保证。一是党组织和行政部门要进一步加强领导。只有如此，才能使老年教育坚持正确的方向，才能有力地动员各有关方面积极兴办、参与、助办老年教育事业，才能使单位和社会增加投入，老年教育才能顺利发展。二是社会办学、单位办学要有一个主管部门。要统一规划、集中管理，并做好综合、协调、督促工作。三是建立和加强老年大学间的协作关系。今后老年大学呈现社会化趋势，这就要求各老年大学相互协作、相互促进，在从师资力量上进行交流，充分利用资源。这对没有建立老年大学的地方，可以起到带头、示范、促进作用。四是抓好工作队伍建设。工作是人干出来的，要实现老年教育新发展，就必须建立一支具有现代管理知识、无私奉献、团结互助、一心扑在老年教育事业上的工作队伍。要抓好这件事，既要有充分的思想政治工作，也要有严格的激励机制和制约机制。对热心老年教育事业的老领导、老年志愿者，要继续发挥他们在办学和教学中的积极性。绝大多数老年大学的工作，老领导和老同志都在其中起了重要的作用，他们的德望、时间、经验优势、广泛的社会联系、对老年教育浓厚的使命感等，都是老年教育迅速发展的重要原因之一。要继续依靠他们，同时要与中青年老年教育工作者一道精心策划、勤奋工作，并为老年教育广为宣传、多方奔走，进一步取得社会各界对老年群体的重视和支持。

我们每一位老年教育工作者都要为建立老年人老有所学、老有所教的良好的环境和场所而努力工作。我们为能从事这样光荣而艰巨的任务感到自豪，同时也期盼着老年教育事业蓬勃发展。

## 参考文献

邬沧萍，杜鹏．2001．对二十一世纪我国老年学发展的展望．老龄问题研究，(5)：1～7

洪国栋．2002．研究老龄问题要与时俱进——对 21 世纪老龄问题的新思考．老龄问题研究，(12)：24～28

刘书鹤，陈志军．2008．发展老龄事业和老龄工作的宗旨．老龄问题研究，(6)：14～18

麻凤利．2008．国际老龄行动计划 2002．老龄问题研究，(6)：32～40

唐仲勋．2000．大力发展第三年龄教育　迎接老龄化的到来．老龄问题研究，(8)：3～7

# 立足实际求发展　积极创新促提高

工业和信息化部电子老年大学　谭国英

开展老年教育工作、办好老年大学，是贯彻落实"科学发展观"重要思想的具体体现，是构建和谐社会的重要任务。广大老同志是昨天的创业者、今天的奠基者，是国家的宝贵财富。我们关心老同志，不仅要保证老同志们老有所养，更要为他们老有所教、老有所学、老有所乐、老有所为创造条件。我们开办老年大学，就是适应老年人需求、提高老年人生活质量，贯彻党中央、国务院发展老龄事业决定的一项重要举措。

实践证明，开办老年大学是对老年人进行精神赡养、丰富老年人精神文化生活的最好形式。通过参加学习，老年人可以根据自己的兴趣和爱好，学习愿意学习的东西，知晓国家大事，掌握新的知识，紧跟时代步伐，做到与时俱进，颐养天年。老年大学的教育，既可以体现老年人自身的价值，又能让老同志为社会的稳定和发展继续做出自己的贡献。

工业和信息化部电子老年大学是 1998 年 3 月创立的，迄今已走过了风风雨雨 12 年的历程。12 年来，我们本着在探索中求发展、在行进中创特色、在务实中向前进的办学理念，从创立初期的只有书法、绘画 2 个教学班，50 多名学员，发展到最多时有 16 个教学班，600 多名在校学员，累计培训学员 3000 多人次。12 年来，我们白手起家，因陋就简，坚持"增长知识、丰富生活、陶冶情操、促进健康、服务于老干部"的办学宗旨，以"不铺张浪费，不追求虚名，不争名夺利"为工作原则，坚持面向需求设课程，激发兴趣求知识，为老同志创造了老有所教、老有所学、老有所乐、老有所为的良好环境。

12 年来我们的体会总结如下。

## 一、领导重视是办好老年大学的关键

工业和信息化部及离退休干部局领导十分重视离退休老同志的学习教育活动，始终把丰富和充实老同志的精神文化生活看做以人为本、构建和谐社会的重要内容，列入议事日程，使老同志学习和活动的条件不断得到改善。一是在活动场所设施上，为老同志搭建良好的平台。例如，为活动中心加装电梯，修缮教室，改造音响器材；增添平板电视、投影仪、数码摄像机、数码照相机、电子琴、钢琴等教学设备；开设计算机学习室、卡拉 OK 教室。二是在经费使用上，为老同志活动提供了资金保障。老年大学开展教学活动，实行年度经费预算制度，一经审定，资金均能按时到位，专款专用。教师节慰问、学员毕业展示汇报、师生座谈会及学员兴趣小组的演出活动均能得到经费支持。三是在人员配备上，逐年加大力度。老年大学的工作人员由最初的 1 人增加到 3 人，并且要求年轻化，并具备一定的专业知识。

## 二、坚持以老同志为本、因需施教的办学方向

党的十七大把科学发展观这一重大战略思想写入党章，充分反映了新形势、新任务对党的工作的新要求。就离退休干部工作而言，贯彻落实科学发展观就是坚持以老同志为本，想老同志之所想，急老同志之所急，帮老同志之所需，做到以人为本，以老为尊。我们紧紧围绕党中央提出的建设学习型社会、构建和谐社会的要求，坚持正确的办学方向，按需施教，寓教于乐，以学促为，学为结合。办学力求贴近老同志、吸引老同志。在巩固已有的传统科目的基础上，适时开设了符合时代要求和老同志需求的新课程，使教学班级逐年增加，学员人数屡创同期新高。

（1）在办学中，我们始终把老同志的需求当做第一要务。在老年大学里，没有职业、地位、学历、收入高低之分，有的只是自我的完善、精神的愉悦、人生的充实。前几年，老年大学开设的课程主要是书法、绘画、声乐、太极（拳、扇、剑）、交谊舞等一些传统科目，培养了一批老年书画、声乐、舞蹈、拳剑爱好者，受到老同志的好评。但随着时代的进步，老年人的需求也在不断更新。我们根据新形势、新要求，适时开设了卡拉 OK、民族舞、英语、计算机、数码摄影、手工布艺等新课程，成为老年大学的新宠，深受广大老同志喜爱。在这里，他们触摸到了时尚前沿，学习自主，与社会发展同步，从而使老年大学成为老同志学习的阵地。

（2）在教学中，我们遵循师生之间互教互动的原则，学员之间互帮互学。老同志学科自选，量力而行，奉献自愿。大家通过课内外的沟通交流，愉悦身心，增进友谊，满足了老同志交往的需要，激发了老年人对学习的追求、生活的向往、未来的企盼，全面提升了自己的生活质量，从而使老年大学成

为老同志温馨的家园。

（3）在服务中，我们始终坚持以工业和信息化部机关离退休老同志为主、电子系统老同志为辅、向周边社区辐射的招生原则，充分利用现有资源，最大限度地为老同志提供教学服务，满足不同层面的需求，努力提高社会效益。

在工作中，我们深深体会到：老年大学要与时代同步，传递先进文化，启迪老年智慧，开发老年潜能，使老同志在求知中取乐、在取乐中求知，实现自身的价值，让生命更加绚丽多彩，从而使老年大学成为老同志求知的乐园。

## 三、加强制度建设，制定了一套较系统的老年大学管理办法

老年教育是完善终身教育体系、构建社会主义和谐社会的重要组成部分，老年大学是满足老年人精神文化需求的重要载体，也是党和政府联系老年群体的文化桥梁。在办学中如何做到严谨的办学和有序的教学管理相结合、构建和谐的学习环境、营造宽松的学习氛围和灵活生动的教学气氛，是我们在办学实践中需要不断解决的问题。为此，我们根据多年来的办学实践和体会，制定了一套较系统的老年大学管理办法，内容包括老年大学办学原则、招生与学籍登记管理办法、班主任跟班制度、学员上课点名与请销假制度、学年末汇报演出（展示）制度、教师费发放及管理办法、兴趣小组管理办法等。

总结我们过去教学班的特点，主要有以下几方面：第一，师资力量雄厚。既有德高望重的老局长担纲主讲，又有无私奉献的志愿者辛勤耕耘；既有高水平的专业人才授课，又有亦师亦友的兼职教师辅助。第二，课程设置合理。既有时代前沿的上网冲浪、数码摄影，又有实用的出国英语；既有健身强体的太极拳、太极扇，又有翰墨书香的书法、绘画和篆刻；既有轻歌曼舞的声乐、舞蹈，又有传统的编织、刺绣等。第三，学员学有所成。既有通过学习能在国外独立完成汽车驾照考试的老同志，又有通过学习成为各兴趣小组骨干的老同志；既有通过学习不断提高水平的"摄影发烧友"，又有通过学习声名鹊起的"业余画家"。

总之，今后老年大学将不断充实和完善，坚持规范教学，互动教学，力争按专业特点和学员需求，不断修改制定教学大纲和管理办法，努力增加老年大学的吸引力、凝聚力，用全新的教育理念，满足老年群体日益增长的学习需求。

## 四、注重提高影响力，力争手段、机制创新求变

老年大学是落实老有所学、老有所乐、老有所为，培养现代新型老年人的载体，如何坚持贴近时代、贴近实际、贴近生活办好老年大学是我们不断探索的主题。我们着眼于新情况，力求新发展，在发展思路、工作手段、用人机制上进行了新的尝试。

(1) 在发展思路上创新，延伸老年大学的影响力，成立了声乐、舞蹈、绘画、健身等兴趣小组，吸收老年大学的学员参加，通过编排节目、参加演出、展示风采，巩固学习成果，扩大宣传范围和老年大学的影响。

(2) 在教学手段上创新，积极配备现代化教学设备，配备了笔记本电脑、钢琴、电子琴、投影仪、数码摄像机、数码照相机等，为手段创新提供了有力的物质保障。

(3) 在用人机制上创新，提升老年大学整体素质。今后，老年大学工作人员要向一专多能发展，不仅要做好服务工作还要担当授课任务；老年大学教师既要能担任教学任务，又要能负责兴趣小组的组织指导工作。

12年的努力有了一定的收获，12年的发展后又是一个新的起点。老年教育是一项朝阳事业，充满无限生机，具有广阔的发展前景，也是一项永恒的事业，激励着我们不断探索、创新。今后我们将不断努力，逐步形成有自身特色的教材体系，争取向规范化、示范性老年大学发展，打造电子老年大学的品牌。

# 带着责任、感情、智慧做好老年大学工作

文化部老年大学　侯建安

带着责任、感情、智慧做好老年大学工作，是认真贯彻执行党中央关于老干部工作的方针政策，积极探索新时期老干部工作的新思路、新机制，完善落实老有所学、老有所用、老有所乐目标，提升机关老干部生活质量的要求。

要带着责任去做好老年大学工作。文化部党组和离退休干部工作局党委十分重视老年大学建设，指示老年大学在整体工作中要成为服从和服务于文化工作大局的得力助手和重要阵地，成为精神文明建设的生力军，成为构建社会主义和谐社会首善之区的重要力量。深入学习实践科学发展观，推动社会主义文化大发展、大繁荣的过程，离不开老同志的关心、支持和帮助。在落实科学发展观、构建和谐社会的进程中，党和国家提倡老同志要以自己的新视野、新风貌积极参与老年大学的学习，发挥自身的睿智和才能，展现自身新的价值与生命力。

文化部老年大学始终按照文化部党组的部署和要求，以"让老同志满意、让党组放心"为标准，不断增强做好老干部工作的政治意识、大局意识和责任意识，自觉把老年大学工作放到全局工作中去思考，纳入总体部署来安排，切实把老年大学职能履行好，把老年大学作用发挥好。老年大学在办学中立足本职，脚踏实地，埋头苦干，开拓创新，努力完成好局党委赋予的坚守阵地、为老干部服好务的光荣任务。文化部原党组成员、副部长赵维绥同志，文化部党组成员、部长助理高树勋同志，离退休干部工作局局长张理萌等领导，多次到老年大学检查指导工作，详细了解教学进程和教学管理情况。主管副局长聂久祥同志工作深入细致，率相关处室现场办公，帮助解决教学器材和学校遇到的困难和问题。我们在老年大学的办学中坚持"学、乐、为"协调统一，"学"是手段，"乐"是根本，"为"是目的。在老年大学的办学实践中我们努力做到以学增乐、以乐助学、以为促学。"学"，注重培养学员的学习兴趣，使老同志通过学习有收获、有成就感；"乐"，坚持自主选择学习

科目，情系所钟情的学习内容，获得精神上的满足与愉悦；"为"，积极参加老年大学组织的成果展示和各项活动，为自己增添新的生活内容，为子女减轻负担，为社会做出贡献，充分发挥离退休团体的优势，尽力做好终身学习、焕发新颜、有益社会、和谐稳定"四个表率"。只有具有强烈的责任意识，做好老年大学工作才有强大的动力，才会自觉、尽责地把老年大学的各项工作做深、做细、做实、做好。我们深深地体会到，抓住责任就抓住了根本，抓住责任就能够见到成效。

要带着感情去做好老年大学工作。感情的深度、认识的高度，决定了对老年大学工作的重视程度和领导力度。离退休干部工作局党委认真将老年大学工作列入日常工作议程，强调做好老年大学工作，必须从感情上贴近老同志、关心老同志、爱护老同志。只有这样，才能在工作中倾注热情，充满爱心。参加老年大学学习的老同志多数是原机关的领导干部，他们曾经为共和国的文化建设与发展付出过辛勤的劳动，做出过突出贡献。我们不是将他们作为一般意义上的学员来对待的，而是首先将他们作为尊重的对象，尊重爱护老干部学员就是尊重他们的革命和建设历史，就是尊重爱护党的光荣传统，就是尊重爱护老干部开创的伟大事业。老年大学是一个集老年教育、身心愉悦、丰富学养的园地。我们的教学与管理工作在尊重的基础上，紧紧围绕温馨、和谐的目标，在校园中实施快乐教学、心悦管理，使各种管理措施在校园的落实中做到和风细雨。一切管理措施首先考虑方便老年学员的学习，以一种以人为本、贴近人心的方式去进行教学与管理。我们带着对老同志的深厚感情，经常深入到学员中间，倾听呼声、体察情绪、改进教学，以最快的速度办最急的事，以最少的资金办最多的事，以最实的作风办最难的事，扎扎实实地把老年大学工作落到实处。在文化部老年大学校园中所有为老同志服务的同志都牢记着一个宗旨：要尊重老干部，而不能厌烦老干部；要照顾老干部，而不能应付老干部；要亲近老干部，而不能疏远老干部。

我们的教学工作目前共计开设国画、声乐、书法、手工、计算机、舞蹈、摄影、编织、合唱、舞蹈和太极扇班等13个教学班，常年有688名学员参加各教学班的学习。在教学工作中我们主动征求老干部的意见，开展评学、讲学活动，对老干部提出的意见、建议，及时研究、认真解决，真心实意地为老干部做好服务，并将老干部高兴不高兴、满意不满意作为衡量老年大学工作的标准。我们深切体会到只有常怀爱老之情，才能常扬敬老之德、常兴助老之风、常办利老之事，使尊老、敬老、爱老真正成为我们的自觉行动，这样才能扎实、深入、持久地使老年大学工作再上新台阶。

　　要带着智慧去做好老年大学工作，先无为，再有为。"无为而治"是老子的思想精髓。所谓"无为而治"，是凭借道家的"顺其自然"的"无为"哲学智慧而进行科学管理，通过无为途径，达到有为目的。现实中，做好老年大学的教学和管理，与我们的学习对象——老年学员有着十分密切的关系。我们的老年学员年龄不一，学识有差异，兴趣爱好各有偏重，因此，我们潜心研究学员的特点，从实际出发，从学员的需求出发，顺应规律，科学管理，努力把老年大学工作作为一项系统工程来认识、加强、创新和拓展，坚持在老年大学日常工作中多沟通、多疏通、多商量、多交流，重在解决问题，使老干部学员在老年大学的校园中真正受惠得益，轻松愉快。

　　随着老年大学工作一步步向前迈进，新情况、新问题不断出现，这就要求我们要勤于学习、深入调研，把困难想得多一点，把思路拓宽一些，把对策考虑得周全一些。在教学服务方式上，改变过去的服务模式，注重实现工作方式"三个转变"，即实现由被动服务向主动服务转变；实现由单一的课堂服务向全方位的综合教学服务转变；实现由封闭式的工作方式向开放式的工作方式转变。在学习课程安排上，根据老干部学员的特点，采取灵活多样的方式。在教学管理方式上，既要制定适应老年学员特点的管理条例，又要发挥老年学员骨干的作用，使经常性的管理措施行之有效，不断增强老年大学管理工作的全面性和时效性。我们的教学管理工作制度，已被纳入文化部离退休干部工作局《文化部机关离退休干部工作制度汇编》和《老干部服务指南》。我们还经常组织老年大学学员走出课堂，2009 年在人民大会堂举行的"关爱老年人大型公益活动老年健康课堂启动仪式"，我们的老年大学学员演出的藏族舞蹈《卓玛》得到很高评价。我们还作为导演组单位成功组织了由中央国家机关老年大学协作片共 18 个部委的老年大学参加的"中央国家机关老年大学庆祝新中国成立 60 周年第六届'红飘带'文艺演出"。书画班的学员参加了由国务院机关老干部活动中心举办的"颂改革伟业，绘和谐之春——中央国家机关老年大学喜迎建国 60 周年书画作品展"，参展作品被评为优秀奖并获证书。摄影班的学员参加了"文化部系统离退休人员庆祝新中国成立 60 周年摄影图片展"等。通过灵活多样、丰富多彩的教学活动，老年学员在我们的老年大学里感受到更多的温馨和快乐，真正感觉到通过在老年大学的学习，能够获得一种如同在知识的海洋里自由汲取、在精神世界里轻松翱翔般的崭新的精神境界。面对崭新精彩的老年教育环境，我们将矢志不渝地坚守新型老年教育的阵地，坚定不移地承担老年教育朝阳事业的责任，为老年教育的发展努力谱写新的篇章。

# 以人为本推进老年大学持续和谐发展

农业部老年大学　李　波

老年教育是构建终身教育体系的重要组成部分，是建设学习型社会的重要基础，也是推进文化建设、提高全民族文明素质、建设和谐社会的重要保障。目前，我国已经进入并将长期处于人口老龄化社会，人口老龄化形势严峻。离退休干部作为老年群体的特殊组成部分，是构建和谐社会的重要力量。随着我国老年人口所占比重的不断加大，党和国家非常重视老年教育。

老年大学作为开展老年教育的基本组织形式，是加强老同志思想政治建设、满足老同志精神文化生活需求的重要载体，是党组织凝聚离退休干部的重要纽带，是党在思想文化领域的一个重要阵地，也是积极应对人口老龄化挑战的重大举措，可以说老年教育是利国、利民、利发展、利和谐的有效手段。大力发展老年教育事业，尤其是办好新形势下的老年大学，是中国特色社会主义事业的重要组成部分，是全面建设小康社会、构建社会主义和谐社会的必然要求，也是贯彻落实科学发展观的具体体现。

## 一、农业部老年大学的基本现状

农业部老年大学是一所由农业部主办的、面向农业部系统离退休干部职工的公益性非学历老年大学。在部党组的重视和各有关单位的支持配合下，农业部老年大学经过试点办学，于 2009 年 9 月正式成立。学校自成立以来，始终坚持以邓小平理论、"三个代表"重要思想和科学发展观为指导，认真贯彻党和国家关于发展老年教育事业的精神，坚持"老有所学、老有所教、老有所乐、老有所为"的教育方针，以"增长知识、丰富生活，陶冶情操、促进健康、服务社会"为办学宗旨，按照"巩固、创新、发展、提高"的工作思路，求真务实、开拓进取，取得了较好的成绩，受到了老同志的广泛称赞。

（1）办学规模不断扩大。农业部老年大学学员基本上以农业部系统的离退休干部职工为主，占学员总数的 85％以上。目前，学校开设了 8 类专业 22

门课程，聘请了 15 位教师，现有学员 1407 人次，比上一学期增加了 18％。

（2）教学管理逐步规范。为规范管理、促进教学，学校建立了学员组织，健全了管理制度，完善了管理手段，有效地促进了教学服务管理工作的落实。目前，学校采取的是校委会领导、校区服务管理、吸收志愿者服务和学员组织协助等相结合的多层次管理模式。

（3）教学活动丰富有序。根据老同志的需求和特点，学校坚持按需、合理设置课程，妥善安排上课时间，选聘优秀教师任教，并采取灵活多样的教学方法，努力丰富教学内容，提高了教学质量，规范了教学管理，使教学工作规范有序地进行。

（4）教学影响力不断扩展。在办学过程中，我们坚持"学、教、乐、为"相结合，积极扩大老年大学对内、对外的影响力，努力使老年大学成为离退休干部职工"更新知识的课堂、文化娱乐的场所和延年益寿的乐园"，不断满足老同志的学习需要和精神文化生活需求。

## 二、办好老年大学的几点体会

老年教育是人的终身教育的最后阶段，由于教育对象和目的的特殊性，必须要坚持"以老同志为本"的教学理念，充分考虑老同志的需求和特点，开办特色课程，努力推进老年大学持续和谐发展。

（1）坚持以"老"为本的原则。要根据老年人的生理、心理和其所特有的学习需求等特点，因需设课、合理安排、科学规划，贯彻无压力式教学方法，让老同志通过在老年大学的学习，接受新的知识，结识新的朋友，丰富晚年生活，感受人生乐趣，不断提高他们晚年生活的质量。

（2）坚持和谐发展的原则。要以科学发展观为指导，建立长效管理机制，促进老年大学的全面发展。要结合教学工作需要，建立教学信息反馈机制、教学经费保障机制、教学质量保证机制、教学行为激励机制和教学发展创新机制等，不断增强教学活力，促进老年大学持续和谐发展。

（3）坚持按需办学的原则。要及时根据工作任务的要求和老同志的需求，不断调整教学内容，改进教学管理手段和方法，坚持以多样化、个性化和非职业化教学为特征，不断调整教学思路，做到在课程设置上，既注重政治性、科学性、实践性，又注重普及性和趣味性，在教学管理上，既要体现严谨有序的科学管理，又要营造宽松、和谐、愉悦的教学氛围，努力创造一个让老同志热爱学习、享受学习、快乐学习的环境，满足老同志的学习需求。

（4）坚持质量办学的原则。要建立和完善教学机制，保障教学质量稳步提升。要坚持教师考勤、问卷调查和平时考评的做法，并尝试将综合考评结果与期末教师的"评优"结合起来，逐步建立起适合教学工作需要的教学评估机制；要坚持健全和完善教学座谈机制，定期或适时听取班主任、教师及学员对教学工作的意见和建议，将老同志的监督引入教学管理，切实增强教学工作活力；要坚持教师间的沟通和交流机制，定期进行教学研讨，及时解决教学工作中存在的问题，在探索和创新中努力提升教学工作质量；要经常深入到教师和学员中进行教学调研，及时解决教学中的问题，推进老年大学持续和谐发展。

（5）坚持公平发展的原则。要不断加强学习，切实转变思想观念，牢固树立大局服务意识；要根据老同志的学习需求，对办学条件成熟的地方，开设老年大学校外分课堂，为老同志就近提供学习服务；要紧紧围绕实现教育公平做工作，努力促进部系统老年教育全覆盖，最大限度地实现老年教育资源共享。

（6）要坚持协作办学的原则。要充分利用部属单位现有设施和人力资源等方面的优势，满足现有条件下教学场所和教学服务管理的需求。要着力加强学员组织和学员志愿者队伍建设，并根据教学需要建立班级专业学习联谊会，依靠他们参与教学活动，发挥他们在教学活动中的特殊作用。要注重加强老年大学间的工作交流，共同探讨办学经验，努力营造合作共赢的工作局面。要适时稳妥地选聘助学志愿者，推动老年大学全面发展。

## 三、推进农业部老年大学工作的几点思考

第一，要实行学制管理，推进老年大学层次化发展。根据不同专业课的特点，实行差异化的学制管理方式，既能使老同志有目标、阶段性地实现自我设计学习的目的，又能够增强教学工作的针对性，避免新老学员混班难教的现象，使学员呈阶梯式递进，推进老年大学教学工作的层次化发展，为特色办学奠定基础。

第二，要推进资源共享，不断扩大老同志的受益面。根据老同志的实际需求，在距老年大学校区较远且居住相对集中并达到规定报名人数的单位设立老年大学分课堂，采取办学单位管理、老年大学负责师资的做法，使老年大学覆盖到所有的老同志，扩大老同志的受益面。

第三，要形成办学合力，推动老年大学和谐发展。老年大学的发展需要

多方力量的凝聚，正逐渐步入正规办学的农业部老年大学，要善于借助合作办学单位和外部老年大学的办学资源和经验，发挥学员组织和教师的独特作用，推动自身的持续和谐发展。

第四，要完善规章制度，促进老年大学规范化发展。要结合上级的要求和老年大学的发展需要，建立健全以人为本、科学完善、行之有效的规章制度，形成良好的教学服务管理机制，促进教学工作的规范化发展，为老同志创造一个轻松愉悦的学习环境。

老年教育任重而道远。老年大学是老年教育的重要载体，办好老年大学是对老同志政治上尊重、思想上关心、生活上照顾的具体体现。要采取"以情治学"的教学手段，注重教学情感交流，使老同志在愉悦身心的同时，兴趣爱好得以延展，人生经验得以升华，不断提高他们晚年的生活质量，为构建和谐社会做出新的更大的贡献。

# 创新办学思路　探索联合办学机制

## ——大连化物所与社区联办老年大学情况调研报告

### 中国科学院老年大学大连化学物理研究所分校

　　联合办老年大学就是以研究所原有老年大学为基础，整合社会其他办学资源，在组织形式、管理架构、资源共享等方面形成互补，使老年大学发挥出更大、更广泛、更持久作用的办学模式。近两年来，中国科学院老年大学大连化学物理研究所（简称大连化物所）分校在与社区联合办学方面作了一些有益的尝试，初步取得了好的效果。

## 一、联合办学是老年大学发展的客观需要

　　第一，老年大学是社区建设的有力帮手。社区是和谐社会的基础，自2000年中共中央办公厅下发《民政部关于在全国推进城市社区建设的意见》文件后，社区建设就成为各级党组织和政府的重要工作。在社区各项工作中，稳定建设是重中之重，而老年人则是稳定建设的主力军。老年人要交流，邻里要沟通，政策理论要互帮互学，生老病死要相互慰藉，没有一个适当的场所与形式，单靠"建立学习园地"、"结对子"、"一帮一"等形式是远远不能满足现实需要的。社区老年大学具有独特的功能，是社区组织群众、引导灌输、解疑释难、促进和谐的有效形式。然而社区建设刚刚起步，不要说办老年大学，就连社区办公室都很难解决。2007年前，大连化物所社区办公室面积不足100平方米，社区工作人员最多时也只有4人。到2007年6月，大连化物所对原星海二站家属区锅炉房进行了改造，将其中720平方米提供给星海湾街道化物所社区做办公用房，社区工作人员也增加到16人，社区硬件才有了根本性好转。即使达到这样的规模，社区既没有办学经费来源，也没有必要的教学器材，更没有办学经验，要独自办老年大学依然是困难重重，需求矛盾十分突出，因此社区十分渴望与大连化物所联合办学。

第二，老年大学要勇于担当社会责任。老年大学不能仅仅考虑自身的利益，更多的是要考虑其社会效益，老年大学自身的发展，也必须放在更大的社会环境中去审视，这是新时期对老年大学提出的基本要求，更是我们办老年大学多年实践的切身体会。作为中国科学院老年大学分校，大连化物所分校在建校《章程》中就明确了以"马列主义、毛泽东思想、邓小平理论、江泽民三个代表思想和胡锦涛科学发展观为指导"，以"增长知识、陶冶情操、促进健康、服务社会"为办学宗旨，以把老年大学办成老年人"老有所学、老有所教、老有所乐、老有所为的思想文化教育基地"及"是所区及社区创新文化建设的重要组成部分，是为第三年龄段的同志提供继续学习的大课堂"为目标，这一办学理念为日后的"开门办学"、"联合办学"打下了思想基础。

第三，老年大学要找准发展中的瓶颈。大连化物所分校 2000 年建校至今已有 10 年的历史，起初作为新生事物，引起了所内离退休老同志的极大兴趣，大家报名踊跃，参与积极，效果显著，老年大学也呈现出蓬勃发展的态势。但几年后，由于老年大学在课程设置、教师筛选、管理架构等方面存在不足，大家参与的热情逐渐减少，到 2008 年春季招生时，学员数量骤减，有些专业班，如舞蹈、绘画等由于报名人数不足以组成一个学员班，不得不取消。到 2009 年春季招生时，老年大学仅保留了书法班和葫芦丝班，学员总数不足 50 人。老年大学的发展面临着新的挑战，学员招生难已成为限制老年大学发展的瓶颈，走开放式、社会化、联合办学的路子已成为必然。

## 二、创新体制机制是联合办学的基本保证

第一，建立联办的长效机制。自 2008 年大连化物所提出老年大学与社区联合办校建议后，克服了过去工作中的部分盲点，促进了老年大学的发展：社区提供了宽敞明亮的教室，双方在信息沟通、工作交流、组织活动等方面有了新的突破。但也存在一些问题，主要是社区工作人员不参与老年大学的管理，平日只是打打下手，偶尔当当替补队员，名不正言不顺，没有底气。没有平等的地位就没有真正意义上的联合办学，改变原来老年大学的管理架构、理顺老年大学管理人员关系，成为联合办学的当务之急。2010 年年初，在所党委指导下，大连化物所对原老年大学《学员手册》作了进一步修改，明确规定了老年大学"校长由所离退休服务中心主任担任，副校长由化物所社区党支部书记担任"，"正、副校长负责老年大学发展方向，对重大问题进

行决策，对学校的建设总负责"，从体制上保证了社区在老年大学中参与决策的地位。2010 年春季新学期开学伊始，修改后的《学员手册》被发到每一位学员手中，每门专业课正式开课之前，都要请社区书记、副校长致辞，以此突出社区作用，明确职责分工，强化联合办学意识。

第二，明确联合办学双方的责任。联合办学就是权力合理分配、责任共同担当，利益公平分享。首先，大连化物所对老年大学《章程》进行了修改，明确了社区在"学员招生、教学场地秩序、教学器材管理、课程设置"等方面的职责，使其深入到老年大学管理的细节中去。其次，在 2010 春季《老年大学招生通知》中，联系人、报名地点、组织单位都把社区与大连化物所并列提出，强化联合办学的特点，突出社区在老年大学中的地位。再次，将社区原有的一个以中老年人参加为主的健身舞班也纳入到老年大学之中，主动承担了授课老师的全部费用，免除了社区的财物开支之忧。同时，组织由社区相关人员参加的教学准备会，共同审核任课老师资历及教学思路，统筹考虑任课老师的工资待遇，规划设计课程安排。经过磨合，目前双方的合作日臻完善，工作扎实有序，联合办学已名副其实。

## 三、联合办学初见成效

一是办学理念得到升华，平台作用发挥明显。过去大连化物所分校仅为本所离退休老同志服务，学员少、范围小，老年大学作用发挥受到局限。联合办学后社区老年大学可以很有效地把老同志聚集在一起，通过不同阶层、不同性格、不同阅历学员间的学习与交往，促进了"研究所人"向"社区人"的转化，突破了过去封闭、单一的"大院文化"的束缚，起到弘扬优秀文化、融洽邻里关系、营造和谐氛围的作用。联合后的老年大学是一个具有多种社会功能的微型社会，它提供的不仅仅是专业学习、艺术造诣和文学修养的提高，对老年人来说它更是一个重要的活动场所和生活空间，是社区老年人的聚集地，是老年人退休后新的、最重要的社会实践活动基地，老年人要在这里展示才华和能力，通过情感交流及邻里互助等形式来体现新的人生价值，赢得街坊邻里的尊重，是重要的精神赡养，是丰富晚年生活的重要平台。

二是办学硬件得到改善，教学管理更加规范。联合办学后，社区提供了宽敞明亮的教室、教学器材存放室和图书阅览室，社区还安排了专人负责教室卫生、提供饮用水等，极大方便了教学活动。尤其是随着老年大学社会影响力的不断扩大，一些不仅具备一定专业能力、更懂得老年心理、富有老年教学经验、热心于老年教育事业的优秀人才慕名来到老年大学授课，如辽宁省美术家协会会员、辽宁省花鸟研究会会员、大连市老年书画研究会顾问杨义亭担任了老年大学美术老师；中国国际书画研究会会员、中国当代艺术协会副主席、大连老年书画研究会副秘书长赵成光担任了书法老师；大连音乐家协会钢琴分会会员、电子琴分会会员葛秀丽担任声乐教师，她还多方筹措了15台电子琴，免费暂借给老年大学电子琴班学员使用。他们的加盟提高了老年大学的艺术品位，规范了教学活动，激发了大家的学习兴趣，也进一步提升了老年大学在当地的知名度。

三是创新文化得以延伸，联合办学促进双方共赢。联合办学使大连化物所文化优势、资源优势、组织优势得以充分发挥，目前来自社区的老年大学学员已超过了1/4，他们的加盟，不仅给老年大学带来了新的气息，让不同文化得以交流，更使得老年大学又呈现出往日的红火局面，老年大学已成为传播创新文化的重要使者。社区工作也有了较大提高，服务意识更加坚定，工作标准不断提升，品牌意识得到强化。2010年社区被评为全国创建学习型家庭示范社区。2010年4月22日，全国社区教育"深化内涵发展、创建特色品牌"研讨会在大连召开，作为优秀代表，4月23日，大连化物所社区接待了来自浙江代表团和江苏代表团的100余位教育专家、客人们参观调研了社区教育工作，他们对社区老年大学的开展给予了充分肯定和高度的评价。

目前，大连化物所分校还在进一步深化办学思路，不断研究新问题，探索新方法，推动联合办学向更高层次发展，为和谐社会建设做出新的贡献。

# 学为结合　办活老年大学

中国科学院老年大学合肥物质科学研究院分校、彭德建　邵风雷

这些年来，我国进入老龄社会步伐加快。随着国家离退休制度的实行，大批领导干部和各行各业职工相继离开了工作岗位。作为应对老龄社会的重大举措，中国的老年教育由此起步。老年大学这一新事物在党的阳光照耀下，在祖国大地上蓬勃发展。全国已经初步形成了全方位、多层次、多学科、多学制的老年教育网络，近 1.6 亿老年群体得到了实惠。老年大学的学员们老有所学、老有所乐、老有所为，晚年生活更加充实、更加幸福、更有尊严。

## 一、"学为结合，以学促为"，把老年大学办活

中国科学院老年大学已走过了 25 年的历程。作为中国科学院老年大学合肥物质科学研究院分校，开办了书法、绘画、声乐、太极、舞蹈、乒乓球、沙狐球和京剧等课程，组织了一些参观访问活动、体育活动，也积极参加社区活动，如联欢会、庆祝会、文明创建等，初步满足了老年人"增长知识，丰富生活，陶冶情操，促进健康，服务社会"的精神需求。在新的形势下，面对退休职工的快速增长，希望老年大学进一步挖掘潜力，在规范教学的同时，在"活"字上下工夫，在"为"字上做文章，增强吸引力，鼓励更多的老同志走进老年大学课堂。

实践证明，要将老年大学办好办活，不能仅在"学"上着力，还要在"老有所为"、"服务社会"上做文章。在"为"上下工夫，有利于促进学习，有利于促进身心健康。在这方面，福建省德化县老年大学是一个比较好的典型。他们的一条重要的办学经验是：创新、开放，为"老有所为"提供广阔的空间。他们学的内容多，"为"的空间大。例如，支持学员关心青少年健康成长，应聘为校外辅导员或学校某专业教员；组织写德育文章，进行调研，抢救当地文化遗产，编辑、整理地方民间谚语；让学员们在科技兴农中发挥作用，以传、帮、带发展养殖业和种植业；提倡学员们在破旧俗、立新风

（婚事新办、殡葬改革）中发挥作用；鼓励学员搞专题调研，为城乡发展建言献策；以自己的专长拾遗补缺，回报社会；组织学员搞歌舞演出，参与广场文化活动；创办法律、法规、科普宣传栏；办书画展、摄影作品展；支持学员组织老人义务互助组，为特困老人送温暖，投身社会慈善事业；支持老人担任观察员、仲裁员、监督员、评议员等，为建设和谐社会做出贡献。不少老同志在老年大学感到受信任、受尊重，爱好和特长也有了用武之地，才能和智慧得到了进一步的开发。他们把老年大学当成了自己的"家"，在这里愉快地欢度着"第二青春"。

有些老年人说，学为结合，有点事干，即使我们学有目标、学有动力，又使我们能在"干"中让余热生辉，实现老年人的价值，真正体会到老年人确实是"党和国家的宝贵财富"，我们也从心底感到骄傲和自豪。因此，老年教育工作者要充分认识老年群体仍然蕴藏着的献身社会的巨大热情，把他们的智慧、经验利用起来，发挥他们在建设和谐社会、小康社会中的作用。老年大学应在这方面多多探索。

## 二、"学为结合，以学促为"符合国家要求和实际

"学为结合，以学促为"符合老年大学的办学宗旨和国家对离退休干部工作的要求。1994 年，中央国家机关 10 部委联合制定的《中国老龄工作七年发展纲要（1994—2000 年）》中指出，老年大学、老年学校是老年教育的重要形式，它已成为老年人老有所学、老有所为、老有所乐的重要场所。1996年，中国老年大学协会二次大会上提出 20 字办学宗旨：增长知识，丰富生活，陶冶情操，促进健康，服务社会。有的老年大学还提出了"健康身心，增进知识，余热生辉，欢度晚年"的办学宗旨。2008 年，中共中央组织部、人力资源和社会保障部《关于进一步加强新形势下离退休干部工作的意见》中强调：老有所养，老有所医，老有所学，老有所乐，老有所为。这些表明，学和为都是老年大学重要的工作方面。

"学为结合，以学促为"符合老年教育的核心理念。2008 年，在第八次全国老年教育理论研讨会上，学者们提出：全面提高老年人素质，创造幸福生活，是老年教育的最高理念。有的同志提出：健康快乐——老年教育的核心理念；也有学者提出，老年教育的核心理念是完善人生，提高素质，提升生命质量和价值，感受和创造幸福。老年教育的核心价值在于：促进老年人的全面发展，全面提高老年群体的综合素质，努力提高老年人的生命质量和

生活质量。

"学为结合，以学促为"符合中国科学院离退休人员的特点。中国科学院离退休职工多数是高中级知识分子和领导干部，受教育层次高，有较强的专业技能和管理经验，掌握着大量有用的信息和丰富的人脉资源。不少人身体尚可（尤其是 55~70 岁这个年龄段的同志），思路清楚，有为社会发挥余热的条件和愿望，有能力和精力再为社会做出贡献。而社会也有这种需要，比如，普及科学知识，传授某些技能，参与重大项目调研，为发展城乡经济建言献策等。中国科学院开展的"霞辉映满天，快乐伴我行"主题实践活动，也正好适应了这种社会需求。

还应该看到，一些人离退休之后，没有了归属感，少了生活目标，丧失了展示自己特长、施展才华的机会，很容易情绪低落，心情郁闷，导致健康状况下降。这时，老年大学把他们组织起来，根据他们的兴趣爱好，助他们"学"，帮他们"为"，为他们进一步发挥作用搭建平台，鼓励他们争当"三好老干部"、争当"爱心奉献个人"、争当"老有所为个人"。他们会感到，又一个新天地在召唤他们，他们就会精神抖擞地踏上新的征程。这样，上学的人多了，学的东西多了，做的事也多了，老年大学就会充满生机和活力，吸引力凝聚力也会大大增强，老年教育就得以拓展。

## 三、"学为结合，以学促为"要在开门办学上下工夫

"学为结合，以学促为"关键是在如何"为"上，即如何有效地开发利用中国科学院老年群体这个"宝贵财富"。这个"为"，应是广义的，既适用于教育子女、安排好退休生活、建设和谐家庭，更适用于服务社会，多做有利于国计民生、富民强国，有利于建设和谐社会的好事。因此，中国科学院的老年大学应该是充分开放的、面向全社会的。

开动脑筋，面向社会，能帮助老年人"有所为"途径可以很多。例如，将中国科学院内部的院、所发展和地方经济发展相结合。要组织老同志参与院所及地方重大项目调研、讨论，参与对一些中小企业的会诊，为院所发展和地方经济发展当参谋，建言献策。

（1）与弘扬传统文化，挖掘、整理非物质文化遗产相结合。可以组织老同志搞专题文化调研，如民风民俗、行业文化、民间艺术、特殊工艺、文物古迹等方面，有非物质文化遗产意义的可进一步挖掘、整理，进行研究。可组织老同志总结并出版科研成果、学术论文集，写科学家传记，以及帮助写

家史、校史、村史、革命回忆录及中国科学院内部的院所、公司发展史等。

（2）与义务教育、与关心下一代的工作相结合。请老领导给青少年讲战斗故事、英雄事迹及我党我军的光荣传统；请专家、学者给青少年讲老一辈科学家爱党爱国、献身事业的故事，介绍当代科技成就和国家科学事业的未来，鼓励青少年一代从小爱科学、学科学。也可搞一些普及性的专业讲座，如新闻写作、诗歌小说的创作等。

（3）与社会公益事业相结合。组织老同志做科普讲座，传授科技知识，做些科技咨询服务工作，帮助群众寻找致富门路；在环境保护、发展低碳经济、循环经济、预防自然灾害上，老同志们也可做些普及性工作。在"科普活动周"、"三下乡"活动中，可组织一些老同志当志愿者，为群众服务。

（4）与群众的需求、社会的需求相结合。一些科技人员的专业技能在行业中可起拾遗补缺作用，可为群众排忧解难；或者还有利于传给下一代的，如家用电器、汽车、电动车、手机的维修保养，中医家传秘方、针灸、按摩、推拿等，则可鼓励他们设点服务，或做些传帮带的工作，可以无私奉献，可适当有偿服务。这是对成熟的人才资源的尊重和开发，对个人、对社会都是有利的。

（5）与地方上的创建活动、慈善事业相结合。可组织老年合唱团、老年舞蹈队、京剧小分队、太极拳表演队等，又学又演；可学书画、学摄影、办展览，帮着写春联、写标语，丰富单位、社区的业余文化活动，增加节假日喜庆气氛，同时，密切中国科学院与地方、与社区的关系。

（6）与参观访问，旅游观光相结合。

还可组织老年人开展一些自身的娱乐活动，如棋类和球类比赛、钓鱼比赛、演讲比赛、诗歌朗诵、手工艺品制作等。

2010年，中国科学院离退休干部工作局开展了"霞辉映满天，快乐伴我行"主题实践活动。老年大学的学习活动应该和主题实践活动结合起来，这样，学习内容才能丰富，视野才能开阔，才能拓宽社会接触面，老年大学就能多方面吸引老年人，让老年人在学和干中，感到晚年生活充实、有意义，才华得以施展，人格得到尊重，更加幸福，更有尊严。

## 四、"学为结合，以学促为"要进一步改善管理

"学为结合"使老年大学更加开放，更加贴近社会实际，更有社会效益。这就对老年大学的管理提出了新的、更高的要求。学校必须与时俱进，在科

学发展观的指导下，坚持以人为本，改进管理模式，做到民主管理、尊严管理、科学管理。"三个课堂"（课堂教学、课外活动、服务社会）的工作都要抓起来，特别是要优化第一课堂、丰富第二课堂、拓展第三课堂，以造就紧跟时代的自主、自强、自信、自尊的有作为的新一代老年群体。老年大学不能满足于请老师，排课表，安排教室，组织一般的活动，而是要在思想上更加解放，行动上更加开放，大胆去闯、大胆去试。这就要做好下列几条。

发挥两个积极性，学校的积极性和学员的积极性。学校要深入了解学员们的专业特长、年龄及身体状况，建立起小档案，根据实际情况，为他们"有所学"、"有所为"疏通渠道，牵线搭桥，并通过各种活动，扩大与社会方方面面的交往，寻求各种机会。学员们可根据自身的条件，提出一些想法、要求和建议，也可主动与有关方面联系，寻求理解和支持。

学校要深入开展"霞辉映满天，快乐伴我行"主题实践活动，同时，又要十分关心院所、地方、社区的建设和发展，主动与之联系沟通，向他们介绍学员们的优势、愿望、需求，寻求可以让学员们"有所为"的地方、场合，以推动有关部门将老年人"有所为"纳入某些工作中。

"为"要有一定限度。"为"的前提是老年人健康状况良好，心情舒畅，有能力和精力去做。这一条达不到，就要减少一些"为"，要防止负面效果。还可对不同年龄段、不同健康状况的同志进行适当安排。

学校要注意收集各方面信息，及时总结经验教训，不断改进工作，力求让"为"达到最好效果，其标准是：学校与学员，服务方和被服务方都能满意、高兴，觉得有收获、有意义。

# 营造一流的和谐家园

中国科学院老年大学成都分校　彭丽玲

　　中国科学院成都分院（简称成都分院）具有人员居住相对集中、离退休队伍不断壮大的特点，分院领导把加强离退休同志的思想、文化教育作为重要工作来抓，而老年大学正是加强离退休人员思想政治建设、凝聚离退休人员的重要桥梁，是党在思想文化领域中的一个重要阵地，是实现老有所教、老有所学、老有所乐工作目标的具体体现。中国科学院老年大学成都分校（简称成都分校）就是在《中国科学院老年教育工作的指导意见》的指导下、在各级领导的高度重视、老同志们的呼声中应运而生的，它为成都分院离退休工作增添了新的篇章。

## 一、成都分校取得实效的原因

　　第一，领导重视是办好老年大学的关键。成都分校创办至今得到了中国科学院主管离退休工作领导的高度重视。老年大学创办之初，就得到了中国科学院离退休干部工作局 10 万元的经费支持。成都分院党组十分重视老年大学工作，把老年大学提出的困难和问题列入院务会议日程专门研究，明确成都分院主管离退休工作的领导为老年大学校长，亲自研究课程设置和教学工作等重要问题。

　　第二，教学条件是办好老年大学的保障。成都分校 2007 年 10 月成立至今，成都分院已投入 57.5 万元用于学校基础设施建设，创造了崭新舒适的教学环境。成都分校建筑面积 480 平方米，设普通、计算机、电子琴、多功能共 4 个教室，配套建有办公室、阅览室。学校配有教学使用的计算机、投影仪、钢琴、电子琴、音响设备及办公设施，其教学环境及设施在成都市同类学校中堪称一流。

　　第三，教学班子是办好老年大学的基础。学校管理体系分为校委会和行政班子。校委会由成都分院和系统主管离退休工作领导组成，负责规划学校发展方向和决定学校的重大事项，学校行政班子负责日常管理。校行政班子由校长（兼）、教务主任、工作人员（1人）担任，全面负责学校行政管理、教学运行、教学服务等工作。

第四，老同志满意是办好老年大学的目的。成都分校从无到有、从小到大，如今已开办了63个教学班，学员有1550人次，其中有236名学员顺利完成阶段学业，获得了中国科学院老年大学颁发的结业证书。

## 二、成都分院老同志现状分析及启示

第一，从数量比例看，成都分院现有离退休人员2969人、在职人员近3000人，离退休与在职人员比例趋于1∶1。离退休人员中，成都分院机关219人、光电技术研究所1279人、成都生物研究所283人、成都山地灾害与环境研究所232人、图书馆53人、成都有机化学有限公司410人、成都中科唯实仪器有限责任公司307人、成都信息技术有限公司186人。由于离退休人员数量多、居住集中，相互影响的传播力和凝聚力不可忽视。

第二，从知识结构看，中级专业技术人员367人、副研究员以上人员2127人，分别占离退休人员总数的12.8%和74.1%。离退休人员是一个以知识分子为主体的庞大群体，爱好广泛、追求高雅、精神需求强烈，在四川省是一个素质、能力较高的群体。这支队伍的生命力和对社会、家庭的影响力不可忽视。

第三，从年龄结构看，50岁以下122人，50～60岁604人、60～70岁1339人、70～80岁719人、80～90岁90人、90岁以上8人；在年龄上，80岁以下有1594人，占离退休总人数的55.6%。65岁以下人员精力充沛、需求广泛，要求学习声乐、舞蹈、健身等动态课程的人员居多；65～80岁人员身体、精力所限，要求学习书画、养生、手工剪纸等静态课程的人员居多。

## 三、剖析成都分校潜在的问题

第一，从需求比例看。目前，参加成都分校学习的人员分布是：成都分院机关19人、光电技术研究所46人、图书馆6人、成都生物研究所13人、成都山地灾害与环境研究所16人、成都有机化学有限公司27人、成都中科唯实仪器有限责任公司31人、成都信息技术有限公司12人。与本单位离退休人员实际数量相比，一是生源并足，老同志积极性还没有充分调动起来；

二是地方老年大学办学历史悠久，规模名气大，在成都分校成立前，部分老同志就长期在外跟随喜爱的老师学习，吸引了成都分院的生源；三是光电技术研究所地处双流，也有老年大学，不少老同志参加光电所老年大学。因此，在成都地区特定的人文背景下，如何正确引导更多的离退休人员到老年大学学习、充实晚年生活、培养学习兴趣爱好，是我们需要研究的重要课题。

第二，从基地型分院看。各单位领导对离退休工作都非常重视，每年拨专款用于本单位离退休人员兴趣活动的开展，而成都分院离退休活动中心也为老同志提供了条件，如何调动多方面的积极性、将老年大学与活动中心有机结合、解决办学条件与需求不适应等问题，向成都分校提出了新的挑战。

第三，从学员状态看。刚刚退休的人员，为了弥补在职时想学而没有时间学到的知识，想通过老年大学解决退休初期的精神寄托，但是在学了一段时间，出现了个别专业学员队伍不太稳定的现象；有的学员已结业，不要求再提高，使得个别课程因人数不足不能持续开设。这都可能导致本院参加学习的老同志数量减少的现象。

第四，从特色发展看。在扩大办学规模、探索特色品牌课程方面，如何调整教学内容，增加新的课程内容，还需进一步深入研究、开阔视野、拓宽思路，保持老年大学的生命力。

## 四、探索成都分校办学的新思路

### （一）建立基地型老年和谐校园

第一，要树立老年和谐校园的理念。鉴于成都分院特定的文化环境，构建成都分校老年和谐校园是落实科学发展观的内在要求，是建设和谐成都分院的基础要求。面对创新单位、转制单位的不同特点，面对离退休老同志年龄结构、兴趣爱好的不同需求，构建和谐校园是老年大学发展的价值趋向，这体现了老年学校的真正实力。和谐老年校园建设的核心是人的素质的全面提升，是老年人思想境界升华的充分体现，是老年人能力和智慧的充分发挥和施展，和谐老年校园将是丰富老同志精神文化生活的一所魅力家园。

第二，要营造老年和谐校园的氛围。一要群策群力，集思广益、民主办学、依法治校。充分听取成都分院系统各个单位的意见，发挥老年大学校委会成员的作用，提高学校管理的科学性和可持续性，以人为本，构筑良好的人际关系，增加学校的价值认同和凝聚力，使老同志在彼此信任和相互关爱中感受、体验生活的美好和人生的幸福。二要营造充满创新机制和具有活力的教学环境。三要深化服务理念，协调处理好成都分校发展与单位内部兴趣学习小组的关系，形成优势互补；处理好成都分校扩大办学规模与提高教学质量的关系；处理好成都分校与社区文化建设的关系。

### （二）拓展适合老同志需求的教学思路

第一，在教学方法上，根据老年人理解力强、记忆力弱，自学能力强、模仿能力弱，评价能力强、实践能力弱的生理心理特点，从学员不同文化层次、不同情趣爱好出发，分类、分层组织设计教学计划，拓宽教学思路，把成都分校作为增长知识、保持身心健康、提升思想境界的重要学习平台。

第二，在课程设置上，尽量符合老年人的兴趣需要，一是采取讲座的形式，先组织老同志进行试听，了解他们的兴趣爱好，根据反馈意见决定是否开设课程；二是发放老同志需求调查问卷表，听取老同志对成都分校课程设置的意见；三是深入课堂，与学员们进行交流，了解他们的需求；四是深入社会，多渠道了解同类学校的教学动态；五是借鉴跨省老年大学内容新颖的课程设置。

第三，在教材使用上，可采取成品教材，也可切合实际，采用教师自编讲义，形式上尽可能满足老同志的需求，让他们学到想学的知识。

### （三）组建优秀的师资队伍

第一，选好优秀教师。选聘对老同志耐心、德才兼备、具有相当专业技术水准、德高望重、懂得老年心理学、富有教学经验、热爱老年教育事业的人到老年大学任教，确保教师质量。

第二，尊重关心教师。要积极创造条件，通过各种途径，利用不同形式，加强与教师联系和沟通。对教师教学工作中遇到的困难和问题要及时给予解决，帮助教师解决生活中的实际困难，使学校形成师者敬业、学者敬师的良好氛围。

第三，严格管理。要全面落实学校的规章制度，规定教师责任，制订行为规范，提出课堂常规要求，学校对教师的教学效果要进行评估、考评。

### （四）加强学员队伍建设工作

第一，抓好班级建设。要充分发挥班干部政治、经验、阅历等方面的综合优势，把班级工作做好，把学员团结在班委会的周围，把班级办成团结、凝聚、温馨的"老年之家"。

第二，抓好班级联谊会。联谊会是老年学员自己的组织，是联系老年校园和学员的桥梁和纽带，要把联谊会组织好、建设好、活动好，充分发挥联谊会的作用。老年学员积极参加联谊会活动，出谋划策，维护老年学员间的团结和友谊，把老年大学办成自己的"精神家园"。

第三，满足老同志需求。要善于发现老同志的需要，为老同志做好每一件事情；拉近与老同志的距离，让他们在校学习时感到亲切、身心愉快；要与老同志交朋友，服务融洽、增进友谊、加深理解、促进管理、凝聚力量，使成都分校队伍源源不断，教学工作更上一层楼。

综上所述，成都分校是离退休工作的"朝阳事业"，是离退休人员的"精神家园"，我们要以科学发展观为指导，实践和探索一条适宜于老年人又具有成都分院特色的办学新途径，促进成都分院老年教育事业的新发展，把成都分校建成一流的老年人的"和谐家园"。

# 对研究所开办老年大学的几点思考

中国科学院老年大学光电技术研究所分校

中国科学院老年大学光电技术研究所（简称光电所）分校的开办，为广大老同志在理论、政治、科学、文化、健身养生等方面的学习搭建了一个很好的平台，也为他们用学到的知识服务社会、回报社会开辟了一条新的途径。研究所开办老年大学，不仅是为老年教育服务，而且是为构建和谐的科研生活环境提供了有效的政治文化和精神文明保障。研究所的稳定和谐发展，老同志在其中起着非常重要的作用，而办好老年大学、提高老同志的整体素质，则是发挥老同志重要作用的有效载体。老年大学开展的教育实质上是全民终身教育体系的重要组成部分，是老同志学习和宣传党的方针政策、建设社会主义精神文明的重要阵地。以下就光电所分校的开办与实践谈几点意见。

## 一、开办老年大学是老年教育的需要

众所周知，老年人是一个特殊的、庞大的群体。当前随着社会经济的发展和医疗条件的提高，人的寿命越来越长，生活越来越好，物质生活基本满足后，对精神文化方面的需求越来越强烈。老年人需要养生保健方面的知识，满足健康长寿的要求；需要中国传统文化艺术方面的知识，满足求知求乐的需求；需要科学文化方面的知识，满足紧跟时代的需求；需要科技常识方面的知识，满足日常生活的需求；需要时事政治、方针政策方面的知识，满足"思想常新、理想永存"的需求。他们还渴望学习一些技能，希望能够继续发挥作用、回报社会、体现自己的人生价值。

光电所是中国科学院较大的研究所，现有离退休职工约 1300 人，分别居住在牧马山科研园区和成都生活园区，尤其是居住在牧马山园区的近 800 名离退休职工离城市和社区都较远，他们在物质、精神、情趣、知识和自我价值体现等方面的追求更为强烈，这些都是老年教育需要迫切解决的问题。如今研究所开办老年大学，就是开展老年教育事业的最好方法，它使老同志的需求和追求都可以在老年大学得到满足，而只有老年大学才能全方位地提供这方面的服务。老同志上老年大学的过程，实质上是自我提高、自我完善的过程，是晚年生活不可缺少的过程。今天随着研究所科技创新和经济的发展，老同志对老年大学的认知和上老年大学的愿望会越来越强烈。如何应对这些老同志三分之一的人生时光，这不仅是一个社会问题，而且是研究所和谐发展一个不可忽视的问题。因此，开办老年大学是研究所发展的需要，是科技创新文化的需要，也是老年教育的需要。

## 二、老年大学的发展要与研究所的发展同步

老年大学是终身教育的重要组成部分，同时又是老龄工作的重要组成部分，也是既有中国特色社会主义文化建设的重要组成部分。因此，单位与社会的各级领导对老年大学的重视、关心和支持是相当重要的。2007年，光电所在各级领导的关心和支持下，依托中国科学院老年大学的有利条件，充分利用本所的地理环境、场地和活动中心等资源，开办了"中国科学院老年大学光电所分校"。这也反映出光电所在老年教育方面，从实际出发，跟上了时代的步伐，摸准了老同志的脉搏，及时地适应和满足了老同志的需求。

光电所分校自2007年开办以来，到目前已发展到200多名学员。老同志在课堂上学习，课堂下相互交流。学校在开办计算机班的同时，在课余还为他们专设了上网学习的计算机，使他们能通过网络获取所需要的知识。如今光电所已把老年大学的学习地点与离退休职工活动中心的场地相结合，完善歌厅、舞厅等活动设施，有效地把学员的学习与活动联系起来。在课程上学校还根据老同志的需要，开设新课，开展新的活动，举办各种讲座，尽力做到老年大学的办学工作与研究所发展同步，使学员的思想观念与研究所发展同步。

## 三、光电所分校的管理

开办老年大学最根本的宗旨是为老年人服务，要服好务就应坚持以人为本的理念，抓住老年人的特点，实行人性化的服务与人性化的管理。

1. 加大宣传，搞好招生

学员是老年大学开课的基础，掌握老同志的群体结构与需求，每学期开学前，要广泛地进行宣传，可选择院和所的期刊或报刊等相关媒体，刊登和

发布教学动态、招生计划，也可充分利用离退休党组织和园区家属委员会的优势，发放招生简章或调查问卷让老同志了解招生信息。这样，可以扩大宣传的力度，让更多的老同志了解老年大学的信息，使他们能适时报名参加老年大学的学习。

2. 课程设置要依据老同志的需要

在课程设置上，要根据老同志的需求来确定开课专业，要了解老同志的学习愿望，满足老同志学习的要求，开设老同志所喜爱的专业课程，制订符合老同志实际的教学计划，最大限度地满足老同志的精神文化需求。老年大学的课程设置要多样化，要随着研究所形势的发展和老年人的实际需要而有所变化。要及时开设老年人喜欢的新课程。对于书画、歌舞等适合老年人长期学习的课程，可以开办提高班。还可以组织各种文化、体育和艺术协会、团队或兴趣小组，团结凝聚一些老同志，使他们不断提高水平，在社会主义先进文化建设和精神文明建设中发挥作用。

老年大学的课程设置，除满足老同志求知求乐的需求外，还要有与老同志生活有关的课程，如开设中医保健、饮食与健康、自然疗法、儿童保健等专题讲座，使他们能更好、更科学地安排自己的生活和照顾好家庭。

3. 教学方法要符合老年学员的特点

老年学员共同的特点是经验阅历丰富，自主意识强烈，学习目的明确，理解能力强，记忆能力差。这就要求我们坚持从老年学员的实际出发，采取灵活多样的教学方法。老年大学不同于普通学校，不能用"注入式"、"封闭式"、"满堂灌"，要用"探讨式"、"启发式"、"互动式"。要以开门办学的方针，围绕老年学员"实现自我价值"的需求，配合研究所和社区开展丰富多彩的课外活动。让老年学员在各协会和团队的组织下，互相交流，共同提高，自觉地把课堂教学延伸到课外、延伸到社会。2009年，光电所分校组织的百人腰鼓队，80人合唱团、舞蹈队、太极拳扇表演队、时装表演队等，在参与中国科学院成都分院和光电所庆祝国庆60周年和中国科学院建院60周年等系列活动的过程中，都充分地展现了老同志们的风采。每年，学校还在学期末年会和九九重阳节等节日时，组织学员进行座谈、文艺联欢、学习成果展示，举办书画摄影展等活动。通过这些展示与交流，使老同志们进一步感受到人生的价值，唤起他们的成就感，激发他们的学习热情。

4. 管理要体现人性化服务

老年大学的管理工作，实际上就是服务工作，老年大学的管理要采取宽松模式，宽而不乱，松而不散，体现人性化服务。要调动老年学员参与学校管理的积极性。例如，在老年大学各班组成班委会和学员联谊会，对老年大学的管理产生了很好的协助作用。

另外，要加强教师队伍和工作人员队伍的建设。不仅要有一支较高水平的教师队伍，这支队伍要热心于老年教育事业，有高尚的师德，有团结学员的凝聚力、向心力。老年大学的教师应当是老年学员的良师益友，是快乐的使者。通过这支队伍，提高学校的教学质量和学校的社会影响力。还要有一支较高素质的老年教育工作队伍，这支队伍要有较高的政治理论水平，有较深的文化知识功底，对老年学和老年心理学有一定的研究，对老年教育工作有较高的认识，对老年人有深厚的感情，有全心全意为老年人服务的思想。通过这支队伍的建设，提高学校的管理水平和办学水平。

5. 满足老年学员"服务社会、展示自我"的需要

推动老年学员参与社会、服务社会，是老年大学办学宗旨的重要内涵，也是老年大学全面提高办学实效的重要方面。老同志不仅有"求知求乐"的需求，还有"服务社会、展示自我"的强烈愿望。老年大学要积极开展第二课堂，组织学员参与社会活动，为老年人展示自我、体现自身价值搭建舞台。光电所老年大学组织学员，参与到地方的市、县、成都分院和社区举办各项文艺与体育活动中，开展多种形式的慰问演出，展现了老年学员的精神风貌和老年大学的时代形象，同时也扩大了老年大学的社会影响，推动了老年教育事业的发展。

以上几点思考，是在研究所开办老年大学过程中，对老年教育中的多样性与个性化教学的研究与探讨，还有许多具体的问题，需要我们在实践中体会、领悟。我们要营造和谐的社会环境与科研园区环境，要在有利于研究所创新发展的前提下，把老年教育的事业放在老年工作的首位。开办老年大学也要不断创新，通过不断总结与实践，使我们的老年教育实现跨越式的发展，为构建和谐的科研与生活环境服务。

# 加强教学管理与努力办好老年大学

中国科学院老年大学长春光学精密机械与物理研究所分校　张戍人

中国科学院老年大学长春光学精密机械与物理研究所（简称长春光机所）分校成立于 2001 年。作为"老有所教、老有所学"的有效载体，建校 9 年来，在长春光机所党委的高度重视和中国科学院离退休干部局的正确领导下，长春光机所老年大学遵循"增长知识、丰富生活、陶冶情操、促进健康"的办学宗旨，艰苦创业，开拓创新，积极探索加强管理与教学的有效措施，克服了办学经费不足、教师缺口较大、专业设置、教学质量及管理上的一系列困难，使老年大学办学规模不断扩大，办学条件日益完善，教学内容不断拓宽，教学质量不断提高，走出了一条充满活力、特色鲜明的办学之路，对建设学习型社会产生了积极作用。

## 一、坚持正确鲜明的办学方向

长春光机所老年大学成立以来，坚持以正确的舆论引导老同志，以科学的知识武装老同志，以优秀的思想鼓励老同志，以高尚的情操陶冶老同志。在办学的过程中，老年大学认真贯彻落实党中央的有关方针政策及上级的要求，坚持以人为本、老有所学、老有所为、老有所乐，思想常新，以增强知识、丰富生活、陶冶情操、保健身心健康为目的，吸引老同志到老年大学学习。老年大学每学期都要安排一到两次政治理论课，讲授最新时事政治理论，帮助老同志理解掌握马克思主义中国化的最新成果，引导老同志关心国家大事，使老同志始终做到政治坚定、思想常新、理想永存。

## 二、健全科学规范的管理机制

在办学过程中，我们不断探索创建适合本所老年大学发展的新模式，坚持实行正规的管理制度与符合老年大学特点的科学合理的管理制度相结合，不断完善具有老年人特点的管理方法，建立了更加人性化、合理化的和谐教学环境。

（1）建立科学的组织机构。为了加强对老年大学的领导，提高办学水平，长春光机所老年大学从办学伊始就建立了校一级的组织领导机构，强化老年大学的运行机制。老年大学的工作由党委领导，主管离退休中心工作的所领导具体指导，离退休中心全面具体负责老年大学的运行管理。名誉校长由所党委书记担任，校长、常务副校长由离退休中心领导担任，副校长、教务长由所综合办领导和中心工作人员及有教学经验的老同志担任。老年大学校级组织机构的建立，确保了对老年大学的协调、指导和监督，形成了一级抓一级、逐级抓落实的组织领导体系和工作责任体系。

（2）严格经费使用制度。老年大学制定了严格的经费使用制度。本着少花钱多办事、不花钱也办事的原则，合理使用老年大学专款教学经费，计划外开支严格控制，保证经费合理、科学的安排。我们聘请的教师没有报酬，只有奉献。在老年大学的教师中，除一名中心工作人员外，所有教师都是聘请的本所离退休老同志。只此一项就为老年大学节省了大量经费，为老年大学高质量的办学和后续发展奠定了坚实的基础。

（3）健全规范科学的管理机制。老年大学高度重视制度建设，建立健全了教师管理、班级管理、行政财务管理、岗位目标管理、考核奖惩等教学管理制度。在老师、学员关系方面实施宏观管理，日常教学中，充分发挥老师及班长在管理上的作用，实行老师与学员自我管理、自我教育、自我服务，抓大放小，求同存异。同时，我们在实践中不断探索和总结办学经验和办学规律，逐步改进，使办学水平不断提高。

（4）规范教学制度。为了办好老年大学，我们先后制定和实施了老年大学章程、招生简章、校领导职责、教师职责、学员守则、班长职责、教室和教学设备管理规定、学员复习考试规定、放假开学规定、学员参展采风规定、学校教师和班长联席会制度、学员报销经费和班级经费使用规定、教学大纲和教学计划制定规定等。为提高办学质量，每学期我们都要开展一次由教师、班长和学员参加的教学研讨会，认真总结教学中的经验以及存在的问题，听取教师和学员在教学上的想法和意见。老同志们都能畅所欲言，提出自己的想法和意见，教师与学员在教学方面达成了共识。

# 三、不断创新教学方式与课程设置

## （一）创新教学方式

老年大学的教学普遍采用生动灵活的教学方式，学员可以无拘束地提问、探讨，增强了教学的效果。同时，我们注重处理好教师与学员的关系，通过各种方式，确保师生关系融洽。因为，教师讲得生动，学员就学得认真；学员愿意学，教师就愿意讲，这种良性互动也为教学方式的创新奠定了基础。通过几年的教学实践，我们还总结出一套比较适用于老同志的学习方法，即理论—实践—研讨—再理论—再实践的方法，就是根据老同志理解能力强、接受知识快同时忘得也快的特点，注重教学的实践性。例如，过去的烹调课教学，教师单纯讲理论，由于学员看不到操作，提出听不懂、操作难。根据学员的要求，我们决定加强烹调课的操作训练，购买了各种烹调设备和烹调材料，把烹调课的上课形式由单纯的讲理论，改为理论与实际操作相结合、以实际操作为主。在讲解红烧肉这类菜的做法时，一方面具体地操作展示给学员观看并请他们品尝，另一方面解答学员们提出的各种问题，告诉学员问题出在哪里、怎样解决，同时布置学员回家亲自实践。又如，原来图片处理与制作课的教学，只靠单纯讲课，缺少生动性，学员理解有难度。我们决定筹措一台大屏幕投影电视，与计算机连接进行直观教学，应用教学软件图文并茂，既有利于学员记忆计算机操作程序，又方便学员记笔记，从而提高了学习效果。这些有针对性的教学方式受到了学员的普遍欢迎。

为了让学员更好地掌握所学知识，部分专业班采取走出去的教学方式，在自然环境中完成讲课计划。如摄影班，在一个环境中，因角度、方位、光圈、速度等因素的不同，作品的效果也截然不同。每当有学员作品效果好的时候，我们就在班上让大家共同欣赏，使大家共享成功的快乐。这时，那些老同志非常高兴，好像年轻了许多，同时也激发了他们的学习兴趣。教师在课堂上分析学员作业，也是不断提高学员专业水平行之有效的方法，这种举一反三的教学方法同样收到了很好的效果。

为展示学员们的学习成果，老年大学每年要组织学员参加作品展和各项比赛等活动。几年来，老年大学在院、省、市等组织的各项活动中有百余名学员获得了各种奖项。

### （二）课程设置紧贴社会生活，紧扣老同志的需求

在教学过程中，老年大学强调课程设置的重要性。在每新开设一个专业班前，都要在老同志中进行调研，了解老同志们的心理活动。因为许多老同志并不是仅仅为了增长知识而来参加学习的，他们当中有相当一部分人是在追求或者是在圆自己儿时的梦想。过去因为种种原因，他们失去了学习这门知识的机会，今天他们要补回来。老年大学满足了他们的心愿，给了他们再

学习的机会。因此，我们在课程设置方面，既做到使老同志增长知识，又能够使他们感受到学习的情趣和生活的愉悦；在课程内容安排上，从有益于老同志身心健康、延年益寿的角度出发，力求满足不同层次、不同爱好的老同志的需求，也尽可能切合老同志的学习特点和规律，有助于激发老同志的学习兴趣。

### （三）选配高水平的师资队伍

随着老年大学的发展，学员逐步增加，教师队伍明显缺乏。在教师资源的开发利用和储备上，我们的原则是在优秀学员中、在老同志中发现和选拔，作为我们教师的后备力量。我们知道，教师质量如何，关系到老年大学的兴衰，对老年大学的发展起着至关重要的因素。因此，在聘请教师过程中，我们非常慎重，坚持德才兼备的原则，并且把德放在首要位置。因为只有具备奉献精神和积极的工作态度，愿意为老同志服务的教师才是我们真正需要的。我们选择教师的方法：一是老同志自荐，二是其他老同志推荐；再由中心征求待聘者本人意见及学员意见；本着本人满意、学员满意、中心满意的原则，最终决定教师的选用。因此，我们聘请的教师，都是在各专业有一定建树的人才。目前，我们已经储备了一定数量的师资财富，为老年大学今后可持续稳定发展奠定了良好的人力资源基础。

总之，我们在老年大学的教学与管理工作中，立足追求创新、稳定、发展，使老年大学具有长光特色，人人以此为荣，力争把老年大学办成老同志活动的乐园，吸引更多的老同志参加老年大学活动。经过 9 年的努力，长春光机所分校从建校初的 3 个专业发展为 9 个专业，从 3 个专业班发展为 13 个专业班，在校学员 450 余人，已有 1300 余人结业。我们知道，以后的路更长，困难会更多。但我们坚信，只要我们坚定信念，积极努力，不断创新，长春光机所分院就一定会创造出更加辉煌的成绩。

# 以人为本促进老年教育健康发展

中国科学院老年大学中国科学技术大学分校　闫咏梅

以人为本的教育理念是时代发展的要求，就是要把人放在第一位，作为教育教学的出发点，顺应人的禀赋，提升人的智能。以人为本教育观的核心就是人性化。

我国的老年教育已经发展了 25 年，其办学的宗旨就是："增长知识，丰富生活，陶冶情操，促进健康，服务社会。"老年教育是和谐文化教育，是为提高社会和谐的人际关系、为老年人内心和谐进行的教育。

老年教育必须坚持以老年人为本，为老年人全面发展服务，把老年学员作为教育的主体，充分调动老年人的学习积极性和主观能动性，在教学过程中让学员有更多的机会和条件参与其中，培养与时俱进，自尊、自信、自强、自立，有作为的新一代老年人。

中国科学技术大学（以下简称科大）老年大学成立于 2006 年 9 月。成立四年多来，我们坚持以人为本的办学理念，重视学员个性的差异，因材施教，顺势引导，树立学员主体意识，不断提高教育教学质量，从科大的实际出发力求办出自己的特色。并且通过老年大学这个平台，不仅让离退休老同志们愿意参加丰富多彩的学习和文化活动，增长知识，愉悦身心，而且引导他们为科大的科学发展发挥余热，为社会的和谐稳定做出积极的贡献。

## 一、重视学员个性的差异，因材施教

科大的离退休教师普遍"三高"，即学历高、职称高、素质高，但是参加老年大学的学习在专业方面的水平参差不齐。有的是在职的时候就有专业上的爱好，并坚持多年，有较好的基础，退休之后希望在专业教师的指导下进一步提高水平；有的只是年轻的时候有这方面的爱好，在职的时候忙于工作，无暇顾及，退休之后希望重新实现年轻时的梦想；还有的是退休之后完全闲了下来，希望能够通过在老年大学的学习，填补精神上的空虚。因此，在同一班级学习的学员专业水平上有较大的差异，而由于每个专业报名人数不多，也无法分班，这给教师的授课带来了很大的困难。在每学期开学之前，学校的管理人员都会积极与任课教师沟通，任课教师也会在上课时，通过与学员的互动适时调整教学内容，提高课堂教育质量，不断丰富和改进教学内容。通过几年来的不断调整，顺应学生的要求，现有授课教师的教学态度和教学水平都得到了学员们的认可。

## 二、爱护学员的求知欲，顺势引导

科大的退休干部大多数是从教学岗位上退下来的教师，从教师到学生的角色互换变动非常之大。他们原来站在讲台上教授学生专业知识，如今退休了，又变回了学生，重新坐到课堂上开始学习，对这种变化要有一个适应的过程，我们也通过努力尽量缩短这个过程。

（1）在教学形式上，以知识性、趣味性为主，注重引导鼓励，课程的设置和教学计划根据学员的兴趣能够较为灵活地调整，使学员能够比较有兴趣地、系统地学习相关课程。

（2）坚持教学与娱乐相结合，积极为老年大学的学员提供展示的平台。学校经常举办各种形式的联欢会和作品展览等。我们采取适合老年人特点的灵活多样的教学形式，课堂教学与社会实践相结合、走出去与请进来相结合，收到了很好的效果。例如，摄影班在每学期课程结束后，都会邀请省、市老年大学的摄影爱好者集中点评和交流这一学期自己的摄影作品精品，以提高摄影欣赏水平和摄影技术。歌咏班的学员每学期会和安徽省老年大学同窗合唱队、童心合唱团以及离退休办公室（简称离退办）的金秋合唱团联欢，通过联欢增进相互之间的联系和情感，并相互学习，取长补短，共同进步。绘画班和书法班的学员更是经常性地开展作品展示活动。

这些有趣味性和娱乐性的课堂多种形式的互动，可以激发学员的学习热情和求知欲望。

## 三、丰富生活，陶冶情操，交流感情，促进身心健康，深入宣传校园思想文化建设

学校依托离退办金秋艺术团，为老年大学学员提供发挥作用的平台。金秋艺术团是由科大离退休干部中的文体爱好者自发组织的社团，依托离退休

办公室，组织科大离退休干部开展有益于身心健康的各项活动。金秋艺术团下设合唱队、舞蹈队、摄影队、戏曲队、时装表演队等，经常开展文艺联欢活动、摄影讲座、音乐沙龙、养生讲堂等，为老年大学的学员提供了很好的展示平台。借助于这个平台，老年大学的学员们在课外的时间，由于共同的爱好走到了一起，一起唱歌、跳舞、举办各类艺术讲座，使得每个人的艺术特长都得到充分的展示，在精神生活丰富的同时，也增进了学员们之间感情的交流。

## 四、坚持以学员为本的原则，建立健全学员自治管理制度

坚持以学员为本的原则，就是要在学习的过程中让学员处处感到自由、方便，感受到尊重，感觉到来自周围的关心和温暖。

在科大老年大学现有的声乐、舞蹈、绘画、书法、摄影五个班级中，我们采用三级管理制度，即管理人员—班主任—小组长分级管理，管理人员做好学员报名收费、课程设置、学籍管理、教师聘用以及协调等工作，而学员以及班级的管理完全由学员推选出来的班主任和小组长进行日常课堂秩序的维护、教师作品的传阅临摹、教师课件的下载等。这不仅实现了学员的自我管理，也让学员们充分感受到教学过程中的自由的氛围。

通过学员的自治管理，学员们之间增进了感情和对彼此的了解，班级学员中谁家中有什么事情，学员之间都相互帮助、相互关心，使人与人之间的关系更为融洽。

## 五、坚持正确的办学方向，提升软硬件水平，造就高素质的管理人员、教师和学员骨干队伍

第一，科大党政领导班子对发展老年教育和办好老年大学认识深刻、明确，认为办好老年大学是发展老龄事业的重要组成部分，是构建终身教育体系与建设和谐社会的需要，是丰富老同志精神文化生活的有效举措。学校重视老年大学的发展，坚持在人力、物力、财力上给予扶持。创办之初，学校一次性投资十几万元用于购置教学设备设施，其中包括笔记本电脑、投影仪、钢琴、课桌椅等教学设施，而后每年还拨付一定的保障性经费用于支付教师的课时补贴及更新老年大学教学设施和配置，为老年大学的发展提供了坚实的物质基础。

第二，进一步夯实"硬件"，改善办学条件，优化教学资源。科大克服办学场地紧张等困难，充分利用现有的老干部活动中心场地，并特别腾出一间约50平方米的房间作为固定的教室，另外，还在活动中心的多功能厅配备了功放、DVD、无线设备网络、液晶电视等，为老年大学歌咏班、摄影班的教学提供场地和设备。教室安装了投影仪、视频展台、笔记本电脑和路由器，实现了多媒体教学，为科学老年大学实现教学现代化奠定了坚实的物质基础。

第三，升级"软件"，推进制度建设，不断提高教学质量和办学水平，加强教学管理工作。为了改进教学方法和教学管理，老年大学每学期及时征求教师、学员的意见和建议，做好教师与学员的桥梁和纽带，不断增进学员、教师与学校三方的沟通；加强调查研究，根据学员的需求不断改进教学内容，满足学员的要求；根据新的情况不断完善各项教学管理制度，实行规范化、制度化管理；加强教师队伍和班主任队伍建设，实行聘任制，颁布了《老年大学教师岗位职责》、《老年大学班主任岗位职责》、《老年大学课堂纪律》、《老年大学学员须知》等一系列制度规范；健全后勤保障机制，增强教学的服务职能；进一步规范了各类所需物品的采购、保管、领用程序，在教学用品的采购上，优先给以满足，尽量压缩非教学性开支，优先满足教学的实际需要。

第四，加强老年大学环境建设，努力营造和谐温馨的学习环境，良好的学习环境对学员的身心愉悦起了重要作用。2010年暑期学校对老干部活动中心的场地进行了墙面粉刷、楼梯扶手油漆，多功能厅添置了50英寸液晶电视，粉刷一新的楼道里还挂上了老年大学教师和学员的绘画作品，努力以新的环境迎接学员的到来。

## 六、对未来发展的几点思考

第一，更新观念，增强老年教育的活力。随着社会经济的不断发展，旧的办学模式已经暴露出许多问题。特别是生源的问题，由于过去我们抱着"老年大学是为本校离退休教师、干部服务"的思想，人为地将学校与社会隔离，致使很多社会上的离退休人员不能就近上学，造成生源单一、重复招生问题。而本校离退休干部对于专业的要求比较分散很难集中。老年大学要生存发展必须从更新观念入手，勇于打破禁锢我们办学的思想，选准立足点，为社区离退休职工就近入学创造良好的途径。

第二，改善办学条件。由于现有场地以及经费的限制，接纳学员能力与老年人入学需求之间矛盾日益突出。教室窄小、教学设备不足，使得计算机、钢琴、舞蹈等专业教学场地受到限制。离退办也曾就此事多次向学校有关部门申请，但是由于学校教学场地紧张，未能得到妥善解决。

第三，应建立一系列优惠的政策，用人性化的管理留住优秀的教师，保持教师队伍的稳定。

坚持以人为本，促进老年教育健康发展，立足时代，服务时代，以时代的发展为导向，不断拓宽老年教育的新领域、增添老年教育的新内容、开拓老年教育的新思路，是我们每一个从事老年教育的工作者应尽的责任与义务。

# 提高认识加强管理
# 努力开创老年教育发展新局面

中国科学院老年大学新疆科学城分校

中国科学院老年大学新疆科学城分校（简称新疆科学城分校）成立于
1991 年，开办以来学校认真贯彻老年教育方针、政策，积极开展老年教育工
作。19 年来，学校虽几经变更隶属关系，但在中国科学院新疆分院党组的重
视支持下，教学工作不断完善。特别是 2008 年，中国科学院投资 180 万元，
更扩建老年大学活动室，专用教室建筑面积达到 985.5 平方米。此外，中国
科学院离退休干部工作局拨专款 10 万元配备桌、椅，增添了教学设施，使办
学条件得到了很大改善。这样的环境和办学条件是周边单位、社区的老年大
学无法比拟的。由于办学条件的改变，参加学习的老年朋友越来越多，专业
课程设置更加广泛，教育质量和水平有了很大的提高。新疆科学城分校已成
为新疆科学大院及科学北路社区老年人文化娱乐的场所、益寿延年的乐园；
成为增长知识、更新观念、增加老有所为本领的阵地，成为维护社会稳定和
精神文明建设的重要力量，受到了科学大院内和社会各界广大老年人的称赞。

要办好老年大学必须要对老年教育事业有足够的认识，我们通过不断学
习实践，逐步认识到老年教育是一项崭新的事业，也是社会公益性事业。办
老年大学的目的主要是为老年人提供丰富的精神文化生活，使老年人能够继
续学习，增长知识、丰富生活、陶冶情操，增进健康，服务社会。对办老年
大学有了正确的认识，办学才能有明确的目标和方向，也就有了工作积极性，
这是办好老年大学的十分重要的基础。

要办好老年大学必须要加强制度建设，进行规范化管理。制度建设是老
年大学教学工作的基础，是教学质量的保证。学校在教学实践中不断完善和
建立健全各项规章制度，制定了新疆科学城分校校长岗位职责、管理制度、
学员须知，确保了学校管理有章可循，工作责任得到具体落实，克服了随意
性，保证教学各项工作有序进行。通过制度化管理和规范化建设，学校办学

规模越来越大，参加学习的学员也越来越多，教学质量不断提高。

老年大学的课程设置和教学内容的安排也相当重要，我们的原则是尊重老年人的兴趣爱好，照顾老年人的生理特点和接受能力，开设的课程要涉及老年人生活的方方面面，必须要得到老年人的认可；保证每位学员能跟得上、学得会，一些传统的课必须坚持常年开设，如京剧班、国画班、声乐班、民族舞蹈班。根据老年人的需求，近几年我们还新开设了计算机班、电子琴提高班、模特形体班、瑜伽班、葫芦丝班，现在学校每学期开设十几个班，学员也由原来的几十人发展到现在的 500 人左右。

要办好老年大学必须要建立一支相对稳定的高素质的教师队伍，学校教学质量的好坏在很大程度上取决于教师素质的高低，没有高素质的教师队伍就不可能有高水平的教学质量，教学质量又是保证老年大学发展的根本。学校在没有专职教师的情况下，聘请师德高尚、专业和学术水平高的老师任教，他们都具有扎实的专业理论知识和基本功，有丰富的教学经验，他们认真负责的教学态度和敬业精神深受学员的欢迎。为了稳定教师队伍，学校十分尊重教师，每学期召开教师座谈会，在教师节向教师祝贺赠送纪念品。每学期对优秀教师进行表彰奖励，如电子琴班的刘桂琴和王明生老师、声乐班的藏慧老师、国画班的陈德铭老师、京剧班的宋华庆老师、舞蹈班的苏淑琴老师都在学校连续任教多年，有的已经任教十多年，老师队伍相对稳定，保证了学校不断发展，人气越来越旺。

老年人上老年大学不仅是为了满足求知欲，更需要在社会大舞台上展示才华，发挥余热，满足老年人有所作为、服务社会的愿望。学校积极创造条件为老年人提供展示的平台。多年来学校每学年举行一次结业典礼和才艺汇报表演，让学员充分展示所学专业方面的才华，同时积极组织学员参与社会公益活动，例如，参加新疆维吾尔自治区、乌鲁木齐市以及社区的文艺汇演，还组织合唱队、舞蹈队、模特队、秧歌队、腰鼓队参加社区组织的文化广场活动，编排演出了高质量、深受广大群众欢迎的节目。2010 年学校配合中国科学院老年大学成立 25 周年开展了丰富多彩的活动，国画班举办了书画作品展，舞蹈班精心排练《变脸谱》、《幸福家园》、《石榴花》、《健身》等舞蹈，其中维吾尔族舞蹈参加了社区比赛和演出均获得一致好评和奖励。声乐班不仅进行了汇报演出，还组织排练《女声小合唱》参加了广播电视台的红歌赛，并入围九月的现场演出进行决赛。模特形体班的学员也积极训练，向大家展示自己的风采。通过组织一系列的活动，学员不仅有了发挥余热、展示才华的舞台，更重要的是提高了新疆科学城分校的影响力和知名度，带动了科学北路社区的精神文明建设，同时，全体学员通过学习演出，达到了相互交流、增进友谊、陶冶情操、身体健康的目的，提高了老年人的生活质量。

回顾过去，新疆科学城分校虽然取得了一定的成绩，展望未来，以更高的要求和标准来衡量，我们还有很多事情要做。我们老年大学的管理人员、工作人员将满怀信心，继续努力工作，将进一步更新观念，进一步增强服务意识，加强管理。我们坚信在中国科学院新疆分院领导的大力支持下，在大家的共同努力下，新疆科学城分校一定会越办越好。

# 坚持宗旨　立足服务
# 不断丰富老同志精神文化生活

北京老干部大学

　　北京老干部大学建校 23 年来，坚持"增长知识、丰富生活、陶冶情操、促进健康、服务社会"的办学宗旨，以服务老同志、让老同志满意为出发点和落脚点，坚持以创新发展为动力、不断满足离退休干部的精神文化需求的办学理念，努力提高教学质量和服务水平，不断增强吸引力和凝聚力，学校的社会影响力不断提升，得到了广大离退休老干部的充分肯定。

## 一、基本情况

　　北京老干部大学的前身北京老年大学，始建于 1987 年，从没有固定的教学场所，到现在已发展成为包括综合教室、专业教室在内的，有较先进的教学设备设施，具有一定规模的老干部学习场所。建校初期，学校只有 2 个教学班 78 名学员，目前已发展到有书法、国画、科普、外语、文体、文史 6 个专业，2 个综合班，8 个研修小组，共 40 个教学班 1300 多名学员。服务对象重点是离休干部和市属处级以上退休干部。在校学员中，市属离退休干部 1064 人，占 80.8%，央属离退休干部 253 人，占 19.2%。其中，离休干部 586 人，占 44.5%，退休干部 731 人，占 55.5%，平均年龄 72.5 岁，年龄最大的为 93 岁。

## 二、坚持正确的办学方向，适应形势的发展

　　作为老干部工作部门管理的老干部大学，我们始终坚持正确的办学宗旨，遵循科学的办学理念，认真贯彻落实科学发展观，围绕首都经济社会发展及建设和谐社会首善之区的目标和全市老干部工作大局开展教学，努力为"人

文北京、科技北京、绿色北京"做出应有的贡献。

（1）自觉服务大局，保持思想常新。多年来，我们始终注重强化首都意识，注重发挥老干部大学思想政治建设阵地的作用，坚持加强政治学习，坚持思想教育，自觉服务首都经济社会发展的大局。学校为老同志举办"全球及国内经济形势"、"2010 年中国经济走向何方"等形势报告会，向老同志们通报国际国内重点、热点问题，使他们及时了解国内外大事，从政治上、思想上、行动上与党中央保持一致，对稳定离退休干部队伍起到了积极的促进作用。

（2）开展主题活动，紧贴社会生活。多年来，我们始终注意结合党和国家大事及全市老干部工作确定的主题，开展教学等活动。近年来，学校先后开展"迎奥运师生书画作品展"、"喜迎新中国成立 60 周年书画艺术展"、"我爱我的祖国"书画摄影展和巡展等系列活动，激发了老同志们的爱国热情、学习热情和参与热情，充分展示了教学成果。

（3）发挥首都优势，丰富教学内容。在教学中，我们注意充分利用首都得天独厚的教育资源，发挥首都人才优势，针对老同志渴望学习高科技知识的需求，开展科普知识系列讲座，不断丰富教学内容。我们先后聘请了著名书法家爱新觉罗·启骧及中国科学院侯自强、曾庆存院士等，举办了"传统书法讲座"、"神奇的互联网和物联网"及"面对气候变化的挑战"等科普讲座，使老同志们开阔了视野，扩大了知识面，丰富了学习内容。为适应不同层次老同志的精神文化需求，我们积极探索新的教学模式，有针对性地成立了由部级、局级离退休干部组成的综合一班（央属部级干部）和综合二班（市属局级干部）。在教学内容安排上，我们广泛听取老同志们和授课教师的意见，将学科较单一的教学调整为综合性多科目的教学，在开展 3 年计算机应用教学的基础上，开设了声乐、诗词、健康保健、文学欣赏、摄影基础知识等课程；同时，组织综合班学员到社会和大自然中去，运用所学专业知识进行实践教学。这些丰富多彩的教学形式，使老同志们增长了知识、丰富了生活、振奋了精神、加深了友谊，得到了老同志们的一致好评。

（4）树立先进典型，加强队伍建设。学校每年定期召开老干部大学开学典礼暨总结表彰大会，宣传表彰优秀教师、班委，弘扬老同志群体中涌现出的好人好事和先进事迹，号召广大学员学习他们良好的道德风范、严谨的治学精神、无私奉献的思想境界，激励教师学员创先争优。我们还注意加强学员骨干队伍建设，把在校学习多年、具有相当创作水准的骨干学员组织起来，按书法、绘画、科普、诗词、布贴、摄影等不同专业，分别成立了 8 个研修小组，除定期组织研修小组研讨和聘请教师答疑解惑外，还分期分批组织他们到昌平蟒山森林公园、怀柔百泉山等进行创研活动，丰富了老同志的创作素材。近年来，研修小组的作品参加了全国性、北京市的、老干部大学的书画摄影艺术展，取得了优异成绩，获得了极高的荣誉。现在，研修小组已经成为展示北京老干部大学教学成果的一支骨干团队。

### 三、不断探索创新，努力提高教学水平

多年来，学校紧紧围绕教学工作开展教研，不断提高教学质量。

（1）逐步规范课程设置。根据老同志需求，我们修改完善《北京老干部大学教学大纲》，明确了设置书法、国画、文史、外语、科普、文体6个专业课的教学目的与要求，进一步规范了教学内容和学制。这些举措为各专业选聘教师、遴选教材、制订计划、检查教学打下了基础。

（2）积极推进教学研讨。为了提高教学质量，我们注意抓好几个环节：一是每年定期召开教学研讨会，通过举办研讨会，使老师们了解学校近期发展情况、办学思路，向他们反馈学员对教学质量的意见，同时进行教学经验的交流研讨。二是促进教学成果的转化和有效监督检查教学质量，我们成立教研小组，明确了相关职能。三是进行教学大纲的修订、教学计划的审核及相关专业间的教学交流，达到相互促进、共同提高的目的。四是积极推进教材规范化建设，研讨落实有关"北京老干部大学教材"的刊印工作。学校按照教学研讨会计划，积极组织督导教材编写工作，有效地推进了教材规范化建设，使北京老干部大学的教学水平不断提升。

（3）坚持开展教学调研。重视老同志对教学效果的反馈，促进教学相长。我们定期召开由学员代表、班主任及教师参加的班务会，对学员学习、教师授课情况进行评学、评教。对教师的敬业精神、教学态度、教学水平、教学方法、教学效果等做到及时了解，定期表彰。学校要求班主任深入教学一线，坚持跟班听课，掌握教师授课和学员学习的情况，定期对本班教学效果做出客观评价。教学质量调研活动为学校与教师、教师与学员之间的沟通、发现和解决问题搭建了交流平台。

（4）积累提升文化内涵。20多年来，学校先后组织刊印了《北京老年大学建校20周年文集》和《北京老年大学建校20周年书画艺术集》；整理编写了老干部自己创作的《历代诗词概说与欣赏》；逐年编修了《北京老年大学资料汇编》，及时、准确、真实地记录了北京老干部大学的成长历程，促使我们

不断更新办学理念、拓展办学思路，与时俱进，为北京老干部大学建设谱写新的篇章。

（5）制定完善规章制度。制定和完善规章制度是北京老干部大学持续发展的基本条件之一。历届学校领导都非常重视建章立制工作，在教学服务管理中做到制度管人、规范管理。几年来，学校先后制定完善了《北京老干部大学章程》、《北京老干部大学会议制度》、《学员管理规定》、《教师聘用规定》、《突发疾病处置办法》等 20 多项规章制度。今年我们根据学员的调整变化对《北京老干部大学的制度汇编》、《北京老干部大学岗位职责》中的规章制度进行进一步修改完善，努力在管理上做到按岗定责，以责设岗，任务明确，利于检查，加大了学校对服务管理工作的监督检查力度。

## 四、坚持抓好三支队伍，进一步搞好自身建设

第一，教师队伍是保障教学质量的关键。学校历来重视教师的思想和师德建设，在教学工作中，主要以服务促管理，以关心促情感，以和谐促稳定，进一步调动了教师参与管理的积极性和主动性。在日常教学中，他们能够注重为人师表、率先垂范，在教学上认真负责，耐心细致，在感情上尊重老同志，有效地促进了教与学的互动。经过不断努力，教师队伍基本形成了"热爱老年教育事业、尊重理解老干部、刻苦钻研业务、淡泊名利、自觉奉献"的良好风尚。

第二，班委队伍是教学的桥梁和纽带。担任班委的老同志学习刻苦、早来晚走，协助教师和班主任做了大量琐碎细致的工作，是班级服务和教学管理不可缺少的重要力量。学校非常重视班委队伍的建设，坚持每年定期组织召开班委会，使他们及时了解学校的发展变化，对教学计划的贯彻落实起到促进作用。同时，学校坚持每年组织班委参加"我看新北京"等参观活动，使他们亲身感受首都经济社会发展的新变化。这些活动深化了学校与班委的感情，调动了班委们工作的热情和积极性。

第三，班主任队伍是教学服务管理的主要环节。我们注重加强和提高班主任队伍的整体素质建设。在管理上，我们一方面利用寒暑假加强班主任的政治思想教育和业务培训，增强工作人员的服务意识和提高教学管理能力；另一方面严格落实岗位职责，加强日常考核，使班主任们努力做到爱岗敬业、一岗多能，更好地为老干部服务。

通过加强对三支队伍的管理，老干部大学自身建设得到加强，服务管理

水平有了新的提高。特别是在形式多样、各具特色的教学活动中，既体现了思想性与科学性相结合、知识性和趣味性相统一，又使老同志们保持了"政治坚定、思想常新、豪情满怀"的精神风貌，老干部大学已成为老同志晚年生活的乐园和发挥作用的平台。

新形势下，北京老干部大学要深入贯彻落实中组发〔2008〕10 号文件精神，进一步着眼于满足离退休干部精神文化需要，不断探索创新教学模式，积极推进离退休干部学习活动阵地建设，继续推进北京老干部大学的全面发展，为建设"人文北京、科技北京、绿色北京"做出积极贡献。

# 坚持科学发展观
# 促进老干部大学全面协调可持续发展

上海市老干部大学

上海市老干部大学承担着老干部学校教育的职能，它是老干部工作的窗口和重要组成部分。我们要以科学发展观为统领，把学习实践科学发展观贯穿于学校发展的整个过程，真学、真懂、真信、真用科学发展观的深刻内涵和指导作用，把科学发展观熔铸于老干部大学的创新发展中，促进老干部大学工作全面、协调、可持续发展。

目前，老干部大学发展的客观环境很好。第一，2008 年 3 月中共中央组织部与人力资源和社会保障部联合下发了中组发〔2008〕10 号文件，在文件中明确要求要把推进老干部大学（老年）工作，作为新形势下离退休干部工作的重要组成部分，为老干部大学的可持续发展指明了方向。第二，鉴于蓬勃发展的老年教育事业，近期上海市教育委员会和上海市老龄工作委员会办公室联合下发了《关于在本市开展创建示范性老年大学（学校）评估的通知》（以下简称《通知》），我们老干部大学积极遵照《通知》要求，以评促改，以评促进，以评促优，把创建过程变成我们进一步规范办学行为、提升办学能力、提高办学水平的契机。为做好迎评工作，我们召开了多次校长办公会、班长座谈会，对照创建标准，自查自评自纠，在最短的时间里，解决了一些多年未解决的问题，一定程度上促进了老干部大学的整体发展。日前，经过市创建示范性老年大学评估指导专家组的全面评估，市老干部大学荣获"上海市示范性老年大学"的称号。第三，在全党范围开展的学习实践科学发展观活动，正是推动老干部大学在更高起点上实现新跨越的有效载体。

为了让学习实践科学发展观活动真正达到用科学发展观指导发展实践、破解发展难题、检阅发展成效的目的，实现老干部大学全面、协调、可持续的健康发展，在具体工作中，一要转变观念，增加活力，二要勇于实践，提高质量，实现课程建设、管理水平、办学能力、队伍锻造、教学科研、宣传舆论、对外交流等方面的协调发展，实现规模（适度扩张）、质量（教学质量）、结构（组织、课程框架）、效益（社会效益）的有机统一。

学习实践科学发展观，体现在思想上，就是要深化办学宗旨、完善办学定位、制订发展规划、加强推介交流。

（1）深化办学宗旨可为老干部大学的可持续发展提供不竭的动力。学校的办学宗旨既要与学校的传统、历史相吻合，又要与时代特色相匹配，随着社会进步而发展创新。前几年，我们在发展的基础上，提出了要把老干部大学建成"四个基地"的办学宗旨："党的最新理论的学习基地，当代新知识的传播基地，中华优秀文化的研修基地，老同志榜样表率作用的辐射基地。"根据中组发〔2008〕10号文件的精神，我们感到，老干部大学还要进一步发挥思想教育、德育教育功能，进一步彰显老干部大学在开展思想政治教育方面的独特作用。

（2）完善办学定位可为老干部大学的可持续发展奠定扎实基础。学校的办学定位既要符合办学特色，又要便于实施发展战略。为了办出特色，避免趋同，我们提出了"高层次、高质量、高品位"的办学定位，即入学对象层次高，教学质量水平高，学科建设立意高。

（3）制订发展规划可使老干部大学的可持续发展更具操作性。合理可行的发展规划既可使学校自身发展的远景更为具体，又使学校的发展更趋科学。为使学校的发展规划更加合理，我们联手华东师范大学职业教育与成人教育研究所的专家、学者，共同就增强发展活力、促进老干部大学可持续发展进行调研，重点在扩招方面进行调研。截至2009年，我们完成了徐汇、长宁、卢湾、静安、闵行等周边地区处级以上干部的入学调研工作，接下来还将扩大调研对象的范围。

（4）加强推介交流可对学校形象进行外塑，又能对工作产生推动力。我们要利用《校报》、《学报》、《常青树》等有效载体，大力宣传老干部大学的办学宗旨、办学定位、规划目标和师生风采，进一步提高其社会影响力，使老干部大学成为上海构建学习型社会和和谐社会的一道亮丽的风景线。

学习实践科学发展观，体现在业务领域，就是要在教学管理、课程设置、队伍建设、科研水平等方面协调、全面发展。

（1）以加强教学管理为动力，夯实基础工作。学校办学宗旨的推进、办学目标的实现、办学水平的提高、办学效益的最优，在很大程度上取决于学校的管理。现阶段，我们确立了"校务委员会、校长办公会、教务部例会、师生座谈会"等常态化工作机制，通过管理体制的创新，使决策更具科学性和民主性。在内部管理方面，要充分考虑老干部大学的自身需求，建立层次分明、职责到位的管理体系，正确处理好与活动中心有"统"有"分"的关系，堵塞管理漏洞，提高管理效能。在教学质量管理方面，随着退休干部作为新的入学对象逐年递增，我们要一手抓离休干部教学，一手抓退休干部教学，两手都要抓，两手都要硬。教学形式要根据不同的对象加以调整，不断满足离退休干部的学习需求。针对教学质量监控措施和教学质量评估体系尚显薄弱的问题，我们吸收、引进了专业人员加盟，依托他们丰富的实践和理论知识，建立、完善切实有效的教学质量监控和评估措施及体系，从而进一步加强老干部大学的基础性工作建设。

（2）以课程建设为龙头，带动整体发展。课程建设是学校工作的命脉，是立校之本，办学之基，强校之源。我们要以课程建设为中心，全面推动学校工作向前发展。在继续打造精品课程、特色课程、品牌课程的同时，走内涵式发展道路，以一流的教学质量，创造一流的学校。对课程的开设，要有规划，注重结构的搭建，即学制、层次要合理制定，避免盲目造成的无序现象。目前，课程开设还应以赏析类为主，动手类为辅，要协调发展政经类、文史类、书画类、保健类、高新科技类、艺术类等学科，要像重视政经类课程一样，重视其他学科的建设。政经类课程是我们的品牌课程，我们要不断总结政治理论班常办不衰、常办常新的成功经验，揭示老同志的实际需求与办学宗旨的必然联系，反映社会发展对政治理论班提出的新要求。我们将继续办好新形势下的政治理论班和大型报告会，丰富内涵，拓展外延，在确立选题、选聘师资、讲授方法上经常与委托方——市委党校、国际问题研究院，受众方——300多位老同志学员保持经常性的沟通与协商，做精、做好、做强政治理论班，扩大其在老年教育领域的积极影响，使老干部大学成为上海老年学校思想政治教育和德育教育的实验基地。

（3）以人本化管理为抓手，促进科学发展观的落实。坚持以人为本的教学理念，把"一切为了老同志，一切为了教师"的理念贯彻到学校的每一项工作中，最大限度地满足老同志的学习需求，努力为他们的学习提供各种优质的服务。教师在学校建设和发展中有着举足轻重的作用，因此，在选聘教师时，要坚持德艺双馨的原则，建立客座教授制和教师储备库。近期由校领导带队，将走访上海各大高校，争取优秀师资的支持，在做好兼职教师队伍建设的同时，适当补充专职教师。同时，对教师要给予人文关怀，充分调动教师在教学实践中的积极性和创造性，为他们发挥聪明才智提供条件。针对办学人员更替较频的现象，抓好培训工作，使教学工作不断不乱，形成办学人员肯干事、会干事、干好事的良好氛围，促进科学发展观的贯彻落实。

（4）以提高科研理论水平为先导，服务教学工作。重视科研理论工作，加大投入，进一步调整和充实编研力量，着力解决教学科研工作相对滞后的状况。与此同时，还要注重基础理论和应用理论的研究，以及科研成果的转化，为教学工作服务。

当前，老干部大学的发展面临难得的机遇，也面临严峻挑战，我们要抓住机遇，乘势而上，破解难题，注重实效，努力实现老干部大学全面、协调、可持续发展。

# 老干部思想政治教育的实践与经验

上海市老干部大学

开展老干部思想政治教育，是上海市老干部大学系统的主要办学特色。上海市老干部大学系统由 26 所系统校组成，目前，在 26 所系统校中，专门开设思想政治课的有 14 所，其他 12 所系统校也不定期地举办相关讲座或报告会，学员已达上万人次。仅上海市老干部大学"政治经济和国际问题研究"一个班就有学员 300 多人，在每月一次的大型报告会上的学员甚至多达 500～800 人。这些学员中既有离休干部，也有相对年轻的退休干部，他们的共同特点是关注时事政治、关心国家大事，对思想政治课的学习充满了热情。老干部们都形象地称思想政治课是自己思想常新、理想永存的"加油站"。

老干部思想政治教育是老年教育不可缺少的组成部分，是离退休干部思想政治建设的重要途径之一。老干部大学系统思想政治教育之所以能常办常新，受到离退休干部的喜爱，总结起来，主要有以下几个方面。

## 一、在思想政治教育的内容上，注重时效性、具有针对性

内容的时效性、针对性是思想政治课能历久弥新的关键所在。在内容设置上，我们除了开设马克思主义理论、列宁主义、毛泽东思想、邓小平理论等基础性课程之外，更加注重针对学员思想上存在的疑惑及对社会问题的重大关切等设置课程内容。比如，黄浦区老干部大学在改革开放 30 年之际，邀请上海市委党校教授为老同志讲授改革开放 30 年发展历程，老同志作为 30 年改革开放的见证人，对此倍感亲切，反响也相当热烈；卢湾区老干部大学时政班在党的十七届三中全会召开后，组织了学习座谈会，讨论农村改革将对社会发展带来哪些影响，通过交流讨论，老同志更加坚信我们国家必将迎来更加美好的明天；再如，党的十七届四中全会召开后不久，如何突破思维旧框架、力促党建新发展，成为离退休老同志热议的话题。针对老同志关心的问题，上海市老干部大学及时与上海市委党校取得联系，调整授课内容，

开设了十七届四中全会精神学习辅导专题报告会，400多名老同志前来听课，反响热烈。2010年，上海市老干部大学又开设了世界博览会情况介绍、世界博览会外事外交、国际恐怖主义、中国与东盟关系、中国与非洲关系等一系列紧贴时势的报告和讲座。通过这些既有时效性又有针对性的课程内容，离退休老干部能及时把握党和国家发展脉搏，及时掌握党的创新理论，及时了解时事热点问题的来龙去脉，确保了在思想上、行动上与党中央保持一致，与时代发展保持同步。

## 二、在思想政治教育的师资上，要注重高质量、具有高水准

师资的高质量、高水准是思想政治课能长盛不衰的重要保障。老干部大学系统中不少学校都与上海相关高校、研究院所形成了共建机制。通过共建机制，我们在思想政治教育的师资上得到了很大的支持。如上海市老干部大学与上海市委党校、上海国际问题研究院形成了长期合作关系，党校和研究院把为老干部大学思想政治课提供师资作为自己的一项工作来抓，并在老干部学员中开展教师授课满意度测评，保证教学质量的稳步提升。黄浦区老干部大学思想政治课的师资队伍由上海市、黄浦区委党校以及上海社会科学院的教授组成。普陀区老干部大学校本部和分校马列与改革班的师资，都是依托普陀区委党校。为了保证教学质量，普陀区委党校还把马列与改革班的教学任务纳入教师工作量的考核。各级党校、国际问题研究院以及上海社会科学院为老干部大学选派的教师，政治坚定、业务精湛、师德高尚，热心于老年教育事业，具有丰富的授课经验，他们的授课内容紧扣社会发展脉搏，讲课能贴近老干部实际，具有很强的针对性，受到老干部的普遍欢迎。

## 三、在思想政治教育的方式上，要注重创新性、具有开拓性

方式上的创新与开拓，是思想政治课持续发展的必然要求。随着老干部日趋高龄化，原有的办学方式已难以满足老同志求知的需求。老干部大学系统各校积极研究新情况，探索新思路，解决新问题。例如，杨浦区老干部大学为做好老干部"双高期"形势下的思想政治教育工作，创立了"一不动、三动"的教学模式，即"老干部不动、课堂动、老师动、学校动"，把政治理论读书班、时事形势讲座办到社区，送到老同志家门口。再如，普陀区老干部大学探索就近入学的新办法，在区内九个社区设立了社区分校，开办了马

列与改革班，延伸了学习网络，满足了老干部的政治需求和精神文化需求，深受社区老干部的欢迎。在教学的方法上，为适应老干部自主学习、渴望交流的要求，许多老干部大学都把报告讲座和课堂讨论、交流研讨结合起来，改过去的一言堂为"群言堂"，充分调动了学员的学习积极性，把思想政治课办成了老干部彰显生命活力与智慧的重要平台。

## 四、在思想政治教育的效果上，要注重示范性、具有辐射性

效果上的示范性和辐射性是思想政治课发挥作用的重要体现。目前，老干部大学系统已形成以市校为核心的思想政治教育示范辐射网络，上海市老干部大学开设的思想政治类课程"政治经济和国际问题研究"除了每周一次的课堂教学之外，每月还举行一次大型报告会。报告会不仅有上海市老干部大学政经班的学员参加，系统各校也都选派学员前来听课，教学覆盖面延伸至全系统。报告会经常会出现"人满为患"的盛况。更值得一提的是，这个思想政治课还成了学习的"播种机"，不少老同志都把在课堂上听到的和学到的东西带到家庭、带到社区、带到离退休支部。例如，仪电集团的蔡元俭老同志既是上海市老干部大学政治经济学班的学员，又是仪电集团老干部大学的教员，还是沪上几十个社区的党课义务宣讲员。他每次到上海市老干部大学上课都认真听讲，仔细做笔记，回去后经过精心归纳整理，再到仪电老干部大学和社区给老同志上课。从 1996 年至今，蔡老一共给仪电老干部大学政经班、几十个居民区党员和社区学校义务宣讲了 730 多场，听众达 5 万多人次。还有不少老同志把上课的讲义拿到离退休支部宣讲，把课堂笔记复印后寄到外地、部队供同志们学习，为营造学习型社会做出了积极的贡献。此外，我们还组织老干部学员与青年学生开展结对共建等活动，创设理想传承、教育励志的有效载体，扩大思想政治教育的辐射面，充分发挥了思想政治教育对社会的影响力。

为了进一步推进老干部思想政治教育教学工作，我们计划进一步加强以下几个方面的工作。

一是优化教学管理。我们将在每学期开学前召开思想政治课教学专题准备会，由办学人员、学员代表与师资共建单位一起确定课程选题和师资，确保选题新、内容好、教师优；做好教学即时评估工作，听取学员对教师教学的意见、建议，并向师资共建单位反馈。

二是凸显课程层次。上海市老干部大学准备在现有政经班的基础上，成

立"上海市老干部大学思想政治教学研究小组",作为政治经济学班思想政治教育的延伸,结合上课内容,深入学习研究社会热点。

三是创新教学方法。我们将在课堂教学的基础上,有计划地增加课堂交流研讨,鼓励师生对话,活跃课堂氛围,彰显老干部的生命活力与智慧,并及时总结经验,促进教学方法持续创新。

四是开展课题研究。2010 年我们将完成"老干部思想政治教育的实践与探索"课题研究工作,努力探索老干部思想政治教育规律,促进老干部思想政治教育健康发展。

五是扩大辐射范围。我们准备进一步扩大思想政治教育示范辐射范围,制作每月一次市校时事形势报告会的视频光盘,发放给系统各校,以供更多老干部学习。此外我们将在老干部大学网站发布每月一次时事形势报告会视频,供老干部随时上网学习观看。

2010 年是上海市老干部大学成立 25 周年,在 25 年的办学实践中,我们在老干部思想政治教育方面积累了一些经验,形成了自身的办学特色。这里撰文与大家交流,希望我们能共同努力,为推进老年教育发展做出自己应有的贡献。

# 天津市老年人大学的办学实践和理念

天津市老年人大学　马贵觉

天津市老年人大学自 1985 年 4 月 6 日诞生于海河之滨，迄今已度过 25 个春秋，可谓历经沧桑，备尝艰辛，又屡获殊荣，现在正跨入 21 世纪的新征程。

截至 2006 年年底，学校已建设成为"双万"校，即拥有 1 万多平方米的校舍全部启用，设施装备现代化；全年积累入校学员已达万名，学校的发展壮大再创历史新高。2007 年上学期与 2001 年相比，在校学员从 4321 人扩展到 9802 人（加下学期入校学员，将超过 11 000 人），增长 127%；设置专业从 42 个扩展到 138 个，增长 229%；教学班从 124 个扩展到 326 个，增长 161%；聘请专业课教师从 83 人增至 190 人，增长 129%；工作人员从 44 人增至 76 人，增长 80%。学校"十一五"发展规划确定，要把学校打造成高标准的全市老年教育中心和老年教育科研中心，成为示范性老年大学和全国一流的综合性老年大学。

学校办学 25 年的实践和理念主要表现在以下几个方面。

## 一、依法治教，依规治校

天津市老年教育事业和天津市老年人大学，是在全市贯彻"依法治国，建设社会主义法治国家"方略和"依法治市"的大环境中获得蓬勃发展和扎实推进的。

天津市人大常委会于 2002 年 7 月 18 日审议通过《天津市老年人教育条例》，成为全国第一个老年教育地方性专门法规。该法规科学界定了老年教育的性质、地位和作用，指明"老年教育是终身教育和老龄事业的重要组成部分，是社会公益性事业"；明确规定了本市各级政府及有关部门对老年教育的职责，包括把老年教育工作纳入本行政区社会和教育发展规划，做好老年教育的统一规划、监督指导和协调，积极发展老年学校和办好示范性老年学校，根据老龄人口对老年教育发展的需求逐步增加老年教育经费，对在老年教育事业中做出突出贡献的单位、个人给予表彰和奖励等。这就为全市和本校老年教育的"依法治教"提供了切实的法规保证。天津市人民政府于2005年10月8日颁布《天津市老年教育"十一五"发展规划》，作为直辖市行政机关制定的规章性文件，进一步明确规定了"十一五"期间全市发展老年教育的指导思想与基本原则、目标任务和工作要求。其中特别引人注目的是对天津市老年人大学的定位、作用和功能作了专门表述，其中规定完善天津市老年人大学的校舍和教学设施，不断提高教育教学水平和规范化办学水平，进一步加强全市老年教育中心和老年教育科研中心建设，充分发挥全市示范性老年人大学的作用；还规定以本校为中心开展老年教育科学研究工作，积极配合政府部门创办全市统一的电视、广播、网上老年大学等。

基于上述法规和政府规划，市党政领导机关对本校高度重视，着力培植，天津市老年人大学成为展示天津老年教育风貌的典型。多年来，特别是2000年以来，市委、市政府加强对本校的领导力度，推选担任过市级领导职务的人员为校董会董事长兼校长，置换、扩建校舍，增拨办学补助经费，先后有20位领导人来校视察、调研、指导和参加重要活动。仅从加强学校硬件建设来说，市政府在2001年和2002年两次将"启用并修缮市老年人大学校舍"和"扩建市老年人大学"列入全市改善城乡人民生活20项工作决定之一，选择市中心区黄金地段，斥资数千万元，为本校置换独立校舍并进行修缮和装备。自建校起，市政府每年给学校拨款作为办学补助经费，一般占开支的1/3～1/2，2001年以来连续进行五次调整，2007年的拨款比2000年增长573%。学校依靠政府公共财力办学为主的良好格局和良性循环已经形成。正是在这种大环境、大形势下，学校坚持老年学校以教为主的本质属性，坚持老年学校是老年教育的重要组织形式，坚持示范性老年学校是老年学校的中流砥柱，发扬艰苦奋斗、锐意进取、真抓实干、争创一流的精神办学，才使学校不断发展壮大，蒸蒸日上，成为终身教育园圃中盛开的一枝奇葩。

学校遵循《天津市老年人教育条例》关于依法办学、自主管理的规定，把依法治教的总体要求贯彻到学校全面管理、各项工作和活动中去，多年来坚持不懈地加强校内规章制度建设，要求师生员工一体遵行，实行依规治校。这些校内管理规章收入2005年9月发布的《天津市老年人大学规章制度汇编（修订本）》和近两年制定的规章制度共33项，收入《天津市老年人大学若干日常重要工作规程》33项，既继承优良办学传统又发展了新的办学经验，除了办学宗旨、校风等原则性要求外，对学校校董事会、处室、学员组织等各类机构，教学部主任、班主任、教师、学员等各类人员，以及教学全过程与主要环节管理和学校其他工作管理，从规范实体到实施程序都做出明确规定，使之制度化、程序化、科学化，而且经常检查执行情况，及时总结实践经验，定期修订补充，做到学校机构、人员职责分明，各项工作和活动有章可循。这样，学校管理就能从大处着眼、小处着手，井然有序，顺畅运转。

## 二、以人为本，促进师生全面发展

以人为本，促进师生全面发展，是党全心全意为人民服务的根本宗旨和使受教育者在德、智、体、美诸育全面发展教育方针的核心，是本校一切工作和活动的出发点与归宿。

2005 年，学校开展庆祝建校 20 周年系列活动，经过师生员工深入探讨，对办学宗旨、校风和办学方针做出表述。办学宗旨是："全面提高素质，促进身心健康，推动社会和谐"。校风是："重德，博学，创新，和谐。"办学方针是："坚持正确的办学方向，坚持教书育人和坚持承负社会责任的完整统一"。"全面提高素质"，就是要通过教育教学过程和开展课内课外、校内校外活动，使师生员工的思想道德素质、科学文化素质和健康素质普遍提高，德、智、体、美诸育全面协调发展。"促进身心健康"，就是通过正确处理普及与提高的关系、老年人的求学普遍需求与学有所成特定需求的关系，尽可能满足老年人对不同学科门类及其不同层次的需要，从而促进师生员工每个个体和全员群体身心两方面的健康，延缓生理上的衰老，锤炼心理上的抗老意志，实现健康老龄化。"推动社会和谐"，是从举办老年大学的社会作用和社会功效方面说的。经过老年大学熏陶和培育的银发老人，应当而且能够成为推动社会发展、支持社会改革、维护社会稳定的一支重要力量，不仅自己在单位、家庭、社区和社会争当楷模，跻身于老年群众和其他群体的先进层面，而且自觉地发挥积极作用，做消除代际隔阂、融洽人际交往、完善内心和谐的骨干力量，实现积极老龄化。校风是要使学校多年形成的优良风气发扬光大，又要适应时代风云变化，跟上社会前进步伐，倡导师生员工德育为先，"做人"为本；努力学习知识和才艺，活到老、学到老、进步到老。总之，坚持办学宗旨，发扬优良校风，就是把以人为本具体化、形象化，促进师生全面自由地发展。

为促进师生全面发展，本校课程设置实行公共课与专业课并举，强调进行政治思想教育与进行科学文化健康知识、技能教育相结合。在开课期间，学员既能从九大类、一百几十种专业学科中，按照基础、提高、研修和创作、表演几个层次，进修自己心仪的专业课程，又能在每周五上午的固定时段选学、选听全校统一组织的公共课讲座。公共课的讲授，聘请知名专家、学者和领导干部担纲，内容以时事政策、法律知识、思想道德修养，老年保健、老年病防治，以及文艺赏析、新科技知识等三部分为主，分别占课程总量的40％、50％和10％。无论是公共课还是专业课，教师在授课中都努力做到使政治思想教育与科学文化健康知识、技能教育相互渗透。

## 三、规范办学，实现从"能开学"、"能上课"到"开好学"、"上好课"的跃升

老年大学是进行非学历教育的学校，它吸纳的学员没有升学、就业、获取学位等负担和压力。因此，它在具体培养目标、学员构成对象、课程涵盖内容、在校学习期限等诸多方面，与其他年龄段的学校教育迥然相异。但是，不断提高作为学校生命线的教育教学质量这个本质要求，却与其他年龄段学校教育别无二致。如果说，具有相当规模的校舍、配置现代化的教学办公设备、获得固定渠道的办学资金、依靠公共财力的支持和帮助是办好老年大学的硬件建设和外部条件，那么，不断提高教育教学质量，使学校具有强大的吸引力、凝聚力和远扬的声誉，则是办好老年大学的软件建设和内部条件，这就要靠学校苦练"内功"，实行规范办学，实现从"能开学"、"能上课"到"开好学"、"上好课"的跃升，而且要与时俱进，不断提高标准和要求。

多年来，本校一直努力提高教育教学质量，严格实行规范办学，特别是在教学全过程和主要环节规范化管理上采取了一系列的举措，取得了比较显著的成效。举其要者如下。

一是制定、修订和执行"教学大纲"工作延续不断。学校在2002年年初印发《天津市老年人大学教学大纲（试行本）》和2004年5月全面修订、正式出版《天津市老年人大学教学大纲汇编》以后，随着新的专业学科、层次的增加，2005～2007年每年又编印了一辑《新增专业教学大纲》，它涵盖了学校此前开设的所有门类、专业、学科、层次、班级的教学大纲，近300个。每门课程的"教学大纲"都包含教学目的要求、学制与教材、教学内容与课时安排、教学方法四个部分。编写和贯彻教学大纲，是学校加强教学规范化、提高教学质量的重要举措，也是编写教材的重要依据，总结办学经验的重要体现，依靠群众参与教学管理的重要途径，在实施办学宗旨和"四统一"、"四环节"教学原则中起着举足轻重的作用。

二是全面推行"四统一"、"四环节"教学原则和打造"精品课"。从 2003 年年初起,学校提出在所有专业课课堂教学中实行"四统一"教学原则(即教学大纲和教学计划相统一,教学计划和教学内容相统一,教学内容和教学进度相统一,教学进度和学员作业相统一)和"四环节"教学法(课堂教学中依次复习旧课和评析作业,讲授新课,教师示范,布置课后作业),受到师生欢迎,这几年通过在所有专业学科和教学班全面推行,不断深化,继续创新。2007 年学校提出,按"一堂好课标准"组织教学,要求做到:教学准备充分,教学内容准确,教学方法得当,教学效果显著,在此基础上,打造"精品课"、"名牌课",进而培育和发展名牌专业学科、名牌教学部,从而促进教学改革,大幅度提高教学质量。

三是持之以恒地自编教材。学校把自编教材作为加强教学基础性建设、显示教学水平和师资实力的大事来抓。这两年,学校承担的全国老年大学统编教材《英语基础》上下两册付梓,面向全国老年大学推介发行,自编教材 19 种,其中几种制作了配套录音磁带和 DVD 光盘。这样,从 2002 年到 2006 年,学校自编教材 68 种,实现了 2002 年提出的"经过三五年的努力基本形成具有本校特色教材体系"的目标,现在开设的绝大部分专业学科都已使用这些自编教材。这些教材由于结合老年教育实际情况,突出科学性、实用性、针对性,受到好评,被一些老年大学采用。2010 年对此前印制的自编教材进行修订增补,精益求精,提高档次,搞配套音像参考教材;对新开设的专业学科,抓紧编印教材或讲义。

四是形成教学成果展示机制。在西楼一层开辟 200 平方米的专门展览大厅,进行书法、绘画、摄影、工艺作品等"静"类专业学科教学成果展示,长年不断,定期更换,仅 2006 年就搞了 21 个专场;在西楼礼堂利用讲授公共课前及其他空闲时间,进行声乐、器乐、舞蹈、戏剧、曲艺、拳剑等"动"类专业学科教学成果表演,仅 2006 年学期末、年度末就举办了多次专场演出,为展示教学成果、交流教学经验、提高教学质量、显示师生才华搭建了大平台、大舞台。

## 四、科研先导,探索和掌握老年教育规律

办好老年大学要站在时代前列,并需要理论的指导。学校重视科研工作,探求老年教育规律,提升理性认识水平,努力推动学校又好又快地发展。

从 2000 年起,学校就承担了一项光荣而艰巨的使命,要建设成为天津市

老年教育中心和老年教育科研中心，力求科研工作和教学工作并驾齐驱，比翼双飞。《天津市老年教育"十一五"发展规划》要求："以市老年人大学为中心，吸收和推动其他老年大学和涉老部门，联系有关专家、学者和实际工作者，开展老年教育的科学研究工作。"学校确立的科研工作指导思想是：在马克思主义认识论和方法论的指导下，用科学发展观统领科研工作，以研究本校和全市老年教育发展中提出的根本性问题为中心，开展社会调查与科学研究，进行深层次理论思考，探求老年大学和老年教育发展规律，创新理论成果。科研工作方针是：为提高本校办学水平服务，为领导决策服务，为促进老年教育健康发展服务，倡导学术民主，倡导理论创新。为此，科研选题从实际需要出发，坚持既进行实用性理论研究，也涉及基础性理论研究，以实用性理论研究为主；既进行本校本市老年教育研究，也涉及全国和国际老年教育研究，以立足本校本市老年教育研究为主；既进行老年学校教育研究，也涉及老年教育活动研究，以老年学校教育研究为主。

学校为加强全市老年教育科研中心建设，主要做了以下一些工作。

一是建立科研机构。2000年5月设立研究室，近几年又调整和充实研究室负责人和工作人员，设立资料室、阅览室，购置书刊、音像制品，征集资料，编印内部刊物。

二是组建科研队伍。除设专职人员外，各部门均设兼职人员或联络员，并逐渐向教师和学员中扩展，校领导积极参加，直接动手撰写文章。同时，校内外结合，从2000年起学校与天津市教育科学研究院合作，并促成后者高教所建立老年教育研究室。学校先后从科研机构、高等院校、涉老部门聘请近20名有专长的研究人员为特邀研究员，学校为之提出科研课题，提供必要条件，通报信息，组织交流研究心得，举办自由论坛。

三是积极开展理论研讨和实践总结活动。从2000年开始，每年利用寒暑假期召开一次全校理论研讨会，连续七年不辍，主要是工作人员、特邀研究员参加，累计提交论文119篇、96人次发言交流。近几年还通过召开教师教学经验交流会、学员学习经验交流会和班委会、社团组织工作经验交流会和在报刊上发表文章，也推出了一批科研成果。学校作为天津市老年教育发展促进会的依托单位，在每两年举行一次的理论研讨会和每年举行的专业学科教学研讨会上，提交的文章分量重、数额多，校领导以促进会领导身份做总结发言、讲话。

四是有选择地出席国内外老年教育理论和工作研讨会，包括国际第三年龄老年大学协会年会、中国老年大学协会理论研讨会，以及中国台湾、澳门和国内一些城际性的会议等，学校参加会议的人员均提交论文宣读或交流，这些论文或被入选或被评为优秀，多数被收入会议专集或在报刊上公开发表。

五是科研工作结出累累硕果。这些年，学校作为领导机关和有关部门的老年教育工作参谋助手，在草拟老年教育地方性法规和发展规划、撰写老年教育文章、提出发展老年教育建议等方面，都发挥了积极的应有的作用。学校主编的《老年大学发展研究——示范性老年大学办学机制探索》，是全国老年教育专著中一部突出书籍，获得 2003 年中国成人教育协会年会优秀论文奖一等奖。学校在"十一五"前两三年将重点攻关两个课题：《天津市老年人大学办学模式研究》，全面总结学校走过的办学历程和经验；"老年教育与终身教育体系"课题已被列入天津市教育科学"十一五"规划课题，并进入实质性研究阶段。

## 五、甘于奉献、执著服务，造就高素质的管理人员、教师和学员骨干队伍

世上最可宝贵的财富是人，人是老年大学办学的决定性因素。学校人员由管理人员、教师和学员三大部分组成，他们分别居于统领、主导和主体地位，虽然职责和作用不同，但要把学校办好，却有赖于造就和形成高素质的管理人员、教师和学员骨干队伍，使这三支队伍的作用充分发挥、合理互动、结成一体，从而团结和带领全校师生员工实现办学宗旨，构建和谐校园。首要的，就是要求这三支队伍的成员都要有坚定的信念、崇高的理想，发扬不讲索取、甘于奉献、执著服务的精神去工作、去任课、去学习。

造就高素质的管理人员队伍是第一要义。学校的领导和处室、教学部工作人员，从建校至今都由离职退休人员担任，没有固定编制，属于胜任本职工作的年轻老者和准老者，是极其典型的老年人办老年学校，并尽心竭力为老年学员服务。在实践中他们逐步锤炼，并培养了良好的素质：关爱老年人，视办好老年大学为事业的高尚追求；不计名利，树立甘于奉献的服务意识和敬业精神；虚心求教，掌握老年教育规律；尊重和关心他人，发挥每个人的专长和积极性；率先垂范，当好带头人和组织者。

造就高素质的教师队伍，对办好学校具有决定性意义，是学校以提高教学质量为生命线、增强吸引力和知名度的关键因素。老年学员也有"追星族"和名人的"粉丝"，学校按专业学科及其不同层次设置聘请教师，尤其注重选拔学界名流和领衔人物。学校选聘教师的标准是，具有热爱老年教育事业的

敬业精神，尊老、敬老、爱老的品德修养，胜任专业学科教学的深厚功底，有较为丰富的教学经验。学校鼓励他们与学员赤诚相见，结为"知己"，既实行人文关爱式的管理，又坚持高标准的合理要求。这些教师中，有的在校任教多年，甚至与建校同龄，有的从在职兼课到退休专任，将这里作为自己人生旅途的归宿。教师们对老年学员情有独钟，关怀备至，领取微薄报酬，殚精竭虑地完成本职工作，不仅上好每一堂课，还承担编写教学大纲、制订教学计划、自编教材、参加教学成果展示、指导学员社团和服务社会活动等工作。

造就高素质的学员骨干队伍，是在学员工作中坚持党的群众路线，实行领导与群众相结合的工作方法的体现。这就要求管理人员和教师，牢固树立学员是学校主人公、自觉发挥学员主体作用、实行学员高度自治的理念，并贯彻到教学和一切工作中去。首先，全校建立学员委员会，各教学班建立班委会，作为学员管理自己和开展活动的组织，也是协助和监督学校工作，以及处理管理人员、教师与学员关系的有力形式。学委会和班委会成员占学员总数的10％以上，在学校工作和日常生活中处处、事事发挥着骨干、带头、模范作用。其次，在全校建立跨专业的文体组织和跨班级的专业研究会，按照"自愿参加、自行管理、自筹经费、自定计划和量力而行、坚持经常"的原则进行组织和活动。全校20多个学员社团，吸引和聚集了1000多名学员，也占学员总数的10％以上，这里涌现的尖子人物、优秀节目和其他成果，又成为校艺术团得以发展的深厚基础，为学员展示优异才华、实现自我价值、提高学校声誉提供了舞台。再次，学员经常开展服务社会活动，参加校内外、市内外乃至国内外的展览、展演、比赛、征文和创作活动，有的成为书法家协会、美术家协会、摄影家协会、作家协会等的会员，有的登上讲台担任专业教师，大器晚成，作为佼佼者为众多学员效法，发挥着更大的作用。

# 关于青岛市社区老年教育情况的调查报告

山东老年大学　郑维勇　李文清　巨玉霞

　　为认真落实中共中央政治局委员、中央组织部部长李源潮关于"办社区老年学校，也是一个好经验。老干部服务工作社区化，是实现"四就近"的重要途径"的重要指示，我们就新形势下如何发展社区老年教育、满足老年人受教育需求、解决老年人就近入学问题，于 2010 年 5 月中旬，对青岛市社区老年教育进行了调查，先后听取了中共青岛市委老干部局、青岛市老年大学协会负责同志关于青岛市社区老年教育的情况介绍，走访了青岛市黄岛开发区、胶南市、胶州市、城阳区、市北区和崂山区的有关街道办事处和居委会的老年学校，并先后召开了 11 次座谈会，同社区老年教育的负责同志进行了深入的交谈，了解了青岛市社区老年教育的基本情况，学到了丰富的经验。现将调查情况报告如下。

## 一、概况

　　青岛市面积 10 903 平方公里，辖 7 区 5 市。截至 2010 年 1 月，青岛市总人口 762.2 万，60 岁以上的老年人口 131.8 万，占总人口比例达 17.29%，全市老年学员共计 167 188 人，老年人口入学率达到 12.68%。全市共有 6461 个社区（村），已建立社区（村）级老年学校 2681 所，办学率达到 41.5%，招收学员 101 816 人，占全市老年学员总数的 60.89%，占老年教育群体的一半以上。全市社区共有校舍 241 916 平方米（包括自有、在建、租用校舍），工作人员 3076 人，教师 5575 人，班级共有 5576 个。每年财政拨款 558.6 万元，学费收入 6.36 万元（绝大多数社区老年学校是免费的）。全市共有图书馆和阅览室共 1816 个，藏书 279.73 万册。

　　青岛市社区老年教育呈现出以下特点：一是领导重视，社会支持；二是投入多，硬件好；三是管理规范，制度健全；四是起点高，影响大。

## 二、主要经验

### (一) 思路清，起点高

一是认识到位。青岛市及其所属 12 个区（市）的党委、政府充分认识到，发展老年教育势在必行，因而高度重视社区老年教育的发展。面对人口老龄化，老年群体以每年 3％的速度递增，青岛经济发展水平较高，社会养老保险已走在全国前列，"安其身"的待遇养老问题已经有了保障，"安其心"的文化养老、精神养老问题，则是摆在各级领导面前的重要课题。通过老年教育，为老年人提供汲取新知识和展现自我的平台，不仅是实现"老有所教、老有所学、老有所为"目标的重要举措，也是和谐社区建设和构建社会主义新农村的重要内容。通过老年教育，把社会主义精神文明传播到每家每户，不仅教育老年人一代人，而且影响家庭三代人的成长。在旧村改造和拆迁社区，通过老年教育，发挥老年人的中流砥柱作用，在房屋建筑、社区搬迁、解决纠纷、治安巡逻、爱护公共设施、环境卫生等方面，老年学员均发挥了关键作用。因此，各级领导部门十分重视老年教育的发展，各级老年学校校长也积极争取区（市）委、区（市）政府、老干部局等领导的支持。

二是指导思想明确。中共青岛市委老干部局和老年大学协会提出"横向到边、纵向到底"、实现社区老年学校"星罗棋布"的指导思想。以"亲情服务、和善教学、贴近老人、走进心里"的工作要求，深入基层，做好四个结合，即认识与参与相结合、普及与发展相结合、教学与管理相结合、场所与投入相结合，把社区老年教育办成大教育。青岛市老年大学具体指导各区市老年大学，积极呼吁乡镇和办事处基层老年学校的建立，真正实现老年大学场所的"星罗棋布"。2008 年，全市开展了基层老年学校规范化建设年活动，评选出 121 所基层规范化老年学校，并进行授牌表彰。2010 年，青岛市的老年大学每月召开一次调度会，形成例会制度，探讨解决基层老年教育发展中存在问题的办法。目前，青岛市各区（市）全部建立了老年大学，全市街道办事处（镇）老年学校办学率达到 100％，41.5％的行政村和社区也建立了老年学校，基本上形成了区（市）、街道（镇）、社区（村）四级办学网络和全方位、多层次、多渠道的办学格局。

三是机制比较健全。青岛市机构编制委员会办公室于 2004 年年底明确市老年大学工作人员参照公务员管理；胶州市政府将老干部工作列入乡镇干部考核指标；城阳区政府成立了老年教育领导小组，把老年教育工作列入重要议事日程。各级领导对社区老年教育的高度重视、明确的办学思路，有力地推动了社区老年教育坚持高规格、高起点办学格局的形成。

### （二）投入大，标准高

一是加大基础设施建设投入。随着老年人在社区经济建设中发挥着越来越重要的作用，青岛市各社区也越加重视老年教育工作，加大经费投入，完善基础设施建设，创建出一批硬件设施齐全、环境优美、教学条件一流的老年学校。黄岛开发区辛安街道办事处投资 1600 万元，建成校舍占地 30 亩，建筑面积 5400 平方米的老年学校。城阳区后田社区投资 2600 万元，建成了包括老年学校在内的 8600 多平方米的文化教育中心。

二是教学设备配备齐全。2010 年青岛市北区、崂山区、城阳区等 8 个区政府投资新建老年大学，不仅有电子琴、计算机、舞蹈等专用教室，还建有大型图书馆和阅览室，并拥有综合性大会议室及礼堂，建起集教学、办公、健身娱乐于一体的现代化大型场馆，硬件设施一流，多媒体等现代化教学手段一应俱全。

三是加大教学经费投入。青岛市各社区党委会和管理委员会认识到搞好社区老年教育硬件建设是老年教育发展的物质基础，逐年加大教学经费拨款力度。各区（市）党委、政府加大对社区老年教育资金的支持力度，支持老年学校教学改革、聘请名师、创建第二课堂、提升校园文化氛围。

### （三）工作实，质量高

一是领导班子精干。青岛各级老年学校配备了一支少而精、能干事、会干事的领导班子。青岛市老年大学以庄梓仕校长为首的领导班子，团结协作、改革创新、求真务实、勤政高效，一心扑在老年教育事业的发展上，对全市社区老年教育给予极大的关注和支持，并经常深入基层，对社区老年教育进行具体指导和帮助。各级区（市）、街道（镇）、社区（村）老年学校也配备了想干事、能干事、会干事、干成事的领导班子。各级领导班子忠于党的老年教育工作方针，以"替党和政府为老年人尽孝"和"让老年人为党和政府分忧"的姿态服务工作大局，以"用汗水擦亮牌子，用业绩树立形象"的精神干事、创业，热心老年教育事业，真抓实干、勇于开拓、无私奉献、同心同德，共创佳绩。

二是规范化管理，实行教育家治校，配强师资力量，管理规范化。各级老年大学聘请了教育局退休老教师协助治校，建立健全教师的选配、使用、考核制度，完善激励机制，实行优胜劣汰；制定教师考核办法，建立任课教师定期考核测评反馈制度，形成了教与学之间互动反馈的良性机制；注重档案管理，各学期教学计划、教学大纲、教案均备案在册。例如，胶南市和胶州市从卫生局、教育局等系统聘请优秀教师、行业精英前来执教；各区（市）老年大学每年开展"送教下乡"活动，帮扶部分镇、街道办事处和社区发展特色专业。黄岛开发区老年大学按照省老年大学协会的"聘名师、创名科、建名校"战略，采取"听课、评议、学习、奖励"等措施，提高教学水平，并邀请驻青岛开发区的中国石油大学（华东）、山东科技大学等六所高校在老年大学创建德育教育基地，实现资源共享，共建和谐校园。

三是课程设置注重实用有效。青岛市社区老年学校的课程设置结合当地实际，独具老龄特色。首先，注意将老年教育与传承历史文化相结合。胶东地区是大秧歌的发源地，因而老年学校大部分开设了胶州大秧歌班；黄岛的剪纸申报了国家非物质文化遗产，以此开班设课，传承民俗文化；此外，胶南的腰鼓、胶州的地方戏剧——茂腔都成为特色课程。其次，注意突出社区特点，将求知、求乐、求健和求富相结合。例如，胶北镇前屯村开设了果树栽培班，薛家岛街道的鱼鸣嘴社区、顾家岛社区老年学校结合当地实际，举办保险、科普、水产养殖、健身养生、家庭教育讲座，促使老年人掌握致富之道、长寿之道、育孙之道。再次，注意做到学用结合。围绕"学用结合"方针，在学科内容方面注重贴近并直接服务于老年人的生活，满足生活需要、健康需要、发展家庭需要。

### （四）机制新，方法活

一是积极争取企业、社会赞助。青岛市社区老年学校解放思想，实事求是，一改以往"等、靠、要"的办学思路，走出校园，服务社会，加强校企合作，扩大社会影响力。让全民关注老年教育事业，从而促进老年教育更好、更快地发展。例如，有的老年学校与银行合作，开展"金色年龄、快乐年华"大型演出活动，在广场、社区、工厂、军队等地巡回演出，获得好评，实现了银行与学校的双赢。社区老年教育通过办学与企业赞助、社会赞助相结合，不仅获得了良好的经济收益，而且获得了巨大的社会效益。

二是广泛开展文体活动。青岛市各社区老年学校积极组建文体活动队、合唱团等组织，深入开展群众喜闻乐见的文体活动，通过表演节目、文艺汇演和体育活动，活跃社区文化生活，促进了社区精神文明建设。开阔的办学思路和灵活的办学方法，加大了老年教育宣传力度，扩大了老年教育的社会影响。

三是积极开展公益活动。各级老年学校积极参加各种公益活动，展现老年人"老有所乐、老有所为"的风采。例如，胶州市开展老年教育亲情服务，参与为老年人服务的理发店、超市、书店等店铺都荣获一块"老年教育亲情服务之家"的牌匾，此举大大提高了企业的积极性，它们踊跃捐献，一家个人书店当场为老年学校捐书 2000 册。

## 三、存在的问题

第一，参照公务员管理和人员编制问题。青岛市已将老年大学列入参照公务员管理范围，但有的所属区、市落实得不够好，有缺职少编的情况，机构编制没有得到很好解决。

第二，老年大学机构规格问题。老年教育是公益性事业，省委、省政府十分重视，将山东老年大学定为正厅级单位。青岛市委、市政府参照省委、省政府的做法，将青岛市老年大学定为副厅级单位。按照此例，青岛市所属各区（市）级老年大学应为副处级或正科级单位，但我们在调查中发现有的区（市）并没有明确所属老年大学的规格。

第三，社区老年教育工作人员缺乏的问题。有的社区老年教育缺乏专人负责，特别是缺乏懂老年教育工作的专门人才，在一定程度上影响了社区老年教育的进一步发展。

## 四、几点建议

第一，推广青岛市社区老年教育经验，促进全省社区老年教育的发展。青岛市社区老年教育具有先进性、时代性和代表性，其丰富的办学经验和折射出的多姿多彩的精神文化，具有强大的说服力、感染力和号召力，是社区老年教育的先进典型。将青岛市的经验推广到全省，通过抓点带面、榜样引路、典型示范，将有效激励全省社区老年教育办学的积极性，可以辐射、带动全省社区老年教育事业深入发展。

第二，为老年教育工作提供良好的环境，搞好老年大学参照公务员管理工作。参照公务员管理将推动老年教育事业步入新的台阶，其有效的激励机制、竞争机制、保障机制、更新机制和监控机制，将大大提升老年学校的物质保障和社会地位，吸引优秀人才加入老年教育事业，解决目前老年学校理论研究少、普及面窄以及人才流失严重的难题，可以为老年大学干部职工提供广阔的发展空间，形成"进得来、出得去、长得高"的机制。

第三，政府应加大对老年教育的投入，将其列入财政预算，促进老年教育事业的蓬勃发展。老年教育事关党和人民群众的利益，是一项公益性的社会事业，各级政府有责任投资兴办。社区老年学校在和谐社会建设中发挥着越来越重要的影响力，是维护社会和谐稳定、促进当地经济发展的重要载体，是党的思想文化建设和精神文明建设的重要阵地。要通过社区老年教育，将基层市民、农民紧密团结在党组织周围，加强社会主义精神文明建设。同时，社区和村级老年学校是农村党支部、村委会联系村民的桥梁和纽带，让更多的农村老年人参与进来，提高素质、共享社会经济发展成果，实现社会和谐进步。老年教育事业的公益性，决定了党和政府有义务创办基层老年学校。《中华人民共和国老年人权益保障法》明确规定，老年人有继续受教育的权利；国家发展老年教育，鼓励社会办好各类老年学校。党和政府应坚持老年教育的公益性和普惠性。加大财政投入，创办基层老年学校，是党和政府的义务。政府应将老年教育经费列入财政预算，确保老年学校场所和日常教学活动的有效开展；建成覆盖城乡的老年教育服务体系，合理配置教育资源，向农村地区、贫困地区和民族地区倾斜，最终，在推进社会主义现代化建设的进程中，实现"老有所养、老有所医、老有所教、老有所学、老有所为"，维护社会和谐、安定、团结。

第四，从实际出发，因时、因地制宜，搞好基层老年教育的分类指导。基层老年教育应分类指导。由于各地经济、文化发展不平衡，城镇社区与农村社区的差异是客观存在的。部分城市社区经济发展快，人才荟萃，各行各业的专家、精英齐聚，在做好社区老年教育工作方面具有得天独厚的优势。而大部分的农村乡镇与落后社区，则经济发展滞后，教学人才和教材缺乏，发展老年教育存在诸多困难。地区发展的差异决定了社区老年教育要因时、因地制宜，分类指导，将普及与提高相结合。对发达社区与落后社区，老年学校的标准应当有所区别。农村乡镇更应注重老年教育的普及与大众化。要从基层实际出发，不能搞"一刀切"。同时，整合教育资源，实现农村和社区基层老年学校的合并与资源共享。在教学内容与课时方面，二者亦应有所区别。课时方面，由于农村社区老年人仍然担负着下田劳作、看养子孙等社会职能，因此不能强求，要灵活设课，在农忙季节可停课，农闲时节集中上课。

第五，大力发展远程老年教育，扩大社区老年教育的覆盖面。发展远程老年教育，可以满足老年人就近学习的需求，扩大老年教育覆盖面；可以有效解决师资力量薄弱、教材缺乏等问题。远程老年教育可以缓解老年人口增多与教育资源有限的矛盾。尤其是基层社区和农村老年学校，师资力量和教材的缺乏，是困扰其发展的瓶颈问题。远程老年教育是弥补缺陷、破解难题的良剂，可以降低教学成本，提高教育质量，扩大老年教育覆盖面，有力地推动学习型社会建设的进程。

# 以创新理念办好老年大学

北京东方妇女老年大学　王　萍　回春茹　贾秀忿

北京东方妇女老年大学是 2007 年 10 月，由北京市教育委员会批准成立、北京市民政局审批注册的一所老年大学，也是经北京市教育委员会考察验收之后，自 2009 年以来认定的一所民办非学历高等教育机构。第十届全国人大常委会副委员长、中国关心下一代工作委员会主任顾秀莲同志担任理事长、校长和法人代表。三年多来，学校遵循党的老年工作方针和《中华人民共和国民办教育促进法》及相关法律法规和政策规定，坚持以科学发展观为指导，创新理念，大胆探索，初步确立了适合自己发展的独特办学思路。

## 一、以科学研究为先导

早在 2006 年筹备北京东方妇女老年大学之初，顾秀莲校长就多次组织领导班子认真展开讨论：办什么样的老年大学？怎么办？大家认为，这是一个非常重要的问题，而答案只能通过科研去寻找。于是在 2006 年年底，我们抓住中国成人教育协会通知申报"十一五"重点科研课题的机会，迅速组织力量，及时递交了课题申报书。2007 年 4 月，中国成人教育协会批准了我们申报的"老龄社会与老年教育研究"课题立项。顾秀莲校长任课题负责人和全套科研成果（专著）主编，带领课题组集体攻关，终于在 2009 年 10 月完成了课题研究任务，公开出版了五本专著，包括《老龄社会与老年教育导论》、《中国老年教育的国际背景研究》、《多元化的中国老年教育》、《中国老年大学现状及发展趋势研究》、《中国老年教育发展战略研究》，通过课题研究，不仅聚集了一批老年教育的专家学者，为老年大学建立起了可靠的师资和科研队伍，而且研究所总结的古今中外的成功经验，为老年大学提供了办学思路方面的理论借鉴。学校领导班子和教师职工，从反复的研究探讨中深受启迪，大大开阔了视野。北京市教育委员会评估专家说，不希望仅仅是增加了一所老年大学，多招几个老年人，学学书法、唱唱歌，而是希望你们能更多地输出教育养老的理念；输出高层次的教材；输出北京特有的高水平师资与学术的实力。专家们的要求不仅增加了我们的社会责任感，也启发我们进一步明确对老年大学的定位。我们结合本校实际进行具体分析，认为目前我们还没有足够的校舍和办学设施，也没有理想中的规模和效益，但是，我们有社区的可靠基础，有首都北京的资源优势，有专家学者的关注与支持，有领导的亲切关怀，有国际合作的背景。所以，我们只要能够找到一条适合自己发展的路径，就可以扬长避短，充分发挥优势，创出自己的品牌。于是，我们确立了"立足社区、服务北京、面向全国、走向世界"，以远程教育为教学重点，以幸福养老为课程主线，追求"小平台、高起点、大服务、新思路"和"高品位、高质量、高效益"的办学指导思想。三年多来，我们遵循这一指导思想，积极办学，大胆探索，取得了可喜的成绩。在尝到了科研的甜头之后，我们进一步坚定了科研强校的信心，于 2009 年年底申报了第二批重点课题《老年远程教育研究》，该课题作为学校远程教育发展的探索与论证，将直接指导和推动远程教育的教学实践。与此同时，适应民办非学历高等教育机构办学性质和任务的需要，我们将通过与有关专门机构合作，加强对老年学科的研究，力争为老年学科建设，特别是为老年教育学的建立与发展，发挥应有的推动作用，并以此促进老年大学的发展。

## 二、以远程教育为重点

在科研过程中，受国际、国内先行者和成功者的启发，我们确定了以远程教育为重点、适当开办面授班的办学模式。在中国老龄教育事业发展基金会李宝库会长的大力支持与具体指导之下，我们很快找到了可靠的合作伙伴，与该会所属的北京东方银龄科技教育中心合作，共同创办了"东方银龄远程教育中心"，在他们已有的基础上加大投入，组建了 150 余人的老年教育专家团队，完成了"幸福养老"课程体系的设计与开发，并以其中 600 课时的课程在 300 所老年大学、老年公寓、老干部活动中心等涉老机构试用，取得了良好的效果与反响，受到广大老年朋友的普遍欢迎与充分肯定。学校在中国老年大学协会和中国老年学学会的指导与支持下，又迈出了关键性的一步。2009 年 3 月，全国敬老爱老助老主题教育活动组织委员会决定，"从 2009 年开始，利用三年左右的时间，实施东方银龄远程教育普及工程"（简称"银教工程"）。同年 8 月 15 日，由组委会主办、中国老龄教育事业发展基金会与北京东方妇女老年大学承办的"银教工程"研讨会在北京举行，顾秀莲和李宝库、闫青春等领导同志以及顾明远、邬沧萍、熊必俊等十几位著名专家出席会议并讲话。会议认为，"银教工程"是党和政府的德政工程，是广大老人的幸福工程，是和谐社会的奠基工程，是弘扬中华优秀文化、培育社会良好风尚的孝道工程，影响巨大、意义深远。教育不仅是立国之本、兴国之本，也是老年人的养老之本、幸福之本。树立教育养老新理念，推动老年远程教育健康发展，是化解老龄社会诸多矛盾，实现广大老人健康养老、积极养老、和谐养老、幸福养老，推动老龄化社会和谐发展的根本建设和重大措施。顾秀莲同志在总结讲话中强调，"银教工程"是一件利国利民的大好事，对于落实党的老年工作方针、促进老年人实现幸福养老，并继续为和谐社会出力、为子孙后代造福，具有十分重要的推动与促进作用。她希望社会各界和有识之士、有志之士、有才之士，深怀对祖国、对民族的责任感和使命感，积极投身于这一伟大工程，为敬老爱老助老主题教育活动再添光彩，为和谐社会建设和中华民族复兴再立新功。近一年多来，我们为促进实施这一伟大工程，做了多方面的工作：一是进一步充实课程内容、提高课件质量；二是以公益为主，将公益与市场结合，大力推广；三是制订配套教材编写计划，并着手组织编写教材。在 2010 年 5 月初举办的全国第三届企业家论坛期间，顾秀莲校长亲自出席捐赠仪式，我们向山东省青岛市捐赠了价值 500 万元的幸福养老系列课程课件。目前，我们的远程教育课件使用单位已达 800 多个，受益的老年人达 30 多万。我们希望在远程教育方面能够不断努力，做大做强，做出品牌。为了确保老年大学的生存与发展，顾秀莲校长建议申办基金会，经过两年的努力，2010 年 6 月终于有了结果。由国务院批准成立的"中国下一代教育基金会"，将把远程教育特别是"银教工程"作为集资捐助的主要项目之一，给予充分的关注与支持。这对该项工程的实施和远程教育的发展，将是一个强大的推动。我们的下一个目标，是在北京从社区做起，以捐赠为主，加大投入力度，建立覆盖城乡的老年人远程教育网点，让更多的老年人都能享受到远程教育带来的幸福和快乐。在重点发展远程教育的同时，我们陆续开办了计算机、手工、书画等短期培训班 20 多期，培训老年学员 600 多人，其中包括 80 岁以上的老将军 17 名。不少老年朋友从初级开始，一直学到高级，会制作软件，会自制相册，掌握了绘声绘影技术。

## 三、以幸福养老为主线

胡锦涛主席 2008 年元旦在天津看望老年人时发表重要讲话，指出："尊重老年人、关爱老年人、照顾老年人，是中华民族的优良传统，也是一个国家文明进步的标志。我们要大力弘扬中华民族尊老敬老的传统美德，给予老年人更多生活上的帮助和精神上的安慰，让所有老年人都能安享幸福的晚年。"深入学习理解胡主席讲话的精神实质，我们认识到，让所有老年人都能实现幸福养老，应该是我们所有老年大学的办学宗旨和课程体系主线。一切的教学活动与课程安排，都应该围绕幸福养老这个核心或这条主线。顾秀莲校长在给我们的远程教育工作报告的批示中，简明扼要地概括出帮助老年人"养身、养心、养神"的"三养"目标。为了实现这些目标，我们把课程体系划分为九个大的系列，并且定名为"幸福养老课程体系"，又称"1359"。意思是说，这套课程要以幸福养老为一条主线，贯穿始终；同时，要以养身、养心、养神三方面修养为三大支点；以健康教育、艺术教育、国学教育、生活教育、时政教育为主体的五个方面内容为五大框架；以幸福导航、养生宝典、疾病防治、兴趣天地、生活百科、老年维权、和谐家庭、奉献社会、时事纵横为九大系列；形成全方位、多层次、高水准的满足老年人教育需求的课程体系。在这个体系中，我们分门别类设计了3000课时的课程，现已开发出1582课时，2011年将全部完成。这些课程，有著名专家教授多年的研究成果，有基层单位老年工作者的长期积累和深刻的总结，有各方面成功人士的智慧结晶，也有老年人的切身感受和爱心传播⋯⋯可以说，凡是老年人需要的，凡是对老年人养身、养心、养神有益的，凡是可以帮助老年人实现幸福养老的，方方面面、不拘一格，尽量选来，丰富多彩，应有尽有。为了选好课程，选准课程，选精课程，我们深入调研，广泛收集，试听试讲，查阅讲义，征求意见，择优选用，几近挑剔。但我们认为，这是打造一个好的品牌所必需的。

## 四、以学科建设为平台

办好一所学校，应以学科建设为核心和龙头。学科是学校功能的承担者，学科建设是学校人才培养、科学研究和社会服务等各项工作的平台。北京东方妇女老年大学作为北京市教育委员会批准的民办非学历高等教育机构，应当按照高校的标准来规范办学、科学办学。我们在办学过程中也经常思考和讨论的一个问题，即我们的办学宗旨、办学特色，究竟靠什么来体现，我们的师资队伍建设、课程与教材体系建设等，究竟靠什么来强化？越来越趋于一致的一种认识就是学科建设应当是一个较好的平台。因为我们老年大学搞的是老年教育，老年教育要依据的是老年学理论，老年大学要学科立校，最应该发展的是老年教育学，老年教育学是老年学与教育学交叉交融的学科，而老年理论涉及经济学、社会学、心理学、教育学、法学等诸多学科。在目前还没有建立起老年教育学学科的条件下，我们既要积极推动老年教育学的建立和发展，又要以现有的相关学科为理论支撑，开发和设计我们的课程体系。我们深深感到，尽管我们的远程教育已有了所谓"1359"体系，但是，实际支撑这些课程的还应该是以老年学为代表的各相关学科。我们必须搭建好学科建设的平台，把各相关学科的专家学者请进来，在这个平台上讲学、交流、研发与创新，特别是要把老年学、教育学的专家请进来，建设起强大的师资队伍，开发出理论与实践相结合的老年教育课程。因此，我们认为，工作刚刚起步，问题还很多，需要改进和提高的地方还很多。但我们也面临一个好的发展契机。2010年7月参加在天津师范大学举办的"第六届中国老年学学科建设研讨会"，使我们大开眼界，深受启发。学术界的这些研究成果，正是我们老年大学非常需要的。我们非常渴望能为这些科研成果提供实践的载体，以远程教育大课堂为各位专家学者提供足够的讲台，可以系统地、适时地为全国的老年朋友授课，不断提高自己的科研水平。同时，这也可以使我们北京东方妇女老年大学的远程教育，乃至整个教学与科研工作，从根本上得以强化，真正成为老年学科建设的平台，为老年学科的发展、为老年教育事业的发展、为全国老年人实现幸福养老，贡献一份力量。我们这些想法在会上进行交流之后，受到了与会专家学者的一致肯定与欢迎，这也将成为我们今后工作的重点。

# 教学与课程

# 以人为本不断拓展多样化的教学活动

国家发展和改革委员会老年大学　刘宗旺

国家发展和改革委员会老干部大学，自 1986 年创办以来，在历届国家发展和改革委员会党组和领导的关心支持下，在离退休干部局强有力的领导和指导下，坚持以科学发展观为指导，全面落实党和国家关于办好老年大学的各项方针政策和要求，坚持"老有所为、身心健康、保持晚节、余热发光"的办学宗旨和"科学性、知识性、趣味性、实用性"紧密结合的教学方针，积极探索、注重创新，经过 24 年的不懈努力，做到了教学制度健全并不断完善、组织管理比较科学规范、教学设施适时更新，教学活动较好地适应了新时期老干部的精神文化生活需求，受到了老干部的喜爱，取得了可喜成果。

总结办学经验，我们得出的最大启示就是：坚持以人为本、不断拓展多样化的教学活动，是新时期办好中央国家机关老年大学的有效途径。

## 一、坚持以人为本、不断拓展多样化的教学活动，是对老年大学的客观要求

（1）坚持以人为本、不断拓展乐、为并重的多样化的教学活动，是社会发展、时代进步对老年大学的必然要求。随着我国经济社会的快速发展和改革开放的不断深化，离退休干部在思想观念、生活方式、社会活动呈现多样化的同时，精神文化需求的多层次、多样性日益突出。信息化的高度发达、传媒渠道的广泛便捷、社会文化活动的丰富多彩，使老同志接受教育、参加娱乐的方式和途径越来越多样。为此，老年大学原来那种按部就班、比较单调的教学方式，已不能满足老干部的需求。只有让教学活动适应社会发展要求，在多样化、增情趣、有所为上下工夫，才能增强对老干部的吸引力，让老年大学保持旺盛的生命力。

（2）坚持以人为本、不断拓展多样化的教学活动，是新时期老干部对老年大学的客观要求。时至今日，退休干部已经成为中央国家机关老年大学学

员的主体，他们经历了改革开放的洗礼、现代化建设的历练，视野开阔、思维活跃、情趣广泛，对老年教育的要求不仅各有偏爱，而且主要是愉悦身心。正如有的老同志所讲：说心里话，上老干部大学，就是找乐子来了。所以，老年大学的教学活动，只有适应老干部的这个特点，注重趣味性、增强新鲜感、促进学有所为，才能办出特色，让更多老干部主动走进老年大学的课堂。

（3）坚持以人为本、不断拓展多样化的教学活动，是党和国家对老年大学的一贯要求。党中央一再强调："老干部从工作岗位上退下来以后，第一位的任务是保持身心健康。"正是从这"第一位的任务"出发，这才要求老年大学必须"遵循'教、学、乐、为'相统一的原则"，"既突出政治性、思想性，也突出科学性、知识性、趣味性，教学活动要适合老同志的特点，有助于激发他们的学习兴趣"。这就明确地告诉我们，老年大学在把老同志的身心健康摆在首位的同时，只有不断拓展多样化的教学活动，才能把党和国家的要求落到实处。

## 二、坚持以人为本、不断拓展多样化的教学活动，是办好老年大学的有效途径

第一，坚持以人为本、不断拓展多样化的教学活动，较好地满足了老干部的精神文化需求，激发了他们的学习热情。

国家发展和改革委员会老干部大学坚持以科学发展观为指导，认真落实"教、学、乐、为"相统一的原则，既把老干部需求摆在首位，又注重使老同志的需求与时代精神相融合；既加强教学的情趣化，又坚持正确的政治方向，让老同志的乐、为展现时代风貌；既不断拓展多样化教学活动，又做到统筹兼顾、突出重点，确保整个教学活动全面、协调、健康发展。在教学内容和学科设置上，基本做到老干部想学什么，就创造条件开好什么课。在教学方式上，坚持常规重点教学和短期办班、集中培训、专题讲座等灵活教学相结合，既保证了正规化教学不断推进，也化解了多样化教学与教室有限等诸多矛盾，较好地满足了老干部的需求。

近年来，根据老干部的要求，常设学科先后开办了书法、绘画、音乐、英语、老年心理学、养生学、保健学、古典诗词、京戏等20多个学科。与此同时，开展了计算机知识和上网、摄影、养花、堆绣、布艺贴画、太极拳、健身操、民族舞、足疗、合理用药等近30项短期教学活动。同时，他们还在选聘教师上下工夫，保证了任课老师胜任教学需要。正因如此，无论是长设

班还是短期班，都受到老干部的喜爱。长学不厌、短训开心，让教学活动充满情趣和生气。

第二，坚持以人为本、不断拓展多样化的教学活动，提振了学员的精神风貌，为老干部大学注入了新活力。

国家发展和改革委员会老干部大学，在注重寓教于乐多样化的同时，更在学有所为上下工夫。他们认为，只有学习成果派上用处、放出光彩，让老干部有了学习成就感，才能乐得自信、乐得长远。为此，他们在教学中坚持趣味性和实用性紧密结合，让老干部学到的知识、技能，在完善自我、改善生活、促进社会和谐等方面发挥作用。例如，有的老干部学了保健知识后，带动家人保健，增进了全家健康。有的老干部还在社区宣传防病保健知识，成了小有名气的"大夫"。有的老干部学会了"堆绣"后，给党支部的老同志每人绣了一幅精美作品，在党支部为老同志过生日时作为贺礼送给老同志，老同志们很受感动，这也增强了党支部的凝聚力，她自己更是感受到了学有所为的快乐和精神上的无比充实。

老干部通过学计算机，在网上与国外的亲友聊天交流、查阅资料信息，真正融入了信息化的进程。2007年，老干部大学又开设了计算机室，让家中无条件上网的老干部也享受到了网络的时尚和快乐。学校积极为书画班学员搭建展示学习成果的平台。例如，每年都要结合党和国家的纪念庆典活动举办主题书画展；组织他们参加本委、北京市和全国各类书画展览和赛事，不少老同志获得了名次；创造条件，在活动中心为他们常年举办个人书画展；用他们的作品装饰活动室和办公室；成立了书画协会，让他们为委内外的老同志服务；北京奥运会前夕，组织他们为离退休干部局举办的"迎奥运、展风采、放风筝"活动中的所有风筝手绘奥运"福娃"，为他们增添了"参与奥运、奉献奥运"的激情和快乐。目前，有40多位书画班学员成为中国老年书画研究会的会员，他们学有所为的天地更广阔了，艺术品位不断提高。老同志们也把自己的作品送给亲友和国际友人，弘扬中华文化。正如他们自己所说，每一次创作和参展，都是艺术和思想境界的升华。

2009年，以庆祝建国60周年为主题，以各学科班汇报学习成果为题材自编自演节目为主，学校举办了一场庆"十一"大型联欢会，受到包括有关领导、嘉宾和老同志在内的400多名观众的一致好评。这场别开生面的演出让学员很受鼓舞，他们说：通过演出，我们用学习成果和新的精神风貌，为伟大祖国献上了一份特殊的生日祝福，太开心了。

为走向正规化，2008年老干部大学合唱团正式申请加入了中国合唱协会。学校在积极组织他们参加各种演出活动的同时，还组织他们观摩"北京民歌之友"合唱团排练、"京华之声"演唱会，与"心之声"合唱团联谊演出；2010 年还参加了第 17 届"京华之声"合唱比赛，获得优秀合唱团奖。组织京戏班多次参加月坛社区京戏票友演唱活动，到国家大剧院欣赏京剧名家演唱。每周的舞会、卡拉 OK 演唱会和定期比赛，让舞蹈、音乐班的学员有了更多的练舞之地。

教学活动的路子拓宽了，教、学、乐、为的结合紧密了，学员们不仅感受到老有所学的快乐、体验到学有所为带给他们的人生价值，而且极大地提升了终生学习、让先进文化常伴晚年的信心和情志。所以，不断拓展多样化的教学活动，使老干部大学真正成为老干部学习的校园、健康的乐园、温馨的家园和展现时代风貌的广阔天地。

第三，坚持以人为本，不断拓展多样化的教学活动，强化了老干部大学的教学功能和工作队伍建设。

不断开拓、创新适合新形势下老同志需求的教学方式，极大地锻炼了工作队伍。要摸准老同志的需求和弘扬时代精神，就要深入调查研究、不断总结；要确保多样化和正规化、常规化教学活动协调推进健康发展，就要科学规划、合理安排、适时调整、选聘好老师、推动工作创新、加强对外交流等。这就有力地促进了学习实践科学发展观活动的深入开展，提升了工作队伍的整体素质，增强了对老年教育的使命感、责任感。工作队伍综合能力的提升和老干部大学教学功能的强化，为进一步适应新形势、办好老干部大学，奠定了坚实的基础。

# 浅谈老年大学摄影课的教学方法

交通运输部机关老年大学　郑巍然

为交通运输部机关老年大学担任了三年的摄影课任课教师，我体会很深。老年教育不同于一般教育的教学方法，主要是在寓教于乐中让老年人体会老有所乐、老有所为。回顾三年的老年教学工作，我在深刻领会老年大学办学宗旨的同时，不断探讨、总结，寻找规律，积累了一些经验，有些体会和感受在这里和大家分享。

## 一、尊重学员为先　服务教学为本

老年大学的学员，基本都是离退休的老干部，年龄大多在五六十岁以上，有的已年近八旬。他们为中国革命、社会主义建设奉献了大半生，有过各种荣誉和成就，有的还担任过领导职务，他们是国家的宝贵财富。从工作岗位上退下来，他们不甘寂寞，来到老年大学学习，追求老有所学，享受老有所为，体验老有所乐，这种精神难能可贵，值得年轻人学习。尊重学员是老年大学教师必备的素质，与他们相比，教师的专长只是"闻道有先后，术业有专攻"。作为教师，要将尊重摆在首位，有了尊重，在教学中才能把自己的专业知识、技能、技巧不厌其烦地传授给各位学员。把学员当做亲人一般对待，才能得到学员的认可和支持，才能形成和谐的师生关系，才能将知识有效地传授，从而收到良好的教学效果。

随着老龄化社会的到来，老年人的生活越来越受到关注，如何让老年人有一个幸福的晚年，感到老有所用？老年大学将是老年人走出家门、找到自信的良好途径。作为老年大学的教师，他应该具有为老年人服务的责任感和荣誉感，尽心尽责地搞好老年大学的教学工作，为老年教育这个朝阳事业做出贡献。

## 二、注重培养兴趣　实现寓教于乐

教育家陶行知先生说过"兴趣是最好的老师"。就摄影课来讲，为培养学员的学习兴趣我们做了三个方面的工作。首先，现有的摄影教材不适于老年人学习和理解。为了便于老年大学的授课，我们翻阅各种资料，寻找有关题材，配合样片，编发讲义，同时把学习和实践有效结合，尽量做到寓教于乐，让学员将每周的摄影课当成享受，轻轻松松、高高兴兴地学技能，感受学习的乐趣。其次，积极组织学员参加摄影比赛，有些学员获得了奖项，如作品《黄山云雾》，一举摘得 2008 年首届全国老年摄影大赛一等奖，在为学校赢得荣誉的同时也激发了学员的兴趣，带动了学员的学习热情。最后，教学中针对老年学员的特点，添加了如何用自拍照片进行家居装饰的有关课程，通过对照片选题、色彩、构成和摄影技巧的解读，以及照片的装帧与室内装饰风格的融合，将各自学到的摄影技巧应用到实际生活中，从而提高了学员的审美观念，增添了生活乐趣，扩大了交流话题，让学员产生了学以致用的成就感。激发兴趣式的教学方法，也促进了老年大学的教学工作，为老年教育探索出了新的教学模式。

## 三、表扬鼓励为主　谨慎给予评价

"老小孩"是人们通常比喻老年人的习惯用词。上了些年纪的人，性格就像孩子一样，喜欢表扬鼓励、不甘落后。教学中笔者总结出一个经验，尽量不批评，哪怕是善意的也尽可能注意用词得当。老同志有过光辉的经历和耀眼的光环，自尊心很强，采取鼓励为主，赞扬他们的悟性、视角，采纳他们的意见、建议，用特有的方法保护每一位学员的学习热情和学习态度，是极为重要的。现在不少学员已成为学习的"积极分子"，摄影艺术的爱好者。

## 四、虚心听取意见　积极改进教学

不管作了多么充分的准备，每节课都很难满足所有学员的口味和要求。老年大学的学员，来自于不同单位，经历和阅历不尽相同，因此，广泛听取学员的意见，及时发现问题、改进教学，使教学具有针对性是十分必要的。首先，每次课后，我会主动征求管理人员、学员对教学的意见和建议，对教学方法进行探讨，对教学内容作适当调整，做到发现问题及时解决，尽量做到让到课的学员满意。其次，针对老年人视力差、动作慢的特点，我把现场书写改为编发讲义，虽然工作量增加了很多，但是解决了老年人看不清、记不全的现实问题，避免了跟不上教学进度而产生的畏难情绪。最后，老年大学教育不同于正规学校教育，学员的知识结构参差不齐，授课的深、浅、难、易程度很难把握，因此，我总结出几全齐美的方法——采取放样片、讲优劣、教方法、说构图，多管齐下，方方面面、不厌其烦，满足不同层次学员的需求，在教学中取得了一定成效。

## 五、实习各有途径　效果一样精彩

学习摄影不是一蹴而就的，更不能纸上谈兵，要用实践来体现所学的知识和技巧，而实践少不了外出，然而在老年大学，外出是一件十分令人担心的事，学员年龄普遍偏大，安全成为一种责任。外出怕有危险，但不实践又看不到成果。面对这种矛盾，首先采取让学员在室内拍静物的教学模式。春天拍花卉、夏天拍蔬菜、秋天拍金鱼、冬天拍蝈蝈，所有道具，全部由学员自己解决，收到了意想不到的效果。其次，鼓励那些身体好、有精力的学员自发采风，我尽可能给予一定时间的指导和帮助，教一些在大自然中拍摄的特殊技法，以加强对景物的理解和感悟，用相机描绘每个人面前的不同风景。

人生有涯，教艺无边。作为教师，个人教学方法各有所长，但是师德一定要做到极致。这就需要在实践中不断总结经验，不断更新知识结构，不断地坚持学习，适应新形势，寻找新方法，解决新问题，要以万变应不变，这不变的就是师德。时代在进步、事物在发展、知识要更新，作为教师，只有加强自身修养，不断提高教学水平，发挥专业优势，才能在老年教育这一朝阳事业中尽职尽责，才能将老年教育工作做得尽善尽美。

# 老年英语教学的初步探索

工业和信息化部电子老年大学　廉宏详

老年教育的宗旨就是让老年人生活得丰富、充实、快乐，英语班也是遵从这个宗旨，根据老年人的需求与特点开办的。从 2006 年办班至 2010 年，已近五年了。以下，我就五年来教授老年英语的一点点粗浅的感受与大家作一些交流。

由于学员们都是六七十岁的老人（还有 80 多岁的），教学必须针对老年人的特点，根据老年人的需求教学。老年人学英语是为了能交流，因为一些老人儿女在国外，需要经常出国探亲，或是去国外旅游，而不是像学生一样为了应付考试和寻找工作，所以教老年人学英语与教学生及青年人学英语有很大的不同，无论是教学内容还是教学方法上都完全不一样。

首先，要根据老年人的特点，因人施教。由于生理原因，老年人记忆力差，理解力差，手、眼、脑、嘴反应都慢，所以讲课重点要写在黑板上，等抄完再反复练习，直到他们基本掌握。前边的没学会，不要急于进行下面的内容。

其次，要想方设法引导他们敢于开口说英语。教师要充当导演的角色，而不能只唱独角戏。要让每一位同学当演员，要使每一个人开口说，克服哑巴英语的倾向。要鼓励他们将情景对话上台表演，这样他们有成就感，有兴趣学，课堂气氛就更活跃，大家也就更自然，学得更快。

最后，要像弹琴一样，由浅入深，循序渐进。学音乐在开始时，乐理知道得少些也没关系，只要能弹出一支曲子即可。同样，学英语初始，语法知道得少些不要紧，见到外国人能说话、能处理生活中的实际问题即可，如介绍、问路、购物、就餐、约朋友等，这些日常对话能随口而说就可以了。

以下总结出几点体会和大家交流探讨。

第一，快乐教学法。首先教师要快乐，上课时一定要面带笑容，热情洋溢地面对学员。要寓教于乐，老年人上学除了要得到知识以外，还有一个更重要的目的，就是寻求快乐，过一个快乐而充实的晚年，所以不能让老人觉得上课苦和累，而要让他们感到快乐、轻松，在快乐轻松中学到实用的知识。比如，课堂上穿插着教他们一些英文歌曲，这样既学了英语，也很快乐，课堂气氛更活跃，并且能在学校举办的活动中演出。还可以讲一些与教学有关的小笑话，鼓励老人们学英语的信心。

第二，图表法。老人的形象思维比逻辑思维好。如教数字时，从1到1万，用表格找出规律，在课堂上只用两个小时学员就全部会说了。更大的数字用三位一分的办法，也能让学员很快掌握。

第三，形象教学。用实物，如教时间时用一个大钟表，指路时用一个玩具熊前后左右转动指出方向。

第四，对比法。把易混淆或者音同意不同的词语进行对比分辨清楚。例如：

| | |
|---|---|
| forget 忘记 | forgive 宽恕 |
| concert 音乐会 | cancer 癌 |
| beer 啤酒 | bear 熊 |
| snake 蛇 | snack 小吃 |
| son 儿子 | sun 太阳 |

第五，归纳法。同类的词一起记忆，合成词分别记忆。例如：

| | |
|---|---|
| weigh | 称 |
| weight | 重量 |
| overweigh | 超重 |

再配合例句，加深理解。例如：

Let me weigh it. 让我称一下它。

It's overweight. 它超重了。

用这个方法记忆合成词，也能同时记住几个词，如 handbag（手袋）是由 hand（手）和 bag（袋）组合成的。

第六，表演法。学习的目的是为了交流，把学到的句子编成情景对话，或让学员上讲台表演学过的对话课文，这都令大家很感兴趣，并且带来了道具。在召开联谊会时，我们就出一些小节目，有英文歌曲小合唱，有情景对话。北京奥运会期间，我们还义务给外国朋友指路，也将其作为节目在校庆10周年庆祝会上表演，效果很好。

第七，将单词放在句子中讲。一个英语单词有很多含义，在每一个句子中含义不同。例如，sign 的招牌、签名两个含义相差甚远。

See that sign? That's the Bank of China.

看见那块大牌子了吗？那是中国银行。

Could you sign here please, Mr. Slinn?

斯林先生，请在这儿签个名，好吗？

第八，将句子放在文章中讲。只有将句子放在文章中讲，才能根据上下文的意思，弄懂这个句子的意思。例如：

I miss you. 我想你（miss 为想念）。

You won't miss it. 你会找到的（你不会错过的）（miss 为错过）。

finish with 这个词组在不同的上下文中有不同的意思。

I'm just finishing with gentlman. 我马上就给这位先生理完发了。

finish 是结束，后面加上 with（为、和），表示把……结束，一般来说，with 后面应该加一个某项工作，例如：

I'm finishing with this work. 我正在结束这项工作。

I'm finishing with my lessons. 我正好要做完功课了。

而本句中，根据上下文情景，例文中 with 后面跟了 this gentleman，表示结束为他干的活，就是快给他理完发了。但一般情况下，没有上下文，with 后面不要加人，而要加某项工作。因为 finish with 加人表示与某人断绝关系的意思。因此，即使您是在替自己的丈夫或夫人理发，也千万别说"I'm finishing with my husband（wife）"，那就成了"我跟我丈夫（妻子）吹了"。可见，学英语句子还真要小心，必须放在具体情境去理解。

第九，将语法放在句子中讲。讲语法要结合句子讲，因为语法往往是令人头疼的，如果只是单调地把一个语法现象系统地大讲特讲，学习者就会失去兴趣，要在讲一个句子时，把语法贯穿其中。等到学员积累了很多句子的语法时再系统归纳，会令人感到不那么生疏，而变得有系统了。比如，我在讲疑问句构成时，就是在讲完市民英语 300 句和陈琳英语 300 句之后才开始系统讲解的，并且全部应用 300 句中学过的句子作为例句。这样学员听起来句子不陌生，可以集中精力理解各种疑问句的构成规律，我把各种疑问句构成规律写成公式，反过来再用这个普遍的构成规律去造一些新句子，反复几次，学员记忆深刻，且可活用。

第十，单词不好记，可以讲一些小窍门。例如，记词冠词尾的小窍门，蠕虫是 worm，在黑板上画二条虫⌣和⌢，那么蠕虫不就是 w or m 了吗，很快就能记住。Summer Palace（颐和园），直译就是夏天的宫殿，慈禧太后就是夏天去颐和园这座宫殿避暑的。Great Wall（长城），直译就是伟大的墙，这样一想就记住了。look after（照顾），讲这个词组时，可以说你在照顾小孩子时，不是要跟在他后面看着他吗？

第十一，抓两头，带中间。老年大学和一般大学不同，一个班的同学基础水平相差很远。如班上有教授、总工程师、局长，有的原来就会英语，而且水平不低，但也有从零点起飞的。讲得深、讲得浅效果都不好。那么怎样才能使两头不流失呢？那就是用不同深度的知识抓住两头，既让初学者不感到像乘飞机一样晕，也不使较高水平的人觉得乏味，而是让他们感到一次不来听课都有很多损失，所以我每次讲课都讲一些书上暂未讲到的新知识点。如果学员没来上课，下次课一定会来问上节课是否补充了新内容。他们生怕错过了一些书上没有的新内容，所以本班出勤率很高。但对初学者，我也不会让他们感到太难，觉得跟不上，经常鼓励他们："只要你会表达这句话就行了。"对不同水平的人有不同的要求，因材施教，吸住两头，带动中间。所以我的英语班坚持五年了，并曾一度教室座位都坐不下而不得不分成两个班。

第十二，给老年人讲课必须坚持四个字"深入浅出"。其实，做到这一点，主要是对教师的要求，教师备课要充分，理解要透彻，要精益求精。深入浅出的讲课风格一定是在精益求精的基础上才能做到的。

第十三，不断实践，与"小外教"对话。我的外孙们自小生长在美国，当他们两次回国看我时，我抓住他们说英语口音纯正的特点，在暑假期间，组织过两次实践课，让他们与学员练习对话，让学员们感受一些外国小孩是怎样说英语的，他们的口音、语调、发音等如何，大家收获很大。

以上就是我在五年的老年教学中的一点体会，其实也不只是英语，不管什么课，只要是给老年人讲课，这些原则应该都是适用的。

最后谈谈教学效果。五年我共讲了六本书：《北京人英语100句》、《市民英语300句》（三本）、《陈琳英语300句》、《老年出国英语》。学员们确实也能学到不少英语知识，从字母学起到现在，每个人都能在讲台上对话，而且是一个较长的情景，带着感情和语调讲得头头是道，还懂了不少语法知识。我还经常训练大家的听力，一般对话大家都能听懂，还能回答。有一名学员叫邵慧文，女儿在美国，他经常去美国，并在美国买了汽车，最近还通过了美国的驾照考试。他不止一次地告诉我："要不是参加了这个英语班，我在美国绝对拿不下驾照来，因为我得听懂考官的英文指令，才能通过考试。比如考官让我左拐右拐，换一条路等指令，我都能听懂。"还有个学员叫门树慧，去美国时，一般标示都能看懂，还知道哪个店是两元店，哪个店星期几打折。总之，学了英语之后，学员收获不小，可以说效果显著。

我将再接再厉，为老年人的快乐生活而努力，为把老年大学办得越来越好贡献力量。

# 以人为本　循环教学

## ——老年大学计算机课堂教学模式之探析

水利部黄河水利委员会黄河老年大学　于剑平　展　彤　耿自礼

老年大学同所有办学机构一样，都是给受教者提供的获取知识的宽阔平台。但是老年大学的学员却是一个特殊群体——由离退休的中老年朋友组成。正是这个与众不同的特点，决定了老年大学的教学过程更应贯穿以人为本、因人施教、因需施教的理念。以计算机专业课程为例，基本不能按照正规院校传统的授课方式方法施教，只能寻找一些适合中老年朋友的有效教学模式，才能很好地达到预期效果。

在几年的老年大学教学实践中，我们遵循辩证唯物主义思想"任何活动的谋略应该侧重对其思想论与方法论的研讨，应该注重其思想论与方法论的统一"，本着以人为本、以学员为主体的原则，全面考虑学员的实际状况，逐步摸索出了嵌套式循环教学模式。

所谓嵌套式循环教学，简单地说就是每节课由复习-讲授-交流三部分组成小循环，每节课讲授的内容又会在下节课和下学期前几节课中复习而形成的大循环，小循环包含在大循环中。如此循环嵌套，重复操练交流，从而形成的一套与"忘性"对抗的教学模式（图1）。

计算机嵌套式循环教学模式是针对学员的特点而设计产生的。老年大学学员的年龄基本上在55岁以上，最大的超过80岁。他们的特点是什么呢？根据人体自然发展的生理现象，老人的生理机能逐渐衰退，生理代谢、器官功能都在发生变化，大脑的控制调节能力降低、注意力减退、记忆力下降、动作反应也变缓慢；而且，随着身体功能的变化，心理也在逐渐改变，喜欢安静、惧怕孤独、不耐寂寞。但是同时，他们历经风雨、阅历丰富、理解力强、领悟力高、宽厚而大度。鉴于这些特点，我们认为老人课堂教学应重掌握、轻进度，一次内容不宜多，而且节节应有复习、堂堂应有交流，由此设计出含有小循环与大循环、小循环嵌套在大循环中的教学模式。小循环即每

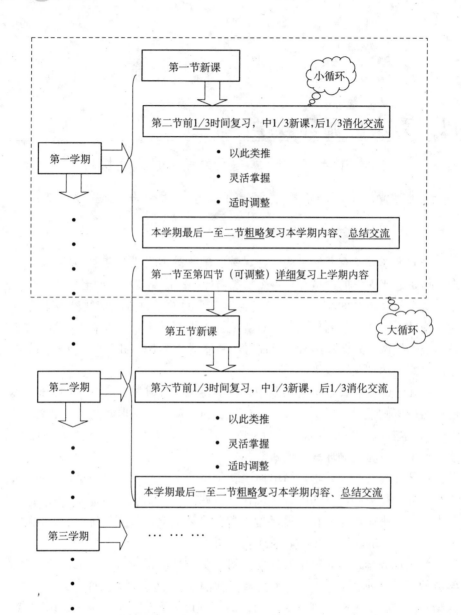

**图 1　嵌套式循环教学**

节课都和上节课有重复内容，每节课都分成三个单元：复习重复、讲授新课和消化交流，三个单元各占等份时间。其中，复习重复环节，就是利用复习上节课内容来与遗忘作斗争，这一环节可以是教师带领复习，也可以是从学员中产生出的辅导教师带领复习；讲授新课环节，就是更新内容；消化交流环节，就是对当堂新课内容的探讨掌握过程。这一环节可以是学员和教师的交流，也可以是学员和学员的交流，还可以是学员自己与自己的交流，在交流中掌握知识、在交流中增强记忆。大循环即在小循环的基础上，每一学期末留出必要的课时供大家交流经验、方法，畅谈感想、体会，提出意见、建议；每一新学期开始的前几节课也都要再详细复习上一学期的内容，不过大循环的复习与交流绝非简单的重复，而是起着画龙点睛、加强重点的作用。经过这样的反复循环，学员在逐步强化中充分地掌握了所学内容。

实施嵌套式循环教学模式，达到令学员满意，还要求做好以下几方面工作。

首先，教员应充分了解老年人的生理、心理特点，理解尊重老人，欣赏珍爱老人，热爱老年教育，工作上任劳任怨、踏踏实实、出于本心、出于崇敬、出于奉献。态度要认真、细致、耐心、周到。语言要通俗易懂、由浅入深、举一反三，特别是操作步骤应详细讲、反复讲，一遍一遍、不厌其烦，必要时要手把手地教。还应允许老同志课堂上有问题随时直接提问，或直接提出某内容重讲一遍，等等。在教学中不断听取老同志的意见和要求，解决他们学习中遇到的困难，在业余时间还可对个别老同志进行辅导。

其次，教学方式要依照学员学习计算机的目的和用途来确定。老年人学习计算机的目的不是为了求职，不是为了考试过关、职称晋升，也不是工作压力，而在于兴趣、爱好、生活当中的应用、同他人交流、充实精神生活，以此实现过去想做但没有时间或没有条件去做的事情。因此，不应采取传统理论学习的方式，不要过于强调知识的理论性和连贯性，更不必了解深奥的理论。他们的学习重在实用，所以要选取适合老年人循序渐进的教学方式，急用先学、有的放矢、学用结合，使老人轻松愉快、兴致盎然、越学越爱学。

再次，必须采用适合老年人的教材或自编教材。教材应满足三个特点。第一，突出实用性。教材应删繁就简，贯穿任务驱动，从具体问题入手，一步一步地介绍怎样去实现一个任务，步骤越清晰越详细越好；不求高深，只求实用，真正起到"备忘录"的作用。第二，强调针对性。教材应有详有略，重点突出。对软件中常用的功能要详解，越详细越好，不太常用的则可点到为止。第三，增强易读性。教材应言简意赅，通俗精练，图文并茂，一看就懂，一试就会，方便自学。

最后，要特别重视复习和交流环节。复习环节可以由教员带领，但最好由辅导老师带领。辅导老师来自于学员，是从学员中脱颖而出的，他们不仅基础好、肯用功、学得快，而且综合能力强，更重要的是他们乐于为大家服务，乐于为大家奉献。辅导老师先学后教，虽然比其他学员更辛苦，但在这个过程中不仅促进自己去掌握知识而且锻炼了自己，同时还给大家起了示范作用，证明老年人既能学会学好也能教好计算机。由辅导老师带领复习，体会可能更深，效果可能更好。而交流环节则可以不拘一格，畅所欲言，任何方式方法都可以。交流实际上也是一个互帮互学的过程，不仅促进掌握，增强记忆，更增进友谊。这两个环节真正体现出学员的主体性、师生和学员间的互动性从而形成活跃、轻松、和谐、愉快的学习氛围，极大地激发了学员学习的积极性和主动性，提升了学习效果，也给学员提供了一个充分展示自我的平台。

实践证明，嵌套式循环教学模式是老年大学计算机课堂教学的一个可行方案，既能提高老年人的学习能力又能激发老年人的学习兴趣，既促进老年人掌握知识，又增进老年人间的友谊，而且有利于老年人身心健康，也让老人们切身感受到老有所学、老有所乐。

以人为本、循环教学，助老人学计算机；任重道远、风光明媚，前景无限好。

# 互动式教与学浅论

文化部老年大学教务处

当前，互动式教学已成为老年大学课堂教学的一种趋势。所谓互动式教学，就是通过营造多边互动的教学环境，在教学双方平等交流探讨的过程中，不同观点碰撞交融，进而激发教学双方的主动性和探索性，达到提高教学效果目的的一种教学方式。

## 一、优选互动节点

"问题"是教学互动得以开展的条件和基础。确保互动式教学的实施，要求教师课前必须依据学员的培养方案和课程标准，立足教学内容精心设计互动问题。一是"动"在教学热点上。选择大部分学员熟悉，最好是热点、关注度比较高的问题进行互动，这有利于学员大胆提出自己的观点。如果问题生僻、学员不熟悉，互动就可能开展不起来。一些持续时间较长的课程（如声乐、计算机课），还可以提前告诉学员热点互动问题，让学员预先有所准备。二是"动"在教学重点上。教学重难点关乎学员素质能力的生成。教师必须吃透教学计划和教材，把握重点、难点，使选择的互动问题具有重要价值，同时采用多种教学手段激发不同层次学员的兴趣，使学员在思维的碰撞中生成知识，培养分析和解决问题的能力。三是"动"在教学疑点上。"疑是思之始，学之端"，思维是从疑问和惊奇开始的。爱因斯坦指出："提出一个问题，往往比解决一个问题更重要。"所以，教学中应抓住学员容易生疑的知识点设计互动问题。对于疑点，学员往往比较敏感，围绕疑点问题开展互动，可以激发学员的探索欲望，换来学员心态的开放和创造力的激活。

## 二、凸显学员主体

让学员的主体地位在课堂上得到落实和凸显，既是互动式教学的内在要求，也是学员能力发展的需要。只有让学员真正成为课堂的主人、学习的主人，互动式教学才能有效开展。必须营造民主氛围。互动式教学是一种民主、自由、平等、开放式的教学。"双向互动"之所以能够形成，要具备三个条件，即必须经由教师和学员的能动机制、学员的求知内在机制和师生的搭配机制共同作用。这从根本上取决于教师与学员的主动性、积极性、创造性，以及教师教学观念的转变。所以，营造民主的课堂氛围，建立和谐、平等的师生关系，是开展互动式教学的基本前提和条件。必须突出多边互动。教学过程是一个全息的过程，要促使每个学员和教师共同积极参与其中，而绝不能只局限于教师与个别优秀学员之间的活动。对于不主动发言的学员，教师可以采取"抛绣球"的方式，触动其思考回答问题，也可点名回答。只有呈现互动教学的全员性、广泛性，才能实现教学互动，向更深更广的方向拓展，使全体学员的能力得到培养和锻炼。必须鼓励学员探索。德国教育家第斯多惠指出：一个坏的教员奉送真理，一个好的教员则教人发现真理。在教学中，教师要留给学员"空白地带"，让学员去质疑、解疑。思维是从疑问和惊奇开始的，推动互动式教学，必须改变传统的观念，确立学员的疑问意识。同时，应尊重学员的提问，鼓励学员积极大胆提问，鼓励学员从不同角度、不同侧面、用不同方法解决问题，从而引起学员多角度的心理兴奋。

## 三、活用互动方式

互动式教学方法多种多样，也各有特点，教师需要根据教学内容、教学对象、教学特点灵活运用。一是主题探讨式互动。主题是互动教学的"导火线"，围绕主题展开教学双方互动，有利于达到教学目的。其方法一般是：抛出主题—提出主题中的问题—思考讨论问题—寻找答案—归纳总结。这种方法主题明确，条理清楚，探讨深入，能充分调动学员的积极性、创造性。但缺点是组织难度大，学员所提问题的深度和广度具有不可控制性，往往会影响教学进程。二是归纳问题式互动。就是课前针对教学目的、教学重点难点问题，归纳互动问题。教学开始时，教师向学员抛出问题，学员广泛思辨、争论，最后达到了解熟悉所学内容的目的，同时开阔思路。这种方法，能充分调动学员的积极性、创造性，但要求教师必须充分备课。三是精选案例式互动。运用多媒体等手法呈现精选个案，请学员利用已有知识尝试提出解决方案，勘校正误，设置悬念，然后抓住重点、热点作深入分析，最后上升为理论知识。一般程序是：案例解说—尝试解决—设置悬念—理论学习—剖析方案。这种方法直观具体、生动形象、环环相扣、对错分明，让学员印象深刻，使课堂气氛活跃。缺点是理论性学习不够系统深刻，典型个案选择难度较大，课堂知识容量较小。四是多维思辨式互动。把现有定论和解决问题的经验方法提供给学员，让学员指出优劣加以完善，还可以有意设置正反两方，在争论中寻找最优答案。一般方法是：解说原理—分析优劣—发展理论。这种方法使课堂气氛热烈，学员分析问题深刻，自由度较大，但要求教师必须充分掌握学员基础知识和理论水平，并对新情况、新问题、新思路具有较高的分析把握能力。

综上所述，学海无涯，探索无限，面对丰富多彩的老年教育环境和老同志们矢志不渝追寻文化知识的梦想，我们理当坚定不移地承担起老年教育这一朝阳事业的责任，为老年教育发展谱写新的篇章。

# 对教学全过程的质量监控和评估

中国科学院老年大学西安光学精密机械研究所分校　关志俊

教学全过程的质量问题，是老年大学发展的核心，是推动老年教育事业不断创新、发展的保证，是规范化教学发展的必然趋势。质量是老年大学的生命，没有质量就没有发展。为有力地推动老年教育事业健康、快速、科学的发展，现就教学全过程的质量问题谈以下几点体会。

## 一、每学期开学前首先做好各专业任课教师的课前培训和政治思想工作

各专业任课教师是我们教学工作的主导。教学全过程的质量问题，直接影响到学校的生存和发展。因此，教师的思想政治工作是我们教学管理工作的重要内容。

老年大学的教学方法不同于全日制的中小学和大专院校，其教学对象主要是中老年人，退休前多数从事行政管理工作、科研工作、教育工作等。他们社会阅历广泛，实践经验丰富，来老年大学学习的主要目的是扩展知识、陶冶情操、增进健康，使晚年生活过得更加充实、富有情趣。目前，在老年大学老年教师因年龄、身体等原因能任教的越来越少，而中青年教师偏多，他们多是为了在老年大学找一份兼职，为谋生而来。对于这部分教师，我们一定要做好上岗前的思想政治工作。要求教师不但要有较好的专业知识和教学经验，还要有耐心、爱心和奉献精神，摆正师生关系。在教学过程中，突出学员主体地位，在课堂教学中强调师生互动，讲练结合，重视学员学习能力的提高。教师始终以一种平等、信任、真诚合作的态度对待学员，不断根据中老年人的特点和实际情况，总结经验、改进教学方法，调整教学计划，有效地提高教学质量。

## 二、各专业班必须有本学期的教学内容和教学计划

当前，老年大学在全国比较普及，就西安市而言，有陕西省老年大学、西北军区老战士大学、西安老年大学三所总校及各总校下的几十所分校，遍及西安各区县、街道办，学员可任意择校，选择专业。因而，每学期制订好各专业班的教学计划和教学内容十分必要，这是学员择校、选专业的重要依据，它直接影响到学校的生源以及本专业在本学期能否开班。因此，教学计划的安排既要结合专业特色，又要符合实际，还要满足学员需求，并在实践中不断根据多数学员的合理要求，随时调整教学计划和课程内容，体现学校和本专业课的特色，从而吸引更多的学员参与本专业课的学习。同时，这还能促使教师认真备课，编好教案，促使广大学员认真学习，为提前做好课前的预习工作提供了良好的条件。

## 三、书画专业班（含山水和工笔画专业）每学期安排1～2次电化 教学课程

当前，社会各专业课教师很多，风格特长各异，加上中央电视台和各地方电视台专业讲座也较多，学校根据教师和广大学员反映，采购了部分名家讲学光盘，安排部分电化教学课程和大家共同学习交流，丰富了教学内容，使大家既欣赏到了各位名家的风采，也增加了新知识，扩大了知识面，提高了教学质量，更为学校减轻了教师课时费的部分经济负担。

## 四、充分发挥班干部和积极分子的骨干作用，丰富第二、第三课堂教学

各专业班干部是学校的骨干力量，又是教师和学员之间以及教师、学员和学校之间的连心桥。学校应当积极发现和培养那些有爱心、有耐心、不计个人得失，热爱社会工作、有奉献精神的同志担任班干部工作，热心为教师和广大学员服务。他们除做好课前课后的各项服务工作之外，还热心为学员购买教材、复印讲义，组织课外写生、参观学习等，丰富了第二、第三课堂教学。这既活跃了班级的政治文化生活，又团结凝聚了广大学员，促进了与教师和学校的相互了解，增强了信任，为创建和谐文明的教学班级打下了良好的基础。

## 五、充分发挥书画协会的主导、骨干作用

学校的书画协会成立于 2005 年，2006 年又成立了陕西省书画学会西安光学精密机械研究所分会。两会成员主要以学校书画专业班的老学员为主，每年还吸收一些书画班的新学员参加，学校提供场地，每月活动一次，以相互学习交流为主。我们将不定期的每年联系安排 2～3 次书画届名人来校讲学并现场展示。除此之外，每年安排 1～2 次大型笔会，特邀社会名人、兄弟分校骨干、尖子学员和两会会员及教师共同交流学习。以上这些活动全由学校组织实施，对外开放，除本校广大师生全部免费参与外，学员中的亲朋好友及社会爱好者均可自愿参加。这两会的成立，使很多老学员离开专业班后又重新回到了学校，终生不离开学校，晚年生活有了新的依靠。

尤其是通过笔会活动，大家既开阔了眼界，又提高了艺术创作能力和水平，从而也为学校留下不少名人字画，进一步提高了学校的知名度，影响、带动了学校其他学科的发展。

## 六、学校各级领导成员每周不定期插班到各专业班旁听形成制度

随着老年教育事业的深入发展，教学规模的不断扩大。新学员越来越多，广大学员对学习新知识的渴望、需求以及对学校各项管理工作的要求越来越高，在教学过程中不时会暴露出这样或那样的矛盾和问题。学校各级领导不定期地到各专业班插班听课，和教师、广大学员广泛接触，有利于全面了解情况，发现问题，现场协调解决，不拖拉，同时也促进教师认真教学备课，不敷衍了事，草率从事。

学校曾有个别班，学生对教师的教学方法有意见，与教师发生了争执和对立；还曾有两个班，由于年轻教师经验不足，加之学员提意见方法不当，教师感到很委屈，中断了上课，后在学校协调做工作后，才恢复了上课。我们通过插班听课，帮助教师和学员调整教学计划，化解矛盾，得到了教师和广大学员的充分理解和好评。他们普遍反映："学校领导到班听课，是对我们的关心和爱护，一下子拉近了我们和学校的距离，感到非常亲切。"

## 七、各专业班在每学年末，根据各专业课特点，安排形式多样的总结、教学成果展示汇报会很有必要

每学年末是广大学员收获的时期，各专业课教师经过一个学年的辛勤劳动，需要了解广大学员的学习收获，以及对今后教学计划的要求、想法、思路，共同研究探讨，同时也是学校对各专业班学习成果的一次大检阅。这有利于进一步听取广大学员的反映和要求，从而更好地调整教学计划，提高教学质量。

近年来，学校除每学期每个班在教学计划最后安排一次总结展示活动以外，每年还采取不同形式安排1～2次书画、摄影、手工制作大联展；按声乐、乐器、模特、舞蹈等不同专业开展文化周展示和全校总结、表彰联欢会，采取多种形式，尽可能让全校各专业班有更多的学员参与其中。而且，我们将活动所展示的全部内容尽可能上网发布，以调动全校师生的积极性和参与学校学习的热情，创造积极奋进、和谐文明的校园环境和氛围，也进一步提高了学校的知名度，起到了事半功倍的效果。

## 八、充分发挥网络平台作用，促进教学工作全面发展

目前，西安各老年大学的发展还不够平衡，就教学管理工作而言，西安有些学校离办公自动化要求还相差较远，连办公用的基本载体——计算机、打印机、复印机等设备都没有，或者很少有，满足不了教学管理要求。学校自2003年在研究所网站建立"老年大学夕阳无限"栏目以来，利用这个平台，宣传党的各项教育方针政策，报道每个学期的专业课程设置和教学计划安排，不定期地宣传报道各专业课教师和广大学员中涌现出的好人好事。每学期期末我们尽可能将各专业班教师和学员的期末教学成果展示出来（联欢、汇报演出），并把学校阳光艺术团等参加社会公益演出活动的剧照全部上网发布，调动和鼓励广大学员及教师的积极性，鼓励他们为老年教育事业的发展多作贡献。

老年教育是一项朝阳事业，我们对它未来的发展充满信心。我们将不断创造条件，在老年教育工作不断改革、发展、创新、超越的过程中，更新观念、加大投入力度，加快教学手段的开发、研究与运用，促使老年教育事业在教学手段方面得到跨越式的发展，为把我国老年教育事业推向一个新的历史发展阶段做出新的贡献。

# 天津市老年人大学的教学管理

天津市老年人大学　任宝洋　邱香玲

天津市老年人大学自 1985 年创立，经过 25 年的探索、发展，已经建成天津市著名的老年大学和全国一流综合性老年大学。它知名度高，被中国老年大学协会会长张文范誉为中国老年教育的创新典范；它深受老年人欢迎，在校学员从初创时的 500 多人发展到 2010 年的 14 000 多人。究其原因，很重要的一点是教学管理好、教学质量高。据对 3000 名学员的抽样调查，学员对学校管理的满意度高达 99%。

## 一、特点

老年大学教学管理的特点是由老年大学教学管理的普遍性和特殊性决定的。

### （一）老年大学教学管理的普遍性

我们认为，老年大学是面向老年人的、非学历的教育学校，而不同于一般的社会教育活动和文化体育活动。学校的普遍性决定了老年大学教学管理与普通大中小学教学管理的共性。

这主要表现在：①老年大学是学校，是培养人的场所；②老年大学教育是以课堂教学为基本形式的教育；③教学是老年大学的中心工作，其他一切工作都是为教学服务的。

### （二）老年大学教学管理的特殊性

老年大学教学管理的特殊性又决定了老年大学教学管理的个性特征，主要表现在以下方面。

（1）教学对象的差异性。老年大学教学的对象是老年人，他们是教学的主体。但是这一主体却与大中小学的主体完全不同。一是年龄差异大，从 50

岁左右到 90 岁左右的都有，以 2009 年统计为例，50％是 48～60 岁的，35％是 61～70 岁的，15％是 70 岁以上的（以下均为 2009 年统计数字）。二是成分差异大，工人、农民、知识分子、干部都有。三是文化水平差异大，大学以上学历的占 59％，高中、中专学历的占 30％，初中学历的占 11％；此外，个人阅历、职务职称、性格特征、身体条件、生理心理状态、专业素质等也有很大差异。四是新老学员的差异，全校学员中 83％是老学员，新学员仅占 17％，还有不少是反复学习一个专业的学员。这就要求在教学管理中必须适应老年人的生理心理、性格特征、素质素养等差别很大的特点。

（2）学习动机和目的多元性。老年大学学员中大部分是离退休老年人，但也有一部分是在职或离岗人员，后者占到了 10％。即使是离退休人员，其学习动机和目的也呈多元性，据问卷调查分析，为了丰富知识、学习技能、提高素质的虽然占到了 47.05％，但也有 16.57％是为了身体健康，11.53％为了文化娱乐，5.68％为了补偿缺憾，还有 6.34％就是为了休闲。即使是同一位老年人，他的关注点或兴趣爱好在数年甚至十余年的学习过程中也会不断变化。因此，老年人在老年大学学习中所表现出的需求的多元性，正是其学习动机和目的的多元性的客观反映。这就要求教学管理必须统筹兼顾老年人的多种需求，才能令其有较高的满意度。

（3）专业学科设置的广泛性。老年大学的专业学科设置，远比中小学多，甚至不比一所综合性的大学少。这是由老年人学习需求的多元性决定的。学校 1985 年初创时仅设置有 6 个专业学科，而随着需求的变化，如今已经逐步达到 150 多个，有传统的有现代的，如传统相机摄影和计算机、数码相机摄影；有民俗的有高雅的，如泥塑、布雕和插花；有民族的有世界的，如中医健身、京剧和瑜伽、模特，国画和西画；有静的有动的，如文学、历史、地理和音乐、舞蹈；有基础的有高层次的，如入门、基础和研修、创作。而不同专业学科的要求会有很大不同。即使这样，还有不少专业学科满足不了老年人的需求，诸如计算机、摄影、钢琴、中医、烹饪等专业报名入学难的状况已经持续了多年。而且专业的调整也是经常的事，比如前几年学服装剪裁、钩编，这几年又不热了，也许过几年又会热起来，就要及时进行专业调整。这种情况就要求在教学管理中特别注意适应专业学科的特点。

（4）教师队伍结构的复杂性。教师的职责是传道授业解惑，在教学过程中起主导作用，是决策者、组织者和领导者，办好老年大学与办好其他类型学校一样，必须有一支教书育人、为人师表的教师队伍。然而，老年大学的教师队伍却与其他类型学校的教师队伍完全不同。天津市老年人大学的教师队伍，主要由外聘人员组成，来自大专院校、普通中学的所占比例较大，还有部分是来自于文化艺术团体和行业技术的能人、社会名人等，他们基本上没有给老年人上过课。而且，老年大学的教师流动性也比较大，比如，本校20年以前的教师如今仅占3%，10年前的仅占10%，72%是近5年聘任的。这种情况就使得教学管理中对"教"的管理有一定的难度。

（5）教学组织形式的多样性。老年大学的教学组织形式，包括教学过程中教学活动的组织、时间和空间的有效控制和利用等与大中小学也不同，呈多样性结构。比如，老年大学的课堂教学，除必须考虑到老年人生理心理的特殊性、兼顾老年人的差异性之外，还必须正确处理知识性、技能性、实践性和趣味性的关系。比如，在专业课堂教学之外，还应适当安排第二课堂活动，使二者相辅相成。此外，还应组织各种形式的展示活动和服务社会活动（也叫第三课堂）。比如，除专业课堂教学之外，还要组织公共课活动，使二者有机结合。这就使得教学管理中对教学组织的管理远比普通大中小学复杂得多。

### （三）老年大学教学管理的基本特点

从以上对老年大学教学管理的普遍性和特殊性的分析可以看出，老年大学教学管理具有两个特点：

（1）必须遵循学校教育的一般规律。老年大学是以教学为中心工作的教育学校，老年大学教学管理也如同大中小学一样是老年大学非常重要的中心工作，直接关系着教学秩序的稳定，关系着教学质量的高低和教学效果的好坏，关系着是否能开学、能上课甚至能否开好学、上好课。从这个意义上说，它与大中小学相同，而不同于文化体育等娱乐性质的活动。

（2）应当探寻老年大学教学管理特有的规律性。老年教育这种以老年人为教育对象的、非学历的、属于终身教育体系最后阶段的学校教育，又由于教育对象、教育内容、教学目的要求等与大中小学完全不同，其教学管理必然与大中小学教学管理不相同，必须按照老年教育这种特殊教育的规律来办事。因此，老年大学教学管理必须遵循教育的一般规律，但更主要的是要在教学实践上探索和创新，并在实践经验总结的基础上找准其特有的规律性，走出老年大学教学管理的新路子。

## 二、做法

正是基于上述认识，25年来，学校在教学管理方面，不断探索，不断总结，不断改进，创新出一系列具有本校特点的做法，形成了独具特色的教学管理体系和管理机制。这主要有以下几个方面。

## （一）始终把规范化建设作为教学管理的重中之重

首先，将完善专业课程设置作为规范教学管理的前提。因为，只有确定了专业课程设置，才谈得上招生、开班、教学，也才会有教学管理。学校重视专业课程的设置。在设置的规范性上，无论是新设专业还是调整专业，都要根据学校的办学宗旨、目标，从满足老年人多方面的需求出发，按照思想性摆在首位，有利于老年人老有所学、老有所乐、老有所为，凸显本校特色以及与时俱进的原则进行。特别是对新开专业，都要建立在调查研究论证的基础上，有的还通过短期班试验、在学员专业学会征求意见后再决定是否开设。对于具有本校特色的专业学科，如中医药、钢琴、计算机、外籍教师英语和日语专业，给予特别关注，加大指导、扶持力度，比如，钢琴专业已由2002年的1个班扩大到2010年的8个班，中医药专业由1~2个班扩大到36个班。与此相联系的学制、层次也逐渐趋于规范。总之，专业课程设置的规范化为教学管理的规范化创造了前提条件。

其次，将完善招生制度和学籍管理作为规范教学管理的基础。在招生方面，逐步细化了招生对象的年龄、身体条件、学习基础等规定，完善了按老学员在本部报名、老学员报外部专业和新学员报名"三步走"的招生程序，规范了招生简章、报名登记表，制作了教师简介，并按照招生计划以及专业学科班容量等进行招生。在学籍管理方面，逐步规范了学员登记和统计制度、学员证制度、结业制度和退学制度等。所有这些，不但使得所设专业学科和班级一开始就比较规范，而且在动态管理中也能做到井然有序。

再次，将完善教学大纲作为规范教学管理的依据。从制定本校统一的教学大纲抓起，作为规范教学内容、教材选择和编写，以及教学评估的依据和标准。重视教学大纲的编制，是在教学管理实践中逐步认识到的。学校建校初期，各方面不够正规，教学的随意性较大，授课内容因教师的学识、专长乃至习惯而定，有很大的自由度。这种情况严重影响着教学质量，学员不满意，教学管理也很难实施。因此，自20世纪90年代中期起，学校各科教学课程开始要求拟定专业介绍和教学计划。在此基础上，21世纪初，学校把制定各专业、学科、班级、层次统一规格的教学大纲列入重要议事日程。到2002年1月出台了首个教学大纲（试用本）。经过贯彻执行，在积累经验的基础上于2004年出版了《天津市老年人大学教学大纲汇编》，汇集了自2000

年以来开设的所有专业、门类、学科、层次、班级的，涵盖 33 个专业、90 个学科、200 多个教学班的大纲。之后每年还及时编写新增专业教学大纲。2008 年又按照"百尺竿头更进一步"的要求，通过发动师生员工对专业学科、学制的大讨论，编制了《天津市老年人大学教学大纲（修订本）》，涵盖了 2000 年以来学校开设过的所有专业学科及其教学层次，共 217 个，分 40 大类，152 个专业学科，以及基础、提高、研修各个教学层次。每个学科的教学大纲均包括教学目的要求、学制与教材、教学内容和课时安排、教学方法和手段等。这个教学大纲由此成为本校教师编写班级教学计划的依据，学校教学评估、教材编写的依据，教学管理的依据，实现规范化课堂教学和提高教学质量的依据。

### （二）始终把对教学的基本要求作为教学管理的核心内容

教学管理的根本目的在于保证教学秩序，保证教学质量，因此教学管理应当对教学提出规范性要求。学校在教学管理中，对教学不断提出规范性的新要求，并将其作为教学管理的核心内容常抓不懈。

2003 年年初，在教学过程管理中，经过实践，学校研究确认，为规范课堂教学过程中教师的教学行为，提出了"四统一"和"四环节"两项要求。"四统一"教学要求，即教学大纲与教学计划相统一、教学计划与教学内容相统一、教学内容与教学进度相统一、教学进度与学员作业相统一。"四环节"教学要求，即课堂教学实行复习旧课或评讲作业、讲授新课、教师示范、布置课后作业四个环节，丝丝入扣，相互衔接。总结、倡导、实行"四统一"和"四环节"，是数年来本校加强教学全过程和主要环节规范化管理的重要举措，也是在老年大学中独树一帜的重头做法。"四统一"、"四环节"，对大中小学来说可能是不言自行、习以为常的，但对老年大学课堂教学来说，提出来加以规范、要求，则是很重要的。这一要求，适宜老年大学教学内容的传授，适宜老年人群的学习特点，适宜老年大学教师全部是兼职的特殊情况，有利于加强教师备课和课堂教授的统一和规范，有利于学员掌握所学知识、技能，有利于师生之间的沟通和磨合，有利于提高教学质量，也有利于进行课堂教学管理，有利于教学检查、检验。实践证明，"四统一"、"四环节"符合老年大学课堂教学规律，因此，得到了师生的普遍认同。

2007 年年初，为进一步深入贯彻"四统一"、"四环节"的要求，大面积提高教育教学质量，促进教学的改革与创新，学校提出按"一堂好课标准"组织教学，要求做到教学准备充分、教学内容准确、教学方法得当、教学效果显著，并有计划、有重点地开展。把它作为本校加强教学全过程和主要环节规范化管理的重要举措，也是在老年大学中独树一帜的重头做法。"一堂好课标准"的提出，是本校办学思想的体现。

近两三年来，在"一堂好课标准"提出和贯彻的基础上，学校又提出了教学再上新水平的要求，动员全校师生员工关注各门课程课堂教学的质量，激励教师高质量地上好每一堂课，堂堂上好课，在此基础上打造精品课、名牌课，培育名牌专业学科、名牌教学部，使本校办学特色尽显，切实实现老年大学从能开学、能上课到开好学、上好课的飞跃。这一工作首先在中医保健部、音乐部、计算机部先行一步，已初获成果。

### （三）始终把过程管理作为教学管理体系的中心环节

教学管理包括目标管理、质量管理、制度管理、过程管理等，而前三者的管理实际上都要在过程管理中体现出来。所以，学校在教学管理工作中始终把教学过程管理摆在教学管理的中心环节，举全校之力抓好。在教学过程管理中，建立了主管校长、主管部门、教学部、班主任和学委会齐抓共管的组织体系，采取了一系列管理措施和要求，并且把这些管理措施和要求固定下来，形成制度，全校从上到下始终抓住不放，并经过多年实践总结了经验，形成了制度。

（1）坚持做好招生和注册、学员基本情况统计分析、班委会的建立等工作，确保各个教学班都能开好学、上好课。

（2）坚持制订和实施教学大纲、教学计划，要求教师在开学前必须按照教学大纲制订教学计划，没有教学计划的不能上课。

（3）坚持做好开学初一周稳定教学秩序工作，强调缩短师生磨合期和提高学员出勤率。

（4）坚持班主任、部主任、教务处和校领导三个层次听课制度，及时解决学员对教学反映强烈的问题，指导新教师适应老年大学教学教好课，总结讲课效果好的教师的教学经验。

（5）坚持通过教学反馈推动教学水平不断提高。一方面，通过教学日志和期中教学检查、期末教学总结，记载教学情况和学员满意程度，征询对教学的意见；另一方面，通过组织教师说课、试讲和作公开课、观摩课，通过搭建动类专业如歌舞、器乐、戏曲展示平台和静类如书画、摄影、手工艺等展览平台组织学员汇报学习成果，进行评教评学。

（6）每年配合期中检查，由教务处和学委会召开部分教学班的学员座谈会，听取对教师教学的意见和建议，同时一年进行一次学员学习方法交流，一年召开一次教师座谈会，虚心听取师生意见、建议，不断改进教学工作。

（7）坚持考勤和单科结业制度，单科结业要求学员出勤率必须达到总学时的80%以上，同时交验必要的学习成果，由学员申请、班主任审核，学校发给结业证书。

总之，从开学到单科结业的整个教学过程中，都有管理措施和要求，保证了教学管理到位、严谨、科学、有效。

### （四）始终重视对教师的管理和调动其积极性

老年大学教学与大中小学一样，学员是教学的主体，教师起主导作用，因此教学管理很重要的一环是对教师的管理，特别是对教师教学的管理。

学校一贯重视对教师的管理。首先，从聘任开始就注意选聘热爱老年教育事业，博学善教、治学严谨，以身作则、为人师表的教师到老年大学来任教；其次，制定《教师职责规定》、《教师管理工作规程》和《课堂教学评估标准》，规定了教师的责任、教学行为规范、课堂常规和教学评估的若干具体要求，并按照要求对教师教学进行督促、检查。

学校还按照尊师重教、感情留人、事业留人的原则，多方面调动教师教学和参与教学管理的积极性，包括：鼓励教师协同教务处、教学部编写和选用授课教材；提倡在教学部内部同一专业中成立教研组，开展教学改革、教学研究、经验交流、观摩教学等活动；在政治上关心，如评选先进、授予荣誉称号，在生活上关怀，如逐年提高兼课费标准，节假日对教师进行慰问，使教师的身心感到温暖，受到鼓舞，全心全意投入到老年教育事业中来。

此外，适当引入激励机制，激励教师做好本职工作、教好学员，按照所教学员人数、教学效果、教学层次的不同，适当拉开兼课费标准，等等。

### （五）始终重视班主任、班委会在班级管理中的作用

老年大学教学的主要形式是以班级为单位的课堂教学，因此教学管理的基础是班级管理，班级管理的任务是学习管理、思想管理和活动管理。承担班级管理任务的主要是教师、班主任、班委会。所以，学校在教学管理中十分重视班主任和班委会在班级管理中的作用。

建立班主任制度是学校办学的一个优势和显著特点，在全部工作人员中班主任占到1/2以上，而且处室工作人员也适当兼做班主任工作。要求班主任跟班听课，充分调动学员学习的积极性，协助教师搞好课堂教学，组织指

导班委会开展各种活动，等等。在工作中，班主任要把管理与服务紧密结合起来，牢固树立服务意识，以关心、爱心、耐心、诚心、细心等"五心"为教学服务、为教师服务、为学员服务。

学校各个教学班都要建立班委会，每年在学员入学后一个月内组建完成。班委会成员名额，一般在本班学员的 10% 左右。班委会按照《学员守则》、《课堂管理规定》、《教师管理规定》、《第二课堂组织管理办法》实行自治管理，在教学管理上主要做好以下工作：按照教学大纲和教学计划的要求，协助教师组织好课堂教学，做好考勤统计，维护课堂秩序；组织学员开展互助活动，开展第二课堂活动；搞好教室及环境卫生，保持室内设施安全整洁；反映学员的合理化建议、意见和要求；协助学校及时妥善处理学员突发伤病事故；创建和谐文明班集体，等等。

## 三、体会

学校以上教学管理的成功做法证明，我们基本上遵循了老年大学教学管理的基本规律，总结起来有以下几点体会。

（1）必须以规范化为教学管理的重点。这是学校从能开学、能上课到开好学、上好课跃升的关键所在。没有规范化建设，老年大学不可能发展到今天，也不可能始终受到老年人的欢迎。规范化管理任何时候都不能丢。

（2）必须以过程管理为教学管理的中心。这是保证教学管理中各种举措包括目标管理、制度管理、质量管理等到位和有效的基本途径。注重过程管理，是学校教学管理的一个特色，很多经验性的东西也正是在重视过程管理的实践总结出来的。在这一方面，今后应该进一步加强，也应该探索更多的方式、方法。

（3）必须以调动多方面积极性为教学管理的推手。这是保证教学管理的决策、措施到位的根本保证。这是由老年大学的特殊性决定的。

（4）必须以全面提高教学水平和教学质量为教学管理的目的。这既是教学管理的出发点也是教学管理的落脚点，是衡量、检验教学管理好坏的唯一标准。

# 老年大学师资管理刍议

山东老年大学　郑维勇　巨玉霞

我国老年大学的创建始于 1983 年山东老年大学的成立，此后老年教育办学实践如火如荼。目前，山东省共建有老年大学（学校）8320 所，较去年同期增长 6.8%；在校学员 598 907 人，较去年同期增长 8.6%。[①] 规模日益庞大的老年教育群体，对当前的教育教学管理提出了严峻的挑战，尤其是师资队伍管理，是教学质量的生命线，亦是学校办学成功与否的关键。笔者基于校本部研究的视角，着重探讨山东老年大学的师资建设与管理状况，以就教于大家。

## 一、山东老年大学师资概况

山东老年大学创立于 1983 年，开创了新中国老年教育的先河，经历了开创起步、探索推进、发展提高这些重要阶段，已成为一所学科门类齐全的综合性老年大学。教务处为教学管理部门，下设教研部及四个教学部，分别是音乐部、书画部、运动保健部和培训部，此外还设有同学会和艺术培训学院。学校现开设 12 个专业，90 多门课程，276 个教学班，教师 101 人，在校学员达 7900 多人次。学校任课教师主要由聘请自大专院校、科研单位、文体部门的教授、专家担任。16 位教学部主任均为有教学管理经验者，现有的 101 位教师具有高级职称者 37 人，占教师总人数的 36.6%，中级职称者 64 人。

## 二、师资管理特色

山东老年大学走过 27 载风风雨雨，形成规模办学，又经过几代校长励精图治，积淀了丰富的教学管理经验，形成了自己的办学特色。

---

① 数据统计资料来源于《山东老年教育工作通讯》2010 年第 1 期。

1. 实施聘名师、创名科、建名校战略

近年来，老年教育事业蓬勃发展。但是老年教育发展走向及发展战略尚无明晰规划，而山东老年大学在战略发展方面高瞻远瞩，自 2009 年陶克校长就任伊始，就从战略高度上确定了山东老年大学的发展基调：聘名师、创名科、建名校，主动发展、超常规发展，扩大办学规模，规范教学管理。思想是行动的先导，"聘名师、创名科、建名校"战略的提出，将提升山东老年大学的核心竞争力，对老年教育发展具有长远性和全局性的指导意义。

老年教育以影响老年人身心发展为教育目的，因此要遵循教育教学规律，以教学为中心，以提高教学质量为关键。但由于老年教育事业处于前规范化时期，日常教学活动呈现松散的、自治教学管理模式。笔者在实际调研中也发现，个别地方的老年大学只有一间活动室，虽挂牌而无实际教学。部分城市的老年大学教学活动场所受到较大限制，有的只有一座教学楼，学校规模、专业等受到局限，对于老年教育事业及本校发展尚无明确规划。山东老年大学，在战略发展方面无疑走在了全省前列，历经 27 年的发展，形成规模办学，配套硬件设施完备，运用现代化教学手段，日常教学活动规范。在此基础上，山东老年大学注重内涵式发展，提升软实力，在战略发展上迈出了前进的步伐。

2. 师资力量雄厚，规范化管理

学校在师资队伍建设方面实施了以下措施。第一，按照德艺双馨标准，选聘业务水平高、品行优异的专业教师。学校名人辈出，师资力量雄厚。以书画部为例，聘请的 26 位老教授中，有 8 位国家一级美术师和高级画师，均有多项作品获奖，其中周璟教授发明的"双面画"获得国家专利，被收入英国《世界专利索引》，并获得当时美国国务卿希拉里的高度赞扬。第二，建立教师档案，发展反思性教学，促进教师专业化成长。教师档案不仅包括教师个人基本资料，还将教学计划、教学记录纳入，此外，通过教学档案建设可以促进教师对教学活动进行自我反思与自我评估，将教师的思考落实到教学活动中。第三，创建后备教师资源库，补不时之需。在日常教学活动中，若有老教师由于身体或其他状况无法按时到课时，及时补救，确保正常教学秩序。第四，实施规范化管理。山东老年大学实行教育家治校，配备强大的师资力量。教学部选聘具有多年教育经验的老教师协助管理，建立健全教师的选配、使用、考核制度，完善激励机制，实行优胜劣汰。注重档案管理，各学期教学计划、教学大纲、教案均备案在册。

### 3. 教师具有奉献精神，校风淳朴，形成强大的凝聚力

山东老年大学积淀了一批长期从事老年教育事业、具有奉献精神的教师，他们十几年如一日，视校如家，师生感情深厚，尊师爱生，校风淳朴。老年大学以退休教授、教师为主，他们严谨治教、诲人不倦的作风得到延续；作为非功利性教育者，他们寻求自我价值的实现，兢兢业业、无私相授，乐于奉献、感动学员。教书育人与素质教育在老年大学中得到了很好的体现。学员进入老年大学，丰富晚年生活、感受人生乐趣，而且在群体中找回自我、振奋精神、发挥余热，求学热情高涨。学校乐观向上、积极进取的精神风貌，感染了大批教师、学员。淳朴的教风、学风形成强大凝聚力。

学校遵循"充实老有所养的内涵，补充老有所医的知识，提高老有所乐的情趣，增进老有所为的能力"的教学目的。雄厚的师资力量、别具特色的师资管理，主要基于以下三个原因。

第一，老年大学的独特性与学员群体的特殊性，自然选择保留了优秀教师。老年人不同于中小学生，其非功利性学习，完全按照自己的兴趣爱好自由选择专业与教师，一旦教学满足不了他们的需求，就不再参加该课程的学习。因此，能力强、经验丰富、业务水平高，为老年学员佩服者，才会受到学员的青睐。老年学员对教师的自由选择性、学员不满 20 人者不得开课施教的学校规定，自然淘汰了部分教师，保留了优秀教师。

第二，社会进步及学校规模的扩大，学员文化层次的提高，对教师选聘提出了更高要求。老年大学创办之初，学员主要以离退休老干部为主，他们属于高级干部和高级知识分子，文化水平高。随着学校规模的扩大，社会退休职工占学员总数的比例逐步提高，但大学及以上学历者也随之提高，2009年大学学历者达到 2546 人，占当年学员总人数的 45.86%。老年学员本身文化层次高、阅历丰富、博学多才，因而选聘学有专长、技艺水平高超的优秀教师成为老年大学的核心任务。

第三，山东老年大学的特殊地位也为规范化管理奠定了基础。山东老年大学地处山东省会——济南，同城办学者亦有市老年大学、区老年大学，以及街道办事处、社区老年大学。省级老年大学的品牌吸引了全城的优秀教师。因此，山东老年大学严把教师招聘入口，聘请省内知名教师，积累丰厚的师资力量，实施规范化管理，发挥省级中心示范校作用，辐射、带动区县老年大学发展，指导下级老年学校教学工作的开展。此外，山东老年大学遵循课程错位开发的原则，坚持开设专业性强、品味档次高的课程，区别于街道办事处和社区老年学校娱乐类、健身休闲类课程，以避免同城竞争，挤压社区

学校生源。

## 三、存在的问题

山东老年大学从 1983 年创立发展至今，教育事业总体而言还相对薄弱。虽然山东老年大学已经着手进行改革，但依然存在一系列问题。

1. 尚无专职编制教师

教师是教学质量的生命线，稳定的师资队伍是促进教学水平提高的基本保障。但目前老年教育尚未列入政府议事日程或年度财政预算，因而与普通教育相比，教学经费匮乏，尚无正式教师编制。因此，只能实行教师聘任制。

这对老年大学的长远发展提出了严峻挑战。首先，部分教师不仅在本校而且在校外兼课，分散精力，对教学质量产生了一定影响，易导致教学水平的滑坡。其次，教师没有归属感，个别教师责任心不强，迟到、早退现象时有发生。再次，兼职教师的后续聘任具有较大变动性，导致师资队伍的不稳定性和教学管理工作的非连续性，无法整合学校各教学部的优质资源，对学校院系建设和长远发展产生一定的阻碍作用。

2. 放任型的教师管理模式效率不高

山东老年大学下设办公室、教务处、机关党委和杂志社四个处室，办公、教学地点以及人员相对分散。教务处的招生和日常教学工作管理，占据其大部分工作精力，正式编制 5 人，人少事杂现象特别突出，很难在教师管理上有所作为。教师具有相当大的自主性，可以决定授课的内容、方式。教务处的放任型管理，在一定程度上实现了教师自治，但也带来了一定的弊端。首先，授课教师的教学计划与教学内容具有很大的随意性，课程设置科学性缺失。其次，教务处工作人员没有深入基层，对具体教学情况不了解，对教师的课堂教学风格、教育方法、授课水平以及学员满意度等都缺乏应有的判断和有效地掌握。再次，尚未设立专门的教师评价机制，因而无法及时反馈，在改进教学质量上欠缺评估机制。最后，放任型管理本身就是一种低效率的管理方式，浪费有限的教育资源，达不到应有的教育效果。

3. 理论研究薄弱，无法有效指导大学教学实践

理论来自实践，又指导实践。但目前老年教育理论研究落后于办学实践，教师理论研究欠缺。原因主要有三：第一，老年大学处于发展阶段，尚属新鲜事物，还未形成大规模、成熟的办学实体；第二，观念上还未高度重视老

年教育理论研究的重要性；第三，缺少进行理论研究的人才队伍，对办学实践中的经验与问题，尚未进行有效总结与反思。2009 年，全省各级老年大学共发表理论文章 448 篇，山东老年大学只发表了 2 篇相关理论文章。这是因为山东老年大学刚开始注重师资队伍建设的研究，但尚未有研究成果。

## 四、对策与建议

笔者基于山东老年大学的实际问题，为加强师资队伍建设提出以下几点对策。

1. 建立老年大学、老干部党校和老干部工作者培训学院三位一体的办学机制

山东老年大学、老干部党校和老干部工作者培训学院三校合一、三位一体，优势互补，集教学、老干部党支书培训与老年教育人才培养于一体，构建大老年教育。老干部党校、老年大学本着"学、乐、为"相结合的宗旨，长规划、短安排，使老年活动和老年教育逐步走向规范。老干部工作者培训学院定期举办老年服务与管理人员培训，为老年服务与管理人才提供科研师资培训基地，依托山东大学、山东师范大学等高校雄厚的学术资源和师资优势，为老年教育事业提供师资保障和智力支持。

2. 优师优聘，建立健全教师选聘机制

努力构建德艺双馨、整体优化、适应老年教育发展需要的专兼职教师队伍。结合老年大学专业课程以音乐、体育、书画为主的特点，同山东艺术学院、山东工艺美术学院、山东体育学院等省重点高校建立长期合作关系，选聘术业有专攻、教学经验丰富的优秀教师任教；严把招聘入口，公开选聘优秀教师，健全教师选聘制度；引进专职教师，培养骨干教师，组建老中青相结合的教师梯队，避免出现断层现象，保持老年大学师资队伍的健康持续发展。

3. 实施教授评聘制度，督促教师专业成长

由教务处牵头、教研部协助，开展全校教授评聘活动，对于在学校任教多年、具有丰富的老年教育经验、深受广大学员喜爱的优秀教师，按照标准授予山东老年大学教授、副教授等职称。学校通过评级奖励，规范管理，树立榜样，关注教师专业成长，提高教学质量。

4. 举办教师假期疗养和培训，提高教师待遇

举办假期教师疗养、培训班，一方面，提高教师待遇，加强人文关怀，创造良好氛围和团结和谐的风气，增强师生员工的凝聚力，提高老年大学魅

力，吸引优秀教师加入老年教育事业，尊重、爱护教师，做到感情留人、事业留人。另一方面，组织教师培训、座谈，加强校内教师交流，相互学习、切磋观摩，借鉴其他教师的教学方法、课堂管理模式；吸取优点，改进教学水平，提高教学质量。"水尝无华，相荡乃成涟漪；石本无火，相击而发灵光"，培训与交流，是提升师资水平的有效途径。

5. 建立期中教学检查评估机制，创建精品课程

老年大学具有教育属性，应遵循教育教学发展规律。普通高等教育的教学检查评估机制业已完善，值得借鉴。因此，定期开展期中教学检查评估，以评促进、以评促建。以各教学部为单位，教务处组织专人进行教案、教学大纲、教学进度及课堂吸收率的检查评估；组织教研部、教学部部主任及全校教师观摩授课，相互学习指导，及时反馈；教学管理人员深入班级基层，了解班级状况，及时发现问题、解决问题。了解教师授课内容、教学风格，总结其优缺点，关心教师专业成长，不仅有助于提高教学管理水平，也有助于和谐校园建设。

创建学校精品课程，按照人无我有、人有我优的原则，评选特色课程，并发展为精品课程，实现以优带良、以优带差的教学格局。教务处组织全校示范课的评审，按照优中选优原则，对传承文化精粹、技艺精湛、影响深远的特色课程大力推广与发扬，创建品牌课程。

6. 建立教师退出机制，实现教师流动

打破教师终身制，对于年龄偏大、身体较差以至不能担任教学任务或教学水平不高的教师予以解聘，优胜劣汰。通过教务处教学评估反馈结果，综合考虑教学部主任意见、同行教师评价以及学员意见，试行末尾淘汰制，确保学校高质量教师队伍的延续，提高教学水平，实现人才流动。"流水不腐，户枢不蠹"，形成"进得来、出得去"的教师选聘机制，保持教师选聘渠道畅通，督促老年大学教育机制常新。

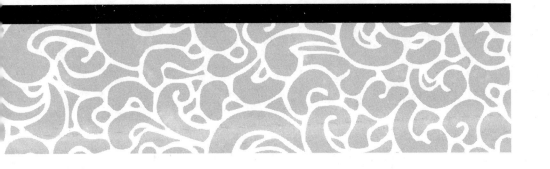

# 耕耘与收获

# 金色夕阳  桑榆情怀

国家发展和改革委员会老干部大学  李越果

党和国家在深切关怀提高老年人物质生活的同时，越来越注重他们的精神文化生活的改善与丰富多彩，这是构建和谐社会、全面建设小康社会的必然要求。老年人的晚年，更加需要欢乐的氛围和个人对困难永不低头的勇气与决心。离退休干部离开了从事几十年的工作之后，需要在组织关怀下继续学习，适度地进行社会参与和力所能及的老有所为，这是他们安度晚年、老有所乐和健康长寿的重要因素之一。成立和不断地完善老干部大学，是党政领导机关的重要职责之一。

多年来，我参加了国家发展和改革委员会老干部大学的音乐班、合唱团、文学班、计算机班的学习，受益匪浅，特别是从歌曲中受到歌曲中先进思想的感染驱动，得到了艺术的享受。下面我想侧重谈谈我参与歌咏活动的情况与看法。

## 一、参加歌咏活动中的感受与收获

### （一）学校校歌的精华和对我的影响

国家发展和改革委员会老干部大学按照"老有所为、身心健康、保持晚节、余热发光"的办学宗旨和"知识性、趣味性、实用性"的办学方针，使包括歌咏在内的各种课程健康地迅速前进。由刘宗旺作词、陈国权谱曲的"校歌"，思想性和艺术性都很强。歌词由"中华锦绣、夕阳火红，我们歌唱晚年多彩人生"和"老干部大学放飞理想，文化知识焕发青春激情"开头，"老有所学、其乐无穷；老有所为、其乐无穷……为了祖国繁荣贡献永恒"，并以"让我们永远年轻"结束，既轻快又富有韵味。"校歌"于 2008 年国庆节联欢会演出。作为一名参加者，我感到它描绘了美好的、令人欢庆的国情，反映出老干部晚年幸福的人生和继续前进的方向。它不断提醒我必须永远保持前进的动力，对青少年的培育工作不能满足于现状，因为发展永无止境。

"校歌"是把思想性、艺术性、感染力和推动力互相融合的一个典型例子。

### （二）国家发展和改革委员会老干部合唱团的训练与成果

国家发展和改革委员会老干部合唱团通过教唱、学习和演出，初步获得了社会的良好评价。在欢庆新中国成立 60 周年时，广西电视台和人民日报社《健康时报》联合举办了"共和国之恋——2009'金色舞台'（北京）竞唱会"，合唱团演唱了《生死相依我苦恋着你》和《黄水谣》两首歌，得到了李双江、蔡国庆等评委的好评。2008 年 7 月 9 日合唱团正式申请并被批准加入中国合唱协会，多次参加演出。在 2010 年 6 月 20 日中国合唱协会主办的第十七届《京华之声》合唱音乐会上，演唱了《问》、《送别》和《让世界都赞美你》三首歌，获得了《京华之声》优秀合唱团奖。合唱团从成立之日起，就很重视对合唱曲目的选定。热爱祖国和对党忠诚是首选的内容，如《祖国，慈祥的母亲》、《让世界都赞美你》、《生死相依我苦恋着你》、《祝福祖国》、《黄水谣》等。唱这些歌曲，使大家的爱国、爱党、爱人民的感情有所升华，也推动了一些离职不离岗、继续为社会服务的同志继续前进。

我们的合唱团还重视挑选提高思想道德品质的歌曲，其中最难忘的例子就是排练和演唱怀念周恩来总理的《你是这样的人》。当唱到"把所有的伤痛，藏在你身上，用你的微笑回答"和"真心有多重、爱有多深，把所有的生命归还世界。人们在心里呼唤，你是这样的人"时，不少同志是眼里含着泪水唱的。随着歌声，我也回忆起 30 多年前，当我正在一幢高楼上参加会议时，俯望着广大群众列队在街上送别总理的灵车缓缓经过的悲壮情景。在合唱团参加者的心中，通过这首歌他们受到的教育是永恒的，它教育我们应当怎样向周总理的崇高伟大的品格学习，自己要坚持良好的道德品质。

合唱团还教唱了《四渡赤水出奇兵》、《五月的鲜花》、《八月桂花遍地开》等歌曲，弘扬毛泽东思想在革命战斗中的伟大作用，革命战士的勇敢斗争精神和军民鱼水情；《乡音乡情》、《江山》、《鼓浪屿之波》、《渔翁乐》等歌曲，对我们增强对党的信念和对故乡的深厚感情，以及坚持国家统一和民族团结起到了积极的作用。

音乐教师是歌咏活动的指挥者和主心骨，也是我们总结经验的重要着眼点。两年来，合唱团的现任教师金汝雄一直专门辅导合唱团的混声合唱。他总结的首要经验就是抓紧"认真"这个工作轴心。他说，老干部学员的优点就是他们的思维惯性始终未离开以"认真"为轴心的方向，他们孜孜以求、兢兢业业，照样奔放着豪情，这是一种永不言老的信念。只要发扬这种"精神"就可以唤醒他们心底的艺术之梦，就可以使他们在艺术的道路上迅速成长。金老师自称自己的思维惯性也未离开"认真"的轴心，认真备课、认真训练。他说，备课要备两头：一要备合唱作品，准确把握内在情结；二要备合唱队员，准确把握合唱队员的潜在优势和不足。我面对的这些老同志，逻辑思维、形象思维都很强，感情丰富、深沉，稍一讲解便能理解作品，所缺少的是对声音的控制能力。因此，两年来，合唱团训练始终紧紧围绕"如何用恰当的声音效果，表现作品"开展工作。

作为一名合唱团员，根据平日受训练的情况，我个人对金老师认真训练的方针和严格的训练方法，感触较深的有以下几点。

一是在和声方面，他不厌其烦地强调一定要把合唱作为一个整体来表现，不能随意突出个人（领唱者除外）。

二是要加强各个声部的自我训练，并与其他声部协调和谐。音量的控制一定要恰如其分，要符合歌谱的要求，因为声量的强弱是表达感情的十分重要的因素。声部的进入或退出一定要准确，一定要符合乐谱节拍的规定。

三是教员要把培训的注意力落实到每个队员身上，在指挥歌唱时，要从混唱中听出每个人歌唱的质量，并及时加以指导。

四是要进行乐理基础知识的教育。金老师编写了《乐理知识学习提纲》，共列出了52条内容，在上课时结合练声进行讲解。例如，什么叫音域？什么叫音程？什么叫和声音程？什么叫和弦？什么叫节拍？什么叫节奏？在训练中对一些重点知识，反复提出和讲解，收到了明显的效果。

### （三）国家发展和改革委员会老干部大学音乐班的教学

国家发展和改革委员会老干部大学音乐班成立得较早。大约是1985年老年大学成立后慢慢成立起来的，最初是老干部们自娱自乐，自己教自己唱，目的是为了陶冶情操。1989年随着国家经济委员会和国家计划委员会的合并，教学设备逐渐完善，大家对学习音乐的要求日趋高涨，音乐班就开始聘请音乐教师，先后请过五位，大家学了几百首歌。现任的颜静老师已在老干部大学音乐班执教了10年。老同志们对她的教学方法很满意。颜老师的教学态度也很认真，示范能力强。课前先教大家进行发声练习，怎样呼吸、歌唱时的口型以及怎样咬字等歌唱的具体方法。大家普遍认为，上音乐课，既是为了陶冶情操，也是为了更专业地学习音乐，从学习乐理知识、试唱练耳中逐渐提高自身的音乐素养。师生、同学之间的关系非常融洽。音乐班也参与了多次演出并获奖。音乐班还学习五线谱，并分成两个声部练习。

音乐班也教唱过许多很有思想性的独唱歌曲,如《亲吻祖国》、《今夜无眠》、《举杯吧朋友》、《父亲》、《母爱》、《二十年后再相会》、《儿行千里母担忧》、《七律长征》、《满江红》、《蝶恋花》、《拥抱明天》、《清晰的记忆》、《怀念战友》等。多年来,音乐班的教育工作是成功的。学员们在歌唱中愉悦身心、放松心情,从中得到了更多的快乐,学到了许多音乐知识,并学到了一定的文艺知识。

## 二、国家发展和改革委员会离退休干部局对歌咏工作的认真与正确领导

国家发展和改革委员会离退休干部局音乐班和合唱团之所以取得很好的成绩,除了音乐老师和学员们的认真努力外,是与国家发展和改革委员会领导的关心和离退休干部局的正确领导分不开的。离退休干部局文体处的同志,不断深入到音乐班和合唱团中,密切联系群众,进行具体的组织与宣传工作,展现了感人的精神风貌。

(1)国家发展和改革委员会离退休干部局认真贯彻践行中央对老龄工作的方针、政策,并取得了实效。国家发展和改革委员会老干部大学的歌咏工作已有20多年的历史,从初步建立到逐步熟练,从学习独唱到混声合唱,从内部排练到对外演出,一步一个脚印地提高水平,这也是同离退休干部局、老干部大学认真落实委领导的正确决策并加以具体化分不开的。

(2)加强对歌咏工作的思想政治领导。离退休干部局、老干部大学和文体处的每位同志,把老龄工作(包括歌咏工作),作为党的一项重要工作认真来抓,上升到以人为本、构建和谐社会、全面建设小康社会和建设中国特色社会主义事业的高度来做好工作,这是办好老干部大学的关键。从他们与音乐老师密切协作选好歌曲,做好训练,尊敬老师,尊重和关怀每一位学员,使大家能积极参加、努力争先创优中可以看到,离退休干部局、老干部大学和文体处的工作取得了积极成效。

(3)为了搞好歌咏工作,离退休干部局和老干部大学很重视制度性建设。2007年9月,老干部大学制定并印发了正规的《老干部大学合唱团员守则》,2008年4月,又制定和印发了《国家发改委老干部大学合唱团活动规则》。《规则》包括"总则""组织领导和组成"、"组织与管理"、"组织纪律"和"附则"五章。"总则"规定合唱团"坚持老有所学、老有所乐和老有所为的办团宗旨,努力为我委喜爱歌唱艺术的离退休干部打造学习深造、欣赏艺术

和展现风采的平台"。《规则》要求"为方便教学管理和活动组织,各声部设一名声部长"。文体处负责合唱团的教学和排练等日常管理,负责参加演出和对外交流等活动的组织和安排,以及其他服务保障工作。各项活动安排应当广泛听取团员意见,充分发扬民主。音乐班每个学期都制订了完善的教学计划,规定本学期的教学目标和计划学习的歌曲。

(4)国家发展和改革委员会离退休干部局多次举办联谊会和卡拉 OK 演唱会,发挥个人和小群体在歌咏领域的作用,例如,2008 年 9 月 26 日举办了国家发展和改革委员会老干部大学庆"十一"大型联谊会,十几位老部长和近 400 名老干部同机关许多部门历任老领导以及下属部门的同志们欢聚一堂,一起观看演出。2010 年"七一"前夕,召开了离退休干部迎"七一"红歌会。在会上大家积极演唱,包括在职党支部成员演唱了《我的祖国》,前部级领导沙叶同志独唱了《松花江上》;离退休干部局周晓飞局长独唱了《映山红》;2009 年获得中共中央组织部授予"全国离退休干部先进个人"荣誉证书的离休干部李越果,独唱了 1932 年"一·二八"抗日战争时期创作出来的《玫瑰三愿》;音乐班颜静老师演唱了《长城长》;最后全体参会者大合唱《没有共产党就没有新中国》。红歌会的气氛十分昂扬、欢乐,充满了爱党、爱国、爱民的激情。

## 三、结语

总的说来,国家发展和改革委员会老干部大学的歌咏组织"合唱团"和"音乐班",多年来基本上实现了学有所得、学有所乐、学为结合、学以促为的教学宗旨,而且内外结合交流,在社会上发挥了一定的宣传作用,初步践行了党和国家对老龄工作的方针政策。但是,当前的工作也有不足之处。我们要继续努力,认真学习其他歌咏团体的先进经验,勇于创新、发扬民主,积极提高教学质量,让金色夕阳更加光芒四射,桑榆情怀日趋绚丽多彩,使老干部们为党、为国、为民做出更大的贡献。

# 老年大学　让生命更有诗意、更加绚丽

中国科学院老年大学合肥物质结构研究院分校　张建平　石俊山

　　人口老龄化是世界各国无法回避的共同趋势。按照国际标准，一个国家60 岁以上人口占总人口比例的 10％以上，标志着该国进入了老龄化社会。目前，中国 60 岁以上人口已达 1.5 亿，这对我国来讲既是一个挑战也是一个机遇。如何让老年人身心健康地度过生命的最后 1/3 阶段？自 1983 年中国第一所老年大学诞生，至今国内已有 2 万多所老年大学，它极大地改变了老年人的生活。千千万万的老同志在这里学习提高、娱乐健身，晚年生活更有质量、更有尊严，成为建设和谐社会的重要力量，老同志的生命之花绽放出了无比绚烂的色彩。

　　下面，试从中国科学院老年大学分校——科学岛老年大学的创办情况，分析它对老年人身心的保健、对老年人体现生命意义的深远影响。

## 一、老年大学是实现老年人梦想的平台

　　科学岛远离市区，三面环水，人员居住相对集中。目前，科学岛离退休人员已达 1300 多人。他们具有以下特点：文化层次高、知识老人多、求知欲望强。在离退办的精心组织下，老同志们进入老年大学学习的积极性很高。为什么老年大学有如此大的吸引力呢？

　　其一，老年大学实现了老年人多年的梦想。当人们离开了心爱的工作岗位后便开始了漫长的晚年生活，谁都想幸福地度过每一天。要想安享晚年，首先就要身体健康，其次就是精神愉快，老年大学恰恰满足了老年人的身心需求。一走进老年大学，就像回到了年轻时代——这里有美丽的校园、宽敞的教室，还有老师同学，有自己最感兴趣的各种课程：音乐、舞蹈、戏曲、乐器、书法、绘画、手工、棋牌、健身、太极、钓鱼、保健、计算机知识……年轻时，大家由于工作繁忙，家务缠身，只得把爱好藏在心底。人到晚年之后，却出乎意料地迎来了上学深造的"第二个春天"。因而，进入老年

大学成了老同志们的首选，成了老同志生命中重要的组成部分。

其二，老年大学成就了老年人的艺术才华。"工作就要像科学家，上学就要像艺术家"，科学岛的老同志们常讲这样的话。老年大学聘请了一流的师资力量，培养了一大批老年人才，让他们的艺术潜质、审美品位得到了展示和提升，取得了丰硕的学习成果。

书法班的学员学习了毛公鼎、唐楷、行书、隶书、魏碑等，陶冶了情操，历练了精神，作品多次参加省市展出，有的作品被收入中国科学院《科苑奇葩》一书中。

在绘画学习中，多位学员的山水画、花鸟画笔墨传神、鲜活灵动，被收入合肥市《庆奥运书画集》中，并做成了2010年"科学岛年历"。有位学员在"全国及国际中老年书法美术摄影比赛"中五次荣获金奖。

京剧班的学员热情弘扬国粹艺术，她们表演的曲目获得了合肥地区老年大学文艺汇演的"优秀节目奖"，还多次与专业演员同台献艺，共庆新春佳节。

健身班的表演历来是"科学岛之春运动会"最亮丽的风景线：太极拳、太极剑、太极扇如行云流水，舒展大方；广播体操250人的方队足有百米之长，宏大的场面让人震撼！最激动人心的要数打腰鼓了，她们个个身手矫健、神采飞扬，铿锵的鼓声打出了太平盛世的和谐之音，打出了科学岛人创新的无比激情！

手工艺班教授了棉花画、麦秆画、布艺画、易拉罐画等，金丝编画是科学岛老年大学老师的首创。这些作品惟妙惟肖、巧夺天工，于2001年被中央电视台"夕阳红"节目拍摄成专辑，在中央一台、中央二台、中央四台播出，连外国朋友也写信求教、前来观摩。

声乐班先后学习了100多首新近问世的优秀声乐作品，合唱团还多次参加了纪念长征、抗战、建党、建国等大型主题活动的演出。在全省庆祝建国六十周年红歌比赛中，合唱团捧回了"梅花金奖"和"黄山松"、"杜鹃花"奖牌。

舞蹈队还走出科学岛参与了社区活动。在庆祝祖国六十华诞"我与祖国心连心"的大型歌舞表演中，老年大学舞蹈队上演了气势磅礴的当代舞《我的祖国》，以优美的民族舞和芭蕾舞共同抒发了对祖国母亲的无比热爱之情！科学岛老年大学因此获得了"优秀组织奖"。

老年大学成了培养老年人才的一方沃土，成了老同志们展示艺术才华最闪亮的舞台！

## 二、老年大学是老年人的精神家园

"七十八十不算老，九十一百是目标"，这是现代社会老人们健康生活的新追求。中国科学院健在的百岁老寿星核物理科学家杨承宗先生就是知识老人的代表。他认为，简单的物质生活和高雅的精神生活才是实现健康长寿的两大秘诀。因而可以说，小家庭是我们日常生活的家，老年大学则是我们永远的精神家园。

当人们进入老年之后，心态会有所变化：一些人处在"自我完善"的积极心态中；一些人则处在"自我绝望"的消极心态中。如何变消极为积极，不可小看老年大学所起到的转化作用。

病痛、丧偶等是老年人绕不过的话题。每逢这种情况，当事人心情沮丧、悲观厌世，甚至忧郁到自绝于人世。老年大学则可以成为他们人生航船的避风港。在老年大学里，有师生无微不至的呵护，有学友可以衷情地倾诉，放声歌唱可以一吐胸中的块垒，运动健身可增强机体的免疫力。经过几个学期的"疗伤"，很多人终于走出了自闭的阴影，脸上绽开了阳光般的笑容。

老年大学激发了无数学员的潜力，来学习的人都有一个梦。老年人有着丰富的生活阅历，有着既定的理想追求，更有充裕的时间作为保障，因而，生命的高度随着生命的长度愈加精彩。爱健美的人，身材挺拔、神清气爽，你真不敢相信这年过半百的人还能竖起脚尖跳芭蕾。爱唱歌的人，气韵生动、表情丰富，唱到投入处，气息吞吐有致，合人体之节律；声腔抑扬顿挫，润心中之美韵，达到了天人合一的境界。爱书画的人，眼光独特、感觉敏锐，春夏秋冬的颜色都可以取来涂抹人生的画板。爱读书的人，思路敏捷、谈吐幽默，写出的文字让人们每每享受一回精神的大餐。他们之中的佼佼者，或成为老年大学教师，授业解惑；或著书立说，留与后人参考。在大家的共同努力下，老年大学成为老年人参与自我管理、自我教育、自我提高、自我完善的特殊学校。学员们在这里学本领、秀才艺，那韵味、气质、风度从内而外地透出来，上学前与上学后真是大变样！

老同志们在老年大学里绽开了如花的梦，抒发了未了的情，他们赞美老年大学——笔墨春秋颂黄昏，书刊日月乾坤大，欣逢盛世添豪情，老年大学一枝花！老年大学提升了老年人生命的意义，老年人享受了诗意般的晚年生活。

老年大学是夕阳的工作，更是朝阳的事业。夕阳情怀分外娇，朝阳事业放光彩。只要我们携手奋斗，不断创新，老年大学一定会给老年人一个精彩的未来！

# 为学而年轻

中国科学院老年大学山西煤炭化学研究所分校　史世强

　　谁都希望年轻，最好永远年轻，但人总是要老的，人人都会老。这是任何人也改变不了的大自然的规律。一个人无法决定自己生命的长度，却可以控制生命的宽度。当生命的长度一定时，我们可以增加生命的宽度，使生命更色彩斑斓。而且，这宽度，完全由我们自己决定，有多少能力，就能使生命有多宽。我们老年人应如何不断增加生命宽度呢？我认为：对多数古稀者而言，只要能做到活到老，学到老，当一辈子学生（"学生"就是学习的人生，意味着年轻），为老而好学，永远年轻（即身心健康）就可以了。只要坚持不懈地学习就有希望。

## 一、人为希望而活

　　所谓希望，就是精神。哀莫大于心死。个别年轻人把老年群体戏称为"等死队、老不死"，对这种亵渎老年人的闲言碎语，大可不必在意。但老年人自身切不可因退休而"心死"。实际上，一个人要想活得长久，对生活的热情和对理想的追求在其中起很重要的作用。这并不是说人是不能退休的，一退休万事皆休，而是说，一旦没有了职业，要马上用某种活动——某种同样有吸引力的兴趣爱好——来替代，以此为生活提供新目标和新刺激。这就是希望。鲁迅先生说："希望是附属于存在的，有存在就有希望，有希望便有光明。"雨果告诉我们："不论前途如何，不管会发生什么事情，我们都不失去希望，希望是一种美德。"所以，强烈的希望，比任何一种已实现的快乐对人生都具有更大的激奋作用。

　　学习就是希望的源泉。温家宝总理号召全民读书，说希望看到地铁里人手一册书的场景，令人振奋。他同时强调：读书不仅给人力量，而且给人安全感和幸福感。力量、安全和幸福不就是我们的希望所在吗？

　　总之，有希望就有动力，有动力就有激情，有激情就有"老骥伏枥，志在千里；烈士暮年，壮心不已"的精神，有这种精神的人，就能够掌握自己的命运，并为之奋斗。这样就会有精彩的生活。身心健康的人，不管年龄多大，都永远是年轻的，永远是向上的；相反，即使年龄再小，不学习，也没有希望。这才是人生最大的悲哀。

## 二、学习改变气质

所谓气质，一般是指人的生理、心理等素质，是相对稳定的个性特征、风格以及气度。好的气质给人以美感，一个人的真正魅力主要在于特有的气质。

在现实生活中，有相当数量的人只注意穿着打扮，并不怎么注意自己的气质是否给人以美感。诚然，美丽的容貌、时髦的服饰、精心的打扮，都能给人以美感。但是这种外表的美总是肤浅而短暂的，如同天上的流云，转瞬即逝。如果你是有心人，则会发现，气质给人的美感是不受年纪、服饰和打扮局限的。

气质美首先表现在丰富的内心世界上。理想和希望则是内心丰富的一个重要方面，因为理想和希望是人生的动力和目标，没有理想的追求，内心空虚贫乏，是谈不上气质美的。生活中领悟美的真谛，把美的外貌和美的气质、美的德行与美的语言结合起来，才能展现出人格、气质、外表的一个完整的美好形象。气质美的人自然是年轻的。

怎样才能有好的气质呢？

2009 年 4 月 23 日，国务院总理温家宝来到商务印书馆和国家图书馆参加"世界读书日"活动，在与编辑和读者交流读书心得时指出，读书决定一个人的修养和境界，关系到一个民族的素质和力量，影响一个国家的前途和命运。一个不读书的人、不读书的民族，是没有希望的。"腹有诗书气自华"，读几本好书，让熠熠闪光的文字照透你的身体以及灵魂，乃至生命。总理的教诲既可体现出领袖人物的使命感，还更清楚地告诉我们，读书学习对于个人素质的提高乃至国家和民族的存亡是何等重要啊！

中华传统文化中也有很多学习关乎气质方面的名言，如"为学大益，在自求变化气质"，"夫学，身之砥砺也"，"学则智，不学则愚"，"学问涵养人，虽当盛怒时，毕竟无过激之言，暴戾之色"。

## 三、学中取乐

快乐使人健康，快乐使人长寿。这是毋庸置疑的真理。但是，谁最快乐，到哪里去找快乐呢？为此，美国心理学界经过长达10年时间，对100多个国家和地区的1万多人进行了详细调查，发现快乐是人类特有的一种心理感受，具有浓厚的主观色彩。它与种族、年龄、职业、地位和个人占有的财富等没有多少内在联系。这一研究结果说明，快乐属于每个人自己。

如果你是一个达观者，你一生中最后的几年将成为最快乐的岁月。一个精神充实、生活充满快乐的人必然是一个心理健康的人，而心理健康即是生理健康的重要保证，也是人类健康的重要标准。

人生的健康需要是心情愉快。拥有快乐，就等于拥有健康。学会与自己快乐相处，让自己的心灵时时充满快乐，就是自己要拥有一间常开着的"健心房"，常常走进去，为自己忙碌疲惫的心灵做做按摩，使心灵的各个零件经常得到维护和保养。

世人皆从愁里老，乐观才是长寿药。世界卫生组织亦曾召集世界上有关的科学家讨论长寿的办法，一致认定快乐使人健康长寿。读书给人以乐趣，给人以光彩，给人以才干。学习本身是辛苦的，而要把它当成愉快的事情，那是一种高境界，这就是"学而时习之，不亦乐乎"。学会了读书、学会了学习并达到一种境界，把学与用结合起来，就开启了一扇成功的大门，这不就是人生的大喜事吗？常言道"人逢喜事精神爽"，学习就是自己拥有的"健心房"。

让我们从学习中得充实，进而愉快地延展生命的宽度吧！

## 四、活到老学到老

周恩来总理曾说过，要活到老学到老。一个不断追求知识、超越自己的人才会永远年轻，生命才会更有意义。不管我们的人生位置至高无上抑或低微无比，只要执著地付出、坚持不懈地追求，相信都会焕发出它自己的风采！

若人生是生命的大树，那学习就是水、阳光、肥料。学习一直在充实我们的生命。若以哲学艺术的思维去看待人生，它就是一个精神与躯体的平衡体，此两点必须相辅，缺一不可。而对于生命来说，精神占据着主体，因为它是为躯体发号施令的。这样，学习不断充实思想，而思想升华又促进了学习，推动着躯体得到满足和享受。

人生就是一个学习的过程。这个过程要正常、良好地运转，就必须保持持续与坚定的学习态度，进行创造，给予激情。

师旷是我国古代著名的音乐家。一天，师旷正为晋平公演奏，忽然听到晋平公叹气说："有很多东西我还不知道，可我现在已 70 多岁，再想学也太迟了吧！"师旷笑着答道："那您就赶紧点蜡烛啊。"晋平公有些不高兴："你这话什么意思？求知与点蜡烛有什么关系？答非所问！你不是故意在戏弄我吧？"师旷赶紧解释说："我怎敢戏弄大王您啊！只是我听人说，少而好学，如日出之阳；壮而好学，如日中之光；老而好学，如秉烛之光。烛光虽然微弱，比不上阳光，但总比摸黑强吧。"晋平公听了点头称是。

人生就是应该活到老学到老，之所以有终身学习的观点，是因为人类几千年积累下来的知识文化，岂是只有短短几十年的一生就能学得完的呢？故庄子曾说："吾生也有涯，而知也无涯。"何况现代社会知识的寿命大为缩短，个人用十几年所学习的知识，会很快过时。如果不再学习更新，马上就会进入所谓的"知识半衰期"。据统计，当今世界 90% 的知识是近 30 年产生的，知识半衰期只有 5～7 年。而且，人的能力就像电池一样，会随着时间和使用而逐渐流失。因此，人们的知识需要不断"加油"、"充电"。当今时代，世界在飞速发展，知识更新的速度日益加快，人们要适应变化的世界，就必须努力做到活到老、学到老，要有终身学习的态度。我们不是也要学会如何使用洗衣机、微波炉甚至是计算机吗？否则就享受不了飞跃发展的科技所带来的便捷与乐趣。在终身学习这方面，鲁迅先生是榜样，先生在临逝前一个小时还在写文章！还有华人首富李嘉诚，他每天晚上看书学习，这个好习惯已坚持了几十年。更有甚者认为，只是"活到老，学到老"还远远不够，比尔·盖茨就讲过一句话：在 21 世纪，人们比的不是学习，而是学习的速度。在当今的企业环境中没有打不破的铁饭碗，你的工作在今天可能不可或缺，可是这并不意味着明天这个职位仍然有存在的必要，所以我们必须用不断学习来防患于未然。世间有"知足者常乐"一说，而且，大多数人都承认，知足常乐是一种美德。但是，一切事物都有其存在的环境，知足常乐的道理也是如此。在物质生活上，知足者常乐，如果不知足，就永远不会有幸福。而在事业上，在学习上，总是知足就会裹足不前。所以，在学习上，要知道精进才行。未来社会的竞争，必将会从今天的人才竞争转向学习能力的竞争。我们每个人，都应该树立终身学习的全新理念，真正实现自我完善、自我超越。总之，学习是不分年龄大小的，少而不学不如老；老而好学，则永远年轻。

如今，老年大学比比皆是，为老年人学习提供了很好的条件。我就是中国科学院老年大学山西煤炭化学研究所分校的一名学员，通过在声乐班（老年合唱团）多年的学习，受益匪浅，那便是：放声高歌气自宽，异口同声多共勉；与时俱进立千韧，乐得开心纳百川。让我们活到老、学到老，做一名与时俱进的学习型老年人吧！

# 浅谈中老年人学习器乐演奏

中国科学院老年大学西安光学精密机械研究所分校　郑　敏

老同志紧张工作了一辈子，退休生活有利于身心健康、消除失落感。适合中老年人学习的知识与活动有很多种，如书画、唱歌、跳舞、文艺欣赏、医疗保健、花卉栽培、摄影等。近几年，随着人们物质生活水平的日益提高和对精神生活的不断追求，很多中老年人也加入到几年前还被认为是青少年才能学习的"器乐演奏"行列，掀起了中老年人学习钢琴、二胡等器乐演奏热。学习器乐演奏不再是青少年和幼儿的专利。截至2009年年底，短短的几年时间里，中国科学院老年大学西安光学精密机械研究所分校已办有四个器乐专业，30个班。其中，18个钢琴班、3个电子琴班、4个二胡班、5个葫芦丝班。在校学习器乐的中老年人已近500人，占学校总在校生人数的40%。

## 一、老年人学习器乐演奏大有所益

学校开办的葫芦丝、二胡、钢琴、电子琴四个器乐专业，无论是哪一种器乐的学习，对老年人的精神都是一种抚慰，美妙的音乐驱散了老年人的寂寞感和孤独感，振奋了老年人的精神，为老年人的生活增添了乐趣。

首先，操琴能够健脑益智。无论是哪种器乐演奏，都要通过十指和谐的运动实现。左手、右手的灵活运动促进左脑、右脑的开发，远远优于双手转核桃。退休后的老年人，多数家里白天、晚上只有闲居家中的老两口，有些子女怕父母劳累，什么事也不让老人做，做饭、买菜、搞家务一切请钟点工代劳，丧偶独居的老人更是不与人交流，一天说不了一句话，身体器官势必退化，脑萎缩、老年痴呆悄悄地向老人袭来。有一位老人的子女说，过去自己的老父亲天天出去买菜，时不时还要下厨"露一手"，悔不该在母亲去世后，好心什么也不让老父亲干，结果不善言谈的老父亲越来越孤单，越来越不与人交流，老年痴呆明显出现。我看在眼里，还曾动员当时还能走动的老人参加老年大学的学习，但他此时对一切已表现出了漠然，不久就离开了人世。而学习器乐演奏必定要用脑、用手。眼看乐谱，双手配合，才能弹出、吹奏出优美的音乐。而手是受大脑支配的，当然手脑并用，越用越灵。

其次，音乐使人心怡情怡。音乐是人们抒发感情、表现感情、寄托感情的艺术，无论是学习吹、拉、弹哪种乐器，无论是什么民族、国家、地域、阶层的人民，虽语言不通，却都能通过音乐来表达、烘托或寄托感情。对老年人的心理，音乐能起到不能用语言所能形容的影响作用。学习器乐演奏的时间越长，就会发现自己对音乐的感悟能力提升了，艺术修养提升了，思想境界提升了。急躁的老人可以通过操琴调整自己的性格，静则神藏，躁则神亡。孤独郁闷的老人可以通过操琴找回温暖和快乐，操琴是一剂提升幸福度的灵丹妙药。老年人在选择学习哪种器乐演奏时，有不同的想法，有的喜欢选择西洋乐器，有的喜欢选择民族乐器，但不论是哪种乐器的学习，音乐是相通的，一首优美的钢琴曲会令人陶醉；一首古典的二胡曲会让人感觉身临其境；一首悠扬的葫芦丝曲会令人受到博大精深的民族文化的熏陶。有音乐的人生将更加充实，生活也会变得更加多姿多彩。

最后，音乐能够养生疗病。现代科学提倡音乐疗法，音调声波的刺激，可以有效增加大脑细胞与周边神经细胞的血液循环，进而使大脑发育得更健全；同时，音波的刺激也可以促进心理健康。许多实验证明，优美的旋律、和谐的节奏，通过人的听觉器官传入大脑，对神经系统的活动是一个良性刺激，使人精神振奋、情绪饱满、心情轻松、身心愉悦，人体的应急能力和抵抗力自然增强。有一位老年学员说，是音乐给了她第二次生命，几年前她因为丈夫去世，感觉就像天塌了下来，精神完全崩溃，原本爱说爱笑的她完全变成了一个沉默寡言的人，身体也完全垮了，对生活失去了希望，不想再活在这个世上。朋友们动员她参加老年大学声乐班的学习，本是被动参加声乐学习的她在老年大学这个快乐的集体中找回了自我，音乐敲开了她封闭的心灵，疏解了她忧郁苦闷的心情，音乐让她忘记了痛苦，音乐让她重拾自信，为了更好地和姐妹一起歌唱，她又参加了钢琴班的学习，学习即兴伴奏，边弹边唱，音乐让她如此放松，音乐真是魅力无穷。她还乐于助人，有的同学说习琴时指法掌握不好，她就将她习琴总结的指法经验与人交流："指法无论是左、右手，只要掌握最高、最低音后，通过轮指、穿指等技巧就能灵活掌握"，边说边耐心地给同学做着示范。音乐让她和他们的晚年生活更加绚丽动人。

## 二、老年人学习"器乐演奏热"，是中国特色

学校开办的四个器乐专业有学员近 500 人，从年龄结构看，70 岁以上的有 20 余人，最大的 78 岁。60～69 岁近 100 人，50～59 岁年龄段是"操琴"的主力军，有 200 余人之多，40～49 岁中年人也占一定的比例，极个别人年纪在 40 岁以下。学校的钢琴专业学员最多约 180 人，葫芦丝专业次之，约 150 人，二胡专业 80 余人，电子琴专业 60 余人。各器乐专业班学习的人数逐年增加，中老年人学习器乐演奏方兴未艾。

有资料显示，全国各地老年大学开办的钢琴班班班爆满。据保守估计，目前上海有近 3 万名"老琴童"，北京市青年宫自 1997 年创办中老年钢琴联谊会以来，已吸引了 8000 余名中老年钢琴爱好者热情参与。老年大学、老年活动中心比比皆是"老琴童"的身影，就是在钢琴考级的现场，也有老年人跃跃欲试的影子。学校钢琴班学习时间最长的学员已达到了边弹边唱并可以为声乐班学员伴奏的程度。

那么，在全国范围内有多少中老年人在学习二胡、葫芦丝等民乐演奏呢？目前没有这方面的具体统计资料，但西安市区的 30 所老年大学分校大都开设了这两个民乐演奏专业班，且班班爆满。仅在本校学习民族器乐（二胡、葫芦丝）的学员就有 230 人。这两种民乐学习对学校的硬件设施要求不高，不用学校配琴，只要有教室就可以施教，葫芦丝吹奏的学习较其他器乐演奏学习更易普及，在本校坚持葫芦丝吹奏学习两年以上的学员通过考级，全部达到了五级以上的水平，其中有 5 人达到九级、10 人达到了八级水平。2010 年年初，本校葫芦丝各班选拔的 21 位学员演奏的三重奏"火塔之夜"参加了中国艺术新星在深圳的全国才艺总展演，受到专家、评委和观众的一致好评，荣获一等奖和优秀组织奖。

中老年人到学校去上课时将琴（二胡、葫芦丝）斜背在肩上，是街上一道亮丽的风景，引来路人回头观看，老年人的自豪感也油然而生。在这里我把学习器乐演奏的老年人通称为"老琴童"，他们对学习器乐演奏的热情与日俱增。而这么多"老琴童"学习器乐演奏，且绝大部分没有任何器乐演奏基础，是从"白丁"学起的，这是中国特色，为其他国家所未见。

1. 梦想追回失去的时光

其实中国自古以来就有"文明古国"及"礼乐之邦"的称誉。例如，盛唐时期，政治稳定，经济兴旺，以歌舞音乐为主要标志的音乐艺术全面发展，

达到高峰。其中《霓裳羽衣曲》就为著名的皇帝音乐家唐玄宗所作，为世人所称道。唐代著名诗人白居易写有描绘该大曲演出过程的生动诗篇《霓裳羽衣舞歌》。明代的《平沙落雁》、清代的《流水》等琴曲也广为流传。新中国成立初期当属我国音乐创作的一个繁荣时期。这一时期以进行曲与新民歌创作为主，国家于1956年成立了中央交响乐团，1962年1月、2月相继成立了东方歌舞团、中央民族乐团，1964年9月，中国音乐学院在北京成立。群众歌曲领域形成了一支阵容强盛的创作队伍，创作了很多优美抒情的音乐、舞蹈精品。尽管我国有着悠久的音乐历史，但我们的民族却不是一个"音乐的"民族，我们的音乐普及率和平均音乐素质与西方发达国家相比差距甚远。造成这种遗憾的主要因素如下：一是由于两千多年的封建专制统治，音乐并不是普通平民百姓所能赏析的，乐手地位较低，只是供贵族娱乐的"伶人"。二是1966~1976年"文化大革命"期间林彪、"四人帮"集团竭力使音乐成为"文化大革命"的政治附庸，全国各专业音乐团体和音乐院校、音乐科研部门、社会团体全部瘫痪，并对西方音乐进行严肃的批判，钢琴被认为是资产阶级的"贵族乐器"，钢琴音乐被批判为腐朽没落的音乐文化。中国的音乐艺术百花凋零。

"文化大革命"结束后，国家拨乱反正，在文化上提倡"推陈出新"、"百花齐放"。随着改革开放的推进，音乐领域也吹进了新鲜的空气，交流空前活跃。音乐文化的繁荣，对社会安定、社会风尚高雅、社会进步、社会发展有着不可估量的积极意义和促进作用。20世纪50年代出生的人，因赶上"文化大革命"没有受到良好的教育，物质和精神生活匮乏，没有条件和能力对自己的学习投入资金和时间，更谈不上对音乐的爱好和欣赏。如今，这一年龄段人群刚从工作岗位上退下来，对音乐艺术的渴望让他们成为老年大学"习琴"的主力军，不但圆了少年梦，而且通过自身艺术修养的提高，为儿孙起到表率作用，何乐而不为呢？

2. 物质生活的提高，带来精神层面更高的追求

音乐艺术的发达与否，是判断一个国家或民族文明程度高下的标志之一。这一点已是共识。众所周知，奥地利首都维也纳享有"音乐之都"的盛誉，维也纳的新年音乐会已成为国际性的音乐盛会，我国已经连续20多年对音乐会进行了转播。音乐这门高雅艺术，走进了中国普通百姓的生活，让人们触摸音乐、聆听音乐，就像是呼吸一样不可缺少。但我国全民音乐素质的提高还需要一定的时日。以钢琴普及率为例，日本在20世纪60年代，钢琴年产量30万架，钢琴家庭拥有量平均达到20%。苏联家庭拥有钢琴也很普遍，

有资料显示，西方一些国家，钢琴家庭拥有率达 55％以上，足见国际上对音乐艺术普及教育非常重视。

改革开放以后，随着经济的发展和人民生活的改善以及优生优育政策的贯彻，我国也出现了幼儿、青少年学习钢琴等器乐热，而且方兴未艾。过去仅仅在"钢琴之乡"鼓浪屿岛上可以随处听到的琴声，如今已缭绕在北京、上海、广州、深圳等大城市的上空了。深圳作为一个文化"后发城市"，钢琴的普及率极高，故称为钢琴之城。学习钢琴与学习其他音乐一样，已作为提高全民族音乐素质的一个重要手段越来越多地被社会所重视。赶上好日子的中老年人对普及和发展音乐文化，理当关心、支持和积极参与。所有参加学习的中老年人，都有一个共同的心愿：我们学习器乐演奏不是为了成名成家，只是为了提高自身素质，提高音乐修养，自娱自乐。我们不希望是"音乐盲"，哪怕是赶上音乐学习的末班车呢！我们为兴趣、为爱好、为情操、为圆梦而学，音乐就像"春风潜入夜，润物细无声"，潜移默化地塑造我们高雅的人生追求。我们虽不年轻，但我们快乐；我们错过了学习的最佳时期，但我们奋马扬鞭，勇猛直追。如今，老年人已成为年轻人学习的榜样。有一位参加学校书法班学习的西安光学精密机械研究所在读研究生说："老年人的艺术修养之高，让我们非常羡慕，应该建议我所在读研究生选修一门老年大学的艺术课程，并算作学分，鼓励提高我们年轻人的艺术修养。"现我们已将此建议反映到所党委。

如此多老年人学习器乐演奏是中国独有的，所以说是中国特色。在 30 年前，或者说即使是 10 年前也少有老年人问津器乐演奏的学习。只有走中国特色的社会主义，人民生活水平极大提高，才有了百姓的安居乐业，才有了老年人追求幸福、高雅生活的条件。如今学习葫芦丝吹奏的学员葫芦丝、巴乌 C 调 B 调的每人都有好几把。过去钢琴是很多人眼里奢侈的高档商品，不是常人百姓家所能拥有的，现今钢琴班学员个个家里购买了钢琴。二胡、电子琴更不用说，家家都有。老年人高兴地说，琴棋书画、梅兰竹菊、松荷酒茶、剑玉扇镜是中国传统文化的象征，是古人把玩艺术、闲适生活的标志。如今，有了党的好政策，才有了我们老年人、我们现代人进入考辨源流、品赏内涵，进入古典优雅生活的氛围。

## 三、老年大学器乐办学的几点体会

### （一）老年大学为中老年人普及提高音乐素质开了方便之门

中国有句老话："人过四十不学艺。""都这么大岁数了才去学习一门技艺

（器乐演奏），不是让人笑掉大牙吗？"简谱都认不全，还学'豆芽菜'，一个一个数豆豆。""手指都僵硬了能学好吗？""学了后面，忘了前面，像熊瞎子掰包谷，哈哈！"诸如此类的话经常挂在老年"习琴"者嘴边，但丝毫不影响他们学习的热情。因为老年大学就是老年人的学校。"习琴"者当然也全是老年人，谁还能笑话谁呢？又全是零起点，过去"摸"过"琴"的老年人少之又少；对简谱的认识也只是略知一二，对乐理和"豆芽菜"都十分陌生，大家都在一个起跑线上。是老年大学为老年朋友们大开了学习音乐的方便大门，让老年人毫无顾忌地走了进来。

### （二）老年大学器乐班学费低廉，收费合理，不会加重老年人的生活负担

学校老年大学一年春、秋两个学期，四个月为一学期，按学期收费，每周授课一次，每次 2 小时。2009 年西安市物价局对老年大学学费标准作了规定，学校严格按照规定和参照西安老年大学总校收费标准执行。二胡、葫芦丝专业每学期 100 元，电子琴每学期 150 元，钢琴规定标准在 400 元/学期，学校每学期只收 300 元。器乐类各专业班学费都在老年人心理承受值范围内，也只为其他社会办学教授幼儿、青少年乐器类学费的零头，吸引了大量的老年学员参加器乐专业的学习。

### （三）办学效果以学员满意为标准

老年教育本身就是教育史上一套全新的教学模式，办学专业独特，学员就近就便，学习自觉自愿，宗旨是"增长知识、丰富生活、陶冶情操、增进健康"。学校要求教师教学不能照本宣科，千篇一律，要尊重老年人，耐心施教。乐器类的教学更加要突出实用性、趣味性。对学员反映的问题及时和教师沟通，不断改进教学进度、教学方式，以学员满意为标准。

### （四）教师选择不一定要名师名家

在几年的办学中，我们发现教师有几种类型。有的教师轻车熟路，不必备课，没有计划，曲目选择儿童化，学员经过半年或一年的学习却进步不大，没了兴趣，就不去学了。有的教师过于严格，按照对专业院校学生的要求，手型要标准，练习曲要熟练，弹好练习曲才能弹乐曲，学员兴趣索然，也不学了，于是就出现了学生炒名师的现象。所以，老年大学选聘教师，重在教学效果，要重视职称，但不唯职称，要尽可能选聘有丰富的教学经验、热爱老年教育事业的人来执教。

### （五）老年人"习琴"并非一帆风顺，需持之以恒

无论学习哪种器乐演奏，学员们普遍认为，都有一个由浅入深的跨越过程，在初学时教师布置的作业练习曲相对短小和简单，学员积极性较高。到了第二、第三学期后逐步增加了难度，每位学员如果一周少于五次每次一小时的操琴，那么下次上课时就会打磕绊，思想上就会有压力。这个学习阶段打退堂鼓的学员相对增多，加上家中有事等客观因素就不再坚持继续学习了。而过了这个阶段，则会得心应手。

因此，可以说，教学管理、教师水平、施教方式是老年大学能否坚持办好器乐专业的外在条件。学员能否克服困难，坚持每天练琴不辍、持之以恒是习好琴的内在因素。

以下是学校的几点做法，总结如下，以便与大家交流。

（1）一些民族乐器，携带方便，成本低，学校不需"配琴"。对这些班则采取收费低、多招生源的方式。例如，二胡、葫芦丝专业一般要求每班 40 人，但 25 人就可以开班。

（2）凡学校"配琴"的班，不宜配琴过多（钢琴、电子琴、古筝等），学费略高于其他专业。这些班学员太多教师照顾不过来，影响办学效果和学员的积极性，再加上学员阶段性流动也较其他班大。学校配琴以 10～15 台为宜。

（3）学校统一教材。各专业的各班都采用本专业的统一教材，一旦出现阶段性减员，各班因为教材统一，特别是配琴的班（每学期部分班减少 2～4 人）人数不多便于合并，因此不影响教学。

（4）学校白天、晚上，周六、周日都开班，学员休息琴不休，工作人员需爱岗敬业，教室利用率很高。

（5）教师敬业，和学员打成一片。学校经过学员筛选的老师都具备业务熟练、教学方法新颖、师生互动、有针对性的特点。例如，学校的一位钢琴教师将每首练习曲都亲自弹奏并录像录音，然后存入 U 盘让每个学员带回家存在计算机中，随时调出观看，边看边练，收到了很好的效果。还有一位教师带有 12 个钢琴班，她将各班习琴者建了一个 QQ 群，同学们经常在群中交流弹琴经验，有的同学还把指法录下来在群内交流；更重要的是互相鼓励，把习琴坚持下去。葫芦丝专业的教师是一位非常敬业的少数民族老师。他在学校带了五个班，每班都在 30 人左右，每个周六他都放弃休息将学校的横幅挂在公园醒目处，义务带领学员们在园内练习葫芦丝吹奏，引来游人驻足观

望，不但为学校招揽了生源，而且使葫芦丝专业学员们的演奏水平迅速提高，是学校第一个参加全国考级的专业班。教师要根据老年人的特点、兴趣、基础程度的不同，有针对性地安排相应的曲目及练习。有时一个班内学员练习的曲目和所留的家庭作业量的多少有所不同，这可以让老年人无压力地快乐学习器乐。有些老年学员兴趣高，进步快，可以达到相当高的水平。钢琴专业开有简谱和五线谱两种类型的班，现有的钢琴教材多为五线谱，简谱教材则无现成的左手配和弦。有些学员非常希望学习即兴伴奏，当拿到一首歌曲时都是简谱，希望自弹自唱却不会配和弦，不会即兴伴奏。所以，学校聘有一位可以教授简谱的教师，教授即兴伴奏，为学员大开方便之门。

（6）葫芦丝专业具有浓厚的民族特色，学员投入成本低，又方便携带，用三五年的时间和不多的费用，就能达到中、高级演奏水平，是可推广普及的音乐课程。

老年朋友年轻的时候，因种种原因，没有能够自由地学习自己想学的东西，埋没了自己本可充分发挥的才能，现在退休了，有了选学的自由，有了时间的保证。但是，有些老年人担心手脑迟钝，学不好器乐；有些老年人怕音乐知识缺乏，学习困难；有些老年人怕"操琴"音不准，别人说是"拉大锯"、是噪声。其实，这些顾虑都是不必要的。世上无难事，只怕有心人。活到老，学到老，每天"操琴"不辍，学习就总会有进步。

我国实施积极老龄化、健康老龄化战略，对老年人的教育更是以老年人的需求为前提，设置专业课程的民主性、灵活性、适应性比任何教育阶段都强，教育内容门类多、变化快、实用性强是老年教育又一大特点。"过去是叫我学，现在是我要学"，很多老年人离不开老年大学这个温暖的大集体，离开了会觉得无所事事，焦躁不安。在老年大学里总有一门你喜爱的专业，无论学习何种专业知识，书画也好，器乐也好，只要有一个好的心态。"心急吃不得热米粥！"要多听多练，不要苛求自己学到多么高的技术，重要的是，在音乐与心的亲密交往中化解身边的烦心事，追求高雅的人生，延缓衰老、益寿延年！老年朋友们请珍惜大好的机会，充分发挥自己的潜能，踊跃来学习吧！

# 浅谈中国山水画的继承与创新

中国科学院老年大学长春光学精密机械与物理研究所分校　孙瑞增

　　山水画作为中国传统绘画艺术中的一个重要类别，已有千余年的历史。写意山水画则是中国山水画的主流与集大成者。每一位学习山水画的人都会遇到一个不能回避的问题，就是如何继承与创新的问题。下文谈一谈在学习中国山水画时对继承与创新的一些理解。

## 一、继承的过程就是不断创新的过程

　　中国山水画由东晋顾恺之发端，历南北朝至隋唐，才逐渐摆脱作为人物画的背景，而发展成独立的画科，这是中国山水画的初始时期。隋唐是中国山水画成熟并走向繁荣的时期，传为展子虔所作的《游春图》，是现存最早的一幅山水画真迹。这一时期流派多、风格异，所创造的勾填、勾染法、水墨诸法，为皴法的产生打下了基础。

　　五代、两宋是山水画空前繁荣昌盛的时期。五代时期的荆浩和关仝将勾填、勾染法变革成了皴法，这是山水画技法的一大变革。北宋的画家创造了刮铁皴、披麻皴、雨点皴、云头皴、落茄皴等。南宋画家马远、夏圭，创造了大斧劈皴、拖泥带水皴，继点、线皴法之后又开始了面皴的尝试。至此，山水画以"皴"为代表的技法已臻于完备，它是山水画史上的一次质的飞跃。

　　元代画家学道、参禅，"卧青天、望白云"，寄情山水、"以画为寄"，将感情注入绘画之中，创造了"意笔披麻皴"、线面结合的"折带皴"。赵孟頫标新立异，提出了以书入画，使山水画向文人画方向迈进了一大步。

　　清代绘画受各种意识影响，表现错综复杂。以"四王"（王时敏、王鉴、王翚、王原祁）为代表的传统派，提倡临古，因袭成风而少创造，虽然没有什么创新，却为初学者入门指出了一条夯实基本功的捷径。以"四僧"（石涛、石溪、八大山人、弘仁）为代表的革新派，一扫临古之风，而开写生创新之新径。他们独抒个性，立意新奇，不拘一格，执法多变，把写意山水画推向了又一个高峰，对后世影响极其巨大。

回顾中国山水画的发展史可以看出，所谓中国山水画的传统也不是一个固定模式，它是在不断创新中形成的。即使传统中争论最多的笔墨也是逐渐发展的，有一个相当长的发展、完善过程。唐代以前的画以笔为主，南齐谢赫的"六法"论中有"骨法用笔"，而对于墨一字未提。传说王维"始用渲淡"，生宣纸的使用是国画的一次大变革。五代时期的画家荆浩说，吴道子有笔无墨，项容有墨无笔，当采二子之长。石涛一向被认为是改革者，他的名言是："画有南北宗，书有二王法"。"今问南北宗，我是宗耶？宗我耶？一时捧腹曰：我自用我法"。

我们要继承传统，首先对传统要有一个比较全面概括的了解。传统即历史，国画传统即国画发展史。中国画包括三部分：民间绘画、宫廷绘画和文人画。绘画最早起源于民间，后来进入宫廷，最后发展成文人画。国画的内涵是写意（抒情），主要表现形态是笔墨。所谓笔，指的是中国的毛笔，不同于西方作画用的刷子。一方面，毛笔的笔锋、笔肚、笔根各有作用，挥洒自如；另一方面也包含驾驭毛笔的功力，运笔时的偏正、顺逆、快慢、提按及墨的干湿、浓淡，所表现出的效果千变万化。

传统国画的另一特点是作品人格化，或称拟人化。"意趣"是文人画美学的本质。唐代张璪提出"外师造化，中得心源"，"造化"指写形，"心源"指写意。画史称宋人尚法、元人尚意、明人尚趣，清代更是以画抒情。近代画家的"似与不似之间"、"不似之似"都是传统绘画美学的主要观点。

近代有成就的国画大师，无不是在"变"和"融"中取得成功的。张大千对学习西画的看法是，一个人若能将西画的长处融化到中国画里面来，要看起来完全是国画的神韵，不留丝毫西画的外貌，这定要绝顶聪明的天才与非常勤苦的用功，才能有此成就，稍一不慎，便走入魔道了。黄宾虹在《论新画派》中指出"救堕扶偏，无时不变"，齐白石衰年变法，潘天寿在《听天阁画谈随笔》中说："有常必有变。常，承也；变，革也。承易而变难。然，常从非常来，变从有常起，非一朝一夕偶然得之。"他认为变革比继承难，但要从继承中来，不是突变的。以上所述四位大师都主张变，但求变要慎重，要在继承传统的基础上创新求变。

## 二、中国画与西洋画要互相借鉴、取长补短、共同提高

近百年来，由于清政府腐败无能，列强入侵，不少有识之士出国学习，

寻求富国强民的良方，引入先进的科学文化知识。中国绘画艺术界人士也不例外，纷纷出国到欧美和日本留学。他们回国后掀起了一股学习西画的浪潮。其中一派，如康有为所说："中国近世之画衰败极矣！"他于 1904 年参观意大利一些博物馆藏画后认为："吾国画疏浅，远不如之。此事亦当变法。"徐悲鸿 1920 年的《中国画改良论》和康有为是一个论调，说："中国画学之颓败，今日已极矣。"1985 年《美术思潮》刊出了浙江美术学院研究生李小山的文章《当代中国画之我见》，开篇第一句话就是："中国画已到了穷途末日的时候。"1992 年吴冠中在香港《明报月刊》上发表了《笔墨等于零》的文章。当时还有另一派，例如，在 1998 年北京举办的"98 中国山水画、油画风景大展"研讨会上，张汀发表了《守住中国画的底线》，表示"不能接受吴先生这一说法"。当《光明日报》记者韩小蕙访问张汀时，张说："笔墨之于中国画，既是气韵，又是骨骼，又是肌肤。借用黄宾虹先生一句话'中国画舍笔墨无其他'。当我们谈论中国画的时候，不可能绕开笔墨；当我们谈论笔墨的时候，肯定是在谈论中国画。说笔墨等于零，就等于说中国画等于零。"他又说："取消笔墨无异于改变中国画的基因。正是在这一点上，我反对中国画使用特技，也不赞成大量使用板刷或者洒点子，当然也不同意吴先生说的为了效果可以不择手段。绝不能把中国画的笔墨仅仅理解为明暗的渲染，或者西画意义上的造型手段，或者宣纸上随便一种点、线、面、块。当然尤其不能把笔墨理解为毛笔加墨汁。"他认为笔墨是由人的创造而实现的，它是主体的、有生命、有气息、有情趣、有品、有格，因而笔墨有哲理、有禅意，因而它是有文化的、是精神的、是情绪化了的物质。人们看一幅中国画，绝对不会止于把线条（包括点、皴）仅仅看做造型手段。而会完全独立地去品味"笔性"，也就是黄宾虹所说的"内美"。他们从这里得到的审美享受，可能比从题材、形象甚至意境中得到的更过瘾。这就是中国画在世界上独一无二的理由，也是笔墨即使离开物质和构成也不等于零的原因。最后记者问：如果没有笔墨呢？他回答说："画中没有笔墨，也可以画出好的画来，但可能是好的彩墨画、好的日本画、好的韩国画，但不能说是好的中国画。画家可以有充分的自由不拿毛笔作中国画，也可以有充分的自由不碰中国画，但他如果拿了毛笔做中国画，就必须接受笔墨的检验。"香港大学艺术系教授、美术史论家万青力《无笔无墨等于零》中的一段话对笔墨作了深刻的解释："中国绘画的特性及创造性恰恰体现在笔墨中，笔墨并不仅仅是抽象的点、线、面，或者是从属于物象的造型手段。笔墨是画家心灵的迹化、性格的外观、气质的流露、审美的显示、学养的标记，其重要性是不言而喻的。"

西画大师级人物对中国画的评价又是怎样的呢？林风眠的老师法国第戎国立美术学院院长杨西斯告诉他，中国的艺术非常了不起，法国有什么可学的，要他去东方博物馆认真学习中国艺术的优良传统，否则便是极大的错误。张大千说："近代西画趋向抽象。马蒂斯、毕加索都说自己是受了中国画的影响而改变的。我亲见了毕氏用毛笔水墨练习的中国画册达五册之多。"这正从另一方面对中国画的美术原则作了充分的肯定。实际上，很多学过西画的中国画家回国后继续画中国画，例如，徐悲鸿、林风眠、刘海粟，也包括吴冠中等领军人物都创造了自己的特殊风格，独树个人风格。从他们的作品中不难发现西画对他们的影响，同时，由他们的代表作品也不难发现中国画的内涵更丰富了。

## 三、文化修养是中国画的精神内涵

纵观中国绘画史，哪一个绘画大师是仅靠笔墨技巧而获得成功的呢？哪一个不是饱学之士？所谓"功夫在画外"，是历代有成就的画家都提倡的。画者必须重视自身修养，人格德性、专业师承、知识积累、生活体验等都在修行之中，凝结为厚重的综合修养，反刍于绘事。以修养为基础调动的主观能动性，才可以在从容的状态下驾驭造型和笔墨等技法手段。特别是文人画家极为注重自己的文化修养，他们不但是当时画界的领军人物，同时也是名重一时的书法家、诗人或儒学大师。如大家熟悉的王维是唐代大诗人、赵孟頫是元代的书法家。董其昌是明代大儒，他以儒家学说为本，以程朱理学及禅宗一脉为源，把禅宗那不羁于物欲而求大自在的精神文化内涵贯注于自己的书画作品和诗文之中。尤其是他以禅宗的"南顿"、"北渐"比拟"积学"与"会心"的艺术观——南北宗论，更体现了其深厚的文化修养。

清代最具代表性的画家是八大山人。作为明朝宗室后裔，他初涉世事，便遭家倾国覆家之灾，为了自保，削发为僧。满腹的文化修养，促使他用手中的画笔宣泄心中的愤恨。八大山人对书法、绘画有着独特的理性认识和深层的通悟理解。他将佛道、哲学及个性审美有机地融于画作中。

近代画家齐白石是出身农家的艺术大师，他在诗、书、画、印等艺术领域均有高深的造诣和杰出贡献。又比如山水画家陆俨少，他说，以个人的学习经验，全部精力是十分的话，三分写字，读书——包括读马列经典著作以及中外文学书，倒要占去四分，作画仅仅是三分。这种做法，根据个人的具体情况不同，不能要求一律。但以自己的经历，他认为是行之有效的。他本人就是从"四王"入手，力追宋元诸家；后来遍游巴山蜀水、名山大川，以自然为师，"外师造化，中心得源"，在笔墨上注入了新的精神内涵，使传统的中国写意山水画呈现出以"墨块、留白、勾云勾水"为特征的陆家山水面目，而成为杰出的近代山水画家。

这样成功的例子不胜枚举。近年来有一些"前卫"派书画家，基础没有夯实，传统没有继承，只学了一些技法就急于成名成家，标新立异，自我标称是××大师、实力派画家。甚至有的人在报刊上请人吹捧，在书画拍卖会上请人抬高画价，明眼人一看就知道个中玄机。这样的"艺术家"在某一时或可成为"风云人物"，名噪一时，但历史长河，大浪淘沙，他们终将沉入海底。

总之，中国画是中华民族书画艺术的瑰宝，源远流长，博大精深，根植于神州大地，绝不能、也不会被其他艺术所取代。它会像一棵不老松一样永远茁壮成长。山水画的继承与创新是时代赋予我们的责任和使命。作为新时代的艺术家，尤其是山水画家，应在艺术的田地里不辱使命，辛勤耕耘，努力实践，不断创新，这也是关注中国画的人们所期待的。

# 特邀篇

# 长者教育的近年发展趋势

香港圣公会福利协会耆英进修学院　岑伟全

## 一、长者教育的发展意义

在很多面对老龄化趋势的社会，如何促使长者享有一个有所贡献和成功的晚年已成为深受社会工作者或老年学者关注的问题。事实上，不少西方学者都提出，教育或学习机会的提供能让长者增加知识，开阔视野，促进身、心、社、灵的全面健康，对个人、家庭及社会整体都会有所裨益。

### （一）个人层面

不少香港及外地的研究报告皆指出，学习对于长者的健康、生活、社交、认知能力、个人发展以及精神、心理都有益处。

在健康方面，长者可以通过学习来维持他们的身体健康，而且通过持续的活动，可以降低他们依赖照顾的程度。其中可能的原因是学习提升自我照顾、自我健康的能力，令个人较着重自己的健康状况，从而采取较健康的生活模式，延迟长者发病及死亡的时间。

在心理方面，学习可以降低长者的社会孤立感，培养解决问题的技巧以及建立一个前瞻及正面的观念，对于生活树立较清晰的信念，增强包容性；对自己亦有较大的信心和自主能力。

在社交方面，学习可以提高长者的社会参与程度，扩大他们的生活圈子，给予他们情绪上的支持，减轻他们的压力、孤独感及无聊感。

在家庭层面，长者从学习中达致个人成长，减轻家人提供照顾及护理的压力。长者通过学习计算机，加强与儿孙及世界各地的家人的联络；有部分长者更利用他们的计算机知识，协助孙子、孙女解决功课上的疑难。祖父母学习照管孙子、孙女的技巧，可以更为妥善地照顾家庭，为家庭提供最后的支持。

### （二）社会层面

为长者提供学习机会，可以减少社会的医疗支出，提升公民参与度，使他们参与环保事务、义务工作、导师计划及照管儿童，为社会提供支持，并鼓励他们自发性地投入小区生活中，把自己丰富的人生经验和技能贡献给小区，促进社会融合。

## 二、协会长者教育事工的发展

作为一家较具规模的社会服务机构，香港圣公会福利协会于 1998 年成立"耆英进修学院"（以下称学院），致力于促进长者接受持续教育的权利的实现，满足他们的需要。学院深信长者教育对长者个人、家庭和社会的正面功能，我们亦相信不同地区的长者教育内涵及实施方式是须切合当地的长者社群的需要，适合当地的实际社会状况。

学院成立至今逾 10 年，一直秉承协会的宗旨，积极落实"终身学习"的理念，为长者提供多元化的学习机会。去年，学院注册学员已近 4000 人，通过 29 间进修中心所开办的课程达 800 多项，而课堂总出席人次超过 12 万。学院本着不断摸索及持续发展的精神，积极拓展学院的事工（即义工），以下是发展的几项重点。

### （一）课程学制的革新

近年来，学院面对的其中一项挑战是如何发展多元化的课程，以满足长者不同的学习需要。据此，学院于 2008 年 9 月特别重整学系的组织，让各中心可以据此落实开发及推行有关课程。新学系下的课程发展重点包括：①发展较高水平的文化艺术课程，培养个人兴趣，发挥潜能；②发展宗教哲学课程，追寻人生意义、了解基督教福音信息；③优化信息科技教育，使长者与时俱进；④强化保健教育，强健体魄，使身心安康。

同时，为了鼓励学员持续学习，学院亦同时对奖励机制做出调整，除了一直采用的证书制度（包括证书、中级证书、高级证书和荣誉证书）外，特增设每一学系的专科文凭，以鼓励学员加深对不同学习范畴的掌握。新学制共设有七个学系，包括：①生活智慧系（生活技能 经验承传）；②文化艺术系（多元艺术 陶冶性情）；③社会科学系（个人成长 服务社会）；④宗教哲学系（探索人生 福音研习）；⑤健康管理系（健康知识 运动强身）；⑥音乐及舞蹈系（轻歌曼舞 乐韵悠扬）；⑦信息科技及科学系（计算机科技 与时俱进）。

在修业资格方面，学院增设了专科文凭奖励，以鼓励学员为终身学习作更长远的投入，及学习更多不同范畴的知识；将按照学员修毕之学分，颁发证书及专科文凭，以鼓励学员为个人确定学习目标。

### （二）学习模式的革新——长者参与

香港的第 27 号专题报告书（2001 年）的数据显示，香港新一代的长者（即中年人，指 45～59 岁的人士）将会有较高的学历水平，有超过一半的人士（50.2%）有中学或以上的学历，较之现在的长者（即 60 岁及以上的人士）（21.3%）高出 2.4 倍。在退休保障方面，新一代的长者亦将会有较稳妥的经济状况，有逾三成（30.4%）的人士表示自己有退休保障，较之现在的长者多近一倍。不论学历还是财政状况，新一代的长者都比现在的长者要好。另外，香港长者的预期寿命也比上一代高，居全球第二位。

这一群有着稳定的退休生活及较高知识水平的"第三龄"人士，将有不同的学习需要，亦对学习形式、质素及参与等有更高的期望。面对这群"第三龄"长者的崛起和外国（如澳大利亚）推行 U3A（University of Third Age）的成功，学院确立"长者教育长者办"为未来的发展方向，致力于加强长者在整过学习过程中各层面的参与，给学员更多发挥才能的空间；让课程更能响应学员需要；让学员实践自助及互助的精神。具体计划是组织学生会和推行"第三龄学苑"计划。

#### 1. 学生会的成立

学院倡导在整个学习活动过程中，长者学员可有不同程度的参与，以实践自助及互助学习的精神（图 1）。

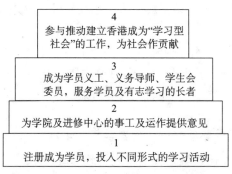

**图 1　长者教育中的长者参与层次**

为提高长者学员的参与层次，自 2004 年起，学院便推动组织学院中央及进修中心两个层面的学生会，以实践"长者教育长者办"的方针。

（1）学生会的功能。学生会的功能包括：①作为中心与学员沟通的桥梁；②收集学员意见，建议课程类型；③筹办学员交流及联谊活动；④推行义务工作；⑤协助宣传学院的事务，推广终身学习。

（2）学生会组织架构。所有学院之学员均可经进修中心以委任或选举方式成为学生会基本会员。学生会成立干事会，经选举产生，负责商讨及落实执行学生会的各项工作，每任任期为两年。

（3）推行学生会计划的成效。据学院对学生会委员所进行的调查发现，超过 85% 的受访委员认为参与学生会的工作后，他们有如下感受：学习了更多知识；增加了对长者教育的理解；认识了更多朋友；个人自信心增强了；与别人沟通更主动；更主动地提供意见。

2. "第三龄学苑"计划

不少国家，如澳大利亚、英国等，皆致力于推动长者自务学习组织的建设，成效十分显著。学院为鼓励香港"第三龄"人士能有机会参与此等自助互助学习组织，故于 2006 年开始推行"第三龄学苑"计划，培训 50 岁或以上的"第三龄"人士，成立"第三龄自务学习中心"，依下列原则运作：

（1）"自发"——让"第三龄"人士因共同兴趣而凝聚，自务组织学习活动；

（2）"自管"——由"第三龄"人士策划中心发展方向，并确立实际推行模式；中心所有财政及行政管理、招募导师及学员等工作，均需由"第三龄"人士一手包办；

（3）"自教"——由"第三龄"人士担任导师，并进行课程设计及授课等事宜；

（4）"自学"——"第三龄"人士亦为中心之学员，实行教学相长。

学院经多年推动，发现此自务学习模式成效甚佳，长者能充分体验参与的好处，故未来将继续在辖下的中心拓展该模式。

**（三）学习模式的革新——"长者学苑"计划**

为进一步推动跨代共融，香港特别行政区政府于 2007 年拨款资助中小学和非政府机构合作推行"长者学苑"计划，在全港 18 区成立"长者学苑"，运用中小学的校舍及课室，由学生、教师、家长或长者义务导师为长者授课，让长者拥有自己的校园。协会十分认同"长者学苑"计划的理念，已联同多区的中小学，先后成立了 15 间"长者学苑"，致力于拓展此长者学习模式。

"长者学苑"计划的理念及模式如下。"长者学苑"采用以地区为本方式，推动不同地区的办学团体与非政府机构，如长者地区中心合作，由办学团体借出校舍成立"长者学苑"。特区政府为每所学苑提供一次性拨款 5 万元，以种子基金方式成立"长者学苑"，举办课程，合办团体将以自负盈亏的方式运作，用这笔款项购买器材（如给学苑的长者导师及学员添置贮物柜）、进行宣传活动及支付活动和课程的有关开支等，以及拨款举办课外活动及作为管理委员会的培训经费。此学习计划能达到以下目的：

（1）推动终身学习。"长者学苑"既可推广终身学习的信息，又可让长者善用时间，掌握新事物和新技能，与社会共同前进。

（2）维持身心健康。长者参加学习活动，可以保持身心活泼、生活充实，可有效处理日常生活的转变；通过学习，更可确立新的人生目标，又可增强成就感和自信心。

（3）实践老有所为。"长者学苑"提供渠道，让长者把自己所学的知识传授给他人，并发挥创意，服务社群，继续为社会作贡献。

（4）善用小区资源。"长者学苑"因为与各区学校合作推行，一般交通方便，也具备开办课程的资源和设施，如学生、教师、家长会、礼堂及教室等，利用课余时间或周末开办课程。

（5）促进长幼共融。"长者学苑"课程内容设置多元化，也可加强长者与年轻一代的沟通，开阔他们的社交圈子，促进跨代共融、长幼同心的风气。

（6）加强公民教育。中小学同学可在校园内为长者提供义工服务，培养公民及小区参与的意识。

（7）推动跨界共融。推动"长者学苑"计划，有赖于学校和非政府机构携手合作。

在课程方面，长者可修读 6 个单元，包括必修单元如老人学和健康常识，以及选修单元如历史、国际事务、医学常识和计算机等；更会举办毕业礼活动，以认同参加的中小学同学及长者的投入和积极参与。为推动长者学苑的发展，2010 年，特区政府更设立了一个金额达 1500 万元的基金，支持"长者学苑"的课程及课外活动的发展。

# 三、总结

在不同国家，长者教育的发展皆有其特色和值得参考的宝贵经验。例如，内地的老年大学已兴办 20 多年，成绩斐然。本文旨在分享耆英进修学院近年的工作重点及经验。期盼日后能有更多的交流机会，互相观摩和学习，让内地和香港两地的长者教育能共学同进，有更佳的发展，使得长者能享有优质教育的机会，并享受学习所带来的乐趣，满足个人成长的需要。

# 台湾地区长者短期学习活动的实施与评估

澳门理工学院长者书院　林韵薇

## 一、前言

　　2009 年，在台湾地区台北县教育局、台湾师范大学林振春教授、台湾实践大学朱芬郁助理教授及澳门理工学院长者书院的共同策划下，澳门、台湾两地联合举办了长者短期学习活动。第一阶段的活动于 2009 年 6 月在台湾举行，澳门理工学院长者书院一行 24 人参与，包括 2 名员工及 22 名学员。第二阶段的活动于 2010 年 1 月在澳门举行，共有 12 名老年教育工作者及 15 名长者学员参与。活动的目的是希望推行学习与旅游相结合的教育模式，让长者有机会了解异地的文化、社会及民生等情况，增广见闻。

## 二、活动实施情况

　　本次活动在澳门理工学院长者书院举行。参与者有台湾师范大学林振春教授、台湾实践大学朱芬郁助理教授，小区大学主任、台北县终身教育辅导团成员及长者学员。学员的年龄分布如下：50 岁以下 2 名；50～55 岁 1 名；56～60 岁 3 名；61～65 岁 1 名；66～70 岁 1 名；71～75 岁 3 名；76～80 岁 1 名；80～85 岁 3 名。

　　课程设计如下：

　　(1) 联合展览暨欢迎演出。为了构建两地长者学员文化交流的平台，举行了联合作品展，展品包括手工艺、摄影、书法、国画等，广受学员及参观者称赞。为了向台湾的参与者表示热烈欢迎，长者书院学员表演了多个节目，包括中国乐器、中国舞、回归扇、社交舞等，充分展示了长者的风采。

　　(2) 上课。为了舒缓参与者来澳的身心疲劳，特别安排在行程的第三天学习保健体操的课程，教师借助集体游戏协助参与者投入运动，并教授各种缓解长者肢体痛症的动作，使他们得到松弛和学会一定的运动知识。

（3）专题讲座。针对绝大部分参与者是长者的情况，安排了与保健有关的讲座。第一次讲座由长者书院保健按摩教师吴友国主讲，教授学员养生之道。由于教师来自台湾，因此在讲授的过程中加入了不少当地方言，加上讲解详尽，深受学员欢迎。讲座完毕后，吴老师更获邀在暑期回台任教。第二次讲座由澳门特别行政区长者事务委员会委员、镜湖护理学院朱明霞教授主讲食物与营养。朱教授详尽地介绍各种食物的特点和营养价值，以及适合长者食物的种类等，由于这些内容与长者息息相关，引起了长者及其他参与者的积极发问，气氛热烈。第三次讲座由成人教育学会梁官汉理事长主讲澳门特别行政区基本法，让台湾同胞有机会了解一国两制的构想及澳门回归祖国后的情况。

（4）旅游学习。澳门是一个中西文化交融的小城，为了让参与者有所体会，安排了两次旅游学习，由长者书院旅游文化课教师薛力勤全程讲解。景点中的中式建筑包括卢廉若公园、国父纪念馆、哪吒庙及妈阁庙；西式建筑包括圣若瑟修院大楼及圣堂、岗顶剧院、大三巴牌坊；现代建筑包括观光塔及渔人码头。

（5）参访政府部门。为了从多角度介绍澳门，长者书院特别邀请澳门两个设有长者服务的政府部门接待，分别为澳门教育暨青年局及社会工作局。澳门教育暨青年局主要由延续教育处介绍属下成人教育中心所开展的长者教育情况。社会工作局则由属下的长者服务处介绍政府给予长者福利的种类及其他服务情况。

（6）体验学习。这主要包括两方面，分别为博彩文化及中葡美食文化，安排参与者前往威尼斯人度假村酒店参观及自由体验博彩活动，品尝葡萄牙食物、广东点心等美食。

（7）校园导览。参与者在澳门期间基本上每天都在澳门理工学院学习，为了让他们充分融入大学学习生活，长者书院在活动第一天安排了一次校园导览活动。

（8）惜别联欢。在活动最后一个晚上，举行了惜别联欢活动。由于负责接待的长者书院学员均参加了第一阶段在台湾举行的旅游学习活动，因此，经过在台湾及澳门的两次接触后，台澳长者已建立了深厚的感情，彼此互送礼物及道别，场面温馨感人。

## 三、活动特色

由于澳门理工学院长者书院是首次举办接待台湾长者的短期学习活动，

因此在统筹、课程设计、授课老师，以及餐饮和接待等各个方面都十分注意、严谨对待，同时，因对象主要是长者，所以在活动的整体铺排上具有一定的特色。

### （一）由长者接待长者

长者书院 4 名员工及曾在 2009 年前往台湾参加学习的 22 名长者学员负责活动的所有工作。目的是让台湾来的长者与澳门的长者重聚，由澳门的长者陪伴，为其介绍澳门的历史、文化及生活的点滴，使学习更有生气。在分配澳门长者的工作量时，长者书院根据各人的家庭及身体状况，甚至考虑他们的性格，最后才决定各人的工作时段及工作内容。

### （二）从多方面考虑日程安排

由于台湾来的长者有 1/3 的年龄在 60 岁以上，其中 4 位更是在 80 岁以上，因此，在安排日程时，长者书院十分注意预留充分的时间让长者休息，防止长者在体力上应付不来。

### （三）派发问卷，收集回馈意见

在活动结束后，向参与者派发问卷，了解他们对活动是否满意，并从反映的意见中总结优点及缺点，以便再举办同类型活动时可以有所改善。

### （四）课程设计多元化

由于参与者由老人教育工作者及长者组成，因此在课程设计上有一定难度，因为既要照顾长者的接受能力、兴趣及身体状态，也要考虑教育工作者期望达到的考察及交流的想法。为了尽量满足不同的需要，长者书院特别邀请两位学者主持讲座，以便与教育工作者进行交流。安排从台湾来的长者参访政府部门也是同一道理，希望教育工作者此行除了认识长者书院以外，也能够了解澳门政府其他部门是如何开展长者教育及澳门长者所获福利的情况，以便回到台湾后可以向台北县教育局及其他相关部门报告。对长者学员而言，能够来到澳门学习是毕生难忘的经历，因此，长者书院用尽心思，希望让他们多看、多听、多学、多感受。在五天的课程中，他们通过参与作品展览、上课、讲座、旅游学习、品尝美食等多元化的安排，尽兴而归。值得一提的是，在旅游学习中，参观圣若瑟修院大楼及圣堂是经过一定程序才能够安排的。因为大楼内收藏了葡萄牙在澳门 400 多年的中外文献及天主教圣物，在平日不对外开放，但长者书院最终通过申请并聘请教堂专业导赏员（即讲解员）进行讲解，为活动丰富了文化学习的重要内容。

## 四、活动评估

为了评估活动的成效，在活动结束时，长者书院向参与者派发了问卷。由于27名参与者中有1名外出，所以只收回26份问卷。问卷包括对课程规划的满意度、对行政安排的满意度、活动的优点、活动的缺点、建议、最大收获、心得和您最想说的话，共8项内容，总体情况陈述如下。

### 1. 对课程规划的满意度

参与者对课程规划最满意的部分为专题讲座及机构参访，有24人认为非常满意，2人认为满意；体验学习有23人认为非常满意，3人认为满意；旅游学习有20人认为非常满意，6人认为满意。可见，参与者对学习及获取新知识较有兴趣，反而是旅游学习比较次要。

### 2. 对行政安排的满意度

在行政工作上最被参与者认同的部分为开幕暨欢迎演出及友谊接待，有25人认为非常满意，1人认为满意；餐饮安排有24人认为非常满意，2人认为满意；校园导览有23人认为非常满意，2人认为满意，1人无意见；惜别晚会有23人认为非常满意，2人认为满意，1人没有填写；弹性时间有22人认为非常满意，4人认为满意；静态作品展览，22人认为非常满意，3人认为满意，1人无意见。总体而言，参与者对长者书院的行政工作的表现予以肯定，当然尚有许多可以改进的空间。

### 3. 活动的优点

在活动中共有25人发表了意见，1人没有填写。较为突出的意见总结如下：

（1）让两地的机关互相学习成长。

（2）准备充分，过程流畅。

（3）行程安排上考虑周到，兼顾旅游、学习两方面，也注意到休闲空档，不致太过紧迫。餐饮安排用心，让我们遍尝澳门各式美食，交通服务也很好。

（4）规划详尽周到，服务积极主动，行政、小区、学校，各方统合卓越，如果有机会，一定还要来。

（5）知识收获很多、招待关心周到、住宿、饮食非常满意、交通车服务好，总之，感激不尽、记忆长存。

（6）动、静态活动规划细心，让长者不会觉得辛苦、劳累；官方的访谈学习更让我钦佩。

（7）两岸的交流，能体会国家政策的差异性、共同性。

（8）课程非常丰富、内容充实、生活化受益很多，对长者书院各位学员热心的招待，感激不尽。

（9）一切安排很用心，具有代表性，能有深度地交流，有学习内涵；澳门理工学院长者书院各位从校长到服务人员都很热诚、亲切用心，随时给予最恰当的接待与支持，很有效率。

（10）能认识澳门对老人的生活非常重视，且条件优越，能让年长者有更多的学习空间与更多的互动。

4. 活动的缺点

（1）时间太短。

（2）有些语言听不懂，很吃力。

（3）缺少学员间相互交流。

（4）时间不够用。

（5）可以增加与其他长者教育机构的交流，静态作品可以安排作者每人3分钟作品解说，可安排一个晚上到当地品尝小吃。

以上的缺点都是值得我们检讨和改进之处，倘若将来再举办同类型活动，将会在时间安排上多作考虑。另外，有关语言的问题，主要是有部分负责接待的长者普通话不太流利，导致沟通有些不便。

5. 建议

（1）希望能继续开展类似活动。

（2）建立澳台长者互联网络（友谊网站、部落格等）。

6. 最大收获

（1）知道长者受到社会的关怀，觉得不孤单、不怕变老了，原来长者可以如此活泼、快乐。

（2）更透彻地认识澳门是这辈子最大的收获。

（3）增广世闻。

（4）了解了澳门的历史文化及澳门对高龄化社会来临的重视。

（5）了解了长者书院办理长者学习的课程，分享了经营成功经验，学员对学校极具向心力；此行使我重新展现个人生命价值，风华再现。

（6）了解了澳门长者的生活条件待遇。

（7）深度体会彼此交流互访的实质内涵及行政的效率，可作为将来彼此再度交流互访的参考。

7. 心得

（1）这是一次深度了解澳门生活制度、历史、人物的学习之旅。

（2）台湾在长者、终身学习方面需再加快脚步。

（3）从成人教育协会、成人教育中心、长者书院等各方面的简报，了解了澳门对长者学习的政策性、前瞻性、宏观性、积极性，各项信息均能有效应用于学生身上，成为大家学习的楷模。

（4）不虚此行，获得了热情真心的交流机会，接待细心周到。

8. 您最想说的话

（1）除了感谢，还是感谢，谢谢啦！

（2）此次的参访，只有八个字：主办者，"尽其所能"；协办者，"倾其所有"。

（3）演讲教授演讲的内容充实、生动，尤其朱教授肢体语言颇为生动。

## 五、结论

纵观参与者的回馈意见，该次活动可以说是成功的。多位长者认为活动的时间太短，意味着他们"乐不思蜀"，也是对我们工作的肯定和鼓励，对长者书院而言，这是一次很好的经验。在该次活动中，长者书院得到以下体会。

（1）可以继续举办长者短期学习活动。许多长者的家人因为种种原因很少与长者旅游，倘若长者能够参与以长者为对象的旅游学习活动，有助于提升他们的身心健康状况。

（2）高质素的师资对长者教育的重要性。

（3）长者教育应该减少使用单向授课方式，鼓励以师生互动的形式授课。

总之，长者教育的模式是多元化的，作为长者教育的工作者，我们应该多从长者的角度思考，努力办好符合他们要求的长者教育。

# 义学十年

台湾地区宜兰县南阳义学　林献忠

"这里是我们共同的家，期待您的支持与关怀。"3000 多个日子，因为各界的支持与关爱，义学得以走过 10 年。感受来自四面八方满满的爱，身为义学创办人的我，除了感恩之外，还是感恩，因为我们共同面对历史的延续和时空的扩展，坚持我们的想法，迈出实践的步伐。

想起妈妈倚门送行的孤独身影，爸爸中风时躺在床上一脸无助的神情，我奋然而动兴办义学的念头，让长者不再孤单是我想完成的工作。一时的冲动，并未理性地思考自己的能力，我辞掉教职，让所有亲人错愕，兴办义学，更让周遭朋友满脸狐疑："莫非头壳坏掉，否则怎有惊人之举？"在大家的存疑与揣测中，义学经过 10 年的努力，建构老年事业的国际通路平台、打造全球的老人迪斯尼乐园（东方老人乐园）、成立老人的国际组织等三大愿景已有初步的成果。

感谢《中国时报》、《联合报》、天津《老年时报》、美国《世界日报》、《读者文摘》、《台湾月刊》、太平洋广播电台（宜兰的情义故事）、国立教育广播电台（南阳义学专访）、天津人民广播电台（枫叶正红）等各媒体的宣传报道，制作专辑节目予以播出。这样的义行，让义学的理念得以引起各界的共鸣，于今每天的参访客人及预约前来参观的访客更是络绎不绝，形成了一个特殊的人文景点。

生命的短暂与无常，使我不断探询生命存在的意义。有人这样问："如果义学无法办成，您有什么看法？"我的答案是：一个人的作为如果能够为社会提供广泛的思考空间，那就值得了，特别是当生命能与土地的成长和历史的轨道契合，那么生命就不再有所谓的长短问题，因为它已进入历史的长河中。因此，努力营造台湾的感觉，让世人体验台湾人文中的古意、诚恳与朴实，是所有义工伙伴全力以赴的标杆。台湾要能立足于国际社会，必须建立独特的人文内涵——温暖的感觉，让所有踏上台湾土地的人刹那都能体会到这是过去所谓的蓬莱仙岛，更是今日的世外桃源。10 年来，感恩 256 位义工老师，情意相挺，分文未取；感恩 103 处场地的提供者，义助成长教室而未收任何报酬；感恩数千位义工伙伴，放下手边工作，全力拉抬义学成长。我们深深以为，我们没有办法决定生命的长短，但是我们却可以选择生命的内涵，但愿在所有义工伙伴的共同推动下寻求共鸣、凝聚共识、共发愿力、共筑愿景。

老年人的经验最丰富，老年人的知识最渊博，老年人的人际关系最广泛，老年人的情感最纯熟。老年人是宝，更是公益能量的最大推动中心，让老年人走出来，不但可以促进健康，更可以减轻医疗负担，减少家庭问题的产生，对家庭、社会、国家均有相当的帮助。在全球"三化"（地球暖化、人口老化、人性淡化）的潜在危机里，我们将以实际行动为转化老年人成为社会资产来抛砖引玉，引起各界对老人议题的重视。

"甘愿做、欢喜受"，走过 3000 多个日子，我们无怨无悔，乐在其中。然而面对另一个 10 年，我们希望完成义学大楼的兴建，让义学成为国内外老年人的互动中心。我们更愿意看到东方老年人乐园的打造，让全球老年人体验东方人文的美，尤其是在台湾的每个角落，布满温馨的气息。我们更要与世界所有的老年团队结盟，为"地球村"的成员尽一份心力。

义工伙伴们，土地是我们的，历史是进化的，我们没时间等谁来做，因为明天我们都将成为老年人，老年人问题将是您我必须面对的。因此，在这样的时代里，我们号召百万人投入对老年人议题的关注，有钱出钱，有力出力，为当代社会及历史的演化，创造一片温馨的感觉。